JN012186

アトリエサード

目次

ディア・アンビバレンス——口髭と〈魔女〉と吊られた遺体

SWERY（末弘秀孝）

この物語はフィクションです。
実在の人物、宗教、団体等とは一切関係ありません。
また、本作品には過激な性描写、暴力、不道徳行為が多数含まれています。

第一章

口髭と腹ペコ美人警察官

1

この物語は実話である。

……いや、そう書けば多少は読者諸兄の興味をそそるのだろうが、残念ながらそうでは無い。正直に言うと創作である。ただし、出来るだけ細やかに注意を払い、誤解の無いよう言い換えるならば、これは実話をもとに書き上げた創作である。

また、これは、保身と不誠実さを身にまとう卑劣な犯罪者と、最も高潔で純粋無垢な正義の体現者との対決の物語でもある。もしかすると、読者諸兄の中には自己中心的な犯人の人格、または存在自体に気分を害する者がいるかもしれない。

……だが、それでいて胸のすくような、そんな物語でもある。

結末にたどり着いた時、イングランドの長い冬の夜のような、暗く、霧深い闇が明けると、そこには一面のきらめく銀世界が広がっていたような、そんな予想外の幸福感に浸っていただけたのなら、稚拙ながらに筆をとった甲斐があるというものである。

「本当にこのままにしておくのか?」死体を見るなり主任警部のジョン・ダラスは口から真っ白な煙を吐き出した。

「鑑識官が来るまでは」煙草の煙を手で払いながら巡査部長のエミリー・トンプソンが答えた。

「火曜日にはロンドン警視庁(ザ・メット)から科学捜査のエキスパートが来ます、私の元同僚の、です」言い終えるとエミリーは、上着のポケットに忍ばせたミックスナッツの袋を取り出した。そして器用に片手で袋の口を開くと、そこからカシューナッツとアーモンドを二、三粒ずつ口に運んだ。

ポリポリ……、モスモス……。

およそ犯罪現場には似つかわしくない音が辺りに響いた。

死体は教会の墓地にある楡(にれ)の木に足から逆さまに吊るされていた。両腕は万歳をしたような格好で垂れ下がり、頭はその間にあった。

「被害者の身元はエリザベス・コール。(ポリポリ)年齢は一七歳、大学進学準備校(シックスス・フォーム・カレッジ)(日本の高校に当たる学校)の生徒でした。二週間前に家を飛び出したまま帰らず、捜索願が出されていました――(ゴクリ)」

ダラス警部は咥え煙草を左手の指二本で挟むと、そのまま口元を押さえて楡の木の根元を見据えた。彼の顔を無表情に見上げる少女の遺体は、全裸で衆目に晒されていた。

「せめてビニールか何か被せてやれないのか？　若い娘が、こんな……」舌打ち混じりにダラス警部は言った。

「なるほど(……ポリポリ)、それはいい考えですね」死体の顔を覗き込みながらエミリーが答えた。

「火曜日まではビニールシートで覆っておきましょう。(ポリポリ……)あ、勘違いしないでください。シートを被せるのは死体の貞操観念を気にしての意味ではありませんから。あくまでも現場保存の見地からです。(……モスモス)ここ数日は晴れの予報ですが、この辺りの天気は変わりやすいですから。(ポリ……)それに鳥が啄んだりして現場を荒らすと良くありませんからね(ゴクリ)」

エミリーはそう言うと白金色(プラチナ・ブロンド)の髪をかき上げながら、死体の正面に屈み込んだ。

彼女の説明を聞いているのか、聞こえていないのか、ダラス警部は目線をエリザベスの死体に沿って上へと運んだ。身体の中心に沿って縦に切られた傷は、まるでジッパーを下したように大きく口を開けていた。しかし、傷口から見える彼女の内側は真っ暗で空っぽだった。すべての内臓は取り去られ、そこには初めから何もなかったかのように、ただ空洞だけがあった。

「ムダ毛処理は完璧みたいね」口の中でナッツをかみ砕きながらエミリーが呟いた。

エリザベスの遺体は、髪の毛や眉、脇はもちろんのこと臑(すね)や女性器、背中から腰、太股、臍(へそ)周辺、耳の縁や足の指に至るまで全身の毛という毛が綺麗に剃毛されていた。そのためなのか、真っ暗な彼女の内側とは裏腹に、朝日を浴びて佇む少女の骸はうっすらと青白く光って見えた。

「ちょっとした田舎娘の家出で済めば良かったんだがな……」濃霧のような煙に目を細めながら、ダラス警部はひとりごちた。「ほんのちょっと背伸びをして、マンチェスターあたりで年上のイケメンと遊んで、気が晴れたら帰ってくれれば良かったんだ」紫煙と共に吐き出される彼の言葉には、皮肉や失望、あるいはやりきれない怒りが含まれていた。

ここは小さな田舎町である。たとえ他人の娘でも、自分の家族のことのように心を痛めるのがここでの常識なのだ。

それに引き替えエミリーは〝内臓は行方不明〟、〝切り口は鮮明……〟などと、時折疑問を口に出しては、死体とその周辺をくまなく観察し、スマートフォンにメモを取っていた。その様子からは彼女の興味の中心は、あくまでも事件そのものであり、エリザベスの〈死〉については、その捜査対象という以外は全く関心が無いように受け取れた。

「魔女狩りを復活させようってのか……」被害者の吊られた器具を睨んでダラス警部が言った。

それは、どう形容して良いか困るような奇妙な物だった。太く頑丈な鉄の棒に、足首を固定するための分厚い革の拘束具が付けられており、中世の拷問器具とでも呼べばよいのか、まるで人を逆さまに吊るすために誂えたような、そんな代物だった。

「……なるほど、魔女狩りですか。ひとまず、これ、ネットで買える物なのか調べておきます」

そう話す間も、エミリーは手を止めることはなかった。

「ネットね。便利な世の中になったものだな」ダラス警部はまた、皮肉を言った。

再び、視線を木の根元に戻すと、ガラス玉のような目でエリザベスが彼を見上げていた。その瞳は若葉のような美しい翠色だった。剃り上げられた丸い頭と、表情の無い顔が現実感を失わせたが、その顔は紛れもなく一七歳の少女のものであった。楡の木の位置がたまたまそうなっていたのか、それとも意図的なのか、彼女の視線の先には教会の十字架が見えていた。

ポリポリ……モスモス……。

ポリ……モスモス。

こういった捜査はよほど腹が減るのか、エミリーは先ほどからずっと、ミックスナッツを食べ続けていた。口の中で奏でられるナッツのハーモニーに酔いしれるように、彼女の手は止まることが無かった。そして、ナッツの中に少量だけ含まれるクルミの実を見つけるたびに、露骨に嬉しそうな顔をするのだった。

ポリポリ……、カシャリ！

ポリ……カシャ！　カシャリ！

彼女はナッツを食べてはカメラのシャッターを切った。被害者の吊られている幹の位置や高さ、楡の木周辺の足跡、墓地の入り口から楡の木までの距離や導線など、後に必要になるであろう物は、すべて漏れなく記録していた。しばらくの間、交互に響く咀嚼音と電子的なシャッター音だけが、奇妙な一体感をもって墓場に響いていた。

「町の象徴(シンボル)を穢しやがって……」時間を持て余したダラス警部が言った。

「どういう意味です?」つい興味を引かれエミリーが訊ねた。

「この樹は、町のコミュニティの中心なんだ。皆、ガキの頃からこの樹を見て育つ。この楡の木みたいに大きく枝を広げて健やかに育つように親から聞かされるのさ。一九三〇年代にここら一帯を襲った〈ニレ立枯病〉にも負けなかった強い樹だ。だから公園を散歩したり、図書館で本を読むのと同じように、この場所には自然と人が集まってくるんだ。この樹は俺たち町の住人にとって、特別な存在なんだよ」

「なるほど、確かにここで永遠の愛を誓うカップルなんかも居るようですね」エミリーは、楡の木に刻まれた十字架文様の中に文字が書かれた落書きをカメラに収めながら答えた。

「それは愛の誓いなんかじゃない。《良いクリスマスを(Merry Christmas)》だ。都会じゃもう、そんな言葉も無くなっちまったのか?」ダラス警部はあきれ顔でエミリーを見ていた。

文字は古くかすれていたが、確かに〈Ｍｅｒｒｙ Ｃｈｒｉｓｔｍａｓ〉という風にも読みとれた。

エミリーは警部の言葉を確認するように、もう一度楡の木を見たが、やがて興味を無くしてナッツを口に放り込んだ。

「こんな状況で、良く食えるもんだな」ダラス警部が嫌味をいった。

「特に問題ありません。どこで食べてもナッツはナッツですから、味は変わりませんよ」あらかた目ぼしい物を集め終わっていたエミリーが答えた。

「――それとも、ナッツの欠片や塩で現場が汚染されるのを気にしていますか? なら、ご心配には及びません。今まで一度も口に入れるのを失敗したことはありませんから。それに、咀嚼運動は脳を活性化させると言われています。覚醒作用があるんです。一流のアスリートが試合中にガムを噛むのもそのためです。そういう警部のほうこそ、公共の場での喫煙は控えていただけませんか？

ここは世界の最先端国家、ユナイテッド・キングダムですよ」

「この町で誰が副流煙を気にするっていうんだ？」ダラス警部は眉根を寄せた。

「いくらここが世間から遠く取り残された田舎町だからって、分煙意識すら無いのは流石に原始的すぎませんか？　それに何より、煙草の吸い殻が現場を汚染する可能性もあります。さっきから見ていますが、灰が何度か地面に……」エミリーは小首をかしげて目線を警部の足元に送った。

「都会から来たお嬢さんは、流石に意識が高くて頭が下がるよ」ダラス警部はエミリーの反論を遮ると、わざと煙草を落として足で踏み消した。

「まずは被害者の周辺捜査からだ。署員総出で交友関係、たまり場、学校にアルバイト先、片っ端から当たるんだ！　できるだけ速やかに捜査を開始しろ！　ほら、何してる、ボンクラども、走れ！　ほら！」ダラス警部はエミリーに背を向けると、パトカーに向かって歩き出した。

警部の激を聞いて、若い警察官が数名、慌てて走り出すのが見えた。

田舎町には似つかわしくない猟奇的な殺人事件は、我らが誇る（羊を捕まえることなら大得意の）田舎警察を混乱させるには十分だった。立ち入り禁止テープを潜りながら〝彼女を外から見えないように覆え〟と、指示を出す様子からも、主任警部でさえこの事件に対して荷が重いと感じているのは一目瞭然だった。

「これ、あたしへの挑戦状のつもりかしら……」エミリーはサバサバとした手つきで彼の捨てた吸い殻を拾うと、ズボンのポケットに押し込んだ。

「〝上司は俺だ。だから指示を出すのも俺だ！〟とか？　いいえ、違うわね。きっと、どうして良いかわからずに、苛々して粗暴な態度に出てみただけ。……まあ良いわ、主任警部殿。今回は見逃してあげる。こんな大事件を受け持つのは初めてでしょうから。でも、魔女狩りなんて表現はどうかと思うわ。そんな情緒的な言い方は良くない。犯人の行動に意味を持たせるなんて絶対に駄目。これは邪悪で身勝手な人間が引き起こした殺人事件――どこにでもある犯罪のひとつなんだから……」エミリーはそう言ってスマートフォンを上着のポケットに仕舞い込んだ。


納得いくまで証拠を集め終えたエミリーは、今度は門の近くで様子を見ていた牧師に近づいた。

「牧師様、お願いがあります」エミリーは軽く会釈をした。「しばらくは墓地を立ち入り禁止にさせていただけませんか。現場を荒らさないためです。火曜日に鑑識官が来るまでは、可能な限り犯行現場の状況を保存しておきたいんです。――もちろん礼拝や行事には出来るだけ影響が出ないように取り計らいます」

牧師はただ小刻みに頷いた。彼女の有無を言わせない物言いに戸惑っているのか、エミリーと楡の木を交互に見ては、額を押すように指先で揉んでいた。

「ところで牧師様、今朝の様子で何か変わった事はありませんでしたか？」エミリーは聞いた。

「え、今朝？　今朝ですか？」

「そう、今朝です。どんな些細なことでも構いませんので」

「……そうですね。すみません、トンプソン巡査部長。少しショックが強くて」

牧師は震える手で眼鏡を外すと、細々とした声で話し始めた。

「……今朝は、今朝は本当に静かな朝でした。早朝の鐘を鳴らし終えて庭へ出たとき、霧もなく晴れ渡っていて、牛乳配達車（ミルクフロート）（静音設計のモーターを搭載した電気自動車）が遠のく音さえハッキリと聞こえたくらいです。この時期には珍しい、とても穏やかで清々しい朝でした。それが、まさかこんな……、こんな残酷なことが起こっているなんて」牧師は思わず目頭を押さえた。

「私はね、配達された牛乳でミルクティーを淹れたんです。彼女が、少女があんな姿で晒されているなんて露とも知らず、神への感謝を口にして温かいミルクティーを飲んだ。その間、あの少女はずっと墓地で吊るされたままになっていたなんて……。トンプソン巡査部長……、これは悪魔の仕業なのでしょうか」牧師の手の中で、鼈甲（べっこう）の眼鏡の蔓（つる）がカチャリと小さな音を立てた。

「いいえ、牧師様。これは単なる殺人事件です」

「……しかし、私には、私には邪悪な力、悪魔の囁きを感じずにはいられません……」

「動転なさっているのですね、牧師様。無理もありません。ああいうものを見た直後ですから。――でも、信じてください。犯人は魔女でも悪魔でもなく、紛れもない人間です。それもこの町の誰か。ですから、事件はきっと解決します。……そうですね、もっとハッキリ申し上げるなら、あたしが必ず捕まえて見せます。だから、安心してください」エミリーはきっぱりと断言した。

「……なぜ、そんなことが言い切れるのですか？」牧師は、思わず聞き返した。

「カゼインです」

「……カゼイン？」

「ええ、カゼイン」

「それは、どういう意味ですか？」

牧師は汗ばんだ手をきつく握りしめたが、彼女がこれ以上説明を加えることはなかった。

「牧師様、ご協力感謝します。何か思い出したらいつでも連絡を」エミリーは言い終えるよりも早く踵を返すと、ダラス警部の待つパトカーへ向かって歩き出した。パトカーでは、しびれを切らしたダラス警部がクラクションを何度も短く鳴らしていた。

「……ど、どうか神のご加護がありますよう」牧師は訳も分からずエミリーの背中に向かって十字を切っていた。


この一連のやりとりを教会の屋根から見ていた吾輩は思った。

さすがはエミリー・トンプソンだ、と。

主任警部の言う魔女狩りという表現もなかなか悪くはない。

悪趣味な死体にも意味があるように聞こえてくるからだ。

被害者の命は意味があって奪われたっていう風に……。

だが、事件の捜査という点においては少々、外連味が過ぎるだろう。

ここは彼女の言うとおり、単に〈殺人事件〉と表現するのが正しい。

被害者が、如何に悍ましく、そして如何に哀れな姿で発見されようとも、それが悪魔や魔女の仕業であることは決して無い。人を殺し、人を貶め、人を辱めるのは人間自身なのである。身勝手な何者かが自己の欲望や保身、安心のために他者を踏みにじり、権利や尊厳だけでなく、生命までをも陵辱した結果がこれなのである。

そのことを十分に理解し、現場をほんの一瞬見ただけで、犯人の本質までも言い当ててしまったエミリーはやはり天才だと言えるだろう。

彼女ならきっと、この事件を解決に導くに違いない。

吾輩は、不謹慎だが退屈だったこの町が、少しだけ賑やかになりそうな予感に心が躍った。

だが、勘違いしないで頂きたい。下世話な感情や野次馬根性から事件に首を突っ込もうというのではない。ただ純粋に、この町の住人として、〈正義〉と〈悪〉との対決を最期まで見届ける義務がある。吾輩は一人の〈紳士〉として、心からそう思っているだけなのである。

いいいいいいい、この口髭に誓って言おう——、この事件は結末を知る価値がある。

2

吾輩は猫では無い。吾輩は〈紳士〉である。

名前はポコ。ポコの発音はＰＯＫＯではなく、ＰＯＣＯとイタリア語っぽいほうがしっくりくる。イタリア語で〈少し〉という意味だ。養子として迎えられた際、体躯(からだ)が小さく内気だったことから、母上がそう名付けられた。本当はブリティッシュなんたら〜などという立派な名前があったらしいが、里子に出される前の話だ。今となってはどうでもいい。ハーバード家の養子に入ってからは、皆、吾輩のことをポコと呼ぶし、吾輩もこの名前がとても気に入っている。

読者諸兄も気軽にポコと呼んでくれればいい。

出生は不明である。物心つくころには施設の中で沢山の義兄弟たちと寝食を共にしていた。そういった事情から年齢ははっきりとわからないが、おそらく二十代中頃くらいだろう。身の回りの世話をしている家政婦長（家庭内における最上位の女性使用人）のアルテシアが、何かの折りにそんなことを漏らしていた。

父上の名はウィリアム・ハーバード。かつての郷紳の家系に育ち、今も町の五分の一の土地を所有している。貴族階級ではないものの、皆からは敬意をこめてウィリアム卿と呼ばれている。不動産管理業に加え、大きな農場を二つ経営し、さらにはその合間を縫って治安判事として（無給で）行政や裁判にも携わっておられる。もちろん学校や福祉施設への貢献も大きく、誰からも尊敬されている。文字通り、この町で父上の事を知らない人間は一人も居ないだろう。働き盛りの吾輩が定職にも就かず、未だに修行中の身でいられるのもハーバード家の財力と、なにより父上の絶対的な存在感があってこそである。この家に養子に貰われたことを心から神に感謝すべきだろう。

そんな吾輩にとって、最も大切な修行――真の〈紳士〉を志すための日課のようなもの――のひとつが町の治安を確認することである。吾輩は時間の許す限り町中をパトロールして、おかしな輩が居ないかだとか、困っている住人はいないかなどと目を光らせているのだ。

代々受け継がれて来たこの土地を守り、ここに住むすべての住人を幸福へと導くことが吾輩の目標であり、ハーバード家の長男としての使命なのである。日々、当てもなく出歩いているからといって、決して金持ちの道楽息子が暇を持て余しているわけではない。吾輩には確たる信念があって、あえて、そうしているのである。

その証拠に、このパトロールを始めてから町の連中にも一層慕われるようになった。誰でも問題があれば吾輩を頼ってくるし、女たちも、そんな吾輩に一目置いている。（に、違いない）

屋敷の門を一歩くぐれば、皆が吾輩に声をかけてくるのだ。

「よう、ポコ聞いてくれるか?」

「ねえ、こっちにいらっしゃいよ。ポコ」

仕方なく話を聞いてやると、誰もが満足した様子で去っていく。どうやら吾輩には他人を安心させる力があるようだ。自分では特に意識をしたことは無いが、自然と吾輩の中にある柔らかさのようなものが相手の心に響いているのだろう。話を聞くうちに、どの顔も次第に口元が緩み、笑みがこぼれる。皆、吾輩の手を取っては、掌の肉を揉む様にプニプニと押し、吾輩の背中を優しくさすってはニッコリと笑いかける。そして最後には皆、自慢の口髭を褒め、蝶ネクタイのブランドを知りたがるのである。これこそが持って生まれた〈徳〉と言う物なのだろう。

しかし、治安を守るといってもこんな田舎町ではたいした事件も起こらない。たまに交通事故や水難事故も発生するが、そんなものは稀で、殺人や強盗なんてものは今まで一度も起こったことがない。危険な順に並べても、血の気の多い若者がパブで暴れたり、誰かが誰かの女房を寝取ったり、酔った勢いで公共物に小便を引っかけたりする程度が関の山である。たいていは暇な学生や店番中の老婦人、それに一人暮らしのヤモメ男なんかの話を聞いているだけで、その日のパトロールは終わってしまう。

ニコニコして頷いているだけでいい。ただそれだけで、吾輩の一日は終わってしまうのだ。ここは、そんな平和で退屈な町なのである。

エリザベスの死体が見つかった次の朝、捜査の進展が気になっていた吾輩は、朝早くから警察署を目指して屋敷を出た。パトロールに行くには早い時間だったが、天才エミリー・トンプソンならきっとすでに捜査を開始していると踏んだからだ。

外はまだ肌寒く、歩くたびに白い息が口からこぼれた。白い息は風に流されてはすぐに消え、まるで人影をみると一瞬で隠れてしまう妖精のようだった。元来寒がりの吾輩は、この白い妖精が苦手だった。目に見えて寒さを実感させてくるからだ。白い妖精を見ると、途端に耳が赤くなってくることに気が付き、鼻の奥がツーンと冷たくなってくる。それまで平気だったのに突然、寒さが実感として襲い掛かるのである。

吾輩は白い妖精を追いかけながら、屋敷の裏門から外へ出た。そうすると警察署へは遠回りになるのだが、折角なので早朝の町を見て回りたくなったからだ。途中、父上の駄犬ども——かく言う父上も上流階級のご多分に漏れず、猟犬を数頭飼育していた——が馬鹿みたいに吾輩を吠え立てたが、吾輩の身のこなしに付いてこられるはずもなく、無様に塀の前に集まってぐるぐると円を描くのが関の山だった。

屋敷の裏手にある小高い丘から森を通り抜けると、町の南西をぐるりと弓状に取り囲む運河に出る。運河と言っても川幅は一〇メートルにも満たない小さな小川である。かつてはこの町も、この運河を使った運送業で賑わっていたという話だが、今は見る影もなく、定年後の太公望が微動だにしない釣り竿を一日眺めているだけの場所である。吾輩にはどう考えてもこの細流で運送業が成り立ったとは思えなかった。こんな川幅で一体何を運んだと言うのか。おそらく当時の領主様はとても見栄っ張りで、小さなタグボートか何かで家財道具程度を運ぶ事業のことを、〈運送業〉とでも呼んでいたのだろう。確かにそれも運送業には違いないのだが、石炭や材木なんかを大きな蒸気船で運んでいた、大運河時代のそれを想像すると肩透かしを食らうに違いない。

運河沿いを上流に向かって進むと、やがて図書館に出る。図書館の裏庭には誰もいなかった。

吾輩は図書館の屋根から住宅街をするすると抜け、旧商店街のガラス屋根へと進んだ。そこは商店街と言っても二十軒にも満たない数の店舗が立ち並ぶアーケード通りの事であり、それほど大したものでは無い。それでもこの町では十分に賑わった一角であり、食品から生活雑貨、それに薬や衣服に加えて、家具や鬘なんかもすべてここで揃えることができた。この町で生活するだけなら、ここで買える品々で十分に事足りると言えるだろう。

吾輩はそのまま屋根伝いに旧商店街を北上し、町の中央に位置する広場が見渡せる屋根まで進み、そこで一息ついた。

広場の中央には、ポールの先端に背中合わせにして二つの時計が付けられた小さな時計台があった。まだ月曜日の早朝ということもあり、人影はまばらだった。時計台の周りには、石畳の上をちょこちょこと歩く鳩が見えた。勤勉な掃除夫が手に持ったモップで鳩を追い払っては、その糞を処理していた。そのすぐ横をバス停へ向かう遠距離通勤のビジネスマンが足早に通り過ぎて行った。吾輩のすぐ下には散歩が日課のキルナー老夫妻が、お互いに手を取り合って歩く姿が見えた。

吾輩は、普段はあまり見かけない町の姿を見て〝退屈で代わり映えのしないこの町にも、まだ知らない顔が在ったのか〟と、新鮮な気持ちになった。

各々が平和な一日の始まりを完璧に演じきっていた。

そんな中、ひと際大きな異音を響かせて、一台の小型トラックが広場に入ってきた。その何とも言えないエンジン音は、文字にして表現できないような音だった。強引に文字にするならば、〝ザルバル・ガル・カル……〟とか、〝ディル・チル・ポポポ・ミリミリ……〟とかだろうか。とにかく、他の車両からは絶対に聞こえてこない怪音だった。あまりの怪音に先ほどまでの朝の静寂は一気に吹き飛ばされ、広場にいる全員がそのトラックを見ていた。トラックが大きく広場を回ると全員の首がゆっくりとそれを追いかけた。その間、皆そろって口が半開きだった。程なくして怪音トラックは広場の西側にある精肉店の前で停まった。トラックのエンジンが止まると、人々は突然魔法が解けたように、それぞれの日常へと戻っていった。

吾輩は、なるほどあれは精肉店の車だったのかと納得した。何故ならこの精肉店の店主は毎朝、町外れにある精肉加工場兼自宅から、新鮮な肉や、食べごろになった〈極上の肉〉を一日分だけ仕入れてくるのである。それがこの店のスタイルなのだ。

運転席の扉が開くと、中から血染めのエプロンに手首まである革手袋、長靴姿の男が降りてきた。男は助手席側へ回ると、車両と荷台の間に片手を突っ込んで何やら手探りで操作しはじめた。何かをひねったり、引いているような動きだが、この場所からでは良く見えなかった。

吾輩は居てもたっても居られず屋根から樋（とい）を伝ってするすると広場へと降り立った。そして様子を窺うようにして建物の陰からカイヅカイブキの繁みへと飛び移り、イヌツゲの生垣に身を隠しながら精肉店へと近づいて行った。頭の片隅では、もう警察署はすぐそこなのに……と考えながらも、自分で自分の足を止めることができなかった。

先に告白しておくと、吾輩は優れた身体能力を持つ反面、とても集中力が弱い。

いつも一つのことに集中できず、右から左へと興味の中心が移ってゆくのだ。物珍しそうに旅行者と話していたかと思えば、突然走り去ったスポーツカーに目を奪われ、軒先で焼きたてのベーグルなんかをご馳走になっていたかと思えば、黄色い笑い声に誘われて女学生のグループにフラフラと近寄って行く――。はためく旗でさえ吾輩の注意力を散漫にさせるのである。そんな調子だから、いつも目的地に辿り着く頃には、予定の時刻を大きく過ぎてしまうのだった。そして、今が正にその状態だった。

「よお、ポコ。そんなところに隠れてどうしたんだ？」精肉店の店主は、生垣から様子を窺っていた吾輩を見つけて言った。

（まったく酷い怪音だな）吾輩は生垣を出ながら彼に言った。

「ああ、そうか……ちょっと五月蠅かったか。すまなかったな」と精肉店店主は帽子をつまんで被り心地を整えながら言った。そして、「皆に早く買い替えろだとか、そんなボロ車捨てちまえって言われるよ」と済まなさそうな顔をした。

男の名前はクリストファー・ブラウン。皆からはクリスと呼ばれている。どこにでも居そうな名前の、どこにでも居そうな真面目な男である。特にこれと言って特徴のない男だが、あえて特徴を上げるとすれば〈善人〉〈いい人〉あるいは〈お人よし〉が最も適当な言葉だろう。

吾輩は、特にこれと言って特徴もないこの男の事がなぜか気に入っていた。おそらく、この男の仕事ぶりがとても素晴らしかったからだろう。

〝仕事を見れば、その人物がわかる――〟、それが吾輩の持論である。仕事には善人なら善人なりの、悪人なら悪人なりの内面が必ず現れる。しかもそれは職種を問わない。みんな同じように勤勉に見えても、心底信用できる人間とそうでない人間は簡単に見分けがつくのである。

もちろん例外も存在する。心の構造が常人とは全く異なる者もいれば、人は時に道を誤るからである。しかし、大体において吾輩の人を見る目は正しかった。そういう意味で、この男の作る腸詰はとても誠実で温かい味がした。一見するとどこにでもあるようなシンプルな腸詰だが、一口齧（かじ）れば違いは明らかだった。どの腸詰を選んでも赤身と油の具合が寸分たがわず同じだった。皺ひとつないプリプリの皮に包まれた個々の腸詰は、すべてに満遍なく肉の旨味が行き届いていた。それだけで、どれほど丹精込めて作られたものであるかが窺い知れた。それは明らかに〈善〉の性質を帯びた仕事ぶりだった。

　このどこにでもいる普通の男は、とても綿密で丁寧な仕事をするのである。

「確かに多少のガタは来ているが、直せばまだまだ走ってくれるさ」クリスはそういうと、先ほど手を突っ込んでいた車両と荷台の間を覗き込んだ。

（そうだ、さっきから何をしていたんだ？）吾輩は思い出したように訊いた。

「ああ、保冷装置をつないでいたんだ。その、本当なら運転席から操作できるんだが、スイッチが壊れちまったんでね。それでイチイチこうやって……手動で……バッテリーを繋いだり……、外したりしているって訳さ」

　クリスは左腕をゆっくりと隙間に入れると、手探りでバッテリーを探しながら話した。

　吾輩には中腰で片手を伸ばしたその姿は、苦行に耐えるインドの行者のように見えた。

「ジイさんが買った……時には……、ただの……トラックだった……それを……自前で……、保冷車に改造したんだ」彼は脳の半分を手探りに占有されているらしく、言葉を区切りながらゆっくりと話した。それでもうまくいかなかったようで、一度手を抜いて、腕を振ると大きくため息をついた。吾輩の目の前で大型犬の耳のように大きな掌が上下に揺れた。

「それで保冷装置は外付けだし、バッテリーもこの奥の隙間に無理やり取り付けてあるんだ」クリスはそう言って隙間に向かって顎をしゃくった。

　クリスは再び中腰になると、シャツの袖を殆ど肩までまくり上げて再び隙間に左腕を挿入した。

「コツは分かってるんだ……、親父にぃ……っく、習ったから……なあ」そう言う彼の顔には一切の余裕は無かった。口は半開きで瞳は何もないはずの中空を見つめ、まだ肌寒いなか、彼の額には汗がにじんでいた。

　するとそこへ、ほとんど音もなく牛乳配達車がやってきて止まった。おそらく早朝の配達を終えてきたのだろう、荷台に残された牛乳はわずかだった。運転席から牛乳配達員（ミルクマン）が顔を出し、中腰のクリスを見た。

「ク、クリス。きょ、今日は何、何本？」牛乳配達員（ミルクマン）には吃音があった。

「よお、ピーター。月曜だからな……、そうだな……二ダース……いや、十二本くれ」クリスは、作業を続けながら区切り区切り答えた。相変わらず瞳は空（くう）を見つめていた。「最近……、お前のところの……牛乳は……よく売れるんだ」

「あ、あと、八、八本、八本しか、な、ないんだ」ピーター困ったように答えた。

「じゃあ……、それでいい……。だが……午後から追加で……もう四本頼む……」クリスが言うと、ピーターは頷いて車を降りた。

　地上に降り立つとピーターはかなり小柄な男だった。年のころは二十歳になって間もないくらい――、吾輩よりも四、五歳は下だろうと思われた。猫背で伏し目がちだったため、実際よりもさらに小さく見えた。

吾輩はこの男の存在自体は知ってはいたが、どういう人物なのかは良く知らなかった。なんでも、両親ではなく祖父母と一緒に暮らしているらしい。それで祖父の経営する牛乳加工場の配達員をしているのだ。

ピーターは疲れ切ったロバのように狭い歩幅で荷台へ向かった。そして六本入りの木箱を引っ張り出すと、残りの箱から二本を移して八本入りの木箱を作った。

クリスはその様子を横目で見ると、〝裏においてくれ〟と言った。

ピーターは何度か頷くと木箱を持ち上げて、精肉店の裏口へと歩を進めた。先ほどよりもずっと遅くなった足取りは、疲れ切ったロバが、そこへさらに背中一杯の荷物を背負わされた様子を思い起こさせた。彼はゆっくりと、ただ黙って牛乳を運んでいた。程なくして店の裏側で木箱を地面に置く音が聞こえ、先ほどよりか幾分軽くなった足取りでピーターが戻ってきた。

彼はしきりに携帯電話を触りながら、こちらには目もくれようとしなかった。

「いい……車だな……」ピーターが戻る気配を察して、クリスが言った。

ピーターは驚いてチラリとこちらを見たが、すぐに携帯電話に視線を戻した。だが、またすぐに思い直して、背中越しに「お、オレの車、し、静かだろう?」と自慢げに言った。

「そうだな。……うらやましいよ」クリスは中腰のまま答えた。

「ク、クリスもコ、コレ買うかい? 電、電気自動車だ。電気。イ、イ、イ、イ、イマドキだろ? ほ、保冷装置も保温装置も、あ、あ、あ、あるよ」ピーターがこちらを向いた。

「……そいつはすごいな」

「か、買い、買い替えろよ。そ、そ、それがいい」

「いや、俺はコイツでいいんだ。もうすぐ、ガキが……産まれて来るしな。下手な出費は……できないよ……」クリスが答えた。

「こ、工場長に、う、ウチのおじいちゃんに、た、頼んでおいてやるよ」ピーターはそういうと運転席に乗り込んだ。すでにこちらの話を聞くつもりは無いらしい。無音の電動自動車をバックさせると、そそくさと帰ってしまった。

「よし！　つながったぞ！」

程なくして、無事にバッテリーと装置がつながった。

クリスは隙間から手を引き抜くと、小走りで〝急げ、急げ……〟と言いながら運転席へ向かいエンジンをかけた。彼がキーを回し、アクセルを踏むと怪音トラックは、まるで眠りから目覚めるドラゴンのような声を出した。そして真っ黒な鼻息を排気口から吐き出し、身震いするように車体を揺らした。

〝ザルバル・ガル・カル……〟再び、けたたましい怪音が広場に響き渡り、人々の注目を集めた。

広場にはまだ人影はまばらだったが、それでも先ほどよりは活気があった。開店準備を終えたパン屋のジェイクとトムの兄弟が、不機嫌そうにこちらを見ていた。掃除夫だけが手を止めることなく仕事を続けていた。吾輩は、ここらの住人は二、三日に一度はあの怪音で目覚めているのか、と考えると気の毒で仕方がなかった。

クリスは怪音トラックを置き去りにして、また〝急げ、急げ〟とつぶやきながら店内へと消えた。

そしてすぐに胸くらいの高さの銀色のワゴンを押しながら出てきた。

おそらく一度店内で加工した食肉――ホームメイドハムや腸詰なんかが積まれているのだろう

が、中身は見えなかった——を慣れた手つきで荷台に積み込んで結束ベルトで固定すると、保冷庫の扉を厳重に閉じた。

「悪いな、ポコ。実はこう見えて急いでいるんだ」運転席に乗り込みながらクリスが言った。

「週末はケイトとの六回目の結婚記念日だ。結婚六周年ってやつさ。それで俺はアイツに良い物食わせてやるために極上の肉を仕込んでたんだ。だが、ちょっとトラブルがあってね。昨日、突然役所の立ち入り検査が決まって仕込んでいた肉の大半が出荷できない状態になっちまった。抜き打ち検査ってやつさ。……そいつをさっさと済ませてもらわないと、自宅用の肉すら持ちだせない。このままじゃあ、シャトーブリアンよりも希少な極上肉を使わないまま腐らせちまうかもしれない。そんな勿体ないこと、とても出来ないだろ？　だから、今から担当者に掛け合って、家族で食べる分だけでも特別に許可をもらいたいんだよ。こいつはそのサンプル品ってやつさ」

肉屋が自宅の祝い事に食べる極上肉とは、どんな代物なんだろうか？　吾輩は思わず唾を飲み込んだ。

「なんだ、ポコ。お前、いま唾を飲み込んだのか？」クリスは吾輩の様子をつぶさに見て取った。

吾輩は知らぬ顔をしてみたが、彼の目はごまかせなかった。

「悪いな、それだけは無理だ。あの肉は、ケイトとお腹の中の子供のための物なんだ。たっぷり栄養をとって、元気な赤ん坊を産んでもらうためのな。お前さんには、次の機会があったら、また別の肉をご馳走するよ」

クリスはそう言い終えると帽子の被り心地を直し、行ってしまった。

吾輩は怪音トラックが広場を出て、その音が聞こえなくなるまでずっと見送っていた。

帰り際に見せた彼の顔は幸福に満ちていた。クリスには妊娠が発覚したばかりの身重(みおも)の妻がいる。

二人は学生時代の同級生で、彼女は学年のマドンナ的存在だった。当時のプロムクイーンだった彼女を、この冴えない男がモノにしたことは、この町ではちょっとした事件のひとつに数えられる。

　彼にとっては、その美しい妻と産まれてくる赤ん坊を守っていくことが、何よりも大切なことなんだろう。文字通り、宝物のような存在なのかもしれない。

　朝から幸せそうな彼を見て、吾輩も幸福のお裾分けをもらった気がした。幸福はいい。幸福というのは他人の心も幸福にする力があるのだ。きっと電気や熱エネルギーなんかと同じで、目には見えないが確実に存在しているモノなのだろう。その目に見えない不思議なモノが、自らのコピーを増やして他人の心に作用し、拡散していくに違いない。幸福とはきっとそう言うモノなのだ。

　ただ、一つ残念なことに、クリスの妻は浮気をしている。相手はセカンダリー・スクール時代の先輩で、目抜き通りでパブをやっているリッキーだ。クリスが愛妻のために腸詰めを作っている時に、彼の妻は浮気をしているのだ。最悪の場合、お腹の赤ん坊もクリスの子供ではないかもしれない。町のパトロールをすることで、知りたくもないことまで知ってしまう場合がある。これもその一つである。

　しかし、吾輩はこの事実を彼に伝えることはないだろう。

　なぜならクリスみたいな平和ぼけした善人が、この心優しい町を作り上げているからだ。

　彼ら善人の魂が積み重なり、礎（いしずえ）となって町の歴史を支えてきたのだ。田舎町ではよくあることだ、気にするほどの問題じゃない。だからあえて、この事実には目をつぶるべきなのである。

　いつの間にか広場の店はポツリポツリと開き始め、早朝の静寂は、人々の営みがもたらす喧噪によって、徐々にいつもの日常へと塗り替えられ始めていた。

3

警察署につくと、予想通りエミリーは仕事をあらかた片付けていた。すでに出遅れたことを後悔していた吾輩は、玄関へ回る時間を惜しんで直接彼女の捜査部屋の窓を叩いた。彼女が窓を開けると寒い空気が流れ込んだが、その空気よりも速い速度で吾輩は部屋の中へと転がり込んだ。

窓を通るとき、デスクの上に置かれたミックスナッツの皿に足をぶつけて落としてしまったが、エミリーは「きゃあ」という小さな悲鳴を上げただけで、怒ることはなかった。吾輩を見て口元に笑みを浮かべると、すぐに何事もなかったように床に散らばるナッツを拾い、何粒かを直接口に運んだ。

いつものようにクルミを見つけては、少し嬉しそうに緩む彼女の横顔を見ていると、とても殺人事件を捜査中の警察官には見えなかった。吾輩は粗相をしたことを謝りたかったが、つけいる隙はなかった。

吾輩がこの町の警察で唯一天才と認める存在、エミリー・トンプソンは南部の出身である。幼少期を地元で過ごした後、ロンドンにある警察学校へ進学。非常に優秀な成績を収め、そのままロンドン警視庁（ザ・メット）に配属となった。その彼女がどうしてこんな北東部の田舎町に駐在しているのかは詳しく知らないが、今現在この町で、エリザベスの事件を解決出来るとするならば、彼女を置いて他には居ないだろう。

『エリザベス・コール。失踪してから十六日目、セント・チャールズ教会の墓地で死体となって発見。発見当初、衣服を身に着けておらず全裸、死体は楡の木から吊るされていた。腹部には大きな刃傷、内臓はすべて取り去られていた。特筆点として、全身の毛が丁寧に剃毛されていた……』

スマートフォンから流れる音声メモを聞きながら、エミリーは会議机の上に置かれたラップトップのモニターを睨んでいた。そこに表示された画像を拡大したり、回転させたり、時には色味を加工してみたりと、しきりに何かを探していた。

机の上には他にも何か正体の良く解らない木片や、小瓶に入れられた土や草なんかが置かれていた。吾輩にはそれが、どんな風に捜査に役立つのかがサッパリわからなかったが、彼女が持ってきた物だというだけで、どれもがすべて重要そうに見えた。

(これは何?) 吾輩は小瓶を指して訊ねた。

「それは膜よ」エミリーは淡々と答えた。

ガラスの小瓶にはエミリーの言う通り、短く千切られた雑草に混じって白い膜のようなものが入っていた。それはどこかで見たことがあるが、すぐには思い出せない。そんな感じの白い膜だった。やわらかく、乱暴に扱うとすぐにでも破けてしまいそうな膜は、土の水分で茶色く汚れていたが、もとは真っ白だったことが見てわかった。

(……膜?) 吾輩は訊き返した。

「ええ、そう。膜よ。紛れもなく」エミリーはまた淡々と答えた。「エリザベスの背中側の地面に足跡のような窪みと、その膜を見つけたの」

(それで、何の膜なんだい?)

「カゼインよ」

「カ・ゼ・イ・ン？」

「ええ、そう。カゼイン」エミリーは繰り返した。

吾輩は続く説明を待ってみたが、彼女はそれ以上説明をしてはくれなかった。

（……で、このカゼインがエリザベスの事件と関係があるのかい？）

「当然じゃない」エミリーはキッパリと言い切った。

「どういう風に関わっているかはさておき、確実に必要な証拠よ。それで——まあ念のためだけど、集めておいたの」

吾輩は（念のためね……）と、わかった風な返事をすると、それ以降、カゼインの入った小瓶について考えるのを止めた。

エミリーはラップトップのモニターをこちらへ向けながら、「彼女、年齢の割にはお金に余裕があったみたい」と吾輩に告げた。

そこには、十代の娘には似つかわしくないハイブランドに身を包んだエリザベスの画像が何枚も表示されていた。中には下着の一部が見えているきわどい画像や、現金束をトランプのように顔の前で開いて見せている画像まであった。

（こんな画像をどこから？）吾輩は訊ねた。

「インターネットよ。ポコ、知らないの」

（ネットくらいは知っているが、こんな赤裸々な……）吾輩が口ごもると、エミリーは「裏アカウントよ。今時のティーンならみんな持っているわ。大人が知らないアプリを使って若者だけが集うサイトなんていくつもあるのよ」と答えた。

モニターに映し出された少女の姿は吾輩の知るエリザベスとは全く違っていた。あまり面識はなかったが、彼女が学校帰りに何度かすれ違ったことがある。その時は通学途中だったからか、もっと幼く見えたし、こんな裏の顔があるなんて思いも寄らなかった。

「化粧品やアクセサリー、バッグに靴、それに下着も沢山持っていたようね。彼女のSNSはまるでブランド品の展示会みたい」エミリーは続けた。「いくらアルバイトをしたって、こんな田舎町でロンドンみたいに稼げるとは到底思えない。きっと、彼女にはお金持ちのスポンサーが居たのね」エミリーはそう言うと、捜査部屋の壁に視線を移した。

壁にはエリザベスが失踪した日から、さらに遡って六ヶ月前からの時系列が一面に貼られていた。それに加え関係する人物の名前や場所、行動なんかが日付の欄に書き込まれている。何度も関係する人物は、その都度名前が登場し、場所も行動も同じようにして何度も書き込みがされていた。

時系列の隣には、また別の図があった。町の住人達の写真と、それぞれの人間関係を表す相関図である。これによって、どういう人物がどんな風に誰とつながっているのかが一目でわかった。

特筆すべきはこの二つの資料を照らし合わせることで、お互いが直接接触していない場合でも間接的に繋がっているケースを顕在化させられる点であった。

当然ながら、肉屋のクリスのすぐ隣には身重の妻の写真が貼られていたし、その写真はパブの店主であるリッキーともつながっていた。

たった一晩でこれだけの情報をまとめ上げたとは俄（にわか）に信じがたいが、これがエミリー・トンプソンなのである。

（吾輩の父上と母上の名前もある。まさか容疑者じゃないだろう？）

「全員を書きだしているだけよ、気にしないで」

（なら、吾輩の名前が無い）吾輩は父上と母上の名前のすぐ下を指して言った。

「あなたは良いのよ」エミリーは答えた。

（たった一晩でこれを？）

「二、三時間……たぶん」

（二、三時間?!）吾輩は喉を鳴らした。

（……それにしても、ここまで広く人間関係を調べる必要が？）

「この世に人間が一人だけなら犯罪は起きない。特に殺人事件はね」エミリーは相関図を見据えたまま答えた。

確かに彼女の言う通りである。すべての犯罪は加害者と被害者が居て初めて成り立つからだ。我々は一人きりでは罪を犯すことさえ不可能なのである。

吾輩は淹れたてのシナモン・ハニー・ミルクを冷ましながら彼女の様子をぼんやりと眺めた。

端整な顔立ちの二十九才。明るく輝く金髪に碧い瞳をしている。化粧はいつもナチュラル系で頬にはうっすらとチークが塗られている。考え込むとき、下唇を少し噛むのが彼女の癖だ。特に深く思考を巡らせているときは、顎に当てた右手の親指の爪で唇のすぐ下を何度も強く押している。爪が食い込んで痛くないのだろうか？　と、いつも心配になるのだが、まあ、彼女にとってはそんなことよりも、思考の世界に広げられた〈捜査の青地図〉を読むことの方が重要なのだろう。だからきっと気づいていないはずだ、いつも何かを閃いた直後には、唇の下に三日月型の小さな凹みがあるということを。

「あら、ポコ、まだ一口も飲んでないじゃない。甘すぎたかしら？」

ミルクを吹き続けている吾輩を見て彼女が訊ねた。しかし、いいや、と吾輩が首を振る前に〝ああ、……猫舌ね〟と言って勝手に納得してしまった。いつもこんな具合だ。他人に疑問を投げかけておいて、すぐに何でも自己解決してしまう。

ついこの間も、吾輩のすらりと伸びた爪を見て、危険だ、切れだのと言い出してはみたものの、こちらがどうやって断ろうかと苦慮するよりも前に、〝……あ、やっぱりポコにはその長さが丁度いいかも、色々便利だもの〟と勝手に引き下がってしまった。

きっと彼女の頭の中では、実際に口に出す以上の言葉が矢のように飛び交っているのだろう。そしてそれが会話の速度を追い越して口からこぼれ出た瞬間、他人には突然、結論だけ伝えられたように聞こえるのかもしれない。要は頭の回転が速すぎるのだ。

「犯人はどうして死体を焼いたの？」おもむろにエミリーが口を開いた。

そして今回も、吾輩が〝焼いた〟の意味を実際に理解するよりも前に、一枚の画像をモニターに大きく映し出した。

「ちょうど第七頸椎から肩甲骨の辺りまでが、黒く変色している」

それはエリザベスの首筋の写真であった。ともすれば単なる泥汚れに見えなくもなかったが、じっくり目を凝らして観察してみると、皮膚がステーキ肉の表面のように黒く焦げ、ざらざらと爛(ただ)れている様子が識別できた。

（死体を燃やしてしまおうとしたのでは？）吾輩は恐る恐る訊いてみた。

「それは無いわ」エミリーはハッキリと言い切った。「死体を焼却処分するつもりなら、わざわざ教会に運んだりしない。それに、火傷痕の様子から見て、そんなに大きくない炎で負った熱傷だとわかる。ほら、ここと、ここの焦げ方が同じ大きさに見えるでしょう？」

（じゃあ、エリザベスを殺害するとき、彼女の抵抗にあって——、例えば、揉み合ううちに暖炉か何かで——）

「それもない」彼女は吾輩の言葉を遮るように、また言い切った。吾輩があからさまに不服そうな顔をしてみせると、「この火傷には生体反応が見られないの。詳しくは鑑識官が来てからじゃないと断言はできないけど、紅斑も水ぶくれも見られない。つまり、火傷が出来たのはエリザベスが死んだ後っていうこと。犯人はエリザベスを殺害したあと、何らかの理由で死体を焼こうとしたの……」と付け加えた。

「それに——、死体の顔なんだけど、どこか不自然なのよね」エミリーが言った。「まるでお葬式で見る死体みたいじゃない？」

吾輩は彼女の言っている意味が理解できず、黙って様子を見ていた。

「うまく言えないんだけど、人の手が加えられているような気がするの。整形手術とか、お化粧とか、そういう意味じゃなくて、もっとシンプルな何かよ。表情とか、首の角度かしら……それとも」エミリーは軽く唇を噛んだ。

どうやら彼女はエリザベスの安らかな表情に違和感を覚えているようだった。確かに、惨殺されたにしては穏やかな表情をしている。その顔は死体というにはあまりに美しく、殴られた痕や擦り傷といった外傷はどこにも見当たらなかった。頭髪と眉が無く、血の気が引いていることを除けば、とても綺麗な少女そのものだった。

「犯人はエリザベスを殺害し、内臓を取り出して、全身の毛を丁寧に剃った。ここまでは理解できるの。犯人の行動は一貫している。……でも、どうしてその後、死体を焼いて傷つける必要があったのか……、そして、何故、死体を教会の墓地へ運んだのか。この二つの謎が解けなければ、事件の真相にはたどり着けない」エミリーはそう言って下唇を噛んだ。それはまるで、もうすでに犯人が誰なのか分かっているような、その手口までもがハッキリ彼女の脳裏に浮かんでいるような口ぶりだった。

(もう、犯人の目星はついているのかい?)

吾輩は試しに犯人が誰なのか、彼女に尋ねてみた。

「この相関図の中の人物よ」彼女の答えは断定的でもあり、曖昧でもあった。

吾輩の頭の中で、彼女の言葉が山びこのようにこだまして、消えてしまった。

相関図を見てみても、そこには退屈極まりない田舎町の、如何にもお人好しといった、いつもの顔ぶれが並ぶばかりである。吾輩には、この中の誰かが十代の少女を惨殺し、全裸にして教会の楡の木から吊るしたなどとは到底考えられなかったからだ。

「まずはスポンサーからね」エミリーが言った。

吾輩が思わず聞き返そうとすると、彼女はラップトップをこちらへ向け、とあるパブのホームページを開いた。彼女の白くすらりと長い指がタッチパッドの上を滑り、画面が下へとゆっくりスクロールすると、店の紹介の一部としてエリザベスがタップからビールを注いでいる画像が現れた。画像の隣に書かれた店の名前を確認すると、それはあのリッキーの店であった。

なるほど、確かに。エリザベスがあの店で働いていたのだとすれば、十代の少女には似つかわしくない数々のハイブランド品にも頷ける。女たらしの店主、あるいはその常連客が無垢な娘を誘惑するにはもってこいの場所だからだ。あの店はこんな世界の外れの田舎町の中でも、さらにはみ出し者の連中が集まる場所だからである。好奇心旺盛な少女にとって、大人たちが自分の知らない世界の会話を交わし、酒を飲み、煙草をくゆらす姿はさぞ魅力的に映ったことだろう。

若い娘をそんな場所で働かせていた母親にも一言言ってやりたいが、彼女をあんな姿にした犯人には、思いつく限りの罵声を浴びせてやりたい気分である。吾輩は、気が付くと外連味たっぷりに自慢の口髭を触っていた。

「あら、ポコ。やる気十分じゃない」エミリーは吾輩の蝶ネクタイをそっと直してくれた。

その手つきは優しく、とても自然で、恋人の愛しさや、母親の温かさを感じさせた。彼女に礼を言われたことで、吾輩は、まるで長年の相棒にでもなったかのような錯覚に陥った。英国の田舎町を舞台に都会出身の〈美人刑事〉と、地元に暮らす〈紳士〉の若者がコンビを組んで活躍する物語がふと頭に浮かんだ。

(僭越ながら吾輩も捜査に協力しようではないか、エミリー君。この口髭に誓って、必ず犯人を捕まえて見せよう。安心して任せてくれたまえ)そんな台詞が今にも口から溢(こぼ)れ出しそうになった。

(エミリー君、では、そろそろ本題に入ろう。エリザベスの遺体がとても穏やかな顔をしていた件についてだが……いや、その前にまずはシナモン・ハニー・ミルクを淹れようじゃないか。捜査の基本はミルクからだ、ミルクがなくちゃ始まらない。午前中は頭がよく働くように、ハニーを多めにしてくれたまえ。ハチミツの芳醇な香りが頭を刺激して、思考がクリアに働くからね。そうそう、できればミルクは新鮮なものを頼むよ。今朝届いたばかりの、牛乳配達員(ミルクマン)が戸口へ置いて行ったばかりの、あのミルクを……）吾輩はそんな妄想を膨らませながら、この二人っきりの捜査本部が永遠に続けばいいとさえ感じていた。

しかし――、そんな妄想は長くは続かなかった。

「……へっし！」吾輩を見るなりダラス警部は大きなクシャミをした。

「またお前か、勝手に上がり込みやがって……うえっし！　……えくし！」彼は何度も、大きなクシャミを繰り返しながら、吾輩を怒鳴りつけた。

「邪魔だ、仕事の邪魔をするんじゃない！　シッシッ！」

ダラス警部は鼻を拭いたハンカチをズボンのポケットに押し込むと、火のついた煙草を持ったまま、吾輩の顔の前で大きく左手を振り払った。

「ッシッシ！　どうやって入ったんだ？　まったく……」

吾輩の鼻先で煙草の火が左右に揺れた。火種の思わぬ熱さに驚いて、吾輩は半べそのような表情になった。

「私が中へ入れました」

吾輩がしゃくれた口をなんとか戻そうと、取り繕っていると、エミリーが答えた。

「なんだと、お前が？」鼻をもぞもぞさせながらダラス警部がいった。「ここは警察署だぞ。何を考えてる？」

「一人で考え込んでいると、行き詰まる時があるので」エミリーは無感情に呟いた。

「相談なら上司の俺がいるだろう」

「相談ではなく、自問自答のようなものです」

「自問自答なら、鏡にでも話せばいい」

「鏡は自分と同じで、都合の良いように嘘をつきますから」エミリーは吾輩をちらりと見た。「彼なら嘘はつかないので……」

「だからと言って、コイツを署内に入れる理由にはならない」ダラス警部は再び火のついた煙草で吾輩を指した。吾輩は眉間に銃を突き付けられたような感覚に、下腹部がシクシクした。

「何を調べていたんだ?」ダラス警部は高圧的な物言いで彼女に詰め寄った。

「まだ、何も」

「コイツには話せても、上司の俺には言えないのか?」

「………」エミリーは何か言いたげだったが、答えなかった。

「まあいい。だが、ここは小さな町だ、誰がどこで聞いているか解らない。もっと注意を払うべきだろう?」ダラス警部はそう言いながら首をすくめ窓の外を窺った。「噂だってあっと言う間に広がってしまうんだ。お前の居た都会とは違ってな」

エミリーはすぐには何も言わなかった。だが彼の態度を保守的と受け取ったのか、徐々に頰の辺りが高揚し、真っ白だった眉間にはみるみる縦じわが寄り始めた。

「この町で、こんな早朝から誰が盗み聞きを?」低いが力強い声だった。

「彼と……ポコとの会話を誰かが盗み聞きするかもしれない?本気で言っているんですか?それが犯人に漏れるかもしれない?捜査に影響すると?」碧い瞳はまっすぐにダラス警部に向けられていた。彼女の言葉にはその場限りではない、別の感情がこもっていた。

「ここは、殺人事件の翌朝にも関わらず、私以外の警察官はみんなどうしていいかもわからず、ずっと頭を抱えてデスクに座っているような田舎警察ですよ。聞き込みや尋問だって警察学校で学んで以来、使ったことすらない連中ばかり……。大げさな警棒以外はろくな装備品も無いし、鑑識だってすぐには駆けつけてはくれない。科学捜査どころか、検視ひとつとっても地元の開業医に頼っているような………」エミリーは次の言葉を詰まらせた。そして、「まともに現場保存も出来ないくせに」と吐き捨てるように絞り出した。

吾輩はダラス警部がエリザベスの目の前に吸い殻を捨てたことを指摘しているのだと察したが、当の本人は彼女の言った意味が分かっていないようだった。

「この間にも死体はどんどん腐食が進んでいます」エミリーは続けた。「いくら今が暑い季節じゃないと言っても、そのうちに筋組織が腐って溶け始め、どろどろになった皮膚の内側に蛆が湧き始める。そうなったら、本当に捜査に影響が出るかもしれないじゃないですか！　ポコとの会話が漏れることを心配するよりも、そっちの方がずっと大事でしょう？」エミリーは語気を荒げた。

「火曜には鑑識も来る」意外なほど静かな声でダラス警部は答えた。「お前がそう言ったんだろう、あと一日も待てないのか？」

「待てません」エミリーは即座に答えた。その声には〝本気で言っているのか？〟という落胆の色が含まれていた。「あの死体は、今、我々の手にある数少ない物的証拠なんです。——あなたは、そんな事もわからずにこの事件の捜査を取り仕切っているんですか？　捜査のその字も知らないで偉そうに……。そんなボンクラ警官代表に相談するくらいなら、彼と話しているほうがずっとマシでしょう？」本音か口が滑ったのかはさておき、エミリーは感情をその場にぶちまけた。

次の瞬間——、

「いい加減にしろっ！」

窓が割れるのでは無いかと言うくらいの大声でダラス警部が怒鳴った。

「エミリー、死体じゃない……遺体だ！　エリザベスのことを、車に轢かれた猫みたいに言うんじゃない。あれは、死体でも、証拠品でもなく、エリザベスの……、一七歳の少女の亡骸なんだ！」

ダラス警部はこれ以上痛ましいことなど無いという顔をしていた。彼の怒りは、自分へ向けられた侮辱に対するものではなかった。

「人が殺されたんだぞ、それも少女が……つい一昨日まで平和そのものだったこの町で殺人事件が起こったんだ。恐ろしいほど凶悪な事件がな。この町の平和を脅かす悲惨な出来事だ。わかるだろう……少しは町の住人の気持ちを考えてくれ」ダラス警部は怒りと嫌悪感が混ざり合ったような複雑な顔をしていた。そして、一瞬口ごもると、喉の奥から絞り出すように言った。

「あの魔女狩りが復活したような悍ましい出来事なんだ……」

言い終えた彼の肩は小刻みに震えていた。

よく見れば彼の手には魔女狩りに関する文献が握られていた。すでに何枚もの付箋が挟まれており、無精髭の伸びた顔からも察するに、一晩中資料を読み耽っていたに違いない。彼もまた、彼なりに事件の解決方法を模索していたのである。

「こんな時だからこそ、我々警察が、町の皆に安心感を与えねばならない。全署員が協力して、できるだけ速やかに事件を解決せねばならないんだ。そんな時に巡査部長のお前がそんな態度でどうするんだ？　仲間を信用せず、上司の俺を頼ることもなく、たった一人で、ブツブツとこんな奴に捜査状況を話して……お前は、ロンドン警視庁（ザ・メット）を追われたあの日から何も変わっていないんだな」

　ダラス警部の言葉には、身勝手な部下への怒りと同時に、孤立する彼女への優しさや、もどかしさのようなものが見て取れた。彼ら二人が言い争う姿は見るに堪えなかった。吾輩はその原因の一端が自分にあるような気がして、少しだけ気分が落ち込んだ。

　彼の話で思い出したが、この町は欠伸の出るくらい退屈な町なのだ。エリザベスの事件が起こった今でもそれは変わらない。猟奇的な殺人事件が起こったというのに、起こったことが信じられないくらい平和な時間が流れている。それがこの町の本来の姿であり、彼らが抱える事件とは、その根底を揺るがしかねない、とてつもなく大きく〈邪悪〉な力に他ならないのだ。主任警部といえども、焦り、狼狽し、大袈裟になるのも無理はなかった。今、この町は、吾輩の知る限り最も〈邪悪〉で胸糞の悪い大事件の渦中にいるのだ。

　ダラス警部の面持ちは怒りというよりも、悲しみの色の方が濃く表れているように見えた。

　ポリポリポリ……、
　ポリポリポリポリ……。

（…………？）

　吾輩がそんな感傷に浸っていると、おもむろに何かを齧（かじ）る音が聞こえてきた。

　ポリ……、

「わかりました、主任警部。以後、態度を改めます」

　ポリポリポリ……、

「捜査状況をできるだけ速やかに報告しますし、もし、必要であれば」

ポリポリ……、

「署のみんなにも、私の知る捜査技術を伝える努力をしていきましょう」

ポリリ…ポリ…、

「手始めに（ポリ……）、私が昨日一日でまとめた事件発生までの時系列と（ゴクリ）、関わったと思われる人間関係について説明します」

吾輩が驚いて見上げると、さっきまで顔を真っ赤にして怒っていたエミリーが、いつものようにミックスナッツを頬張りながら話していた。その表情からは、先ほどまでの高揚した感情的な色味は消え失せ、いつもの冷静かつ論理的な彼女に戻っていた。

「私も捜査を混乱させたい訳ではありません、主任警部殿。事件解決に最も効果的な方法を選んでいたつもりなんです。（ポリポリ……）ですが、少しやり方を変えたほうが良かったかもしれません。特に今回の事件においては……、（ポリポリ……ゴクリ）……あ、このナッツについては気にしないでください。緊張したり興奮すると、いつもお腹が減ってしまうので。すみません」そう言って指でつまんだアーモンドをダラス警部に見せると、「ええっと、どこまで話しました？」とエミリーは続けた。

「……そう、特に、特に今回の事件においては、町の住人達との信頼関係は非常に重要です。ここは都会と違って隣人との距離が近い。捜査の進み具合は彼らの証言が頼りといってもいいですから。でも、私はこの町では余所者。ここへ来てもうすぐ三年になるけど、やっぱり皆どこかで私を別の種類の人間として見ている。それに——田舎町ではよくあることだけど——、お互いがお互いを守るため、捜査に協力的じゃない可能性もあります。だから、我々、そう、特に警察内部の信頼関係は事件解決に必須だと再認識しました。全署員一丸となって犯人を見つけ出しましょう！」エミリーは平然と言ってのけ、にっこりと微笑んだ。

この変わり身の早さは女性特有のものなのか、それとも、彼女の性格からなのか。どちらにせよ、この切り替えの素早さは、他人を黙らせるのには効果的だった。

そのあまりに堂々とした態度に、吾輩もダラス警部もすっかり飲まれてしまった。

「……ああ、わかったならそれでいい」慌てて声を絞り出すダラス警部。

「因みに、エリザベスの死体――、失礼、遺体が損壊ないし、持ち去られる危険性は、現段階で捜査から排除しても大丈夫でしょうか？」

「……その点は心配ない。墓地の入り口には町で一番頑丈な鎖を掛けたし、火曜の夜までは常時監視をつけている。犯人が魔法使いや本当の悪魔でもない限り、彼女の遺体に手出しはできない」

「わかりました、では、その可能性は排除……と」スマートフォンを取り出し、何かのメモに追記しているエミリー。「あたしたち上手くやっていけそうな気がします」とダラス警部の顔を上目遣いに見た。その碧く澄んだ瞳を見て、ダラス警部は思わず視線を外した。

この世界から忘れ去られたような田舎町には、つい数年前まで居なかったタイプの女性、都会から来た洗練された彼女の力強い瞳に吸い込まれそうな気がしたからだ。

メモを取り終えたエミリーは、再び上目遣いでダラス警部の顔を覗き込んだ。そして、すこし時間をおいて勿体つけるように彼の反応を待った。

………。

…………。

「なんだ？」堪えきれずダラス警部が訊ねた。

「勤務態度を改善する代わりに、ひとつだけ——、私からもお願いがあります。これも捜査にとって重要なことなんです」チャンスを逃さず、然るべきタイミングで彼女はカードを切った。〝内容にもよるが——〟と言いかけるダラス警部を制して、エミリーは強引に続けた。

「ポコと、彼と会うのは許可していただけませんか？　彼、とても物静かですし、本当に彼と話していると考えがまとまるんです。皆とは協力しますが、時には一人で考えたい時もあります。その時、やっぱり鏡に向かって話すのは、なんだか嫌だわ。ナルシストっぽくて耐えられない。アメリカのテレビドラマか、日本のテレビゲームに出てくる登場人物みたいで……すっごく嘘くさい」

エミリーは大げさに両腕で体をさすりながら、寒そうなふりをして見せた。

「それにポコは絶対に秘密を口外しません。それは保証します。ねえ、ポコ」

吾輩は突然自分に向けられた視線に少し尻込みしたが、できるだけ胸を張って、精一杯に頷いた。

ダラス警部は片眉を上げてどうしたものか、という顔をしたが、結局は何も言わずに溜息交じりに頷いた。

「ありがとうございます！」エミリーは白い歯を見せて子供のように微笑み、吾輩にもウインクをした。吾輩も歯を見せてニンマリと笑顔を見せた。

「俺が許可した時だけだ。いいな」ダラス警部はそう付け足すと、もう燃えて小さくなった煙草を咥えて肺一杯に吸いこんだ。

そして紫煙を吐き出すと、思い出したように鼻をむずむずさせ始めた。

「……へっし！　……へ、ふえ、へっしゃ！」彼の特徴的なクシャミが室内に響いた。

彼は何度もクシャミを繰り返し、ハンカチで揉みほぐす様に鼻を拭いていた。吾輩は鼻が取れてしまうのではないか？　と心配したが、ハンカチをどかすと、彼の大きな鼻は無事だった。

ダラス警部は鼻を拭き終わると、ハンカチを今度は上着のポケットに突っ込んだ。そして窓を開けると吾輩に向かって顎をしゃくった。

「空気を入れ替える序でに、そろそろ部外者にはお引き取り願おうか」ダラス警部が言った。

彼は、先ほど吾輩がエミリーに協力することを認めてくれたものの、それは捜査チームに迎え入れるという意味では無かったようである。

吾輩はエミリーの顔を見たが、彼女は諦めたように首を横に振った。吾輩は仕方なく窓枠に足をかけて身を乗り出した。後ろ髪ひかれるように一度だけ振り返ると、エミリーは吾輩にだけ見えるように、リッキーの店のホームページが表示されたままのラップトップを指さしていた。

吾輩はそれを〝リッキーの店で合流〟という意味だと理解して、素直に警察署を後にした。

もう少し彼女の捜査を見ていたかったが、どのみちパブへ行けば再会できるのだ。そう考えると不思議と名残惜しくは無かった。彼女はやるべき時に、やるべき事をやるだろう。その時、然るべきタイミングで彼女の傍にいればよいだけなのだ。

吾輩が窓から飛び出すと、背後でダラス警部の大きなクシャミが聞こえた。振り返ると、彼が顔全体をハンカチで擦っているのが見えた。もしかすると彼は、〈紳士アレルギー〉なのかもしれないな、と吾輩は思った。だが、それも仕方のない事だろう。労働者階級にはありがちな体質だからだ。特に彼のような、叩き上げの現場主義者にはよくある話である。

（さて、どうしたものかな……）吾輩は思わず独りごちた。（パブが開くのは夕刻だ。それまでどう過ごしたものだろう）時間はたっぷりとあった。

吾輩は一度だけ大きく伸びをして、まだ午前中の冷たい空気を肺一杯に吸い込んだ。

4

暇つぶしには図書館がいい。吾輩は町のはずれにある図書館へ来ていた。

吾輩はいつも時間を持てあますと此処へやってくるのである。

ここは知識が詰まった夢のような建物であり、かつての文豪が、偉人が、活動家や夢想家、そして学者や歴史家たちが残した遺産そのものだからだ。人は紙を発明し、文字を刻んだ時から他の生命とは全く違う次元に進化したといえる。たとえ個の命が尽きようとも、文字が先人の知識や思想を引き継ぎ、後世へと物語を紡いでいく。そうすることで、生命が数珠つなぎのように連なって歴史というものが生まれたのだ。吾輩は此処へ来て紙とインクの香りを嗅ぐたびに、そういう浪漫を感じるのである。


アイルランド出身の劇作家、バーナード・ショーはこう綴っている。

〝ドンキホーテは読書によって〈紳士〉に成った――〟

つまり吾輩にとって読書とは、〈紳士道〉という航路を照らす灯台の灯（ともしび）であり、同時によき指導者なのである。そしてまた、生涯最高の友人でもある。本のない人生は、シナモンの入っていないシナモン・ハニー・ミルクのように締まりがなく、ただ甘ったるいだけである。それを喜ぶのは子供、もしくはシナモンを知らない無知な連中だけだろう。そういう意味で、吾輩は本を読まない〈紳士〉は、〈愚者〉に等しいとさえ考えている。

　読書とは、〈紳士〉にとって、チェスや語学や身嗜み、食事のマナー、乗馬やゴルフ、フェンシング、クリケット、ハンティング、それに利きウィスキーなんかと同じくらい重要な嗜みのひとつなのである。分かって頂けたであろうか。

　ちなみに、この名言には続きがある。

〝ドンキホーテは読書によって〈紳士〉になった
そして読んだ内容を信じたために　狂人となった
――バーナード・ショー〟

「お～い、そこのキミ。今日も〈紳士〉やってるね！」静まり返る館内に、神聖な雰囲気を台無しにする大きな声が響いた。「今日はえんじ色かあ。この間の青いベルベット調も良かったけど、今日のネクタイもすっごく似合ってる。うん、素敵だよ。特にその白い手袋との相性は抜群！」

　声の主は自称小説家の卵、ジーニーだった。この春大学へ進学したばかりの小娘で、いつもこの図書館に入り浸っている。

　彼女の口癖は、〝ボクはアガサ・クリスティよりも多い作品数で、より少ない人物しか殺さない

ような
ミステリー作家になりたいんだ〟とのことである。

少し分りづらいが、要は、殆ど人の死なないミステリー小説を沢山書きたい、と言うことだろう。それにどういう価値があるのか吾輩には計り知れないが、彼女の中では確固たる信念があるようだった。

彼女と初めて出会ったのも、この図書館だった。それ以来、妙に吾輩に懐いていて、いつの間にかすぐに近くに寄ってくる。端から見れば生意気な小娘という印象があるが決して悪人ではない。礼儀を知らないだけなのだ。

その証拠に、実のところ本を読むことが苦手な吾輩に変わって、あれこれと興味深い書籍を読み聞かせてくれる。勘違いしないで欲しいのは、本を読むのが苦手といっても、文章そのものが読めない訳ではない。読み進めるために、何度も何度もページを捲ったり、すぐに丸まろうとする古い紙を押さえつけたりすることが苦手なだけである。急いでページを捲ろうとすれば、爪が引っかかって紙を破ることになるし、ちょっとでも気を抜いて手を離せば自らの重みでパタンと閉じてしまう。何十枚も、何百枚もそれを繰り返すうちに、吾輩の集中力は途切れ、読み進めた内容すら忘れて、いつも途中で投げ出してしまうのだ。

……そう、吾輩は〈紳士〉のくせに本の一冊もまともに読めないのである。

そんな吾輩のコンプレックスを知ってか知らずか、ジーニーはいつも吾輩が気になっている本をさり気なく手に取って、吾輩にだけ聞こえる小さな声で読み聞かせてくれるのだ。

さっきの御託はなんだったのか？　と問われると、弁明の言葉も見つからないが、実際にジーニーの語りを聞いている方が、自分で読むよりずっと頭に入ってくるから不思議なものである。きっと彼女の読解力はとても優れているのだろう。あるいは朗読に適した良い声をしているのかもしれない。もしも、彼女が吾輩と一緒にハーバード家の教育を受けたなら、それなりの淑女に成長するに違いない。

「ねえ、そのネクタイさ、いつも誰が選んでいるの?」彼女の声が館内に響いた。

(シ――ッ、図書館で大声を出すな!)と吾輩が注意すると、ジーニーは悪びれる様子もなく小さく舌を出して、それ以降、あからさまな小声になった。

「レディ・ハーバードの趣味? それとも、他の誰かが選んでくれているのかな?」彼女が訊ねた。

(母上は吾輩の世話を焼くほど暇ではないし、吾輩もそんな子供ではない。自分の服くらい、毎朝自分でキチンと選んでいるさ)吾輩は答えた。(ただし、着付けは、――というよりも食事の世話も入浴も掃除も何もかも――、実際には家政婦長のアルテシアが行っているわけだが、彼女に主導権があるのではなく、あくまでも吾輩のサポートとして彼女が介添えをしているに過ぎない。そんなことを聞いてどうするんだ?)吾輩は少しムッとして彼女を見た。

「なに? 拗ねたの? ちょっとポコ、可愛いんだけど」ジーニーは笑った。年上の〈紳士〉に向かって〝可愛い〟とは、本当に礼儀知らずな小娘である。

だが、吾輩はそんな彼女のことが、どうしても憎めなかった。いつも何だかんだと言っているうちに、彼女のペースに巻き込まれ、いつのまにか心地よい会話を楽しんでしまっているのだ。

「……そんな丁度いいサイズのネクタイ、どこで買うの? あ、そうか、きっと仕立てて貰っているんだ。ポコの家はお金持ちだもんね。そうだ、そうだ、ふむふむ、納得だよ。……なるほど納得だ」

吾輩のネクタイについて独り言を続けていたジーニーは、〈ブラック・ン・レッド(Black n' Red)〉のリングノートを取り出して、何やらメモを取り始めた。彼女は若い世代には珍しく、アナログ派で、メモは必ず紙とペンを使っていた。ノートには〝紳士猫セバスチャンの事件簿／アイデアノート〟と書かれていた。吾輩はあえて見なかった振りをして、目線を外した。

ふと見ると、ペンを握る彼女の左手には包帯が巻かれていた。書きにくそうにペンを握る仕草が特徴的だったので気になったのだ。よく見ると人差し指と中指が一つの塊として包帯で固定されていた。

（その怪我、どうしたんだ？）と吾輩は訊ねた。

「ん？　これ？　何でもないよ。気にしないで」ジーニーは答えた。

（なんでもない訳無いだろう？　将来有望な作家の卵が手を怪我しているんだ）吾輩は心配になり食い下がった。

彼女は答えず、じっと吾輩を見た。ほんの少しだけ図書館らしい沈黙が続いた。

吾輩は無言で、彼女の直ぐそばまで近づくと、彼女の包帯の匂いをクンクンと嗅いでみた。鉄と湿布薬の混ざった強烈な刺激臭がした。吾輩は顔のパーツがすべて顔面の中心に集まってしまうくらい眉間にしわを寄せた。それを見て、ジーニーは思わず目尻を下げた。

「……実はね」一度深呼吸したあと、彼女は静かに話し始めた。「今朝、学校で告白されたんだ、ボク。ラグビー部のスタンドオフをやってる先輩から」

意外な内容に吾輩は少し戸惑った。構わずジーニーは続けた。

「それで、ボク、断ったんだよ。彼の申し出を」

（なぜ？）吾輩は訊ねた。

「なぜって、突然過ぎたって言うのもあるけど、そもそも、ボクのタイプじゃないんだよね、彼。

根本的に違うっていうか。……その、好きとか嫌いとか以前に、生理的に違うっていうか……。あ、別に醜男だとか、腋臭が臭いとか、首相の名前も知らないくらいの超バカとか、そういうのじゃないから。ただ……、ボクの問題で、彼は選択肢に入っていなかったんだ」彼女は言葉を慎重に選びながら話しているようだった。

「それで、今みたいに、上手く説明することが出来なくて、彼と言い争いになってしまって……、ボクは嫌気がさして、強引に帰ろうとしたんだ。そしたら彼が、引き留めようとボクの左手を掴んだんだ。思わずね。〝しまった！〟って思った時には、もう手遅れだった。それで、この有様ってわけ」

彼女は左手を見せながら言った。

（吾輩には君の言いたいことは十分に伝わった。きっと、その彼が鈍感だったのさ）吾輩は言った。

「だいたいさ、ラグビー部の連中って力が強すぎるよね。あんなに鍛えてどうするつもりなんだろう？　こんな田舎町じゃキングコングも襲ってこないのに……」ジーニーは肩をすくめて無理に冗談を言った。

（将来、ネス湖のモンスターでも釣り上げるつもりなんだろう）吾輩は声を出さず歯を見せて笑い、右手で口ひげを触った。

それを見たジーニーも、さっきよりはもう少しだけ本心から微笑んでくれたように見えた。

吾輩はつい嬉しくなって、ゴロゴロゴロと喉を鳴らして片目を閉じた。

「ところでポコ、エリザベスの事件、聞いた？」しばらく読書に耽ったあと、ジーニーが思い出したように切り出した。今この町で最もホットな話題である。

「ほんと信じられないよね。この町であんな事件が起こるなんて。……しかも魔女狩りなんて噂も流れてる」

（ああ、そのようだな）吾輩は一瞬、魔女狩りという言葉に過剰反応しそうになったが、そんな様子を読み取られないよう、わざと素っ気なく答えた。

するとジーニーはさらに声を絞り、「……ねえ、ポコ。一七世紀初頭の〈魔女狩り将軍〉の話は知ってる？」と、切り出した。彼女は人生で初めてみせるような神妙な顔をしていた。吾輩は直感的にあまり楽しい内容じゃなさそうだなと思った。通り名からして、物騒である。

「彼、〈魔女狩り将軍〉の名前はマシュー・ホプキンス、一六四〇年代に三百人もの〈魔女〉を裁判で処刑したと言われる実在の人物だよ。イングランド東部を中心に活動して、魔女狩りに関する小冊子を作ったり、日記や文献もいくつか残している。彼自身の著書によると、〈魔女〉一人を処刑して、当時の一般市民の年収近い報酬を得たとか……ねえ、それを三百人分ってどれくらいになるんだろう？　ボクには想像もできないんだけど」ジーニーは、包帯で巻かれた左手を不自由そうに動かしながら、両手の指を折って数えるような素振りを見せた。だがジーニー、吾輩でも解る。両手じゃ足りないだろう。

「しかも、彼の裁判で処刑された殆どの人が無実、――つまり冤罪だったとか。中には事情があって誅殺（ちゅうさつ）された人も居ると思うけど、彼の報酬のためだけに〈魔女〉に仕立て上げられた人が相当な数、居たってことだよね……お金のために無実の人たちが殺されたんだよ。それって時代がどうとか、思想がどうとか、そういう次元を越えていると思わない？」

ジーニーの話を聞いて吾輩は自然と生唾を飲み込んでいた。

「それも、エセックス州やノーフォーク州あたり――ここからそう遠くない場所で、実際にあった話なんだよ」と彼女は付け加えた。

実際にあったという言葉が吾輩の脳みそに重くのしかかった。

全く酷い話だ。いや、酷いとか酷くないとかの尺度では測れない。吾輩は彼女の言葉どおり、次元を越えた〈邪悪〉さを感じた。冤罪であったかどうかなどという断罪の是非について語る以前に、金のために三百人もの〈魔女〉、――つまりは人間の女性――が殺されたのだ。そして、それを当時の権力者や大衆が、神までもが、正義の名のもとに実行していたのだ。尻の周りの毛がゾワゾワと膨らむほどの遣る瀬無い憤りが、ちっぽけな吾輩の胸に去来していた。

「ねえ、ポコ。話の本題はここからだよ……」そんな吾輩の心中を察したのか、ジーニーは小さく舌を出して唇を舐めた。彼女がこの顔をするときは、とっておきの話があるときだった。つまり、吾輩に最後まで聞いて欲しいというサインなのである。そして、悔しいことに彼女の話は実際、とても興味深いのだ。

「ポコ、この町は何処にある?」と彼女が言った。

(イングランド東部、だが殆ど中部との境で天気予報もどっちを見ればいいのか――)と、吾輩が定型文を言い始めると、「はい、そこ! そこだよ!」と彼女が割って入った。

「〈魔女狩り将軍〉はイングランド東部を中心に活動をしていた。そして、その周辺地域では、彼の魔女狩りに影響を受けたであろう、様々な独自の魔女狩りが生まれていったんだ。つまり、この町にもこの町なりの魔女狩りが存在していた可能性が高いってこと。そりゃあ、スタバもコスタもまだ無いけど、ここだって立派なイングランドの一部なんだから、ね?」ジーニーは自分に言い聞かせるように、小さく頷いた。

「それでね、本当に偶然なんだけど、この辺りの史実を記した古い文献でそれらしい記述を見つけたの。どう、興味出てきたでしょう？」

そう言って彼女が取り出した古い本は、表紙がひどく傷んでいてタイトルこそ読めなかったが、この地方の慣習や歴史や住民生活なんかを、当時の手記や手紙を使ってまとめた文献であることが見て取れた。

ジーニーは文献をパラパラとめくると、勝手に折り目を付けたページを探した。図書館所蔵の本を自分の所有物であるかのように扱うなんて……。〝吾輩なら、たとえ自分の物でも本のページに折り目を付けたりはしないのだがね〟と、吾輩は心の中でつぶやいた。

「ここだよ、ほら。文献にはこう記してある――」ジーニーが興奮気味に言った。


〝これから話す内容の特殊性から、登場する人物の実名や正確な町の名前は伏せざるを得ないが、イングランド東部と中部の境にある、この世の狭間のような小さな町での出来事である。〟

「ね、ね、ね、これって、この町のことだよね？」彼女は初めて解いたなぞなぞの答え合わせをする子供の様な瞳で、吾輩の顔を覗き込んだ。吾輩はあえて〝あり得る話だな〟と言う風にそっけない返事をした。ジーニーは気にせず続きを読み始めた。


〝一六四三年、夏のことである――

この夏は例年よりも天候に恵まれ、珍しく晴れの日が続いた。

この地方特有のどんよりとした曇り空にウンザリしていた町の住人は太陽の恵みを心から喜んだ。

だが、どういう訳かそれ以降、何日経っても雨が降らない。

最初のころはありがたがっていた住人たちも、日照りが五日、十日と続くうちに、『この日照りは、〈魔女〉の呪いではないか』と噂し始めた。

そんな時、政府公認の派遣だという魔女狩りの一団が町を訪れた。

そして一団は一人の少女を逮捕した。

当時の領主家に仕えていた侍女の一人である。

驚くことにこの少女は、誰とも性交渉をしたことがないにも関わらず、身籠もっていた。

調査団の尋問に対して、彼女自身の口から自然と子供を授かったと告白したと言う。

この話を聞き、当然、町は大騒ぎとなった。

『〈魔女〉は魔術によって子供を授かる――コイツは〈魔女〉だ！』

『日照りはこの〈魔女〉が原因に違いない』

『〈魔女〉が領主様を呪っていたのだ！』

『食い止めなければ』

『呪いを止めろ！』

『〈魔女〉を殺せ！』

口々に叫ばれていた呪いの言葉は、やがて一つの大きな塊となって少女を飲み込んでいった――

『殺せ！』『コロセ！』『殺せ！』『殺せ！』『殺せ！』

『殺せ！』『殺せ！』『コイツを殺せ！』

『娘を殺せ！』『殺せ！』

『殺戮せ！』

『絞殺せ！』『刺殺せ！』

『撲殺せ！』『轢殺せ！』『埋殺せ！』『薬殺せ！』『圧殺せ！』

『虐殺せ！』『銃殺せ！』『殺害せ！』『瞬殺せ！』『惨殺せ！』

『自殺せ！』『毒殺せ！』『爆殺せ！』

『コロセ！』『コロセ！』『コロセ！』『コロセ！』


『殺せ！』


皆口々に叫び、彼女を罵った。

こうなってはもう誰にも止められなかった。

この少女は〈魔女〉裁判にかけられること無く、調査団の手によって処刑されることが決まった。

調査団による処刑方法は、磔にして火刑が一般的だったが、彼女の場合は事情が違った。〈魔女〉の子供を身に宿していたからである。

非常に残酷だが、町の住人たちは腹の子を引きずり出し、公衆の面前で確実に殺害することを望んだのだ。

かく言う〈私〉も、その決断に賛成した一人である。
もし、あのとき〈私〉に少しでも正気が残って居たのなら、あんな惨たらしい決断は出来なかっただろう。そして、この町が永久に呪いにかけられることも無かったに違いない。

処刑の当日、少女は猿ぐつわを噛ませられ弁明を述べることすら許されなかった。磔にされた彼女に多くの石つぶてが投げつけられた。思いつく限りの呪いの言葉が彼女に浴びせられた。被された布袋の上からでも彼女がもがき苦しんでいるのが窺えた。

そして、住人たちの怒りが最高潮に達したとき、魔女狩りの一団を束ねる人物が、彼女の下腹部にナイフを突き立てた。

ナイフが肉をえぐると、少女の下腹部がジワリと赤く染まった。そして彼が刃をすべらせると、想像しているよりもずっと勢いよく赤い血が噴き出しだ。

驚いて何人もの婦人が卒倒したが、それでも彼は刃を緩めずに一気に彼女の胎を引き裂いた。

次の瞬間、彼は拍手と歓声を期待したが、処刑を見ていたすべての人間が一斉に沈黙した。

なぜなら――

少女の子宮には、すでに赤ん坊が居なかったからである。

大きかったはずの胎からは羊水だけが流れ出し、赤ん坊の骸はおろか、肉片一つ、どこにも見当たらなかった。その様子は、処刑を察した赤ん坊自身が、魔力を使って逃げ出してしまったかのようだった。

人々の動揺を察した魔女狩りの一団は、咄嗟の判断で少女に火を放ち、まだ息の有った少女を生きたまま焼却した。

布袋の中で少女は声にならない絶叫をあげた。その声は、〈魔女〉が我々に呪いの言葉を浴びせかけているかのように聞こえた。

炎に包まれた少女は磔のまま身体を大きく揺らしていた。やがて、少女の動きが止まり、肉の焼ける臭いがあたりを包んだ。野次馬の中には腰を抜かしてその場にへたり込むものや、嘔吐しているものもいた。

一団は〈魔女〉の呪いを絶ったことを証明するため、少女の遺体を町の中心にある大きな楡の木から吊るした。真っ黒に焼かれた骸は朽ちて形がなくなるまで、木から降ろされることは無かった。

そして、処刑の翌日には実に五十七日ぶりの雨が降った。

恵みの雨により、この町の魔女狩りは終わった。そして、町の人々は徐々に平穏を取り戻していった。

だが、あの日以来赤ん坊の行方はわかっていない。

我々は自らの手で少女を惨殺し、この町を穢したのだ。

自分たち自身に呪いをかけてしまったのだ。


この町は未来永劫、この呪いから逃れることはないだろう。〟


「どう？　ポコ。かつてこの町でも実際に魔女狩りが行われていたんだよ。しかも、腹部を引き裂かれた少女が殺され、その遺体は楡の木から吊るされたの」ジーニーは、そう締めくくった。

吾輩は人間の奥底に眠る〈狂気〉というものが、自分の直ぐ足元にまで迫ってきたような感覚に襲われた。つまり、このとき初めて魔女狩りというものの恐怖を生身で感じたのだ。これまで歴史の一部で、単なる過去の出来事だと思っていたものが、突如、自分の日常に入り込んできたのである。

ジーニーの言うように、この文献に出てくる町が我々の住むこの町なのかはわからない。だが、それがどこで起こった事であろうと、こんなにも〈邪悪〉で残酷な処刑が、実際に存在していたという事実に、嫌悪感を抱かずにはいられなかった。

エリザベスも腹部を引き裂かれ、楡の木から吊るされた。そして死体には焼かれた痕跡もあった。

……吾輩は魔女狩りの少女とエリザベスを重ね、少しの間言葉を失った。だが、この二つの事件にはいくつか相違点もある。今は日照りの季節では無いし、魔女狩りの少女は剃毛されていなかった。

それに、吾輩の知る限りエリザベスに妊娠の事実はなかったはずだ。死体の燃やされ方にも大きな差異がある。いくら二人の少女が悲惨な殺され方をしたとしても、三五〇年前の処刑と、エリザベスの事件を関連付けるのは少々こじつけが過ぎるだろう。吾輩は自分にそう、言い聞かせた。

そもそもジーニーの見つけた文献の町が、この町であるという証拠もない。つまりは現時点でなんの根拠も存在しないのである。

「ねえ、ポコ。この文献とエリザベスの事件が全く同じじゃないことくらい、ボクも解っているよ」

吾輩のそんな様子を読みとったのか、ジーニーはこう付け足した。

「それにさ、この魔女狩りの話だけど、見ようによってはこんな風に読み取れないかな？　少女は最後まで父親の名を言うこと無く殺されたってさ。重要なのはこの部分だとボクは思うんだ。言わなかったんじゃなく、言えなかったのかも。誰かが何かを守るためにね。だとすれば、彼女は嵌められて殺されたのかもしれない。つまり——、処刑のとき赤ん坊は魔法で逃げ出したんじゃなくて、すでに取り出されていたとは考えられないかな。魔女狩りの一団が腹を切り裂いたのは、それを偽装するためだった。そして証拠隠滅のため遺体を焼却した。赤ん坊はきっと彼女の妊娠を好ましく思わない誰かの子供だったんだ。だから彼女は魔女狩りに見立てて殺された。もしかすると赤ん坊も……」と、ここでジーニーは言葉を濁した。

「それでね……エリザベスだけど、彼女の遺体からは内臓がすべて無くなっていたんでしょう？　それでピンと来たんだ。内臓は捨てられたんじゃなく、故意に持ち去られていたとしたらどうだろうって。それも目的は内臓じゃなくて、別の物だったとしたら？」

彼女の言葉を聞いた瞬間、吾輩は文字通り、全身の毛が逆立つのを感じた。

おお、ジーニー、何てことを想像しているんだ！　そんなことを思いつくなんて……なんて恐ろしいんだ。例えそれが真実だったとしても、想像もしなかった。思いも寄らなかった……なんと言うことだ、恐ろしすぎる。

止められなくなった恐ろしい考えが、増水した河の濁流のように吾輩の脳内を駆け巡った。

領主家に仕える侍女が魔女狩りで殺されたのは、身籠もってはいけない子供を授かったからだ。この場合、領主自身かその近親者の子供に間違いないだろう。その事実を隠蔽するため、当時流行していた魔女狩りが利用されたのだ。日照りは単なる大義名分でしかなかった。そして、侍女は主人の秘密を守ったまま殺された。赤ん坊は堕胎させられたか、あるいは……。

翻ってエリザベスの事件に焦点を当てるならば、彼女もこの魔女狩りの話と同様に派手に飾り付けられた死体は見せかけであり本質はもっと別の部分、つまり——彼女の消えた内臓にこそ隠されていると考えるほうがしっくりくる。内臓、そうだ、内臓が消えていたのだ。心臓、肺、胃袋、肝臓、すい臓、脾臓、小腸から大腸、そして子宮も……。なんということだ、吾輩は自分自身の想像に押しつぶされそうになった。

誰にだって秘密はある。吾輩にも、ジーニーにも。きっとダラス警部やエミリーにもあるだろう。いつも口うるさいアルテシアや、普通の男代表のクリスにだって確実にあるはずだ。そして、エリザベスにも密かな情事があったのだ。

なにより彼女にはスポンサーが居たと推察されている。このスポンサーなる人物が、文献の存在を知り過去の惨劇を利用したのかもしれない。あるいはエリザベスとスポンサーを取り合うような関係の誰かが……。

「〝すべての非合理性を消去して、最後に残ったものが如何に奇妙なことであっても、それが真実となる〟」ジーニーがシャーロック・ホームズの言葉を引用した。

その表情は、ミステリー小説で探偵が種明かしをするときのソレそのものだった。

彼女は想像力が豊かすぎる傾向があるものの、小説家志望だけあって、資料を紐解く能力や物事を多角的につなぎ合わせる能力は非常にすぐれていた。今回の推理も強(あなが)ち的外れとは言い切れないだろう。吾輩はいつも彼女のそういう所に驚かされるのだ。

気がつくと吾輩は、空(くう)を見つめて口髭を触っていた。

その様子を見てジーニーは、口元を押さえて必死に笑いを堪えていた。吾輩が訳も分からずそのままの恰好で固まっていると、彼女は我慢できずに思わず吹き出した。

「ポコ、面白いね」ジーニーは言った。

(何が面白いんだ？　とても悲惨な話じゃないか)吾輩はムッとして言った。

「かもしれないけど、あんまり真に受けちゃだめだよ」ジーニーはまた笑った。「偶然見つけた文献に書かれていた昔話をもとに、素人が推理してみただけなんだからさ。こんなの、ある意味こじ付けだよ。こ・じ・つ・け。そりゃあ、多少は小説風に脚色したところもあるけど……。まさかこんなにも驚いてくれるなんて思わなかったよ」

吾輩は顎が外れそうになるくらい大きく口を開けた。

(……きゃ、脚色？)

「そう、脚色さ」彼女は悪びれもせずに言った。「ボクだってエリザベスの事件をボクが解明できるなんて本気で思っていないよ。だってボクはどこにでもいる大学生なんだから。小説家志望のね。それで、ちょっと面白そうな文献を見つけたから、それとエリザベスの事件を絡めて誰かに話してみたかったんだ。いつか書く予定の推理小説にこのトリックが使えたらなって思っただけさ」

吾輩はジーニーの話を聞き、再び口髭を触っていた。その様子を見て、ジーニーは自慢げに肩をすくめた。吾輩は酷く感心したり、呆気に取られたり、もしくは得意げになると口髭を触る癖があるらしい。以前、ジーニーがそう教えてくれた。

「でも、この付近で魔女狩りがあったことは事実だし、〈魔女狩り将軍〉も実在した人物なんだ。あの部分は本当だよ。だから、話にも信ぴょう性があったでしょう？　自分でも良くできた方だと思うんだ。ねえ、ポコも思うでしょう？」

ジーニーはそう言って文献を机の端に追いやると、褒めてくれと言わんばかりに身を乗り出した。騙された方としては気に食わないが、それでも、彼女の話は実際に面白かった。吾輩はそっと彼女の頭に手を当てて、軽く撫でてやった。

屈託のない笑顔を見ていると、どこからどう見ても年頃の娘である。正直なところ彼女の見た目は悪くない。と言うよりも、むしろかなり良い方だろう。ショートカットの栗毛に若くて張りのある白い肌、化粧っ気のない顔に薄い茶色の瞳はとてもよく似合っている。ぷっくりとした唇からは時折小さな舌が覗き、光沢のある爪や指先は十代特有の瑞々しさを十分に感じさせていた。

きっと学校では今日みたいに言い寄ってくる相手も多いはずだ。こんな血なまぐさい事件に興味を持たず流行の音楽を聴いたり、恋人のためにマフィンの焼き方をネットで調べたり、お気に入りの自撮り画像(セルフィ)を日に何度もSNSに投稿するのが普通の大学生というものだ。なのに彼女はこんな所で吾輩と一緒に魔女狩りの文献を読みあさっている。実に勿体ない話である。

ふとした興味から、吾輩は彼女にどうして吾輩なんかに懐いてくるのか訊ねたことがある。すると彼女は〝キミのセンスは最高だから、特に本を選ぶセンスがね〟と答えた。〝ボクには無い何かがキミにはあるんだ。そういう所、とても素敵だとボクは思うよ、ポコ〟とも言っていた。

恥ずかしげも無く他人を褒められる彼女の感性こそ、他の誰にも無い魅力だと吾輩は思った。

結局のところ、吾輩もジーニーも変わり者なのだ。そして、変わり者同士、居場所を求めてこの図書館にやってくる。馬が合うとか、親友だとか、いろいろな表現があるがきっとそういうことなんだろう。吾輩にとって彼女は、数少ない〈大切な存在〉のひとりなのである。

吾輩は図書館のメインロビーにある大きな柱時計を見た。時計は午後五時二〇分を少し回ったところだった。カウンターでは司書を目指しているアルバイトの学生が帰り支度を始めていた。

吾輩はジーニーに別れを告げると、エミリーに会うために例のパブへ向かうことにした。

別れ際、ジーニーは包帯で巻かれた左手を小さく振った。声に出さず、口の形だけで〝バイバイ……〟と言っていたのが、とても可愛らしかった。

5

夕刻になって、吾輩は一人でリッキーのパブまでやってきた。

警察署へ立ち寄ってみたが、結局エミリーには会えなかったからだ。ここへ来る途中、河原で一瞬だけ彼女を見かけたのだが、直後に通りかかった水鳥の群れに気を取られ見失ってしまった。

吾輩の洞察力が確かなら、彼女はミックスナッツを頬張りながら運河の支流に流れ込む排水溝を覗き込んでいた。

警察支給のボールペンを使って溝(どぶ)を浚(さら)い、ペン軸に引っかかった毛とヘドロの混ざった汚物をじっくり観察したあと、クンクンと臭いを嗅いでいたように思う。汚物を慎重に証拠品袋へ移した後は、まだ濡れたままのボールペンを一度だけ振って水を切り、躊躇なく胸ポケットに差しこんでいた。

そして、汚物の入った証拠品袋を左手でつまんだまま顔の前に持ってくると、右手でミックスナッツを二、三粒口に運んでいた。

汚物をまじまじと眺めながら指先を舐める彼女の姿を見て、吾輩は流石はエミリー・トンプソンだ、と思った。悔しいが、その悍ましい所作とは裏腹に、彼女の横顔はとても美しかったのだ。

まるで水辺に降り立った女神が、人間の遊びを真似て楽しんでいるかのようだった。

そのうちに水鳥の群れが吾輩の目の前を横切り、不格好な水かき運動を見ていると堪らなく追いかけたくなってきた。水中でバタバタと動く足ヒレと、それが掻き出す水の泡が吾輩を魅了し、釘付けにしたのである。吾輩は居てもたっても居られなくなり、前傾姿勢になると尻を振って彼らの動きをずっと追っていた。そして気が付くと、エミリーの姿は消えていた……。

話を戻そう。

リッキーの店の名前は〈漆黒の髪亭(The Raven Locks)〉といった。

店主は好きになれないが店のネーミングセンスは悪くない。ここ、英国のパブにはおかしな名前が多いが、この店の名前は特に意味不明だった。だが、それが逆に良かった。高級感かつ伝統を感じさせる雰囲気があったからだ。

ちなみに吾輩の髪色も漆黒である。漆黒とは単なる黒ではなく、光沢があり深い暗黒のような黒色のことだ。この艶やかな黒はどんな服装にも良く映えたし、光の加減で様々な表情を見せた。

自慢では無いが黄色味がかった瞳の色とも相性は抜群だと言えるだろう。母上もアルテシアも、この漆黒の髪をとても褒めてくれるし、エミリーもジーニーもいつも触りたがった。すでに二人の孫を持つミドルトン夫人ですら、うっとりとして吾輩の髪を撫でてくれるのだ。すべての女性にとって、吾輩のこの漆黒の髪色はとても魅力的に映るのであった。

それに引き替え〈漆黒の髪亭〉の店主は斑（まだら）な金髪でくせ毛だった。

本人は若い頃のゲイリー・オールドマンを意識してオールバック風の髪型から前髪だけを少し垂らしていたが、実際にはむしろ血に飢えた野良犬とか、世間知らずのチンピラといった風体そのものだった。せめて黒髪に染めれば、〈漆黒の髪亭〉の店主としてもう少し恰好がつくだろうに、と吾輩は思ったが、彼にその美意識は存在しないようだった。

鋲の付いた袖無しのライダースからは、びっしりと入れ墨（タトゥー）が彫られた両腕が覗いていたし、両耳と下唇には指輪大のピアスが埋め込まれていた。リッキーが笑うたびにそれらがチャラチャラと揺れ、全身に彫られた炎や蛇、鎖を纏ったサソリや、それに角の生えた髑髏（どくろ）を持つヌードの女性なんかも一緒になって嘲笑っている……、そんな錯覚すら覚える悪趣味さがこの男にはあった。

二十一世紀にこれは無いだろう？　と思うかもしれないが、そんなことは無い。この町では今も普通に現存しているのである。

店主の下品さとは裏腹に、〈漆黒の髪亭〉はとても繁盛していた。

今日だって、まだ宵の口だというのに、半分以上の席が埋まっている。ざっと見回してみたところ、カウンター席には小柄な若い男と、老夫婦が一組。奥のテーブルには若い男性四人組と、それにもう一組のカップルがいた。入り口近くのテーブルには中年三人が、グラスの山に埋もれ、すでに出来上がっていた。

目抜き通りの角にあるという好条件に加え、この町にはパブが二軒しか無いことも繁盛している理由の一つだった。もう一軒の方は、家族連れがフィッシュ&チップスやキドニーパイ、ジャックポテトなんかを食べる店なので、血の気の多い連中は全員こちら側に集まってくるのだ。

「おい、ポコ。お前もこっちに来て飲め！」三人組の一人が吾輩を呼んだ。

吾輩が渋っていると、別の一人がエールの入ったジョッキとジャーキーの欠片を見せてしつこく誘ってきた。吾輩は軽く店内を見まわし、エミリーがまだ来ていないことを確かめてから三人組の席へ向かった。

「よしよし、最初から素直に来ればいいんだ。遠慮しやがって」と最初の男が汚い歯を見せて笑った。

男の名前はミック。残りの二人はキースとチャーリーと言った。どこかで聞いたような名前だが、全員本名なのだから仕方が無かった。偶然か必然か、ちょうどこのとき店内にはローリング・ストーンズの〈ブラウン・シュガー（Brown Sugar）〉が掛かっていた。きっと奥の席の四人組はポール、ジョン、ジョージにリンゴという名前で、手前のカップルはシドとナンシーに違いない。

（ロン・ウッドは居ないのか？）吾輩は訊いたが、彼らは不思議そうな顔をしただけで誰も答えなかった。吾輩は面白くもないジョークを噛み殺して、何事も無かったように三人組の席に座った。

テーブルの上には、ちょっとしたスナックとナッツ、それにジャーキーの欠片が少しだけ残っていた。それ以外は空になった大量のパイントグラスと、飲みかけのパイントグラスと、ついさっき来たばかりのパイントグラスが置かれていた。

この町の連中は皆、〈バス・ペールエール〉か〈ジョン・スミス〉を好んで飲んだ。それも大量に。いや、浴びるほど……。この町へ来て、〈ギネス〉のエクストラコールドなんて頼もうものなら、まるで親の仇を見るような目で見られ——何故そんなにもビールの銘柄に五月蠅いのかは謎だが——、とにかく最後の一滴を飲み干すまで、じっと睨まれ罵られ続けるのであった。

それでも絶対に文句は言えない。それが、ここのルールだからだ。

因みに吾輩は〈キルケニー〉派だったが、キルケニー派は、特に何も言われなかった。可でもなく、不可でもないというように、誰も話題にすらしてくれなかった。

「ポコ、世界で一番酒を飲むのはどこの国だと思う？」ミックが唐突に切り出した。

（さあ、我が英国か、それとも独国か……）吾輩は答えに困った。

「おりはじぇったいに、わがしょこくイギリシュがしぇかいいちだとおもうじぇ！」キースが舌っ足らずな発音で言った。

すでに呂律が回らないほど酩酊しているようにも聞こえるが、そうでは無い。これが彼本来の話し方なのである。この男は生まれつき滑舌に問題があって、特に〈さ行〉と〈ら行〉の発音が苦手だった。ちなみに先ほどの台詞は〝俺は絶対に、我が祖国イギリスが世界一だと思うぜ！〟と言っていた。

「違う、違う！　俺たちイギリス人も確かに酒飲みだが、それでも世界一はドイツ人だ。ポコもそう言ったじゃないか。俺には、そうハッキリ聞こえたぞ」乾いた声でミックが反論した。

彼の声はハスキーと呼ぶにはあまりにもかすれすぎておりノイジーで聞きづらかった。

「ちょっと待て、早合点するんじゃないぞミック氏。ポコ氏はまだ、自分の意見を決定してはいないだろう？　彼はイギリス派でも、ドイツ派でもない。小さく頷いたにすぎない。だろう？　きっとまだ考えている途中なのだよ。――それに僕も君たち二人とは別の見解を持っているしね」インテリぶってチャーリーは言った。

なぜか彼の話し方は、人を馬鹿にしているように聞こえて鼻に付いた。

この三人は幼なじみで、週に五日はこの店で連(つる)んでいた。ミックがリーダーで、キースがいつも彼に同調した。二人はハーバード家の経営する小麦農場で働いており、吾輩とも面識があった。

チャーリーは小学校の教諭をしていて、いつも一人だけインテリ風を吹かせていた。中学を出てすぐに働き始めたミックとキースと違って、チャーリーは大学を出ていたからだ。

だが、彼らの力関係はいつまでも子供の頃のままだった。この町では、学歴や現在の職業に関係なく、産まれた家が近所であれば、それは一生の友達として付き合っていくことになる。幼少時に作り上げられた人間関係は、たとえ大人になっても変えることが出来ないのである。都会とは違ってそれがここの常識であり、それが田舎町というものだからである。

「ミック、見てみろよ、このパブのしぇい況ぶりを。冷しぇいになれよな。おりもお前も、こんなに飲んでるだろ？　こんな田舎でコレなんだじぇ。ロンドンやマンチェシュタ～じゃあ、もっとしゅごいに決まってるだろ？」

キースはパイント・グラスを飲み干すと、大げさに両手を広げてみせた。

「黙れ！　お前はロンドンもマンチェスターも行ったことがないだろ！」ミックが怒鳴った。

だが、彼のかすれ声は悲しいくらいに通りが悪かった。

「うるしぇえ！　デブぅ！　お前もドイツに行ったことありゅのか？」

「俺はデブじゃねえ！　がたいがいいんだよ。この虚弱体質野郎！」

残念なことに名前からは想像もつかないほどミックは太っていて、しかもうっすらと禿げ上がっていた。反対にキースはガリガリで皺深くアヒルのように口が大きかった。むしろこっちがミックと言った方が良いくらいだと吾輩は思った。

「おりはきょじゃくたいしちゅじゃねぇ。もう、しゃんじゅう年以上も、風じぇもひいてないんだからな！」

「う、う、うるせぇ！」ミックが顔を真っ赤にしてテーブルを叩いた。それも仕方がないことだ。声が通らないのだから他で何かインパクトを付けねばならないのである。

キースが話すたびに、ミックの機嫌はどんどん悪くなっていった。

「まあまあ、貴殿方、二人とも。冷静にならないか……、ミック氏はデブではなく正確には内臓脂肪症候群（メタボリック）だ。キース氏も虚弱体質ではなく、単に痩せすぎているだけだ。僕たちはケンカをするため、週に五日も集まっているわけではないだろう？　もうお互いに四十年ちかい付き合いになるんだ。今更、仲たがいするのはやめよう。それは非生産的だ。無駄にエネルギーを消費するのは止めようじゃないか」熱くなる二人の間にチャーリーが割って入った。

良識人らしく振る舞っているが、その口ぶりとは裏腹に、彼の見た目はとても貧相だった。猫背でなで肩の小男で、いつも小首をかしげていた。

一丁前に口髭を蓄えているが、その面構えといえば我が英国の誇る名優、ジョン・ハート扮する宇宙貨物船ノストロモ号の副長ケインが、チェストバスターに腹を食い破られて死んでしまう瞬間の驚いた表情に似ていた。

人にはそれぞれ個性があるものだ。吾輩は、日頃からそれらを色眼鏡なしに受け入れるよう努めている。人と違うことは悪いことでは無い。単に〈違う〉というだけなのだ。

「貴殿方、少しいいか？」この場のイニシアチブを握りたいチャーリーは続けて口を開いた。

「問題は世界一、酒を飲むのはどの国かだろう？」

「だから何なんだ？」キースが答えた。

「例えばフランスは誰もが知るワインの産地だ。沢山のワインを作っているし総消費量もかなり多いだろう。だが、国民一人あたりの消費量なら話が違ってくる。そう思わないか？」

チャーリーはしたり顔でキースを見た。

「だから、なにが言いたいんだ？」

「つまりこういうことさ。単なる総消費量なら国民の数が多い国が有利に決まってる。正式な調査をしてみないとわからないが、おそらく何を調べても中国かインドが一番になる。間違いない。だから国民の総数に関係なく純粋に一番酒を飲む国を決めたいなら、一人あたりのアルコール摂取量で決めるべきだと僕は思うんだ。いや、この話題の最初からそう思っていた」

「だが、そんなものどうやって調べるんだ？」ミックが訊いた。

「ウェブさ」間をおかず、チャーリーが答えた。

彼の言葉を聞いて、ミックとキースは無言でお互いの顔を見た。

「もう調べてある。君らが言い争っている間にね」チャーリーは、そう言って高級な長財布くらいの大きさのタブレット端末を二人に見せた。

そして、得意げにその中身を披露しようとした瞬間——、二人が切れた。

特にミックの怒りは激しく、チャーリーが手元から視線を上げる頃には、彼の顔は熟れた林檎の様に赤く染まっていた。

「この話は終わりだ、チャーリー」ミックは分厚い本のような掌でテーブルを叩いた。

「あぁ、お終いだな」キースが続いた。

チャーリーは訳も分からず固まっていた。

「お前はしゃけのしぇきでのマナ～を破ったんだよ」キースが言った。

「……いいか、チャーリー。酒の席ではどんな話題であろうと、〈検索〉は御法度だ。これは世界中共通して男のマナーなんだ。わかるか？　骨太な男は〈検索〉なんてしねぇ……、だろ？　男ってのは想像力と知識、持論でもって相手を論破するもんだ。それが男ってもんだ。なのにお前は女みたいにチョコマカと……」ミックがゆっくりと言葉を区切りながら話した。それは言い聞かせると言うよりも、脅しているような口調だった。

チャーリーはここまで言われて、漸くハッとした表情を浮かべた。顔はみるみる青ざめ、唇は震えながら尖っていた。タイミングの悪いことに〈ブラウン・シュガー（Brown Sugar）〉も、ちょうどシンバルの音と共に鳴り止んでしまった。

「インテリぶって、話の腰を折りやがって」ミックは大きくため息をついた。

「しょうだ、このインテリ野郎。昔みたいに苛めてやろうかぁ？」

「前から思ってたんだが、お前……、俺たちのこと下に見てるだろう」

「そ、そんなこと……」チャーリーは慌てて否定した。

「黙れ！　タブレットも知らない田舎者か？　ネットも使えないとでも？」

「なんだってぇ？　しょれは聞き捨てならないな」

「違う、そんなつもりでは……」

「じゃあ何だ？　よく調べもせず議論をしてる愚か者か？」

「違う、違うって。僕が悪かったよ。この話は終わりだ。本当にすまなかった。もう酒の席で〈検索〉はしない。約束するよ！」戦意喪失したチャーリーは、せっかく調べたばかりの受け売りを披露する事も無く、タブレット端末を鞄に仕舞い込んでしまった。

こっそり画面を覗き見していた吾輩はこの結末を非常に勿体ないと思った。なぜなら、世界一アルコールを飲む国はあまりにも以外な国だったからである。

世界保健機関（WHO）の調査結果によると、一人当たりのアルコール消費量が最も多い国はベラルーシで、年間一七・五リットルのアルコールを消費している。二位以下もモルドバ、リトアニアと東ヨーロッパの小国が続き、四位にロシア、五位がルーマニアであった。我が英国も独国も上位五カ国にすら入っていなかったのである。

特に吾輩は〝アイリッシュは酒が無ければ、一日も生きていけない〟と思い込んでいただけに、驚きを隠せなかった。それに、上位国の殆どが旧ソビエト連邦に属していた国であることも興味深かった。共和制や共産主義とアルコール摂取量の相関関係を調べてみると意外な共通点が見つかるかもしれない。そう考えると、ミックが何の気なしに投げかけた疑問は、非常に面白味があり、探求価値のある結論を含んでいたのである。

ところが彼ら三人は、男のマナーとやらを優先したが故に、この結論を知らずに会話を終えてしまったのだ。実に勿体ないことである。

吾輩がそんなことを考えていると、店内のＢＧＭがジョイ・ディヴィジョンの〈ラヴ・ウィル・（Love Will）

テア・アス・アパート〉に掛け変わった。誰かがジュークボックスにコインを入れたのだろう。期待感を煽るようなギターのイントロが思わず皆の注意を集めると、直ぐさま幻想的なシンセサイザーが我々を音楽に引きこんだ。

つい先刻まで険悪だった三人組も、自然と足でリズムを取っていた。音楽の力とは実に強力で、つくづく不思議なものだと吾輩は思った。

「彼女だが、教会の墓地に吊されていたと……」不意にチャーリーがつぶやいた。

好きな音楽を聴いていると、胸の内にある騒めきのようなものを抑えきれなくなることがある。そんな衝動がこの時、チャーリーの内側にあったのかもしれない。彼は再び、(全く別の意味で)酒の席にふさわしくない話題を始めた。

「やめろ、チャーリー」

「おりも聞きたく無いじぇ」

「だが、町中が……この話題で持ちきりだ」

「だから何だ?」

「全身の毛が剃られていたらしい」

「やめろよ! しぇっかくのしゃけが不味くなる!」

「火で炙られた痕があったそうだ……」

「ぶっ殺されてぇのか、テメエ!」

「わかっている。だが、これだけは確認させてくれ。頼む」

元いじめっ子の二人に対して、チャーリーは一歩も引かなかった。先ほど垣間見た力関係からは想像が付かないほど、彼は強引に二人に詰め寄った。

「あの、吊られた娘だが……」チャーリーは慎重に言葉を探していた。

「彼女は確か……、〈森の魔女クラブ〉（Forest coven）のメンバーだっただろう？　リッキー氏はこのことを知っているのか？　僕たちも――」そこまで言いかけたとき、ミックが握りしめた拳をドスンッとテーブルに振り下ろした。

テーブルの上の皿や金属のナイフ、フォークが一瞬浮かんでガシャリという音を立てた。ミックは今にも暴れ出しそうな猪みたいに、チャーリーを睨みつけていた。チャーリーは唾を飲み込むと、両手を口の前で組んで黙りこくってしまった。キースは、ただ無言でビールを流し込んでいた。

彼らはお互いに目を合わせることなく、貝のように沈黙してしまった。どうやら例のクラブというのは、触れてはいけない何かだったらしい。このとき吾輩は、ほんの少しだが平和な田舎町に潜む闇を垣間見た気がした。

「その話、詳しく聞かせて貰えない？」

突然、沈黙を打ち破る凛とした声が頭上から聞こえた。

ポリポリポリ……。

「〈森の魔女クラブ〉（Forest coven）……、如何にも怪しげな名前よね？」

ポリポリ……。

吾輩は自然と耳をそばだて、目を見開いていた。

沈黙を破った張りのある声の正体は、ビールを飲み干したキースでも、テーブルを叩き割りかけたミックでもなく、ましてや組んだ両手の指を小刻みに上下させているチャーリーでもなかった。

どんよりと沈んだ曇天を、一瞬で太陽が降り注ぐ晴天へと塗り替えられる人物、我が待ち人――。

天才エミリー・トンプソン、その人であった。

「特に……、そうね、一躍時の人になった、あの、吊られた娘がどうのとか、リッキー氏は知っているのか？　とか、っていうあたり、とても興味があるんだけど。探していたパズルのピースが見つかるかもしれないのよね」詰め寄るようにエミリーが言った。

「あんたに話すことはない」ミックが凄むように答えた。

「ああ、しょうだ。アンタには関係ねえ」キースも彼女を睨んだ。

「あら、年増に用は無いってこと？　それってセクハラよ」エミリーの口元には余裕の笑みが浮かんでいた。

「そんなんじゃ無い。とにかく関係ないってことだ」ミックは淡々と繰り返した。

「た、単なる趣味の集まりですよ。健全な」チャーリーが取り繕った。

「健全……？　まさか、森林浴だなんて言わせないわよ」

「おり達がどんなしゅ味を持とうが、警しゃちゅには関係ないだろ？」

「あなた達が法を守っている限りはね。でも、いいこと？　ここは小さな町よ、隠し事は出来ない。どんなに些細な犯罪も絶対に見逃さないわ。特に人の生き死にに関わるような兆候はね」

エミリーは三人組の出方を窺うように、あえて勿体付けた言い方をした。そして視線をミックからキース、キースからチャーリーへ移すと、再びミックへと戻した。

誰かの喉がゴクリと下品な音を立てるのが聞こえた。

エミリーは右手をミックの前に差し出すと、ゆっくりとした動きのまま掌を開いた。ミックは訳が分からず、彼女の五本の指をじっと見ていたが、エミリーはそのまま開いた手をテーブルに向かって下していった。彼女はゆっくり、ゆっくりと、一粒の埃すら立てないような速度でテーブルの上に掌を置いた。三人組は、彼女の動きを餌を待つひな鳥のような表情で追っていた。

と、次の瞬間――、エミリーはいきなり腕を大きく振り払った。

空になったグラスが勢いよく床に転がり、飲みかけのグラスからは泡を吹いてビールがこぼれた。食べかけのスナックは壁に当たって砕け散り、ナッツとジャーキーは、サーカス団みたいに一斉に宙返りをしていた。ナイフとフォークがシドとナンシーの席まで吹っ飛んでいくと、怒ったシドがエミリーに向かって中指を立てた。ビートルズは椅子を引いて全員同時に立ち上がった。

リッキーは、カウンターの内側で一瞬だけチラリとこちらを見たが、軽く舌打ちをしてすぐに視線を逸らしただけだった。

エミリーは振り上げた右手を再びミックの顔の前に突き出すと、人差し指を立てた。

「もし、あなた達がエリザベスの事件に関わっているなら、今すぐに、正直に、何もかも、洗いざらい、一から十まで、一切合切、すべて話すことをオススメするわ……、例えそれがほんの些細な関係だったとしてもよ」

彼女の口調は真剣そのものだった。なんとしてでもこの事件を解決する、という気迫がそこにはあった。だが同時に、気迫だけではこの事件は解決出来ない。そんなもどかしさが彼女の背中からは漂っていた。

「あんた都会から来た割には、飲み込みが悪いんだな」ミックが口を開いた。

「〝どんな些細な犯罪も見逃さない〟……か。ウケるぜ。今日まで、あんたは俺たちの事を気にも留めていなかったろう？　違うか？　エリザベスの事件が起こるまで、この町は平和で長閑（のどか）で退屈な町だとでも思っていたんじゃないのか？」

　エミリーの焦る気持ちを見透かしてか、その態度は太々（ふてぶて）しく、横柄そのものだった。

「マジ、お目出たい女だな……、巡しゃ部長どのぉ」キースは目を見開いてミックを見た。

「なあ、巡査部長どの。この町にはあんたの知らない〈深い闇〉が存在しているんだよ。暗く澱（よど）んだ闇の淵がな。知ってたか？　知るわけないよな……。なぜならこの闇ってのは余所者には決して感じることのできないもんなのさ。俺達のように、ここで生まれ、ここで育った人間にしか絶対に見ることはできない、そんな〈深い闇〉なんだ。都会からきたお嬢ちゃんはスッこんでな。あんたにこの町は扱えない。あんたには最初から、何も、見えちゃ、いないのさ」

　ミックは顔を近づけてエミリーを挑発した。

　彼の口調からは、絶対に逮捕される訳がない。そんな自信がみなぎっていた。

〝心も体と同様に、安楽を貪ってばかりいると、
膿が溜まり病気になりやすいものだ〟

吾輩の頭に突如、〈バーナビー・ラッジ（Barnaby Rudge）〉の引用が浮かんで消えた。

彼らの言葉が真実だとすれば、それは自分にも当てはまることだと吾輩は思ったからだ。

平和で退屈だと思っていたこの町の姿は、実は表面的な仮初めの佇まいに過ぎず、実際には想像も付かないような〈邪悪〉な何かがこの町を支配しているとでも言うのだろうか？

もしも、もしもそんな事が事実であるとするのならば、つい昨日までの日常は何だったのだろうか？　平和ボケした美しい田舎町……、古き良き英国の理想郷などというのは吾輩の幻想に過ぎなかったのだろうか。

ミックの言葉は、吾輩にとってそんな感傷さえ呼び起こすほど衝撃的なものであった。

しかし、天才エミリー・トンプソンは違った。

「見えているわ。しっかりとね」彼女はほんの少しも怯んでは居なかった。

吾輩は一瞬耳を疑ったが、彼女は冷静だった。決して強がったり嘯いている様子はなく、正々堂々としていた。それは裁判官が判決を言い渡すときのような、あるいは全能の神が人間に向かって話しているような口調だった。

「あたしの瞳はフクロウの眼よ、全部見えているわ。どんなに巧妙に隠したつもりでもね。闇夜に紛れた悪事だろうと、くっきりと見通せるのよ。悪趣味な営みも、ずる賢い企みも、卑陋で矮小な人間性も、全部よ。――ただ、これまではあえて目を瞑っていてあげただけ。こそこそと闇に潜んで、マスターベーションしているだけの存在だったから。でも、今は違う。光の当たるこちら側の世界へと踏み込んできたから……。わかる？　あなた達は、自らの足で破滅への一歩を踏み出したのよ。エリザベスという禁断の果実を求めて白日の下へと醜面を晒し出しにやってきた。不可侵領域を超えた獣はどうなるか知ってる？　矢で射抜かれて捕らえられるのよ。そして決して開くことのない檻に閉じ込められて、目を焼かれる。獣は自らの身体が焦げる匂いに苦しみながら、牙を抜かれ爪を折られ、悶え苦しんで最後には処刑されるの。二度と闇の中へ戻ることもできず、自らの愚行を呪って死んでいくのよ。なぜ、オレは光の元に姿を晒してしまったのか、そんな風に悔やみながら最期を迎えるって訳。あたしは絶対に諦めない。この事件を解決して見せるわ。たとえ味方が誰も居なくなったとしてもね。だから、その序でに、あなた達がこの闇の獣みたいに無残に処刑されるかもしれないってことも忠告してあげるわ。……言ってる意味、わかるわよね?」

まるで神話の世界の演説だった。思わず吾輩は聞き入ってしまった。やはりエミリーは高潔な魂の持ち主なのだ。ミックもキースも——当然ながらチャーリーも、彼女を睨みつけたまま、何も言い返すことが出来なかった。彼らの沈黙は、すなわち彼女の推論が部分的にでも正しいことを裏付けていた。つまりそれは、この町に潜む〈闇の存在〉を認めると同時に、光の世界の住人には決して歯が立たないという証明でもあった。

「もし、何か思い出したり話したいことがあったら、連絡を貰えるかしら?」

エミリーはテーブルに転がったカシューナッツをつまみ食いしながら、警察署の電話番号をミックの前にそっと差し出した。

「ご協力感謝します」そう付け加えると、彼女は吾輩をちらりと見た。

決着だ。天才美人刑事対、酔いどれ三人組の対決はエミリーの圧倒的勝利によって幕を閉じた。少なくとも吾輩にはそう見えた。

彼女はすべてを見透かしたように吾輩にウインクをすると、カウンター席へと向かった。

吾輩はそれを〝付いてこい〟の合図だと受け取り、彼女の後を追った。

すっかり意気消沈した三人組のテーブルからは、「関係ねぇ。今までも、やって来られたんだ。これからも同じさ」というミックの負け惜しみが聞こえていた。

6

エミリーが店のグラスを派手に割ってしまう少し前、カウンター席ではリッキーが、牛乳配達員(ミルクマン)のピーターを相手に下品な自慢話に興じていた。

「女ってのは強引に行きゃいいのさ」

「キ、キスしようとして、て、て、抵抗されたら……」ピーターは吃音交じりに答えた。

「嫌われるもんか。相手が嫌がって見せても問題ねぇ。どうせあいつらもヤルことしか頭にねぇんだ。強引に行っちまえば問題ない、特に若い女はな」

「ほ、ほ、本当かい?」

「ああ、間違いねえ。マジに若い女はチョロいぜ。とにかく強引に行けばいいんだ。嫌がって見せるのはマナーみたいなもんだ。楽しく会話して、酒を飲んで、車でキスして、すぐにヤラせるのは格好悪いって思っているだけだ」

「マ、マナーみたいな……」

ピーターは思わず手に持った携帯電話をきつく握りしめた。普段は仕事終わりに飲みに出るなどめったにしない男である。それがどういう風の吹き回しか、この日はカウンターで酒を飲んでいた。

ピーターはグラスのスコッチを一口含むと、喉を鳴らして飲み込んだ。そして、他人には見えないように携帯電話の液晶画面を両手で覆うと、何やら画像を見てすぐにパタリと二つ折りに閉じた。おそらく好きな娘の写真でも保存してあるのだろう。その様子を見てリッキーはにやりと笑った。

「そして最後のダメ押しだ。突然態度を変えて優しく接してやるのさ。髪をなでながらゆっくり話すんだ。十分抵抗したんだ、問題ないさ。アタシは格好悪くない、アタシは全然恰好悪くないって思わせてやればいいんだ。簡単だぜ。なあ、婆さん、アンタもそうだろ？」

「下らない、よしとくれ」リッキーの下世話な話が老婦人に飛び火した。

どうやらピーターは保護者であるパイク夫妻と同伴で店にやってきたようだった。今朝、広場でも話したとおり、彼は事情があって祖父母の家で暮らしているのだ。

「そんな事言うなよ、長い付き合いだ。あんたらの馴れ初めも知ってるぜ。なんなら、初夜の回数でも当ててやろうか？」調子に乗ったリッキーが面白くもないジョークを続けた。「朝食以外でマーマイトが出た日は、今夜はオッケーって合図なんだろ？　今でも婆さんが旧商店街でマーマイトを買った日には、この店の酒の肴になってるぜ。大事な孫にも教えてやれよ。ほら、なあピーター」

「もうやめろ、リッキー」見かねて祖父が止めに入った。

「ピーター、もう帰りましょう」祖母が言った。彼女の顔は嫌悪感に満ちていた。

「それがいい。飲み足りなきゃ、家でカードでもやりながら、続きを飲もう」祖父がそう言って立ち上がり、ピーターの頭を撫でた。

「勘定をたのむ」老人はマネークリップから二十ポンド札を二枚取ると、それをカウンターに置いてリッキーを睨んだ。「釣りはいい」そう言うとピーターの腕をつかんで、強引に引っ張った。しかし、ピーターはその腕を振り払い、カウンターの上に両腕を戻した。その勢いで彼の祖父はよろめき、カウンターチェアに手を付いた。

「ふ、二人とも、先に帰っててよ。お、オレはもう少し、こ、こ……ここに残るよ」

「はは、帰りたくないってよ」リッキーが嬉しそうに黄色い歯を見せた。

「何言ってるの？　ダメよ、おじいさんの言うことときかないと」祖母が孫を諫めた。

「で、で、でも……オレ……」

「ピーター、もう勘定は済ませた。帰るんだ」

祖父は再び起き上がり、言ったが、ピーターは保護者の判断が納得いかない様子で口をへの字に曲げた。そして握りしめた携帯電話をカウンターテーブルにカタカタとぶつけながら、祖父の顔を睨みつけた。

「いいぞ、男を見せろ！　ピーター」

「リッキー、お前は黙ってろ！」祖父はリッキーを見ずに怒鳴った。

「なんでだ？　男が独り立ちしようってんだ。それを応援して何が悪い？」

「家族の問題に口を挟むな」

「そうよ、この子にはまだ難しいことは判断できないんだから……、だからこんな店、来るのはよしましょうって言ったのに……」

「おい、ピーター。こんなこと言ってるぜ！　いいのか、言わせておいて？」

「よ、よくない」リッキーの言葉を聞いて、ピーターは意固地になった。「お、お、オレは、ここに残る。お、オレは、もう、も、もう……大人だぞ！」

「ピーター！」祖母は、困惑して名前を呼んだ。

「じぶ、自分のする、することくらい……じ、自分で、判断、判断できる！　こ、こ、こども、子供扱い、するな！」ピーターは言い終わると、祖父の顔を睨みつけた。

「よし！　いいぞ、言ってやったぜ！　ピーター」調子にのったリッキーは、ピーターのグラスにスコッチを注ぎ、「これは、店からのおごりだ」と言って、ピーターの肩を叩いた。

老夫婦はとんでもないことだ、という顔をしていたが、それ以上どうしていいかわからず固まってしまった。ピーターは得意満面の表情で、スコッチグラスを手に取った。そして中身を一気に飲み干すと、肩を揺らして酒臭い息を吐いた。老夫婦は期せずして孫の反抗期に直面することとなったのであった。

「よし、今からそいつで女を呼び出せ。ほら！　好きな女の連絡先くらい入ってるんだろ？」

調子に乗ったリッキーはピーターの携帯電話に手をかけた。だがピーターは画面を見られることを頑なに拒否した。驚いたリッキーが力任せに奪おうとしたが、ピーターは携帯電話を握りしめ、決して放そうとはしなかった。

その直後——、例の騒ぎがおこった。

テーブル席では、巡査部長のエミリー・トンプソンが、常連三人組を相手に盛大に啖呵を切っていた。リッキーは舌打ちをして、腕を組んだ。彼は何かを考えている様子だったが、それに気付く者は店には一人もいなかった。

「さあ、ピーター来るんだ」祖父は、その隙を見て強引にピーターの腕をつかみ、有無を言わせず引っ張った。それは老人とは思えないほど力強く、意思のこもったものだった。どさくさに紛れてコトを有耶無耶にしてしまうようなものでは決してなかった。ピーターは圧倒され、素直に立ち上がるほかなかった。

「しばらくパブへの出入りは禁止だ！」そう言って老人は、店の出口へと向かった。

祖父に手を引かれ、ピーターは覚束(おぼつか)ない足取りで彼の後に続いた。老婦人はその様子を心配そうに見ながら、ひざ掛けを慌てて畳んでいた。漸く荷物をまとめた時には、すっかり騒ぎは収まりBGMだけが淡々と流れていた。


三人組を黙らせたエミリーは、その直後、カウンター席へと向かった。店主のリッキーから話を聞くためである。途中、すれ違った老婦人から「ありがとうございました。ほんとうに助かりました」と頭を下げられたが、エミリーには何のことだかわからなかった。

あたし、何かした？　と吾輩に訊いたあと、〝きっと下品な店主に嫌がらせでもされてたのね〟と、いつものように一人で納得してしまった。

「割ったグラスは弁償してもらうぜ――」カウンターに着くなり、リッキーが言った。

彼はウィスキーグラスを磨きながら、こちら側に背を向けていた。

見ると、首から背中にかけて茨の模様の入れ墨(タトゥー)があった。全容は見えなかったが、あれが茨でないとすれば、他には血管くらいしか思い付かないが、吾輩にとってはどちらも悪趣味であることに変わりはなかった。

「構わないわ、どうせ大したグラスじゃないんでしょう」エミリーが答えた。

「現金(キャッシュ)で払ってもらうぜ、迷惑料込みでな」

「いいわよ、いくらでも請求しなさい。どうせ元はあなたの税金よ」

「……まるで泥棒だな」リッキーは舌打ちした。

「お褒め頂き光栄ね」エミリーの声は冷静だった。「あなたの言う通り、あたしたち警察は税金を使っているわ。それも〈正義〉の名の元に堂々とね。でも、誇りと信念を持って、人々の平和のためにやっているの。だから泥棒じゃないのよ。もちろん、自分の欲望を満たすために若い娘を誑(たぶら)かすような下衆な犯罪者とも違うわ……」

リッキーは拭き終えたグラスをカウンターの下に仕舞うと、爪楊枝をくわえて、カウンターに両手をついた。

「で、注文は？　ここはパブだぜ」爪楊枝を歯と舌でフラフラと揺らしながら、リッキーが言った。

エミリーは少し考えたあと、「あなたの自白」と答えた。そして、「できればストレートで」と付け加えた。

「生憎、今日は切らしてる……」爪楊枝が小さく円を描いた。

「なんなら、善意の情報提供でもいいわ」

「それもないね」

「本当に？」

「ああ。少なくともアンタに話すことはない」

「じゃあ、告解はどう？」

「……それも間に合ってる」少し間があった。

「飲まないなら、帰んな」リッキーは短く鼻で息を吐くと、再び背を向けた。

エミリーは右手の掌をカウンターテーブルに叩き付け、身を乗り出した。ドンッ！　という鈍い音が店内に響いた。

「エリザベス・コールが、この店で働いていたことは裏が取れているの」リッキーの背中に向かってエミリーは言った。「しかも深夜遅くまでね。……なのに、ホールに出ていた時間がごく僅かだったことも分かっている。これでもしらを切り通すつもり?」

リッキーは答えなかった。ただ黙ってグラスを拭いていた。

「あなたも彼女と寝てたの?」少し間をあけて、エミリーが訊いた。その声は先ほどよりも凄みが増していた。

「俺が、誰と寝ようがアンタには関係ない」リッキーは出来るだけ無感情に答えた。

「未成年との性行為なら、いくらでも準強姦で起訴できるのよ」

「かもな。で、死んだ女がどうやって俺を訴えるんだ?」

「たとえ殺された後でも、合意の上の性交渉だったかどうか調べられるわ。知らなかった? 科学捜査も進化してるのよ」エミリーは言った。「それにもし、未成年買春の斡旋をしていたとしたら、話はもっと深刻よ。わかるでしょう?」

「なら、俺を捕まえるか?」リッキーが開き直ったような口調で言った。「ほら、逮捕したらどうだ? ほら、どうした? 逮捕してみろよ! 証拠も無しに出来ねえ、だよな?」

リッキーはエミリーの目の前に両腕を差し出した。彼の手首にはすでに入れ墨(タトゥー)の手錠が巻かれていた。エミリーはそれを一瞥したがすぐに視線を戻した。

「それとも妬いてるのか? アンタ……この町に来て、ずっと独り身だもんな? 男のナニが欲しくてたまらないのか? そうか、そういうことなら今夜、俺が抱いてやろうか?」

リッキーは舐めまわすような目でエミリーを見た。彼女は眉一つ動かさなかったが、リッキーは勝ち誇ったように腕を組み、薄ら笑いを浮かべていた。

「俺のナニでヒイヒイ言ってる顔が目に浮かぶぜ……」くわえた爪楊枝がリッキーの口の中で右

から左へ滑るように移動した。

「――〈森の魔女クラブ〉」不意にエミリーが言った。

彼女の言葉に、リッキーの頬がピクリと動いた。彼はできるだけ表情を出さないように努めていたが、吾輩は見逃さなかった。

「あたしもそのクラブに入れてもらえない？　あなたの言う通り欲求不満かもしれないわ。一緒に遊びましょう。ねえ、お願い」機械仕掛けの人形みたいな棒読みで、エミリーが言った。

リッキーは爪楊枝を床に吐き捨てると、ショットグラスを一つ取り出してメジャースタンドからジンを注いだ。それを一気に飲み干すと、空になったグラスをカウンターの天板に強く叩きつけ、ゆっくりと、詰め寄るように、エミリーに顔を近づけて、思いっきり大きなゲップをした。

ゲエエェォォォオオップ、という豚の放屁みたいな悪臭がエミリーの顔に吹きかかり、彼女の前髪を揺らした。

「もう、帰んな……ネエちゃん。痛い目みないうちにな。こっちはアルバイトが急に辞めちまって、てんで忙しくて気が立ってるんだ。エリザベスの死体を実際に見たんなら、この意味わかるよな？」

その声は、明らかに先ほどまでとは違っていた。これ以上関わると、本当に痛い目に合わせるぞ。という決意が込められていた。

一触即発とは、まさにこのことだった。

吾輩は鼻がヒクヒクと痙攣し、前歯が歯茎まで剥きだしそうになるのを必死で堪えた。今にもエミリーのきつい一撃が飛ぶのではないかと思うと胃が重くなり、首の筋肉が強張った。ほんの少しでも気を抜こうものならば、無様に白目を剥いてしまいそうだった。

しかしエミリーは手を出すどころか、にっこり微笑むと、「ご協力感謝します」と頭を下げて、さっさと店を出て行ってしまった。

吾輩とリッキーは流石にあっけに取られ、しばらくその場を動けなかった。


訳の分からないまま、店の外へ出るとエミリーが車に乗り込むところだった。吾輩は慌てて彼女の脇の下をすり抜けて、車内へと滑り込んだ。驚いた彼女は「きゃあ」と小さな声をだしたが、やはり吾輩を怒ることはなかった。それどころか、吾輩のために助手席にクッションを敷いてもてなしてくれた。

吾輩は恐縮して、思わず慌てふためいた自分が恥ずかしくなった。本来であれば吾輩がドアを開け、彼女をエスコートするべき立場である。それが、レディ・ファーストも忘れ、我先に車に飛び乗るなんて……、ハッキリ言って〈紳士〉失格である。何のために口ひげを蓄え、蝶ネクタイをしているのか。これでは、リッキーのことをとやかく言う資格などないではないか。我ながら情けない限りである。

「さっきは、ごめんなさい」エミリーが言った。「置いていくつもりは無かったの。ちょっと頭に来ちゃって」彼女はグローブボックスを開けると、中から食べかけのナッツ袋を取り出した。

エミリーは手探りでクルミを探し、器用に人差し指と中指で挟んで取り出した。それを口に放り込むと、少し落ち着いた様子で小さくため息をついた。吾輩は謝るのはこちらだ、と深々と頭を下げた。彼女は何も言わずに首を横に振っていた。

エミリーは上着のポケットから、すでに空になったナッツ袋を取り出すと、後部座席へ無造作に投げ捨てた。そして今食べているナッツ袋を、そのまま上着のポケットへと押し込んだ。後部座席には空になったフリーザーバッグが何枚も落ちていた。

エミリーは再びグローブボックスに手を突っ込み、今度はビーフジャーキーを取り出した。それを吾輩に向かって投げると、自分は興奮を鎮めるようにナッツを齧り始めた。ポリポリ……という音が車内に響いた。チラリと見ると、グローブボックスには、まだ中身のぎっしり詰まったナッツ袋が、あと四、五袋ほど押し込まれていた。

吾輩は塩っ辛いジャーキーを噛み潰しながら、なんとなく窓の外をみた。窓の外は、すでに一面の霧に包まれていた。吾輩が寒そうに身震いすると、彼女はエンジンをかけヒーターのスイッチを入れてくれた。もう初夏も近いというのに、夜はまだまだ肌寒かった。

ポリポリポリ……、エミリーは何かを考えながらナッツを齧っていた。

「リッキーはやってない」ぼそりと彼女がつぶやいた。

(なんだって?)吾輩は思わず聞き返した。

「リチャード・レッドウッドはエリザベス殺害事件の犯人じゃない」今度はハッキリと聞こえた。

「あんな粗野な男が死体の毛を剃ったりしないわ。彼はエリザベスを殺してはいない。エリザベスの死体——遺体を見たでしょう? あの男は、エリザベス殺害事件の犯人として相応しくないわ」

ポリポリ……彼女の推理は続いた。

「犯人には何か特別な理由があったはずよ。そうじゃなければ、わざわざ死体をあんなに目立つ場所に遺棄したりしないわ。その、何らかの理由が彼には思い当たらない。しかも、誰にも見られずに、あんなことをやってのけるなんて、あの下品で粗野で無礼な男には絶対に不可能よ」

エミリーの言葉を聞いて、吾輩も妙に納得した。確かにあの男には相応しくない。エリザベスの殺され方は特別だった。リッキーが人を殺すならもっと単純な方法だろう。きっとナイフで心臓を貫いて、森に持っていき、埋める。その方が簡単だし、ずっと確実だ。その後、暴力で周りを口止めすればいいのだ。

あの男に、あんな手の込んだ殺人をする意味はないのである。

ポリポリポリ……ポリ……

「……でも、事件には深く関わっている」複雑に絡み合った糸を解きほぐすかのように、彼女は頭の中で情報を整理していた。ポリポリ……。

「エリザベスはパブのアルバイトと称してリッキー、――または、その同志が取り仕切る秘密クラブで働いていた……そう見て間違いはなさそうね」

彼女の推理はきっと正しいだろう。事実、あの男はこれまでも何人もの女性と関係を持ってきたし、今現在だってクリスの妻との関係を続けている。そういう貞操観念の持ち主なのだから、怪しげな活動を取り仕切っていたとしても、全く不思議なことではない。

「そうなると他にも〈魔女〉はいる。〈森の魔女クラブ〉がエリザベス一人のための場所だとはとても思えないもの」エミリーが言った。

「明日には鑑識官も来るし、SNSも洗い直さないと……忙しくなりそう」そう言うと、エミリーはミックスナッツの袋に直接口をつけ、残りのナッツを一気に頬張った。

ボリモリ……モスモス……ボリモリ……。

「それにしても（ポリ……）、どうしてあんな奴がモテるわけ？　彼と寝てる女性は、みんなどうかしてるわ（……ポリモリ）、……ほんと最っ低！」彼女は吐き捨てるようにつぶやいた。

その点に関しては、吾輩も完全に同意である。あまり汚い言葉を使いたくはないが、あの男は最低で、クソ野郎に間違いないからだ。


吾輩が車を降りた時には、霧は一層濃くなっていた。

エミリーが一人で帰れるか？　と聞いたので、吾輩はもちろんだ。と答えた。

なんなら吾輩が家まで送ろうか、と訊くと彼女は口元だけ微笑んで首をふった。

「今日は部屋が散らかってるの。お酒も切らしてるし、シーツも変えていないの……」そう言うと、彼女は車のドアを閉めた。ヘッドライトを点け、窓を開けると、エミリーは顔を出して「おやすみ、〈紳士〉さん」と言った。吾輩も、「おやすみ」と言うと彼女は早々車を出した。

　霧の中に、赤いテールランプの光がぼんやりと滲んでいた。吾輩はそれが小さくなるまで彼女の車を見送っていた。しばらく先で車が角を曲がり、ランプの淡い光が一列に並んだあと、ワイプアウトするみたいに闇夜に消えた。

7

　エミリーと別れたあと、吾輩は急いで屋敷へ向かっていた。すでに日も暮れていたし、夕食の時間をとっくに過ぎていたからだ。きっとアルテシアが吾輩の名前を呼び続けていることだろう。そんなことを考えながら目抜き通りを南に進み、広場を越えた。

この先は道が入り組んでおり、東西には住宅街が続いていた。特に東側地区は戸建ての民家が密集しており複雑だった。住宅街の中心には小学校があり、一番南のはずれには例の教会があった。吾輩の屋敷は町のほとんど南端に位置しており、屋敷の北側正面には広大なブナの雑木林が広がっていた。吾輩はこの林を抜けるのが嫌いで、いつも東側へ大きくカーブしている私道を通って林を避けるようにして屋敷へ帰るのだった。

ちょうど教会の前を通りかかったとき、吾輩は、ふとエリザベスのことが気になり、墓地を覗いてみたくなった。ダラス警部の話では二十四時間の監視がいるということだったが、吾輩の身体能力をもってすれば、監視の目を盗むことなど容易いだろう。屋敷で待つアルテシアの様子も気になるが、いつものように湧き上がる衝動を抑えることができなかった。

墓地の入り口へ行くと、ダラス警部の言う通り警察官がひとり立っていた。ラグビー選手のように大きな体の若い警察官だった。いや、刈り上げた髪型のせいか、まるで海兵隊のようにと言ったほうがしっくり来るかもしれない。とにかく、そんな屈強な若い警察官だった。

彼は腕を組み、仏頂面で誰もいない路地を睨んでいた。

門扉にも町で一番頑丈な鎖がきっちりと掛けられており、これ見よがしに大きな南京錠で施錠されていた。鍵は誰が持っているのだろう？　と吾輩は思ったが、この際どうでもよかった。

吾輩はいつものように軽々と教会の塀をのぼると、大きく豪華な墓石――おそらく町の名士のものだろう――の上に飛び移った。そこからいくつかの墓石を、飛び石のように踏み台にして墓地の奥へと進んだ。

エリザベスの死体にはダラス警部の指示通りビニールシートがかけられていた。くすんだオレンジ色のシートからは楡の木の枝が天に向かって突き出し、周辺には立ち入り禁止のテープが巻かれていた。真っ白な霧の中に浮かび上がる巨大なオレンジ色の物体は、季節外れのハロウィーンの飾り付けのように見えた。

吾輩はその何とも言えない不気味さに、少しだけ近づくのを躊躇った。目を凝らし、エリザベスが吊るされているあたりをジッと見てみると、オレンジ色のシートの奥で何かが動いたような気がした。吾輩はハッとして、さらに目を凝らし、影の動いたあたりを穴が開くほど睨みつけた。周囲は霧に覆われ視界はとても悪かったが、吾輩の目は闇夜でもよく見えた。

そこには間違いなく誰かがいた。深い霧に紛れ、何者かがエリザベスの死体に近づいていたのだ。吾輩は振り返り、見張りの警察官をみた。彼は相変わらず両腕を組んで、路地を睨みつけていた。視線を戻すと人影はナイフのようなものを取り出していた。次の瞬間シートを縦に切り裂くと、カーテンをめくるようにそっと中を覗いた。そして、エリザベスの顔を見たとたんに、ハッとして跪いた。濃い霧に阻まれ、ハッキリとは見えないが、その肩は震えているようだった。

吾輩は尾骶骨のあたりの毛がゾワゾワと逆立つのを感じた。

(何者だ!)吾輩が問いただそうとしたその時、声が聞こえた。

「……き、き、キミも……ま、〈魔女〉……も、も、森の〈魔女〉……。ここに……こ、こ、こんなに……見えるのに……。ど、ど、どうして……だ、誰も……」

声は途切れ途切れで、はっきりとは聞き取れなかったが、震えていた。おそらく泣いているのだろう。吾輩には懺悔の様にも聞こえた。

男はナイフを地面に突き立てると、泉の水を掬うような恰好で両手を伸ばした。その手がエリザベスの顔に今にも触れそうになったとき、吾輩の鋭い爪が男の手首を引っ掻き、三本の鋭い傷をつけた。男は小さくうめき声をあげ、手の甲を押さえた。

吾輩は考えるよりも早く、再び男にとびかかり拳を振り下ろした。男は飛びのき、吾輩の拳は空を切った。不意の攻撃に驚いた男は、尻餅をつきながら闇雲に両腕を振り回した。

吾輩は苦も無く男の攻撃を掻い潜り、両手を広げてエリザベスの前に立ちはだかった。

そして、精一杯の大声で、腹の底から助けを呼んだ。

吾輩の声に気づき、門番の警察官が漸くこちらを見た。だが彼は門扉の鍵を持たされてはいなかった。何やら叫びながら頭の上で片手を振り払っていた。吾輩がしつこく叫ぶと、警察官はフラッシュライトを取り出して、こちらを照らした。

それを見た男は慌ててナイフを拾い上げると、吾輩の方を見た。真っ白な霧の中で、フラッシュライトの光が反射して、吾輩は目を細めた。男は立ち上がり、吾輩の目前に真っ青な影が浮かび上がった。男のナイフがキラリと光った。真っ青な影の中から、男の瞳が吾輩をじっと見ていた。

次の瞬間、青い影は門扉とは反対方向へと走り去った。

吾輩は後を追おうとしたが、フラッシュライトの光に阻まれて、咄嗟に走り出すことが出来なかった。青い影が完全に見えなくなってしまうと、吾輩は深くため息をついてエリザベスの顔を見た。

彼女の骸(むくろ)は昨日と同じ状態で楡の木から吊られていた。一匹の蟻が彼女の頬を上っているのが見えた。蟻は彼女の唇まで到達すると、頭を左右に振って次の一歩を悩んでいた。気温や湿度のせいか、彼女の肌はまだ艶やかさが残っていた。瞳は水分を蓄え、今にも瞬きしそうに見えた。だが、それは吾輩の幻想だった。その証拠に、彼女の頭の下には、〈D〉と書かれた鑑識標識が置かれていた。

吾輩はやるせない気持ちになって、思いっきり大声で叫んだ。

別にエリザベスに個人的な感情があったわけではない、死というものに触れ、自然とそういう気分になったのだ。

吾輩は目いっぱい怒鳴った。

エリザベスのことを想い、彼女の母親のことを想った。

なぜか悔しい気持ちでいっぱいになった。くそっ……自分が無力な気がして仕方がなかった。

そして父上や母上のことを想い、エミリーのことを想った。次にジーニーの顔が浮かんで消え、アルテシアの顔が浮かんだ。クリスや、酔いどれ三人組、広場を行き交う町の人々。そしてダラス警部がクシャミをする光景が浮かんでは消えた。言葉にならない叫びが、夜の墓場に響いていた。

門扉では、海兵隊みたいな警察官が「うるさい！　発情するなら他所でやれ！」と怒鳴っていた。

吾輩は役立たずのボンクラ警察官め……とつぶやいて、教会を後にした。

家に帰れば、きっとアルテシアの温かい料理が待っていることだろう。

第二章
口髭と森の〈魔女〉たち

8

（あの海兵隊みたいなボンクラ警官は、すぐにクビにしたほうがいい！）

墓地での格闘劇を繰り広げた翌朝、吾輩はエミリーと歩いていた。

「あんなのでも、この町の警察官にしてはまともな方よ」吾輩に同調するようにエミリーも刺々(とげとげ)しい悪態をついた。

ボリボリ……ガリ……、ボリボスボス……。

心なしかミックスナッツをかみ砕く音も、いつもより苛立っているように聞こえた。

「だって、そうでしょう？　彼は自分のミスに気付いたあと、ちゃんと指示を仰いで行動を止めたわ。少なくとも自分で傷口を広げるようなことはしなかった。ボンクラはボンクラなりに身の丈が分っているってことよ。でしょう？　それに引き換え、あの傲慢な主任警部……、昨夜のうちに死体――いえ、遺体を動かしたって言うのよ。あたしに無断で！」

彼女は昨夜の出来事のあと、エリザベスの死体が移動させられたことに腹を立てていた。それで我々は今、その移送先へと向かっている訳である。

「あんなに現場保存の重要性を訴えてたのに。……なにが〝今できる最善の判断をしたまでだ〟よ！じゃあ何のために今日まで現場を保存していたっていうの？　だいたい町で一番頑丈な〈鎖〉って何よ？　いまどき〈鎖〉って……」

ボリボリ……ガリ。

ガリボリボリ……ゴクン。

彼女の唇の下には三日月型の小さな凹みがいくつも出来ていた。きっと朝からずっと、この調子で苛々を募らせていたのだろう。

（それにしても、犯人はなかなか大胆な奴だと思わないかい？）

「どういう意味？」

（だってそうだろう？　すでに警察が保護している現場にわざわざ足を運ぶなんて、正気の沙汰とは思えない。吾輩なら絶対にごめんだね。小説や映画の中では〝犯罪者は現場に戻る〟なんて言われているけれど、普通、そんな危険は犯せないだろう？　捜査の進展が気になって仕方がなかったとしても、出来得る限り無関心を装って遠巻きに情報を得ようとするのが関の山だ。少なくとも、あんな直接的にエリザベスの顔を拝みに行くなんて……肝が座っているとしか）

吾輩は、昨夜のことを思い出しながら、慎重に言葉を選んだ。

エミリーはミックスナッツを齧りながら無言で聞いていた。

（それで、その、考えたんだが、こういう可能性は無いだろうか？　そんな危険を冒してまで犯人が現場に戻ったということは、よほど重要な証拠がまだあの場所に残されていたんじゃないだろうか、と）吾輩は恐る恐る自分の推理を彼女に告げた。

ポリリ……カリリ……。

ナッツをかみ砕く音が少し和らぎ、石畳を叩くヒールの音が路地に響いた。

ポリポリ……ゴクリ。

「残念だけど、それは無いわ。ポコ」エミリーはナッツを飲み込むと、吾輩の健気な推理をきっぱりと否定した。

「エリザベスの遺体そのものを除けば、現場の証拠はすべて集めきっていたと断言できるわ。絶対によ」エミリーは高説を続けた。「なんなら、あたしの報告書を読ませてあげてもいい。目ぼしい痕跡はすべて写真に収めたし、まだ誰も踏み荒らす前の足跡も型を取った。それに例のカゼインも回収済み。これ以上、他に何か出るもんですか。——それにあなたの話では、その——、青い影だっけ？　泣いていたのよね？　声を出して。それじゃまるで懺悔かなにかじゃない。そんなの絶対にあり得ないわ」

（あり得ない？）

「ええ、あり得ないの」

（どうしてそう言い切れるんだい？）

「どうしてもよ」

（それじゃ、説明になっていないだろう？　吾輩は実際にあの場に居たんだぞ？）

吾輩はムキになって昨夜の大立ち回りについて、もう一度詳しく——青い影が男だったことや、真っ白な霧で顔は見えなかったが絶対に泣いていたこと。吾輩のつけた爪痕が文字通り犯人の手に刻まれていることなどを——話してはみたが、それでもエミリーが折れることはなかった。

彼女はただ「時期が来ればあなたにもきっとわかるわ」とだけ呟き、この話題から興味を失ってしまった。

そうこうするうちに、我々はエリザベスの通っていた大学進学準備校（シックスス・フォーム・カレッジ）の正門前に到着した。

この後、移動させられてきたエリザベスの死体を検（あらた）めながら、ロンドン警視庁（ザ・メット）からやってくる鑑識官の話を聞くためである。

校門には古めかしい文字で〈エリンバース校〉と書かれていた。

何故、検視のために学校施設へ来ているのか？　と不思議に思うかもしれないが、ここはこの世の狭間にあるような田舎町である。設備の整った大きな病院などあるはずもなく、唯一存在するのは歯医者と内科を兼ねた小さな診療所だけである。

そこで、本来ならこういった大掛かりな検視は隣町にある総合病院で行うのが習わしなのだが、事件の特殊性から、今回に限っては出来る限り町の中だけで捜査を終えてしまいたい、という運びとなったのである。

幸いなことに、この町では昔から誰もが学業には援助を惜しまなかった。

我がハーバード家でも父上の曽祖父の祖母の祖父の弟が使っていたお屋敷を、小学校の校舎として寄付した事もあったし、母上の曾祖母の祖母の父親が娘の輿入れにと建てた建物を、教職員に破格で貸したりもしていた。

そんな訳で、この学校にも診療所より少しはマシな設備が整っていた。死体を乗せる専用の台はなくても、実験用の大きなステンレス台があったし、無影灯の代わりになる照明器具も沢山あったのだ。

ポリポリポリ……。

「死んでからも学校へ通うなんて、笑えないわね」エミリーが警察手帳を見せながら、用務員の老人に言った。

「そうでもないさ。学生連中なんて、皆、死んでいるようなもんだ。まだこの厳しい社会に産まれてもいないんだからな」老人はしゃがれた声で答えた。

「確かに」エミリーは軽く笑い、死体の在処を聞いた。「それで、解剖の特別授業はどこで行われるの？」

「生物標本室」老人は答えた。我々がしばらく沈黙していると、「本当だ。冗談なんか言うもんかい。突き当りを右に行ったら、階段を下りて地下へ。あとは行けばわかるよ。部屋の前にランプを吊っといたからね」と付け足した。

吾輩は黙ってエミリーを見た。

「いいんじゃない？　ある意味わかりやすいわ」彼女はポケットからナッツ袋を取り出すと、掌に中身を広げ、クルミだけを選んで口に入れた。

一七世紀に建てられた校舎はとても古く、地下は湿気で覆われていた。石造りの廊下は何故か濡れて、光っているように見えた。

吾輩は夜目が利いたので、特におどろおどろしい細部が良く見えた。使われなくなった脚立やバケツがいくつも並べられ、至る所に綿菓子(Candy floss)みたいな分厚い蜘蛛の巣がかかっていた。いつの時代のものかわからないテニスのネットにはネズミの死骸が絡まり、壁からはチョコパウダーを振りかけたような、錆びた鉄の棒がいくつも突き出していた。一歩進むたびに床の石畳がぐらつき、歩くたびに足音に続いて、カサカサと何かが逃げ回る音が聞こえた。吾輩はあまりの不潔さに歯をむき出しにして、河馬(かば)みたいに鼻の孔を大きく丸く開いていたように思う。

それに引き換えエミリーは、「昔の建物って、ホント頑丈よね」などと、この環境にもまったく動じる様子はなかった。

相も変わらずミックスナッツを齧りながら、淡々と歩くだけだった。途中、一度だけ壁のレンガの目地を指で擦ったが、これと言って興味を引くものがなかったらしく、ズボンで指を拭くと、またナッツを食べ始めた。それ以降は特に感想もなく、会話もないまま我々は生物標本室へとたどり着いた。

薄暗い廊下に一つだけ明るくなっている扉があった。扉のすぐ上には吊下げ式の表札が掲げてあり、〈生物標本室〉と書かれていた。ドアノブには用務員の老人が言っていたように、真鍮製の古めかしいオイルランプが掛けられていた。

「ランプね」エミリーはそれだけ言うと、ランプを床に置いて扉を開けた。

中には、まだ誰もいなかった。ロンドン警視庁（ザ・メット）の鑑識官もまだ来ていないらしい。

室内には名前の通り、標本がずらりと並んでいた。最初に瓶に入れられホルマリンに漬けられた心臓や小腸、眼球が目に入った。次に腹を引き裂かれ、内臓を露わにしたカエルの標本や、珍しい蝶やクワガタなんかの標本が見えた。サメの牙や貝殻、中にはクジラの骨と書かれた大きな白い弓状の棒もあった。

そんな中、部屋の中央にはエリザベスの死体が横たえられていた。薄い半透明のシートが被せられた彼女の姿は、他の標本とは明らかに異質だった。楡の木の下で万歳をしていた両腕は降ろされ、両足もまっすぐに閉じられていた。瞳はまっすぐに天井を見据えており、吾輩にはそれが何故だか空に向かって気を付けをしているように見えた。

「標本と剥製の違いって、何？」突然エミリーが訊いた。

（さあ、知らないな）吾輩は答えた。エリザベスの死体越しに、牙を剥いたイタチのような生き物が吾輩を威嚇していた。

エミリーはナッツ袋を実験台の上に置くと、親指の爪で唇の下をツンツンと押し始めた。そして、暫く黙ったあと「……演出しているかどうかかも」と言った。

(何の話だい？) 吾輩は意味が分からず訊き返した。

「きっとポーズを取らせたり、首から上だけを台座にくっ付けたりしたら剥製で、生きていた時の姿のままだったら標本なんじゃないかしら？　特に製作者の意図が感じられないものは標本ってこと」エミリーは満足そうに答え、ナッツ袋を再び手に取った。

(エリザベスのことを考えていたんじゃないのかい？)

「考えていたわ。もちろん」エミリーは答えた。

「このまっすぐに両手を下した死体——いいえ、遺体を見ていたら、改めて気になったのよね。犯人はどうして、遺体をあんな風に吊るしたんだろう？　って。それでエリザベスの遺体には、意味があるかもって思えてきたの。仮に行きずりの殺人や、若い女性を狙っただけの犯行だったとしたら、殺したあと遺体をもっと事務的に扱うと思うの。ここの標本みたいに。もっと悪く言えば生ゴミや肉塊みたいに、どう処分するか考えるかもしれない。でも、エリザベスは木に吊るされた。しかも教会の墓地にある古い神聖な木に……」

エミリーはまっすぐにエリザベスの遺体をみた。

「これは知り合いの犯行よ。それも彼女をとてもよく知る人物の」エミリーは唇を小さく噛み、眉間に縦皺を寄せていた。エリザベスのことをいい物的証拠だと言っていた彼女の中で、何かが変わりつつあるのかもしれない。吾輩はそんな風に思った。

暫く沈黙したあと、彼女は振り返って吾輩を見た。

「ねえ、ポコ。あのタヌキは剥製よね？」

（イタチじゃないのかい？）

「どっちでもいいわ……とにかく牙を剥いて威嚇してる。これは標本にしては演出過剰よ。コイツ、こっち見んな！」エミリーはそう言って、イタチだかタヌキだかの剥製をクルリと壁に向けてしまった。

確かに彼女の言う通り、エリザベスの死体は演出されていた。胸は大きく引き裂かれ、身体は逆さまに吊るされていたのだ。吾輩には調理前の七面鳥（ターキー）に見えた。だが無残な肉体と相反するように、その顔は美しく神聖なものの様にも感じられた。

エミリーは死体の傍にあるファイルのようなものを手に取った。そして、ページをめくりながら、確認するように時々死体を見ていた。

「彼、もう来ているみたいね」彼女は、ファイルを吾輩に見せた。「もう検視報告書が書きあがっているわ。ほら――」

彼女が見せたページには、人型の線画が印刷されており、そこに万年筆で傷の位置や深さなどが書き込まれていた。腹部には熟しすぎて裂けてしまったチェリーのような傷が描かれており、中が黒く塗りつぶされていた。

「相変わらず、まるで古代文字ね。まったく読めない」エミリーは舌打ちをした。

彼女の言う通り、細部にまでびっしり書きこまれた文字は小さく、とても常人には読めたものでは無かった。しかも英語、ドイツ語、（おそらく）漢字が混在していて、その解読は難関大学の入試問題のように複雑を極めていた。

「同じようなのを大英博物館で見たことあるわ。確か、ロゼッタストーン？　本人以外が読めない報告書なんて……、この紙切れも千年後には誰かが研究してるかも」

エミリーは報告書を作業台に戻すと、エリザベスにかけられたシートを撫でるように手を這わせた。吾輩のいる場所からは、薄い半透明のシート越しに腹部の傷らしきものが透けて見えた。

傷は外科手術用の縫合糸ではなく、ナイロンの太い釣り糸で縫合されていた。よく見れば死体のすぐ脇にステンレス製の手術道具なんかも置かれている。吾輩は自分の体が釣り糸で縫われていく様を想像し、フランケンシュタインにでもなったような嫌な気分になった。

彼女がシートを捲ろうと手をかけた時、おもむろに扉が開いた。

「だから言っているだろ、そうじゃないんだアルフレッド――」扉から入ってきた男は、大きな声で独り言を言っていた。男は左手の人差し指と中指を二本立て、それを蟀谷(こめかみ)の辺りに当てていた。

「ベーカー街〈221B〉のプレートが掲げてあるビルの本当の住所は〈239〉なんだ。ベーカー街〈239〉。本来のベーカー街〈221B〉は、あの〈219〉の大きなマンションなんだよ。もともとあの区画にいくつも建物があったんだ。それがビルの建て替えやら、市長の自己顕示欲なんかでおかしなことになっているんだ。……なに？　違う、アビーロードとアビーハウスは関係ない」

男は吾輩とエミリーをチラリと見たが、気にせず独り言を続けた。

「アビーハウスはもともと〈221B〉の住所にあったビルの名前だ。アビーロードはベーカー街から車で七分、B507を北西に進んだところにある道路の名前だ。……そうだ、ビートルズのスタジオもちゃんとある、あれは架空じゃない。実際にあった話だよ。ジョンもポールも実在している――」

「マーク・チャップマンもね」エミリーが男の独り言を遮った。

「やあ、エミリー」男は初めてこちらに向かって声を発した。

「ポコ、ロンドン警視庁（ザ・メット）のフランシス。フランシス、彼はポコ、〈紳士〉よ」

「よろしく。――ああそうだ、今、例のクソど田舎に来ている。エミリー・トンプソンの依頼でね」

フランシスは一瞬だけこちらを見たが、再び独りごとを続けた。

「まったく酷いもんさ、検視設備すらないクソど田舎だ。羊の毛刈りは出来ても、外科手術は出来ないらしい。……ああ、一体を検視するのに九〇分も要したんだ。普段なら一体につき十五分のところ、その六倍だ。……そうだな、ロンドンなら死体の供給に検視が追いつかないだろう。……まったく言えているよ。これだからクソど田舎は嫌なんだ。くまん蜂（ホーネット）もいるし、とても人間の住むような環境じゃない」

フランシスは言い終えると蜂谷から指を外し、正式にこちらを向き直った。

「フランシス・マッケンジーだ。ロンドン警視庁（ザ・メット）の鑑識官。それと医師免許――つまりは監察医の資格も持っている。トンプソン巡査部長の依頼で非番を返上して支援にやってきた」

フランシスはそう言って、吾輩の右手を強引に握った。彼の左耳には、大きめのネクタイピンみたいな機械がはめられていた。吾輩はここで漸くさっきの会話が電話によるものだと理解した。

フランシス・マッケンジー鑑識官。元エミリーの同僚か……、言葉遣いと立ち居振る舞いから初対面でも無礼な奴だとわかる。だが、この男の見た目は悪くなかった。

今風のツーブロックに刈り上げた金髪を古風なオールバックにしており、服装のセンスも文句ない。きっと有名テーラーで仕立てた物だろう。九〇分も検視をしていた直後だというのに、ジャケットの型はひとつも崩れていない。それどころかシャツには皺ひとつなく、ネクタイもまっすぐピンと地上に向かって伸びていた。

それに身体も丈夫で健康そうだ。適度に鍛えられた筋肉はスーツの上からでもよく分かったし、身長も申し分なかった。銀縁眼鏡の奥には藍色の瞳が輝き、睫毛までキラキラの金髪だった。加えて、口元に輝く真っ白な歯は、おろしたての消しゴムみたいにくっきりと角が立っていた。

エミリーからは非常に優秀な男だと聞かされている。吾輩はこの二枚目が、彼女のためにわざわざこの町へやって来たことに、少なからず嫉妬していた。

「報告書はもう?」フランシスが訊いた。

「ええ、軽くはね」

「なら話は早い。結論から言うと、わざわざ来た甲斐は無かった。――以上だ」そう言うと、フランシスは帰り支度を始めた。

「血中薬物は検査不能――、胃の内容物も検査不能、心臓、肺、肝臓、腎臓、脾臓、すい臓、小腸、大腸、それに子宮、卵巣、膣――、これらすべて検査不能だ。当然レイプ検査も出来なかった。致し方ない結果だ。内臓が一つもないんだからな」

「何かわかったことは?」

「強いて言うなら、死亡推定時期――」検視道具をカチャカチャと片付けながら、彼は続けた。

「あえて時期という言葉を使うが、死体の緩解具合から見て死後かなりの時間が経っているとみていい。少なくとも一週間から十日、もしかするとそれ以上かもしれない。残念ながら日時を特定するまでには至らなかった」

「らしくないわね」

「僕に不手際は無い――」エミリーの言葉を遮るようにフランシスは続けた。「死体の腐敗具合と解硬の程度が一般的なデータとは一致しないだけだ」彼は一通りの道具をカバンに詰め終えると、赤く染まったゴム手袋を床の古バケツに放り込んだ。

「つまり？」

「この死体は、驚くほど傷んでいない。すっかり無くなっている内臓は別にして、筋組織から何か出るかと探ってみたんだがね。信じられないことに蛆虫一匹見つからなかったよ。まるで何かに守られていたみたいにね。こんな死体には、今までお目にかかったことはない。この世はまだまだ謎だらけということだな」

吾輩は彼の言葉を聞いて、ふと〈魔女〉という言葉が頭に浮かんだ。

「町の人たちは、彼女が〈魔女〉だって言っているわ」エミリーが疑問を代弁した。

「あり得ないね——」フランシスは右手の中指で眼鏡を直しながら言った。「だが、よほど厳重に管理しなければ、こんな状態にはならないだろう。犯人の異常性が良く表れている」

「管理ね……」エミリーはため息交じりにエリザベスを見た。

女学生を殺害して、そのうえ死体を厳重に管理とは、この犯人は剥製でも作るつもりだったのだろうか？　吾輩は改めて室内を見まわし、背筋に悪寒を感じた。イタチタヌキの剥製はビー玉の瞳で壁の模様をじっと見ていた。

「それ以外のことは報告書に書いてある——」フランシスはそういうと、腕時計を見た。彼の左腕には〈ブレモン〉のクロノグラフが巻かれていた。

「特になければ、これで失礼させてもらうよ」言いながら、彼はコート掛けのコートに手を伸ばした。どうやら一刻も早く、このクソど田舎から脱出したいようである。

「二年半ぶりよ」エミリーが言った。彼女の言葉にフランシスの動きが止まった。「……それに、あなたの字は読めない」

吾輩は彼女の言葉に、二人の関係の深さを感じた。フランシスはコートに片腕だけを通した状態でエミリーを見ていた。そして、しばらく考えたあと何度か頷くと、もう一方の腕をゆっくり袖に通してからおもむろに話し始めた。

「誰が見てもわかる通り――、最も大きな外傷は腹部の刃傷、これは死後に付けられたものだ。切断面の細胞活動が見られなかった。凶器は刃渡りの長い鋭利な刃物だろう。切断面がとても綺麗で筋肉繊維に沿って、スッパリ切られている。外科手術みたいに丁寧な切り口だ。腹部切開時の凶器侵入口はここ――、アナルだ。狩猟の獲物を解体するときみたいにね」フランシスは死体の肛門を指さして言った。

エミリーは顔色一つ変えずにスマートフォンでメモを取っていた。

「それと、後頭部に内出血の痕跡がみられるが、これは直接の死因じゃない。皮膚の具合から出血時に生体反応があったことがわかる。まあ、頭を開けばもっと詳しくわかるかもしれないが、手間がかかるのでやめたよ。ここの設備じゃ何日かかるかわからないからね。それに、犯人を絞り込めるほど特徴的な傷跡でも無い」フランシスはそう言って、床に転がる煉瓦を一つ拾い上げると、エリザベスの顔の横に置いた。「どこにでもある鈍器。煉瓦で殴られた痕だ」

「死因は？」エミリーが訊いた。

「直接の死因は頸部圧迫による窒息死だ」

「首を絞められたの？」

「僕は絞死(こうし)とは言っていない。窒息死と言ったんだ。この死体には索溝(さっこう)も無ければ、絞死(こうし)の特徴である顔面の鬱血(うっけつ)や腫れも見られない――」フランシスはエリザベスの顎を持って彼女の顔をこちらへ向けると、「ほら、美しい顔をしている」と付け加えた。

「頸部圧迫って言ったでしょう？」エミリーは顔をしかめた。

「ああ、言ったよ」フランシスはエリザベスの顔を戻しながら平然と答えた。「正確には頸部内側からの圧迫だ。肺の状態や胃に残された異物は調べることはできなかったが――内臓がすべて無くなっているからね――、変わりに喉の奥に微かだが圧迫による内出血痕を見つけた。つまり、こうやって手で口を塞いだり、顔面に枕なんかを押し付けたんじゃなく、喉の奥に異物を押し込まれ、それが原因で気道閉塞が起こったと考えられる」

「凶器はわかる？」

「チーズを喉にを詰まらせただけで人間は簡単に窒息死するんだ。内臓が無くなっている以上、可能性は無限……、残念だが絞り込めないね」フランシスは両手で自分の首を絞め、舌を出して見せた。だが、その顔はひとつも苦しそうな様子はなく、むしろ無表情で、首を絞める恰好とはまるっきり合っていなかった。エミリーがメモを取っている間中、彼はずっとそのポーズを続けていた。

「背中の火傷はどう？　細い炎が何度も往復したような痕が見られたでしょう？」エミリーが続けて訊いた。

「深達性Ⅱ度(DDB)から局所的にはⅢ度(DB)に達する熱傷があった。とても不自然で興味深いね。こういう傷はたいてい何かを意図的に隠そうとする場合に見られる。例えば――」

「……入れ墨(タトゥー)とか」エミリーが自分に言い聞かせるように言った。

「確かにそれなら合点がいく。背中の皮膚には火傷以外の外傷はなかった。隠したかったのは皮膚そのものだと考えるのが妥当だ」

「いつ？」エミリーが続けて質問した。

「死後だ」フランシスが手短に答え、エミリーが頷いた。

「それと――、火傷痕からは僅かだが煤が検出された。何かの有機化合物を媒介にして死体を焼いたってことだ。――電撃傷や化学熱傷ではなくね。煤の方向から察するに炎は頭の方向から、背中へ向かってかざされている。つまり、こう、逆さまの状態で皮膚を焼かれたわけだ」と、ここまで言ったあとフランシスは漸く両手を首から外した。炎の向きを説明するのに苦心したからだ。

「被害者は長髪だった？」フランシスが訊いた。

「ええ、カールの赤毛よ」

「なら、火傷よりも剃髪が先だ。首筋から死体を焼くなら長い髪の毛は邪魔だからね。それが巻き毛ならなおさらだろう」フランシスはカールの巻き毛をイメージするように、丸く剃髪されたエリザベスの頭の周りで人差し指を何度か回した。

「……だが、こんな情報なら君でも一目でわかっただろう？　初めにも言ったが、わざわざ僕を呼んだ意味は無かった」

「そうでも無いわ」エミリーが答えた。

「僕は久しぶりに君の顔が見られて良かったがね」フランシスが言ったが、エミリーはそれに対しては答えなかった。

「少なくとも犯人が、遺体を綿密に管理するような人物だっていう確証が得られた」

「確かに。この犯人は死体の扱いに慣れているようだ。初めてじゃないのかもな。特に内臓の取り出し方は見事だよ。わざわざ肋骨を切断して肉を傷つけないよう内臓を取り出している。連続殺人のデータベースで、同じような手口の犯行を探してみようか？」

「そうね、助かるわ。お願い」エミリーは頷いた。

「肛門性愛者も対象に含める？」

「任せるわ……いいえ、その必要はないわ」エミリーは少し考えたあと言い直した。

「わかった。ロンドンに戻ったらやってみよう。念のため臓器売買の筋でも調べておくことにするよ。そっちはアルフレッドにやらせよう」

「ありがとう」エミリーが言った。

「礼には及ばない」フランシスは腕時計を見た。

「それとフランシス……」エミリーはフランシスを呼び止めるように声を掛けた。

「なんだい？」フランシスは横目でエミリーを見た。

「彼女は死体じゃないわ、遺体よ。お願いだから間違えないで」

フランシスは何も答えなかった。片眉を上げ少し驚いたような顔でエミリーを見たあと、眼鏡を直して二、三度頷いた。

「来てくれて、本当にありがとう」エミリーはフランシスの顔を見つめた。フランシスもまんざらでもない様子で彼女を見つめ返した。

まさに美男美女とはこのことだろう、吾輩の入る余地などない空気が二人の間に流れていた。おとぎ話に出てくる王と王女のように二人はお似合いだった。ロンドン警視庁（ザ・メット）時代の彼女は、どんな生活を送っていたのだろうか？　もしかすると二人は恋人同士だったのかもしれない……。吾輩は見ていられなくなり、目を背けた。薄暗い部屋の中で、〈猛毒〉と書かれた瓶が数本目に入った。瓶の中には頭の平たい蛇や、毛むくじゃらの蜘蛛が黄色く濁った液体に浮かんでいた。

「違う！　彼女とは寝ていない」フランシスが不意に大きな声を出した。「誓って言うが、やましい想いでこんなクソど田舎に来たんじゃない。捜査のためだよ。アルフレッド、僕は正義のために信念をもって行動しているんだ。女が抱きたいだけで片道五時間もかけて、この世の果てまでやってくる訳がないだろう？」彼は再び蜂谷に指を二本当てていた。

エミリーはあきれ顔でフランシスを見ている。

「確かに彼女は魅力的だ。きっとセックスも上手いだろう」フランシスはエミリーに向かってウインクをした。「――だが、ロンドンには彼女レベルの美女はごまんといるんだ。そこら中にいると言ってもいい。……そうだ、だから彼女と寝るためだけに片道五時間は遠すぎる、往復十時間だぞ。十時間もあれば僕なら二、三人と関係を持つことだってできるさ。……ああ、時間の浪費だよ。そうだ」

フランシスはコートの襟をピンと立て、鞄一式を手に取った。彼の電話のやりとりにエミリーの表情が険しくなった気がしたが、あまりに一瞬だったのでわからなかった。

「エミリー、書類のサインは誰に？」フランシスはコートの内ポケットから、封筒を出すと、こちらに見せた。

「ジョン・ダラス主任警部に。こっちに向かってるわ」

「……悪いが、待っていられないな。帰りがてら探してみよう。彼の車は？」

「ランドローバー」

「白にバッテンバーグマーキング仕様？」

「もちろん。クソど田舎でも変わらないわ」

「わかった」フランシスはエミリーに近づき、きつく彼女を抱きしめた。それは友達同士のサヨナラの挨拶というよりも、恋人同士のきついハグを思わせる抱き方だった。

「ここは良い処だ、エミリー。空気もきれいだし、異常な死体も少ない。ダラス主任警部にもよろしく伝えておくよ。事件の解決を心から願っている。では、ごきげんよう」言い終わると彼は、こちらの挨拶を聞くよりも早く出て行ってしまった。

扉の向こうで、彼の独り言が小さくなっていのが聞こえていた。

「……ボンドは居ないよ、アルフレッド。あれは架空だ。……なに？　ロンドンオリンピックの開幕式に出ていた？　あれは演出だ。映画俳優が演じているんだよ。……違う、そうじゃない。MI6は実在している！　本当だ。一九九三年にメージャー首相が公式に認めている。……え？　なに？　違う、違う！　00機関は実在しないんだ。あれはイアン・フレミングの——」

吾輩とエミリーはお互いに顔を見合わせ、なぜかホッと胸を撫で下ろした。

9

「知らなぁい」少女はぶっきらぼうに答えた。

女子生徒の事情聴取を始めて、すでに7人目である。エリザベスの検視のため学校へ立ち寄った序でに、SNSでのやりとりから関係の深そうな女生徒に話を聞くことなっていたのだ。

「〈森の魔女クラブ〉って聞いたことは？」

「知らなぁい」

「なんでもいいわ、知ってることを話して」

「別にぃ……、知らない」

彼女たちはまるで口裏を合わせたように何も語らなかった。

皆一様に斜め下を見つめていたが、その瞳は何も見ていなかった。

おそらく頭の中では、最新のファッションや髪型、流行の化粧なんかに思いを馳せているのだろう。そうやって少しの間だけ耐えることが出来れば、いつもの日常が戻ってくる。何も話さなければ、何も変わらない。そのことを、彼女たちは直感的に理解しているのである。

そして週末になれば、また友人と見分けのつかないほど似た化粧をして、半年前とはまったく違う最先端の恰好で大通りへと遊びに出掛けるつもりなのだ。

〝流行は見るに堪えられないほど醜い外貌をしているので、
六ヶ月ごとに変えなければならないのだ〟

吾輩はオスカー・ワイルドの詩の一説を思い出しながら、もしかすると、この聞き込みは空振りに終わるかもしれないな、などと考えていた。

エミリーは上着のポケットからナッツ袋を取り出すと、中身を空の灰皿に移し、数粒だけを口へ運んだ。

　ポリポリポリ……。

　ポリ……、モリ……ポリ。

「わかったわ、ポーラ。話題を変えましょう。この裏サイトでのあなたの書き込みについて聞かせてほしいの」エミリーはそう言うと、スマートフォンの画面をポーラに向けた。

「こう書かれているわ――。〝エリザベス下着、今日もヤバかった〟、〝ちょっと張り切りすぎ、ウケる〟――あと〝仕方ない。あの子だけ、報酬が高い〟とも書かれている」

　ポーラは髪の毛をいじるのをやめ、今度は左手の爪を右手で触り始めた。

「なにそれ、オバサン、それ、あたしが書いたって証拠はぁ？」甘ったるい声だが、明確な反論の意思が感じられた。「それにぃ、裏サイト？　知らなぁい……初めて聞いたんだけどぉ」

まだ幼い女学生の顔には、余裕の笑みすら浮かんでいた。

　ポリポリポリ……。

　エミリーはミックスナッツを齧りながら「ふうん」と言った。

　そして「確かに――」と話を続けた。「この発言者のアカウント名はランダムな文字の羅列になってて、一見すると匿名性が守られているように見えるわ。それが裏サイトの良いところよね。でもね、ダイレクトメッセージでは発言者同士は、誰が誰だかハッキリわかるようになっている。あなたが元カレに送ったＤＭのアカウント名は〈ポップコーン９２８〉――間違いないわよね？　元カレは捜査に協力的だったわ」

　ポーラは答えなかったが、エミリーは気にせず続けた。

「そして、この〈ポップコーンちゃん〉と、さっきの発言をした〈ランダムさん〉は同じ日の書き込みでは同じIPアドレスを使っているの。つまり、二人は同一人物だってことがわかる。それに、あなたの表向きのSNSアカウントは〈チュロス0928（churros0928）〉で、あなたの誕生日は九月二十八日よね。これらの点から、〈ポップコーンちゃん〉も同一人物ではないか？と、容易に推察される――ええ、そう、そうよ。言いたい事はわかるわ。偶然の一致かも知れない、そうよね？」何かを言いかけたポーラを制して、エミリーは強引に続けた。

「でも、それだけじゃないの。この〈ポップコーンちゃん〉のプロフィール画像と〈チュロスちゃん〉のプロフィール画像、二つの画像の出所を調べてみたの。そしたら、どっちも、ある有名モデルのプロデュースするスイーツ店の看板メニューだったわ。きっとプロフィールの持ち主は、そのモデルさんが大好きなのよね？　ほら、あなたもちょうど持ってるじゃない。その、右手首の時計。同じモデルがプロデュースするブランド品よね？　でしょう、ポーラ？」

ポーラの手は無意識に止まっていた。

「そ、それでぇ……あたしが〈ポップコーンなんとか〉だとしてぇ、その裏サイトに書き込みすると、警察に捕まるわけぇ？」ポーラはなんとか絞り出すように反論した。

「いいえ、書き込み自体は犯罪じゃない。好きに楽しみなさい。今しかない、学生時代ですもの。でもね、あたしが気になっているのは〝下着〟の部分よ。エリザベスの下着をどこで見たの？　ポーラ。あなたと彼女は選択科目もほとんど違うし、体育の授業も違っていたわよね。……確か、あなたはバドミントンで、エリザベスはクロスカントリー。それに彼女は課外活動もしていなかった。仮に更衣室かどこかで偶然見たことがあったとして、そんな仲良くもない娘の下着なんてずっと覚えているかしら、そうでしょう？　そもそも、一度や二度見たくらいで〝今日もヤバかった〟なんて表現が出てくるとは思えない。まるで、いつも付けている下着を知っているみたいな口ぶりよね？」

エミリーはあえて一呼吸おいた。

「ポーラ、あなたは何度もエリザベスの下着を見ている。それも、学校以外の別の場所で、間違いないわ」

エミリーは口の中でナッツをゆっくりと噛み締めると、これが核心よという顔でポーラを見た。

ポーラの顔からは余裕の笑みはすっかり消え失せていた。

ポリ……ポリ……モリ……。

「どこでエリザベスの下着を見たの？　答えなさい！」

エミリーはわざと高圧的な態度で追い詰めるように言った。ポーラは口を小さく開け、唇を震わせた。だが、言葉は出てこなかった。

「言い逃れは出来ないわよ」エミリーは言った。

「これは殺人事件の捜査なの、人の命と尊厳が関わっている事件なのよ。マニキュアを万引きして怒られているのとは訳が違うの。〈森の魔女クラブ（Forest coven）〉について、知っていることを話してちょうだい」

「……知らない」ポーラは声を絞り出した。

「知らないものは、知らない……」彼女は顔をしわくちゃにして、膝の上で拳を強く握っていた。

「口止めされているのかもしれないけれど、それよりももっと恐ろしいことがこの町で起こっているのよ。……このままだと、あなた達にも危険が及ぶかもしれない。だからお願い、話して」エミリーが訴えるように言った。

「そんな無理よぉ……」

「無理じゃない、信じて。ポーラ」

「……駄目ぇ、何も知らない」ポーラは両目いっぱいに涙をためていた。

「エリザベスは、放課後、パブでアルバイトをしていた。そしてアルバイト先でリッキーから〈森の魔女クラブ〉（Forest coven）に誘われた。そうでしょう?」エミリーは、彼女に自分の推理をぶつけた。

「エリザベスは、リッキーの誘いに乗り、〈魔女〉の一人になった。〈魔女〉たちは〈森〉と呼ばれるどこかで、男たちに魔法を掛けて見返りを得ていた。エリザベスはそのお金で、派手な下着や化粧品、鞄や靴なんかを買い漁っていた。リッキーは〈魔女〉と男たちを引き合わせる役目で、パブの常連なんかが、このクラブの上客なんでしょう?」

エミリーは、全部わかっているのよ、という顔でポーラをみた。

ポーラは何も答えなかった。彼女の口からは、言葉にならない息が漏れるだけだった。

ポーラは言葉を失う魔法にでも掛かったように、口だけをパクパクと動かしていた。彼女の顔は血の気を失い、漆喰の壁の様に白く染まっていた。

「もっと、わかりやすく言いましょうか。〈森の魔女クラブ〉（Forest coven）とは、未成年買春クラブで、リッキーがクラブの元締め。エリザベスはそこで客を取っていた。そして、あなたやお友達も、〈魔女〉の一人だった。違う? おそらく新参者のエリザベスに上客を取られたあなた達は、お小遣いが減って彼女のことを疎ましいと感じていた。それがあの台詞になって表れていたんじゃない?」

エミリーの言葉を聞き、ポーラはわっと泣き出した。だが、エミリーは構わず続けた。

「ねえ、ポーラ。あなた達が何人の町の男と寝てたかは、この際どうでもいいの。目をつぶってあげるわ。ここは退屈な田舎町ですもの、何か刺激が欲しくなったのも仕方のないことよね。あたしも十代の頃は悪ぶってる男が格好良く見えたものよ。お金も沢山欲しかった。稼ぎ方も知らなかったしね。でも、殺人は別よ。犯人はエリザベスの命を奪った。彼女の未来を奪い去ったのよ。お願い。〈森の魔女クラブ(Forest coven)〉について、知っていることを話してちょうだい」エミリーは声のトーンを落とした。

「……殺されちゃう」ポーラは強く閉じた両目をさらに閉じて震えた。

左右の瞳からは大粒の涙がボロボロと零(こぼ)れ落ち、彼女の制服のスカートを濡らしていた。

「私も……殺されちゃう……」ポーラは鼻水を垂らしながら言った。

「そんな事、絶対にさせない。あたしが守るわ」

エミリーの目は真剣だった。

ポーラは流れ落ちる涙をぬぐいもせず、エミリーの顔をみた。

エミリーは彼女の肩を抱き、力強く頷いた。

だが結局――、ポーラの口からは何も訊き出すことはできなかった。

「……ごめ、ごめんなだぃ」ポーラは震える唇を必死で抑え込んでいたが、語尾は聞き取れないくらいに濁っていた。それ以降、彼女が言葉を発することはなかった。しばらく彼女が落ち着くのを待っては見たが、それも無駄だった。

エミリーは何かあったら連絡をするよう伝えると、彼女を担任の元へと帰した。

応接室を出ていく際に、ポーラは一瞬だけ振り返ったが、やはり何かを話す勇気は出なかったらしく、何も言わずに扉を閉めた。

エミリーは足音が遠のくを待ち、大きく一度だけため息をついた。

吾輩は少女の心をあれほど強く束縛する力とは一体なんなのか、と強く考えさせられた。

もしかすると、ポーラ自身も〈魔法〉に掛かっていたのかもしれない。森の〈魔女〉になることで、彼女たちも大切な何かを失ってしまったのではないだろうか？　それは無垢なる心にだけ宿る、〈正直さ〉や〈素直さ〉だったに違いない。蠱惑(こわく)的な体験と引き換えに、彼女たちは逃げ場のない底なし沼に捕らわれてしまったのだ。

もがけばもがくほど、その体は深みへと沈み込み、自らの寿命を縮めてしまう。最早、彼女たちに出来ることは、息をひそめ、出来るだけ動かないようにして、少しでも長く地上に首を出していることだけなのだ。

エリザベスの死は、そんな〈魔女〉たちにかけられた〈魔法〉から逃れるために、誰かが起こした事件なのかもしれない。

魔女狩りという様相を呈することで、自分たちにかけられた呪いを解こうとでもしていたのだろうか。あるいは、エリザベス自身が〈魔女〉たちに呪いをかけた張本人だったのかもしれない……。

どちらにせよ、〈魔女〉たちに掛けられた呪いは未だに有効なようだった。事件の真相を解明出来たとき、果たしてこの呪いは、彼女たちをキチンと解放してくれるのだろうか？　吾輩は改めて、この町に潜む闇の深さを実感したのであった。

グウィネスはポーラと違い一度も動揺することなく、知らぬ存ぜぬを貫き通した。

すでに八人目の生徒ということもあり、エミリーの進め方に落ち度はなかった。しかし、彼女は今までの女生徒とは明らかに違っていた。姿勢よく椅子に座り、まっすぐにエミリーの瞳を見据えていた。一度もエミリーから視線を外すことなしに、淡々と「いいえ、知りません」という言葉を繰り返すだけだったのだ。

裏サイトの情報を突きつけた時も「さあ、覚えていません」と堂々と開き直った。

おそらく、泣きながら教室へ戻ったポーラを見て、最初から気構えてやってきたのだろう。明らかにエミリーに対して敵対意識をむき出しにしていた。そして何より、人の記憶は曖昧なものだという特性を本能的に理解し、上手く利用していた。

人は時に堂々と嘘をつく。そして本質的には、嘘には〈辻褄〉など必要ないのである。辻褄が合わなくなれば、感情的になり涙を流して忘れてしまったと言えば、それで十分に話の筋は通るからだ。

「あなたはリッキーと寝たの？」エミリーが訊いた。

「覚えていません」グウィネスが答えた。

「じゃあ、この中にあなたが寝た人はいる？」エミリーはミック、キース、チャーリーの写真をテーブルの上に並べた。

グウィネスは写真を見もせずに、覚えていません、と無表情で答えた。膝の上に揃えられた彼女の両手の爪は、綺麗に切りそろえられ透明なマニキュアだけが塗られていた。化粧も薄く、付けまつ毛もしていない彼女の顔は、むしろ年相応で健康的にさえ見えた。

吾輩はこんな娘までが本当に買春犯罪に関係しているのだろうか、と疑問に思えて仕方がなかった。

「まだ一七歳でしょう？　誰と寝たかも覚えていないの？」

「さあ、わかりません。もしかすると彼らと寝たかもしれませんし、まったく違う誰かと寝たのかもしれません。それとも、まだ誰とも寝たことが無いのかも」

「じゃあ、あなた処女なの？」

「いいえ、違います」

「じゃあ、誰かと寝たわけよね？」

「わかりません」

「あなた好きな人は？」

「いません。ここは田舎者ばかりなので」

「セックスは好き？」

「どちらとも言えません」

「お金をもらってセックスをするのは違法よ。この町ではね。でも、好きな人と寝た後、プレゼントをおねだりするのは大丈夫なの……、どこかの大人に似たようなことを言われたことない？」

「質問の意味がわかりません」

まるで押し問答のようなやり取りが続いた。表面上は静かな、そして無意味なやり取りだった。

しかし吾輩には、見えない剣戟が二人の間で激しくぶつかり合う様子がまざまざと感じられた。

エミリーは、少し考えるようなそぶりをしたあと、テーブルの灰皿からミックスナッツをつまんだ。そして、カシューナッツの曲がった形状をしばらく眺めたあと、口に入れずに灰皿に戻した。

「じゃあ、質問を変えるわ」エミリーが言った。「あなたなら、どんな時に人を殺したい？」

エミリーの質問にグウィネスの左眉が微かに動いた。

「……人を、殺したいと思ったことはありません」

「普通はそうよね」エミリーは口元に笑みを浮かべた。

「それじゃあ、どんな時なら人を殺してしまっても仕方がないって思えるかしら？　例えば、ほら、戦争や正当防衛、過失なんかもあるじゃない」

「これって、何かのテストですか？」グウィネスは眉根を寄せ、明らかに不審がった。

「いいえ、単なる事情聴取よ」エミリーは笑顔で答えた。

「事件と関係が？」

「もちろん。あたしは警察官なの、殺人事件を捜査中のね。だからあたしの質問はすべて事件に関係があると思ってもらって結構よ」エミリーは答えた。

グウィネスは瞳を左右に泳がせ、唇を小さく噛んでいた。おそらく答えるべきか悩んでいたのだろう。彼女は、もう一度エミリーを睨みつけた。

確かに酷い質問である。如何に重要参考人と言えども、まだ一七歳の少女——しかもクラスメートが殺された直後の——に訊く内容だとは到底思えなかった。

（あの、エミリー……）吾輩がたまらず口を挟みかけると、エミリーはニコニコしながら、手を払って吾輩を引き下がらせた。

「グウィネス、どんな場合なら殺人も仕方がないと思える？」改めてエミリーが訊いた。

「……大切な人を守るとき」グウィネスはしぶしぶ答えた。

エミリーの気迫に押されたのか、それとも何か思うところがあったのかは不明だが、吾輩は彼女が初めてこの場で自分の気持ちを吐露したような気がした。

「ありがとう、グウィネス。もういいわ」彼女の答えを聞くと、エミリーは満足したように彼女を解放した。

「で、今ので何がわかるわけ？」グウィネスは質問の意図が解らず、イラついていた。

「色々わかったわ。あなたは犯人じゃない」エミリーはキッパリと言い切った。

（エミリー？）吾輩は思わず聞き返した。それはグウィネスも同じだった。

「どういうこと？」

「どうもこうもないわ。あなたは犯人じゃない。それだけの事よ。ただし、もうあの連中とは手を切りなさい。今すぐにでも。でないと、今度はあなたが被害者になるかもしれないわ」エミリーはナッツを口に入れた。

「本当よ。これは脅しじゃない」彼女の表情は穏やかだったが、冗談を言っているようには見えなかった。

グウィネスが部屋を出て行ったあとも、吾輩に向かって「彼女たちは、犯人じゃないわ」と繰り返した。そして「そんなこと、あなたも分かっていたでしょう？」と付け加えた。

吾輩は即答で〝もちろん、そんなことは分かっていたさ〟と彼女に同調しておいた。

10

「……へっし！　だっしゅ！　じゃんぷ！」程なくして、校内に特徴的なクシャミの音が響き渡り、ダラス警部が到着した。

彼は、最初は吾輩が居ることに明らかな嫌悪感を示したが、エミリーが吾輩の存在が女生徒をリラックスさせてくれたと説明すると、しぶしぶ納得してくれた。

「〈森の魔女クラブ(Forest coven)〉というのが、おそらく未成年買春を斡旋している組織です」

エミリーがこれまで分かったことを簡単に説明すると、ダラス警部はよれよれのハンカチで鼻を拭きながら短く頷いた。

「ただ、組織と言っても、それほど大きな規模では無く、おそらく十人程度のごく閉じられたものかと。多くても二十人以内でしょう。名前からも察することができるように所属している少女たちは〈魔女〉と呼ばれ、男たちの相手をしています。役どころは断定できませんが、〈漆黒の髪亭(The Raven Locks)〉のオーナー、リチャード・レッドウッド。あのリッキーが関わっているのは間違いないかと……」

「容易に想像できるな」ダラス警部は目を瞬(しばたた)せながら言った。

「問題は〈森〉と呼ばれる現場です。この特定ができていないため、今のところ物的証拠を掴むことができていません」

「なら、急がなければな。証拠を隠滅される可能性もある」

「はい。ただ、しばらくの間は表立った活動を控えると予想されます。ですから、この少ない情報を元に今すぐ大規模な捜索を決行するか、あるいは彼らが証拠隠滅に向かうタイミングで直接現場を押さえるくらいしか手が残されていません」

「ここ数日が勝負というわけか……」

「リッキー自身か、この数名を張れば何か動きがあるはずです」エミリーはミックたち三人組の写真をダラス警部に渡した。

「任意聴取はしたのか？」

「一応、昨夜のうちに」エミリーはスマートフォンを見せた。「録音もしましたが、確証といえるほどのものは引き出せませんでした。それに彼らは、すでに相当酔っていましたので法廷では証言として使えないでしょう」

「それがパブでの聞き込みの難点だな。誰でも口は軽くなるが、誰もがすでに酔っ払っている。つまり本当に現場を見つけない限り、このクラブを摘発することは難しいというわけだ」ダラス警部は笑えない冗談を言った。

「それで――、このクラブの裏取りなんですが、私以外の誰かに応援を頼めませんか？」エミリーは珍しく、他人を頼った。

「独りで四人を追うのは物理的に不可能ですし、実は昨夜、派手にやってしまったので。きっとあたしの事は警戒されているでしょう。……それに他にも調べたいことが有るんです、ですから出来ればこっちの捜査は、別の誰かに担当してもらえればと」

「わかった、俺が担当しよう。リッキーとは古い仲だ。あいつが悪ガキの頃から知っている」ダラス警部は答えた。そして咥え煙草に火をつけると、肺いっぱいに広がる〈ロイヤルズ〉（Rothmans ROYALS）を目を閉じて味わった。

「他には？」ダラス警部が訊いた。

「ここの生徒たちへの事情聴取があと二十八名分残っています。ただ、特に重要な数名はすでに聴取を終えていますので、これも出来れば誰かに――」

「わかった。署の誰かを寄こすよ」

「ありがとうございます。助かります」

「以上か?」ダラス警部は鼻から煙を吐き出すと、目を細めて煙草の火を見た。

「最後にもう一つ。これまですでに聴取を終えている八名の生徒については、エリザベス殺害事件の容疑者から外しても問題ありません。未成年買春クラブの方では何か出るかもしれませんが……。被害者の殺害及び、死体遺棄については完全にシロです。私が保証します」エミリーはまたしてもキッパリと言い切った。

「お前が保証して何になる……?」ダラス警部は煙草の灰を、まだナッツの残っている灰皿に落とすと、エミリーに向き直った。

「もともと彼女たちを疑うべき証拠も証言も出ていないんだ。その時点で彼女たちは犯人でも無ければ、容疑者でもない。今のところ任意で事情聴取を受けているに過ぎない。そうだろう? 勘違いするな。俺たちは犯人を決めつけたり、断罪するのが仕事じゃない。俺たちの仕事は確固たる証拠を挙げ、犯行を立証すること、それだけだ」ダラス警部の言葉にエミリーは複雑な表情をしていたが、反論はしなかった。

「だがまあ、お前が間違いないと言うんだ、きっと根拠があるんだろう。貴重な参考意見として受け取っておくよ」ダラス警部は補うように付け足した。「それに今は、他に優先すべき容疑者もいる。彼女たちにこれ以上、貴重な青春を無駄遣いさせるのは控えようじゃないか」

ダラス警部は灰皿で煙草をもみ消すと、すぐに新しいのを出して口に咥えた。そして、携帯電話を取り出して事情聴取のための警察官を手配した。その間エミリーは、彼が煙草を押し付けた灰皿のナッツを見て、勿体ないな、という顔をしていた。

「パソコンが使える者を二名ほど寄こしてくれ。学校には話を通しておく。出来れば見栄えの良いほうがいいな。……そうだ。なにしろ相手は若い女学生だ」

吾輩は彼の言葉一つ一つに、田舎町ならではの古いしきたりや偏見、固定観念が見え隠れしているように感じた。だが、それも仕方のないことだ。ここは、古き良き英国であり、欠伸の出るほど退屈な田舎町なのである。

「……なに、マッケンジー?」不意に、ダラス警部がフランシスの名前を口にした。

吾輩とエミリーは顔を見合わせ、彼の様子をうかがった。

「アイツがどうしたんだ、もう用はないはずだ。訳の分からない独り言で俺をバカにしやがって、二度と会いたくもない……なに? 書類に不備があっただと? ……サインのやり直しだって? 俺の字が汚くて読めない? そんなこと知るか! 読めないのはあいつの報告書のほうだ! もういい、お前がサインしておけ。俺のを真似て。……そうだ、それでいい」ダラス警部はそう言うと、強引に電話を切ってしまった。

そして思いつく限りの罵詈雑言で、フランシスの文句を言った。彼は地団太を踏み、今にも壁や机を蹴りだしそうな勢いだった。

「——そもそも、アルフレッドって誰なんだ?」言いたいことを一通り言い終えると、ダラス警部が訊いた。

しかし、エミリーは答えなかった。ダラス警部は小さく舌打ちをして質問を変えた。

「なんであんな奴を呼んだんだ?」

「優秀だからです」エミリーが答えた。「それにこの町には、鑑識官が居ません」

「それにしても、もっとマシな奴がいなかったのか?」

「知る限り、彼が一番優秀です」

「……ったく、いくら優秀でも、バランスってもんがあるだろう。あいつはエリザベスの事を〝自分好みの死体では無かったが、とても興味深い事例だった〟と言ったんだぞ。能力があっても、何かが欠けている奴ってのは優秀とは言わないんだ。本当に優秀な人間ってのは、人の気持ちがわかる奴の事を言うんだよ!」

「人の気持ちですか……」エミリーが訊いた。

「そうだ、人の気持ちだ」ダラス警部の声には苛立ちの色が見えた。

「……犯罪者心理については警察学校で修了していますが」エミリーは答えた。

「都会には人間味のあるやつは独りも居ないのか? お前もお前で、ずっとナッツばかり食いやがって……」ダラス警部はあきれ顔で額を触ると、エミリーに向かって八つ当たりを始めた。

しかしエミリーは全く動じなかった。その態度が気に入らなかったのか、ダラス警部の口調はどんどん酷くなり、やがてここでは書けないようなことを口走っていた。

その間、彼の咥え煙草は、オーケストラの指揮棒みたいに激しく上下に揺れていた。吾輩にはそれがカラヤン指揮の〈交響曲・第五番（運命）〉に見えた。

駐車場に到着するなりエミリーは髪をかき上げて困ったような表情をした。

どうやら車をどこに停めたのか忘れてしまったらしく「赤のクラッシックミニよ。ねえ、ポコ、あなた覚えてる？」と言って端から順番に車を確かめ始めた。

　こんな田舎町のそれほど広くない駐車場で、なぜ自分の車を見失うのか吾輩には理解できなかったが、彼女いわく、今朝は考え事をしていたから。とのことだった。

　吾輩がひときわ大きく育った珊瑚樹の陰に隠れた赤い旧車を指し示すと、彼女は安心して短くため息をついた。手入れのされていない生垣の赤い実と、車体の赤い色が入り混じっていて、確かに遠目からは目を凝らさないと車を認識できなくなっていた。

　エミリーは小さな声で「ナッツ、ナッツ……」と言いながら小走りで車に向かった。

　吾輩は彼女をエスコートするため、それを猛ダッシュで追い越して運転席側へと回り込んだ。するとそこには、車体の陰に隠れてグウィネスとポーラが屈み込んでいた。驚いた吾輩がスピードスキーの選手のように体を斜めに傾けて急停止すると、二人ともこちらに気づいて立ち上がった。吾輩の後に続いていたエミリーは、驚く様子も無く「あら、お二人さん」と挨拶をしていた。

　グウィネスが髪を触りながら顎を突き出して挨拶を返すと、ポーラも小さく肩をすくめるようにお辞儀をした。

「何か思い出した？」まるで来るのが分かっていたかのようにエミリーが言った。

「遺留品にケータイはあった？」グウィネスが訊いた。

「スマホじゃなくてケータイね。ガラケーっていうやつ。古い二つ折りのタイプのケータイだよ」

　ポーラは何も言わず、彼女の一歩後ろに隠れていた。

「答えられないの。捜査上の機密だから」エミリーが言った。

「そう」とグウィネスが言った。「もし、見つけてないなら探したほうがいいよ。きっと事件解決の糸口になるから」グウィネスは同意を求めるようにポーラを見た。

ポーラは何も言わずに、彼女に頷いた。そしておずおずと語り始めた。

「……あたし、見たのぉ」ポーラの声は震えていた。

「何を見たの?」エミリーは二人に気づかれないように、スマートフォンの録音アプリを立ち上げた。

「エリザベスは……ケータイで動画を撮ってたのぉ。普通は〈森〉に行く前にぃ、そういうの全部取り上げられるんだけど、あの子は二台持っててぇ。……スマホと古いタイプの二台。いっつもソレで隠し撮りしてたのぉ。連中はスマホだけ取り上げて、安心してたけどぉ」そこまで話してポーラは、気持ちを落ち着かせるように、深呼吸した。

「……あたしは、そんなのやめときなって言ったのよぉ。でも、あの子、聞かなかった。コレがないと魔法が使えなくなるんだって言ってぇ……、あの子、ケータイをひと時も離さなかったのぉ。コレで魔法を〈森〉の外まで持ち出したいってぇ。本物の〈魔女〉みたいになりたいって、言ってたのぉ」

「……きっと、それが誰かにバレたのよ」グウィネスが言った。

「それで口止めに殺された?」エミリーが言った。

二人の女生徒はゆっくりと頷いた。

「エリザベスの死体をあんな風にして木に吊したのは、私たちへの見せしめよ。〝絶対に俺たちには逆らうな、もし逆らったらコレと同じ目に合わせるぞ〟っていうね」グウィネスが言った。

「犯人はきっと、彼女のケータイに映ってる誰かよぉ……」ポーラが言った。

「だからケータイを探して。もしかすると、もう犯人が処分しちゃったかもしれないけど、中の機械が無事なら情報を取り出せるんでしょう?」

「そう、テレビの番組で見たわ……、今時の科学捜査はすごいってぇ」

二人の女生徒はお互いに顔を見合わせて、何度も頷いていた。

「私たち、出来るだけあのクラブには近づかないようにするわ。でも、長くは逃げていられない。きっと誰かが、落とし前を付けにやってくる。その前に犯人を見つけて、お願い」グウィネスが言った。

「他に携帯電話の特徴は？」エミリーが訊いた。

「色はぁ……シルバーで傷だらけだった」

「〝この町へ来るずっと前に買った〟って言ってた」

「〝傷だらけの折り畳み式携帯電話（ガラケー）〟で、〝色はシルバー〟〝町の外で購入したもの〟ね？」エミリーが確認するように繰り返した。

「そう。だから急いで。……お願い、殺されたくないのぉ」ポーラはおびえていた。

「心配しないで。そんなこと私がさせない」エミリーはなだめるように言った。

「オバサン、本当に犯人を捕まえられる？」

エミリーは何も答えず、グウィネスとポーラを順にみた。そして、ゆっくりと頷くと、二人の肩に手を置いて「それが、あたしの使命よ」と答えた。

その声は決意に満ちていた。決して彼女たちを安心させるためだけに出たものでは無かった。それ故に、吾輩も二人の女生徒も妙な信頼感を覚えた。

「わかった、信じるわ」一呼吸おいてグウィネスが言った。

ポーラも半泣きで頷いた。

「協力ありがとう。二人とも勇気を出してくれたことに感謝するわ。絶対に犯人を捕まえて見せる。

約束よ」エミリーはそう言うと優しい笑顔を見せた。

その自信に満ちた瞳は無条件で少女たちを安心させる強さがあった。二人の女生徒はお互いの手を取り合うと、憑き物でも落ちたような顔で駐車場を後にした。

「ねえ、訊いてもいい？」去り際にグウィネスが言った。「なぜ、私が犯人じゃないって言いきったの？」

「あなたも森の〈魔女〉だから」エミリーは答えた。

「エリザベスと同じ〈魔女〉なら、あなただって同じように羽振りがいいはず。そうでしょう？でも、貴方はそうじゃない。だから事前に家庭環境を調べさせてもらったの。お母さんの病気のこと、それに弟さんの私立進学校（パブリック・スクール）受験のことも。娘がアルバイトで稼いでくれてると言っていたわ」

エミリーの言葉に、グウィネスはハッとした。

それを見てポーラは気まずそうな顔をしていた。

「あなたが家計を支えていたってことでしょう？　つまり、あなたは自分のためにあそこにいた訳じゃない。家族のために〈森〉へ行っていたの。だからあたしの意地悪な質問にも〝大切な人を守るとき〟と答えた。それが、あなたの本質よ」

「でも、わたしの事情と容疑が晴れることは直接関係ないわ」

「いいえ、大ありよ。あなたにとって〈森〉は家族の生活を支える大切な職場。でも、こんな事件が起こってしまったら当面は働くことが出来なくなってしまう。家族のためにお金が必要なのにね。その稼ぎ口をわざわざ無くすようなこと普通はしないわ。そうでしょう？　少なくとも弟さんの受験が終わるまでは、どんなに辛くても耐え抜いたはずよ。あなたならね」

エミリーの言葉を聞き、グウィネスは半分だけ納得したような顔をしていた。そして「買いかぶりすぎよ、オバサン」と言って走り去った。

エミリーは二人の姿が見えなくなるまで見守ってから車に乗り込んだ。そして、今日は朝から沢山の情報が出てきたわね、と言った。吾輩がため息交じりに頷くと、〝だから明日は忙しくなる〟って、言ったでしょう？　と笑った。

「じゃあ次は、悲しみに暮れる被害者の母親に会いに行きましょう」エミリーはそう言ってクラッシックミニのエンジンをかけた。

軽くアクセルを踏んで回転数を上げるとパラパラという乾いたエンジン音が車内に響いた。カーステレオからはデヴィッド・ボウイの〈ジーン・ジニー(The Jean Genie)〉が聞こえてきた。丁度、ボウイがハーモニカを吹いているところだった。

エミリーは〝あたし、この曲好き〟と言って、ボリュームを上げた。彼女のカーステレオには、もう何年もずっと、〈アラジン・セイン(Aladdin Sane)〉が入れっぱなしになっている。

吾輩は小さな車の奏でる力強い振動と、子気味の良いギターのビートを感じながら、彼女のこの直向(ひたむ)きさは一体どこからくるのだろうか？　などと考えていた。そして翻って自らを見直すと、彼女の足元にも及ばない未熟な自分がいることに気が付いた。

ほんの少しだけセンチメンタルな気分になった。しかし同時に、彼女の傍でこの太陽のような光を浴び続けて居られたなら、自分もきっと大きく成長できるに違いないと確信していた。

11

エリザベスの家は住宅街の中ほどにあった。大通りから入り組んだ路地を何本か入り、小さな階段をいくつか超えて、最後にゆっくりと坂道を下ると特徴的な白黒のストライプ模様が目に入ってくる。その黒い柱と漆喰の白壁で固められたひとつらなりの長屋は、まるでおとぎ話の世界に出てくる建物のように見えた。

道すがらエミリーは、エリザベスの母親についてそれとなく教えてくれた。

マリア・コール——つまりエリザベスの母親は、この町で産まれ育ったが、かつて一度は町を離れていたらしい。

なんでも良家との縁談に恵まれたとかで、学校も中退して遠くの街へと引っ越してしまったという。良家に嫁ぐという事でこんな田舎町には未練も無かったのだろう、住んでいた家も何もかも売り払い、一家そろって町を出て行ったということだった。

あっと言う間の出来事だったらしく、まるで夜逃げするみたいに、ほとんど一夜のうちに消えてしまったそうである。

それが一年と少し前、彼女は娘を連れてこの町へと戻ってきた。

当時、少しだけだが彼女が町に戻ってきたのは出戻りじゃないか、という噂が立ったらしいが、一家が敬虔なカトリック信者だったこともあり、噂は自然と消滅していった。

それ以来、町の住人とは殆ど付き合うことなく、ひっそりと暮らしているという話だった。

家のすぐ前までたどり着くと、我々は改めて建物を見上げた。

所謂チューダー様式と言われるこの種の建物は、ティンバーフレーム構造の発明により木造ながら何世紀もの間ずっと持ちこたえるだけの堅牢さを手に入れた。

吾輩は機能美と様式美を兼ね備えたこのストライプ模様がとても好きだった。限られた素材を使ってどれだけ頑丈で、かつ美しい建築物を作り上げられるのか？　そういった、当時の職人たちの魂までもが、この建物からは感じ取れるような気がしたからだ。

これぞ古き良き英国であり、数少ない我が田舎町の誇りの一つと言えるだろう。

「すごい、この家ちょっと傾いてるわ」エミリーが言った。彼女の顔は完全にあきれ返っていた。

「確かに素敵な建物だけど、住むのは別問題よね。だって、これ木造なんでしょう、火事の心配とかしたことないのかしら？　それに雨漏りとか、隙間風とか……あと、キクイムシも。考えただけでもナンセンスだわ。いくら小さな町って言っても煉瓦づくりの家もあれば、鉄骨の入ったマンションだってちゃんとあるのに……どうしてここに住んでいるの。本当に理解不能ね」

吾輩は何も答えられなかった。エミリーはそんな吾輩の様子を気にも留めず、古めかしい黒塗りの扉を五回ノックした。彼女のノックに合わせ想像していたよりも軽くて高い音が五回聞こえた。

しばらくして、家の中から「すぐに行く」と男の声が聞こえた。

エミリーはその声を聴き一瞬だけ吾輩を見たが、すぐに扉に向き直った。

「悪かったね。ちょっとマリアが取り乱してたもんで」廊下を走る音に続いて扉が開き、中から精肉店の店主、クリストファー・ブラウンが顔を出した。

「やあ、トンプソン巡査部長、ダラス警部から君たちが来ることは聞いてる。どうぞ、上がってくれ」

クリスはそう言って、我々を招くような仕草をした。

「どうしてあなたが？」エミリーが訊いた。

「彼女の世話をしていたんだ」クリスが答えた。

「話が見えないんだけど……」

「彼女とは中学校時代の同級生でね。……あんなことがあった後だ。誰かが支えてやらないと」

クリスは悲しい顔を見せた。

「なるほどね」エミリーは無感情に言った。「でも、彼女を支える役目が単なる昔の同級生っていうのが分からないんだけど。交流があったにせよ、それって随分と昔の話でしょう？」

「なんだい、まさかここで尋問でも始める気かい？」クリスは冗談めかして答えた。しかし、エミリーがクスリとも笑わないのを見て、「彼女が以前、この町に住んでいた頃に家族同士で付き合いがあったんだ」と答えた。

「ウチも相当、信心深い家庭だったからな。――まあ、直接命を扱う職業だ。今となっては、親父が祈りたくなった気持ちも良く解るよ。それで当時、教会にうまくなじめなかった彼女の一家を、ウチの親父が世話してたんだ。催しごとがあるたびに家まで誘いに言ったりしてね。だから、俺たちはただの同級生よりは少しだけお互いを知っているって訳さ」

エミリーは「ふうん」と言って顎を触った。

吾輩には彼女が何をそんなに気にしているのか解らなかったが、エミリーは人目もはばからず唇の下を右手の爪で押していた。

「さあ、どうぞ」クリスは半歩下がると、首を傾けて早く入れと促した。

家の中は薄暗く玄関のすぐ奥に階段が見えた。玄関の真正面と右手に一つずつ扉があり、右手の扉が開いていた。玄関には灯りが一つもなかったので、部屋の中がぼんやりと光って見えた。

「マリア、警察の人が来たぞ」クリスが言った。

部屋の中ではコール夫人――つまりエリザベスの母親がソファに座って紅茶を飲んでいた。彼女は暖炉の近くのソファに深く腰掛け、膝の上に乳飲み子くらいの大きさの陶器製の人形(ビスクドール)を抱いていた。

エミリーと吾輩が挨拶をしても彼女はおどろくほど無反応だった。

「マリア、トンプソン巡査部長だ」クリスがもう一度、我々を紹介したが同じだった。

彼女は同じように、まるっきり反応を見せなかった。ティーカップをテーブルに置くと、膝の上の人形の頭を撫でて、虚ろに炎を見つめていた。

「〈魔女〉みたいな顔になってるだろ……、可愛そうに」

クリスは小さくため息をつき、帽子を被り直した。

「娘を亡くしてからずっとこの調子だ」

「無理もないでしょうね」エミリーが無感情に言った。

虚ろな瞳で人形をしきりに触っているコール夫人の風貌は、クリスと同級生にしては老け込んでいた。最初は乱れた髪型と憔悴によるものかと思ったが、何度見直してみても目じりと口角は斜めに垂れ下がり、豊齢線は深くくっきりと浮かびあがっていた。

それは彼女の壮絶な人生そのものが、深く黒い皺(しわ)となって、その顔に滲み出しているようにも感じられた。

「元は明るい女性だったんだが……、今はまるで魂を抜かれたみたいだ」クリスはコール夫人の肩に手を添えると、そっと口元を拭いてやった。彼女の口にはビスケットの粉が沢山ついていた。

口元を拭くクリスの手つきはどこかおぼつかない様子だった。

「利き手に怪我を?」エミリーが訊いた。

「ああ、これかい? 腸詰を蒸す過程で火傷をしてしまってね」クリスが言った。よく見ればクリスの右手には包帯が巻かれていた。それで慣れない左手で彼女の口元を拭いていたのだ。

「……ふうん」エミリーは含みのある言い方をした。

「なんだ? 何か気になるなら言ってくれ」クリスは言った。

「実は手に怪我をしている人物を探しているの」エミリーが答えた。

「手に怪我?」

「そう、それもごく最近できた怪我よ」

「それで?」クリスが眉根を寄せた。

「良ければ、その火傷の痕を見せてもらえない?」エミリーが言った。吾輩はこのとき漸く彼女の言いたいことが分かった。エミリーは昨夜、墓地で吾輩が手首に傷をつけた人物を探していたのだ。それで、クリスの右手の包帯に対して妙に引っかかっていたのである。

「本気で言ってるのか?」クリスが訊いた。

エミリーが無言で頷くと、クリスはため息交じりに首を振った。そしてゆっくりと右手の包帯を外すと、我々に向かって痛々しい火傷痕を見せた。手の甲から手首に掛けて赤く腫れあがった皮膚は、ところどころで水ぶくれができていた。それは明らかに火傷の痕であり、吾輩が付けた爪痕ではなかった。吾輩は昨日の朝、彼がトラックの保冷装置と格闘していたことを思い出した。きっとあの時からすでに右手の自由が利かなかったのだろう。

エミリーはスマートフォンで手早くクリスの右手の写真を撮ると「ありがとう、もういいわ」と言った。

「おいおい、何してるんだ？」クリスは苛ついて左手で右手を隠した。

「一応メモしているだけ。あとで情報の辻褄を確かめるの、人は嘘をつくから」エミリーが言った。

それを聞いてクリスは何か言いかけたが、すぐに諦めたように包帯を戻し始めた。

エミリーはクリスのそんな様子を気にも留めず、コール夫人に近づいて彼女の向かい側のソファに腰かけた。相変わらずエミリーの態度には肝を冷やしたが、この瞬間、昨夜墓地に居た青い影はクリスでは無かったことが証明された訳である。まあ、良しとしよう。

「コール婦人、エミリー・トンプソンです」エミリーは落ち着いた声で彼女に話しかけた。

エミリーがなぜ夫人(ミセス)をわざわざ〈婦人(ミズ)〉と呼んだのか、吾輩には分からなかったが、彼女の呼びかけにコール夫人が反応を見せた。それは不思議と神秘的な光景だった。

「まあ、綺麗なお姉さん」コール夫人は言った。その声や話し方は、彼女の見た目からは想像もつかないほど瑞々しく、少女のように透き通っていた。

「ねえ、ブラウンおじさん、このお姉さんはどなた？」コール夫人がクリスに向かって訊いた。

「警察の人だよ、マリア。新しくこの町に赴任してきたんだ」クリスが答えた。そして、声を潜めて「俺の事をウチの親父だと勘違いしているんだ」と付け足した。

「へえ、お姉さん警察官なんだ。女の人なのに珍しいね」コール夫人が言った。「こんな素敵なお姉さんがこの町にいるなんて……、なんだか不思議な感じ。あたしも大きくなったらお姉さんみたいに上手にお化粧したいな。ねえ、そのチークはどこのお店で買ったの？」

夫人の質問に、エミリーは何も答えなかった。

「そっちの口髭のハンサムさんは？」コール夫人は、エミリーの陰に隠れていた吾輩を見つけて笑った。

「こいつはポコ、まあ、お姉さんの付き添いだ」クリスが答えた。

吾輩は口髭を触り、小さくお辞儀をした。

「素敵な付き添いさんね。口髭が、あたしの憧れの人にそっくり」コール夫人は吾輩の真似をして、口髭を触る振りをした。

「そうだ、お姉さんたち、今週末の夜に教会でハウジー大会があるわ。一緒に行きましょうよ。あたしハウジー大好き。数字が三つ開いたあたりから、すごくドキドキしちゃうの。次にどんな数字が読まれるか考えただけで、もう、大興奮！　あたしがお姉さんのことも、神父様にも紹介してあげる。神父様も最近はボランティアの女性が足りないって言っていたの、丁度いいじゃない。ねえ、ブラウンおじさんもそう思うでしょう？」

「そうだね、マリア。いい考えだ」クリスはマリアの手から紅茶のカップを受け取るとテーブルに置いた。そして、「トンプソン巡査部長、来てもらって本当に申し訳ないんだが、こんな調子なんだ。彼女はまともに話なんて出来ないと思う」と言った。

「それはあなたが判断することじゃない」エミリーはぴしゃりと言った。そして、夫人に向き直ると話を続けた。

「お誘いありがとうございます、是非、ご一緒しましょう、ハウジー大会。ただし――、エリザベスの事件を解決してからです。そのために、お話を聞かせていただけませんか？」

「エリザベスの事件？」

「そう、殺害されたあなたのお嬢さんの事件です」

「殺害……？　え？　なに、どういうこと？」コール夫人は、これっぽっちも話が分からない様子だった。彼女は陶器製の人形（ビスクドール）を強く抱きしめ、不安を顕わにした。

クリスは慌てて彼女をなだめるように髪を優しく撫でてやっていた。

「大丈夫だよ、マリア。分からないことは分からないと言えばいいから」クリスが言ったが無駄だった。マリアは千切れるほど激しく頭を左右に振っていた。

彼女の腕の中で締め上げられた人形の関節がおかしな方向を向いていた。

クリスはエミリーに向き直り、肩をすくめて首を振った。

エミリーは二人のやり取りを見ようともせず、ずっとスマートフォンを操作していた。そして何かを見つけると、画面を伏せて少し考えるような顔をした。

「ねえ、ブラウンさん。部外者は外してもらえない？　ここからはコール婦人と二人っきりで話がしたいの。……当初の予定通り」エミリーが言った。

「悪いがそれは出来ない」クリスは抵抗した。「彼女の様子を見ればわかるだろう。ほら、こんな状態の彼女を一人にするわけにはいかない」

「一人じゃないわ。あたしがいる」

「そういう意味じゃないだろう……」

「警察官が付き添うのに何か問題が？　もっと警察を信用しなさい。それに、ほんの数分だけよ。すぐに終わるわ」エミリーは言った。

「あんた、こんなになった彼女を見て何も感じないのか?」クリスは声を荒げた。

「いたたまれないわ」エミリーが答えた。ただし、その声には相変わらず感情が含まれていなかった。

「なら、少しは察しろよ」クリスが語気を荒げた。

「つまり、どういう意味?」

「それを、いちいち言わせるのか?」クリスは明らかに憤りを感じていた。「……つまり、今日のところは引き取ってくれってことだ」彼は歯をこすり合わせるようにして言った。

「それは出来ない」エミリーは言い切った。「あたしたち警察の使命は事件を解決することよ。言い換えれば、エリザベスを殺害した犯人を見つけ出し、逮捕すること。だから今日、彼女の話を聞かずに帰ることはできない」

「事件が解決できたら、それで彼女の心が壊れても平気だというのか?」

「そうは言ってない。でも、そこまでは責任を持てない」エミリーは言った。

「もし事件の捜査過程において実際に彼女の心が壊れてしまったとしても、それは警察の責任じゃないわ。彼女の心を壊したのは事件そのもののせいよ。詰まる所、〝すべての責任は犯人にある〟ってこと。あたしたちのせいじゃない。感情的になってなんでも混同しないで」

彼女の言い回しはとても冷酷だったが、ある意味で理に適っていた。

「あたしはこの町の出身じゃないし、昔の彼女の事も直接は知らない。でも、彼女には被害者の遺族として敬意をもって接しているわ。彼女にとって、あたしが出来ることは事件を解決することだけなの。それ以外にはない。だから、あたしはあたしが出来る最大の事をやっているつもり。これがあたしのやり方なの」

「でも、だからって……、少しは人の気持ちを考えたらどうなんだ？　彼女は一人娘を亡くした直後なんだぞ。それに身寄りもないいんだ！」

「彼女の寂しさを紛らわせたり、心が壊れないように寄り添ったりするのは、あたしたちの仕事じゃない。それは別の誰かの仕事よ。もちろんあなたの仕事でもない。——もうとっくに店を開ける時間よ。さっさと帰って店番でもしていなさい！　それがあなたの本来の仕事でしょう？」

エミリーは顎をしゃくって壁掛け時計を指した。

クリスは歯を食いしばり、瞳を小刻みに動かしてエミリーの胸から上を睨みつけていた。その様子は、彼が返す言葉を失ったようにみえた。

「それとも——、これ以上捜査の邪魔をするつもりなら、公務執行妨害で逮捕してもいいのよ」

エミリーが付け加えた。

すると、突然何かがはじけ飛んだようにクリスが怒鳴った。

「ここはアンタの住んでいた、都会とは違うんだよ‼」

クリスの手は極寒の最中に放り出された子供みたいにブルブルと震えていた。普通の男代表も怒るときは怒るのである。

「……ここでは、みんながお互いを助け合って生きてるんだ」クリスが絞り出すように言った。

「あんたがなんと言おうが、俺がマリアの保証人だ。困っている人がいれば助けてやりたい。それが特に、昔馴染みなら尚更だ。警察だろうが一般人だろうが関係ない。それが〈善意〉ってもんだろ！　そんなことも分からないのか？　あんた、それでも人間か……、犯人を捕まえられたらそれで満足だって？　じゃあ、残された被害者の遺族はどうなる？　踏みにじられた彼女の感情はどうなる？　あんたは捜査という大義名分を掲げて、その実は自分の好き勝手にやってるだけじゃないのか?!　俺は……俺は、彼女を一人にはさせない。絶対にだ」クリスは感情にまかせて、エミリーを罵った。そして深呼吸したあと「……ダラス警部も承知してる」と付け加えた。

エミリーは少し考えた後、時計を見て、まあいいわ。と告げた。

「いいこと？　あたしの人格を否定するのはかまわない。でも、あたしのやり方には一切口を出させないから」エミリーはそう言うと、スマートフォンを持ってコール婦人の前に屈み込んだ。

クリスは警戒するように彼女を見ていたが、何も言わなかった。

「コール婦人、改めて伺います。エリザベスの事件について知っていることを聞かせてもらえませんか？」エミリーが言った。

「あたし、わからないわ」コール夫人が答えた。

「いいえ、わかるはず。とても大切なことなんです。ですから、現実逃避なんてせずにしっかり思い出してください……」エミリーはそう言ってスマートフォンの画面を彼女に見せた。

そこにはエリザベスの死体遺棄現場の画像が映し出されていた。すっかり毛を剃り落とされたエリザベスの首から上の画像である。コール夫人は初めこそおびえていたものの、暫くするとエミリーの見せた画像にくぎ付けになっていた。

「彼女はエリザベス・コール。あなたの娘です。わかりますか？」エミリーが訊いた。

「エリザベス？」コール夫人は繰り返した。

「そう、あなたのお嬢さんです。事件に巻き込まれ殺害されました」

「娘？　殺害された？」コール夫人はまた繰り返した。

「彼女が家を出た日のことを詳しく聞きたいんです」エミリーが言った。

「エリザベスが家出をしたとき、何があったんですか？　失踪届には特に何も書かれていませんでした。出来れば当日の様子を詳しく聞かせてもらいたいんです」

エミリーはスマートフォンの画像を次へと送った。すると楡の木から吊るされた彼女の全身が画面に表示された。エリザベスの骸は足から逆さまに吊るされていた。コール夫人は首をほとんど真横まで傾げてそれを凝視していた。クリスが思わず止めに入ろうとしたが、エミリーが指を一本立てて彼を制した。

「彼女、何か言っていませんでしたか？　いつもと違う様子だったとか、どんな些細なことでも構いません。例えば〝人に会う〟とか、〝どこかに行く〟とかそう言ったことです」

エミリーの問いにコール夫人は答えなかった。

「――失踪届が出るまで三日間の空白があります。この点から、エリザベスはあなたと合意の上で家を出たのではないかと考えています。だから最初の三日間は娘の帰りを信じて待っていたのではないですか？　だとすれば、色々な部分で辻褄が合ってくるんです。ですから思い出してください。お願いです、コール婦人」エミリーはいつもに増して真剣だった。

その証拠にここへ来てから一度もミックスナッツに手を付けてはいなかった。彼女も彼女なりに、遺族への聞き込みには配慮をしていたのである。

「あの子は……」おもむろにコール夫人の口が動いた。我々は思わず息をのんだ。

「あの子は〝魔法を使う時が来た〟って言ったわ……。本当は使いたくないけれど仕方がないって……。それと、この魔法は〈森〉を焼き尽くすことになるかもしれないって言っていたわ。でも、ハッピーエンドを迎えるために魔法を使うことを決心したんだって。それで……〝生まれ変わって、いい子になるから待っててて〟って言ったのよ。〝帰ってきたら家族みんなで幸せに暮らしましょう〟って……」その眼は空を見てはいるが、先ほどまでとは明らかに違っていた。

彼女の声や話し方からも、どうやら夫人が正気を取り戻しつつあることが感じられた。

「具体的に魔法とはなんですか？」エミリーが訊いた。

「わからない」コール夫人は答えた。「あの子が何かを大切に持っていたのは知っているけど、それが何だったのかはわからないの」

「〈森〉については、何か言っていましたか？」

「皆は恐ろしいって言うけど、自分はちっとも怖くないって言っていたわ。〈森〉では自分は強い存在になれるんだって」

「〈森〉の場所はどこかわかりますか？」

「いいえ、〈森〉は森の事でしょう？」コール夫人はエミリーの質問の意味が分からないようだった。

「彼女は〝魔法を使う時がきた〟と言ったんですね？」

「ええ、そうよ」

エミリーは吾輩の方をちらりと見た。吾輩はコール夫人の話が、グウィネスとポーラの証言とも一致すると思った。彼女たちはエリザベスが旧式の携帯電話を〈魔法〉と呼んでいたと言っていた。

「何か彼女から預かったものはありますか？」エミリーは訊いた。

「……番号が書かれた紙をもらったわ。電話番号」コール夫人は少し考えてからそう言った。

「もしも私が戻らなかったら、その番号に電話してって言ったの。魔法を使ったら何が起こるかわからないからって。それで——、三日目になってあの子に電話を掛けたのよ」

「電話は繋がりましたか？」エミリーはゆっくりと訊いた。

「ええ、一度だけね」コール夫人は答えた。エミリーは動かなかった。夫人は「でも、すぐに切れちゃったけど……」と唇を尖らせていた。

「今も、その番号をお持ちですか？」エミリーが訊いた。

「ええ、もちろん。大切に持っているわ」夫人はそう言って微笑んだ。「だって、あの子に繋がる大切な番号ですもの。今も日に何度かは番号をダイヤルしているわ」

　エミリーはクリスを見た。

　クリスは腕を組んで何度か頷いた。

「そちらを、いま、見せていただくことはできますか？」エミリーは言葉を区切りながら、ゆっくりと夫人に伝えた。

「……見たいの？」コール夫人は少し眉根を寄せた。

「差し支えなければ……」エミリーは言葉を慎重に選んだ。妙な緊張感がその場を包んでいた。

　吾輩は緊張のあまり舌が出そうになるのを必死で堪え、口をモゴモゴとさせていた。

「いいわよ」しばらく考えてからコール夫人は言った。そして「エリザベスちゃん、ちょっとごめんなさいね」と言って、膝の上の人形に向かって話しかけた。

　よく見ると彼女の抱いている人形は生前のエリザベスと同じ赤毛で翠(みどり)色の瞳をしていた。

　コール夫人は人形のスカートをまくり上げると、徐(おもむろ)に服の中に手を突っ込んで何かを探し始めた。彼女の手の動きに合わせ、エリザベスちゃんの服が内側から盛り上がりモコモコと動いた。それはまるで、体の中で何者かが這いずり回っているように見えた。

その間、エリザベスちゃんはぐったりと首を垂れて、されるがままになっていた。夫人が手を奥に入れるたびに、エリザベスちゃんの頭は上下にビクビクと跳ね上がった。吾輩はその動きを見ていると、思わず人形の頭を押さえつけたい衝動に駆られたが、今だけは絶対にやってはいけない。と強く自分に言い聞かせ、なんとか心を落ち着かせた。

「無い！　無いわ！」突然、コール夫人が叫んだ。

「あの子の番号が無い！　無いのよ！」コール夫人はエリザベスちゃんをひっくり返したり、激しく振ったりして番号の書かれた紙切れを探した。

「無い！　無い！　無い！」

「無いわ！　無いのよ！　どこに行ったの、無い！」

「無い！　無い！　無い！　無い！」

「うぅ……無い、無い！　無いのよ！　あの子のアレはどこよ！」コール夫人はたて続けに叫んだ。

彼女があまりにも激しくエリザベスちゃんを揺するので、吾輩は人形の首が取れてしまうのではないかとハラハラした。

コール夫人はクリスに泣きすがったり、円を描くように腰から上をぐるぐると回したりしていた。

そして突然固まったように、エミリーの顔をじっと凝視した。

「盗ったでしょう？　オマエ、盗んだな……」低くてドスの利いた声が聞こえた。

次の瞬間、コール夫人はエミリーの髪の毛を両手で鷲掴みにすると、強引に彼女の頭を揺すって引っ張った。その力は憔悴しきった女性とは到底思えない、恐ろしく力強いものだった。

「返して！　あの子の番号よ！　返せ！」

エミリーが抵抗すると、夫人は一層力を込めて彼女の首を捻りあげた。伸びた爪がエミリーの頭皮に突き刺さり、白い肌からはうっすらと血がにじんでいた。

「コール婦人、落ち着いてください！」エミリーが叫んだ。

「返せ！　返しなさい！」コール夫人には聞こえていなかった。

「マリア、放すんだ！　マリア！」クリスがコール夫人を後ろから羽交い絞めにて、引き離そうとしたが、半狂乱になった彼女を制することはできなかった。

コール夫人は口の両端に泡を溜め、目を血走らせてエミリーの髪の毛を死にもの狂いで引っ張った。エミリーが思わず彼女の親指を掴むと、夫人はムキになってエミリーの手に噛みついた。

エミリーは「きゃあ！」と悲鳴を上げたが、決して夫人に対して暴力を振るわなかった。

吾輩はたまらずコール夫人に飛び掛かり、彼女を無理やり抑え込んだ。

女性に手を上げるなど、〈紳士〉にあるまじき行為であることは十分に承知している。だが、争い事の仲裁もまた、〈紳士〉としての務めなのである。

吾輩のむき出しの牙を見て驚いたコール夫人は、思わずエミリーから手を（もちろん歯も）離した。するとその勢いで、彼女の膝の上に乗せられていた陶器製の人形（ビスクドール）が吹っ飛んでしまった。

その場に居た全員が文字通り「あ！」と言っている間に、エリザベスちゃんは綺麗な弧を描いて、暖炉の中に飛び込んだ。

ゴゥという小さな音と共に、火の粉が吹き上がり、彼女は一瞬で炎に包まれた。

暖炉の中に放り込まれたエリザベスちゃんは、表情一つ変えずに吾輩たちを見ていた。ヒラヒラのドレスが赤く燃え上がり、髪の毛は生きた蛇のようにうねりながら揺れていた。布で出来た胴体が顕わになると、無造作に脱ぎ散らかした衣服みたいに、おかしな方向に曲がった関節が見えた。

燃え上がる炎をみてコール夫人は讃美歌を歌いはじめた。

クリスは必死で暖炉の中から人形を救出しようとしていたが、炎の勢いは増すばかりだった。やがて炎がエリザベスちゃんの全身を焼き尽くすと、そこには黒く焦げた頭と両手だけが残された。我々は為す術もなく呆然とそれを眺めるしかなかった。

すると暖炉の灰にたまった空気が小さく破裂し、エリザベスちゃんの頭が暖炉から飛び出した。ゴルフボールみたいに転がった人形の頭は、ちょうどクリスの目の前でピタリと停止した。

頭髪のない丸い頭は本物のエリザベスの死体と同じく、逆さまに彼の顔を見上げていた。彼女の顔がリアルであるだけに、その光景は悍ましいものだった。

吾輩は呆気に取られ、着古したTシャツの襟首みたいに、だらしなく口をあけていた。

コール夫人はエリザベスちゃんの頭の前に膝をつくと、床に頬をつけて彼女の顔を覗き込んだ。

「まあ、エリザベスちゃぁん。ちゅっ〜かり髪の毛がなくなっちゃったわねぇ。……どうちまちょう、どうちまちょう」コール夫人が言った。

まるで幼児に話しかけるみたいな話し方だった。

「ベレズフォードさんのお店で新ちいウィッグを買ってあげまちょうかねぇ。——ちょれとも、お友達から、髪の毛をちゅこちだけ、分けてもらいまちょうかしら?」

彼女は床に転がったエリザベスちゃんの頭を両手で持ち上げると、部屋中を見まわすようにソレを操った。

よく見ると、部屋中の至る所に似たような陶器製の人形（ビスクドール）が飾られていた。中には頬にひびが入ったものや、手の指が欠けたものが見られたが、そのほとんどはとても手入れが行き届いていた。

だが、それが余計に不気味さを感じさせた。綺麗に着飾った服装とは裏腹に、生気の宿らない人形たちの顔立ちはとても無機質で、この者たちが人ならざる物であることを、より強調しているように思えたからだ。

エミリーはもう一度コール夫人にエリザベスのメモの在処を問い質してみたが無駄だった。彼女はエリザベスちゃんと、その他大勢と一緒に、向こう側の世界へと引きこもってしまっていた。

それでも諦めきれないエミリーが、エリザベスの部屋の捜索許可を取り付けようとすると、クリスが彼女を制した。

「あんた、本当に身勝手な人間なんだな……」クリスは冷めた口調で言った。

エミリーはその言葉がよっぽど頭に来たのか髪を掻きむしったあと、ご協力ありがとうございました、と言って夫人の家を出てしまった。

吾輩はあんなエミリーを見たのは初めてだったので、少しショックを受けた。だが、彼女も人間なのである。如何に天才刑事と言えども、感情というものは存在しているのだ。

車に戻るとエミリーは急いでグローブボックスを開けて、ミックスナッツを取り出した。そして、掌を丸い椀形にすると、そこへごっそりとナッツの山をつくり、直接口を付けて貪るように食べた。

その鬼気迫る食べっぷりは、数日ぶりに餌にありついたサバンナの猛獣を思い起こさせた。

ひとしきり食べ終わると、彼女は思い出したように吾輩にも少し分け前をくれた。

吾輩はＫＰのハニーロースト味が好きなのだが、エミリーは違うらしい。町の商店街で買える量り売りのものを自分でミックスして、フリーザーバッグで小分けにして持ち歩いている。

味付けもオリーブオイルでローストしたあと、かるく塩を降っただけのオーソドックスなもので、これといって特徴は無かった。本当にどこにでもあるミックスナッツである。とにかく食に無頓着なのか、彼女と食べ物の話しで盛り上がったことは一度もない。それは常に持ち歩くほど常食にしているミックスナッツであっても同じだった。

いつも、こんなにも腹を空かせているのに不思議なものである。

もしかしてオーガニックな食材しか口にしないのかと思い、訊いてみたこともあるが、別段ナチュラルなものを好むというわけでも無く、甘いものが苦手だと言うわけでもないらしい。寧ろ甘いものは好きな方だが、極力食べないようにしている、とだけ教えてくれた。体型維持のためなのか、それとも別の事情があるのか、この時の吾輩にはそれを推し量ることはできなかった。

ポリポリポリポリ……。

「マリア・コールは敬虔なカトリック信者よ」エミリーが突然、言った。

「日曜の礼拝も町の教会へは来ないで他所の町まで通っていた。宗派が違うからという理由でね。しかも彼女の家系は何代も前から菜食主義を貫いていたの。まるで修道士の生活みたいにね。当然、彼女自身も、娘のエリザベスも菜食主義者だった。なのに彼女は――彼女の一家は、肉屋の家族と仲良くしていたなんてね。人間て本当にわからないものね……」エミリーはハンドルに両腕を乗せ、その上に顎を乗せた。

彼女はハンドルを左右にゆっくりと揺らしながら、器用に右手の親指で唇の下をツンツンと押していた。左右に少しずつ揺れる彼女を見ていると、音楽を聴きながら気持ちよさそうにリズムを取っているようにも見えた。カーステレオから〈ドライヴ・インの土曜日（Drive In Saturday）〉が聞こえていたからかもしれない。

「まあ、いいわ。収穫も十分あった訳だしね」エミリーは突然目を開けると大きく伸びをした。

（収穫だって？）吾輩は驚いて彼女に訊き返した。

エミリーは口元に笑みを浮かべると、何も言わずにスマートフォンの画像を見せた。中には先ほどまでいた家の様子が何枚も記録されていた。

（いつの間に？）吾輩は訊いた。

「企業秘密よ」彼女は小さくウインクした。

（最初にクリスと話していたとき？）

「どうかしら……」エミリーは悪戯っぽく笑うと一枚の画像を拡大した。「これ、わかる？　写真立てよ、暖炉の上にあったの」

エミリーが見せた画像には、湖で佇ずむエリザベスが映っていた。湖岸に腰かけ、カメラに向かって見返っている。エリザベスの顔立ちから想像すると、おそらくここ一、二年以内に撮られたものだろう。

彼女は水着を着て肩から白いウィンドブレーカーを羽織っていた。黄緑色の水着が彼女の赤毛と相まってとても綺麗に見えた。カールした赤毛は首の後ろで一つにまとめられ、彼女の右肩にむかって垂れかかっていた。露見した首筋には、黒いあざのようなものが見えた。エミリーがさらに画像を拡大すると、それはあざと言うより、文様のようであった。

「これ、入れ墨（タトゥー）よね」エミリーが言った。

「どんな柄かしら、パッと見は樹みたいに見えるけど……」

確かに目を凝らしてみると、それは何となく教会の楡の木のように見えた。

「ここ、これ文字みたいに見えない？」エミリーが訊いた。見ると、文様の一部分に混じってアルファベットのようなものが見て取れた。きっと、修正したのね。よくあるでしょう、別れた恋人の名前を消して別の模様に描きかえるっていう」

吾輩はフランシスとエミリーの会話を思い出した。〝隠蔽したかったのは皮膚そのもの〟というやつである。なるほど、エミリーが収穫と言った意味が漸く理解できた。

「でも、ダメね。スマホのカメラじゃ限界みたい。流石に読めないわ」彼女はため息交じりに画面を消した。

吾輩がなんと声を掛けようか迷っていると、気にしないでフランシスにお願いするからと、あっさり話を切り上げてしまった。

「彼、ああ見えても本当に優秀なのよ」エミリーが付け加えた。

（だろうね）吾輩は言った。（そうじゃなきゃ、君が呼ぶはずがない）

「まさか、嫉妬してるの？」エミリーが訊いた。

（何をだい？　吾輩が何を嫉妬するっていうんだ）吾輩が言った。

「そうよね。あなたは嫉妬なんてしないわ」

（ああ、吾輩は嫉妬なんてしない）

ポリポリポリ……。彼女は上着のポケットからナッツを取り出して齧った。

カリカリカリ……。吾輩も彼女のお裾分けをいただいた。

ポリポリポリ……。

カリカリ……。

モリモリ……モス……。

「絶対に犯人を捕まえて見せる」エミリーがつぶやいた。「そしてコール婦人と一緒に教会のハウジー大会に参加する。あたし、決めたわ」

吾輩は何も言わず、頷いてフロントガラスから流れる雲を見上げた。

カリ……カリモス。ポリポリポリ……。

ポリポリ……リ……。

しばらくの間、車内には咀嚼音だけが響いていた。

12

その日の夜、吾輩は〈漆黒の髪亭〉にいた。

エミリーは何やら忙しいようで相手にされそうになかったので、ダラス警部と行動を共にすることにしたからだ。

ジョン・ダラス主任警部。この町では警察署長が赴任していないため彼が実質的に警察を取り仕切っている。この町の出身ということもあり、住人達からの信頼も厚いからだ。

四十代前半で未だに独身。髪の毛は最低限に切りそろえられてはいるものの、無精ひげは伸び放題でシャツもネクタイもよれよれである。きっとアイロンを持っていないのか、持っていても領収書を押さえる文鎮替わりに使っているのだろう。どちらにしても、そういう部分には気を使わない英国紳士とは程遠い男である。

彼は相変らず吾輩を見るなり特徴的なクシャミをして出迎えた。しかし、エミリーとの絶妙なコンビネーションを見て吾輩が役に立つと理解したのか、無碍（むげ）に追い払おうとはしなかった。

吾輩はこの主任警部のことをほとんど知らないが、存外、気が利く男のようで、程なくして吾輩にもシナモン・ハニー・ミルクが出てきた。もちろん彼のおごりである。

彼はリッキーやミックとも親しげに話しながら上手く情報を引き出していた。カウンターにもたれ掛かり、隣町にあった映画館が閉館しただとか、競馬でいくら儲けて、どのくらいスッただとか、スコッチが値上がりして困っているだとか、いないとか……。

そういう下らない世間話に織り交ぜながら、巧みに彼らのアリバイやここ数日間の行動などを訊き出すことに成功していた。それも、彼らが酒を飲む一歩手前で、きちんと聞くべき会話を終えるというテクニックまで持ち合わせていたのである。

吾輩は、この男の意外な器用さに驚きながらも、だからこそ彼が、この町の警察の中心人物であることを改めて認識した。また同時に、彼のこういう対応がエミリーにとっては保守的で回りくどいように見えることも納得できた。

彼女なら、世間話などせずに聞きたいことをズバリ聞くだろうし、話しそうもない相手には言い逃れのできない証拠をつきつけて追い込むだろう。そして、見事に相手をやり込め、小説やドラマの主人公のように胸のすく解決劇を見せてくれるはずである。

それに引き換え、このダラス警部は慎重に慎重を重ね、事件後の人間関係までも気にして捜査を進めるタイプのようだった。

上下に揺れる咥え煙草も、傷だらけのジッポライターも野暮ったくてあまり好きではなかったし、警らの時にだけ羽織ってくる背中に〈ポリス〉(POLICE)とプリントされたジャケットも、腰に差した黒光りする警棒も必要以上に威圧感があった。しかし、この時ばかりは、それも彼の確立されたスタイルであり、ある意味で主任警部という役を演じ切るための演出なのかもしれないな、とさえ感じさせられた。

付け加えるなら、多少だが格好良くも見えたのである。

「ところでお前たち、最近も集まってるのか?」ダラス警部が訊いた。

「例の……ポーカーだか、バックギャモンだか知らないが、毎度朝まで勝負に明け暮れてるそうじゃないか。チャーリーのところの嫁さんが愚痴っていたぞ。〝よく飽きずに続けられるもんだ〟ってな」ダラス警部は出来るだけ自然体を装って話していた。

しかし彼の質問にチャーリーは思わずミックとキースの方を見た。

リッキーは特に反応を見せずに背を向けたままライムを切っていた。

「あんまり、のめり込むなよ」ダラス警部が言った。

「月に二、三度ってとこだ」ミックが擦れた声で答えた。

「そうなのか? なら健全な男の嗜みってところだ。依存症とは程遠い。たったそれくらいで目くじら立てられちゃたまったもんじゃない。世の奥さん連中ってのは、そういう事に理解が乏しいんだな、悲しいことだ。なあ、チャーリー」ダラス警部はそう言ってチャーリーの背中を叩いた。

「あ？　あぁ、そう……ですね」チャーリーは気まずそうに答えた。

「お前らの中で誰が一番強いんだ？」

「さあな、お互いトントンってところだよ」ジャーキーを齧りながらミックが言った。

「ほう、そうなのか」わざとらしく考えるような素振りをして、〈ロイヤルズ〉（Rothmans ROYALS）に火を灯しながらダラス警部が言った。

「カードなんて久しくやってないな……、どうだ、俺も入れてくれないか？　こう見えて駆け引きには自信があるんだ」

彼の言葉に、再びチャーリーがミックとキースの顔色を窺った。

今度は明らかに〝助けてくれ〟というメッセージが込められた視線だった。

「ん？　どうした、チャーリー。俺に負けるのが怖いのか？」

ダラス警部はわざとらしくチャーリーと肩を組んだ。

「そ、そういう訳じゃ……」

「なら、入れてくれ。俺にもたまには息抜きさせろ。警察官っていうのはストレスが溜まるんだ。お前らみたいな連中を取り締まらなきゃならないからな。いいだろう？」

ダラス警部に体を揺すられ、チャーリーのひ弱な上半身はまるでメトロノームの針みたいに左右に大きく揺れた。

キースは自分に話を振られまいと、無理に視線を外してテレビ画面に集中していた。

「どうだ、ミック？」チャーリーを脇に抱えたまま、ダラス警部が訊いた。

「ああ、まあ……機会があれば……」

「じゃあ、明日の夜はどうだ？」ダラス警部が白煙を吐きながら言った。

「それは、いくら何でも……」煙を手で払いながら、ミックは口ごもった。

「おい、ハッキリしろ。お前ら昔、万引きを見逃してやったろう？」

三人組はそれぞれ困ったような顔をしたまま、「はあ」とか、「まあ」と答えるのが精一杯だった。

ダラス警部は煙草をもみ消すと、吾輩をチラリと見た。

「わかったよ。俺はお呼びじゃないって訳だな。もういい、お前らの密かな楽しみについては、そっとしておいてやるよ」

それを聞いた三人組の顔からは漸く緊張の膜が剥がれ、安堵の吐息がこぼれた。

と、次の瞬間——。

「それにしても、どうして彼女にばかり、こう不幸が重なるんだ？」ダラス警部が言った。

「個人的な見解だが、今回の事件、エリザベスの事件だが——、あれは一八年前の出来事と関係があると思えて仕方がないんだ。なにせ、彼女はあのマリアの娘だからな」

警部の言葉に誰かの喉がゴクリと大きな音を立てた。

その場の空気が一瞬にして凍り付き、リッキーまでもが、ほんの一瞬ライムを切る手を止めて固まるのがわかった。

吾輩には警部の意図する内容が飲み込めなかったが、どうやらエリザベスの母親は、過去になにやら事件に巻き込まれていたことだけはわかった。

「まさか忘れた訳じゃないだろうな?」ダラス警部は続けた。

「あんな中世の魔女狩りみたいな事件、忘れようったって、忘れられるはずがない。だろ? 俺は今でも、昨日の事みたいにハッキリと覚えているぞ。……確か、ミック、お前だったよな、〝あいつはすぐに股を開く〟って俺に教えてくれたのは」

ミックは何も答えず、ジャーキーの端を強く噛んだ。

「確かに――結婚前の娘が身ごもるなんてことは、この田舎町じゃあ一大スキャンダルだ。しかも、名士の生まれでもない少女が良家との縁談をまとめた直後のことだったからな。みんな妬ましかったんだろう。誰彼ともなく彼女の赤ん坊――、つまりエリザベスの事をヤリマンの尻軽女が町中の男と交わってできた子供だって噂し始めた、だよな? ――確か、お前ら〝俺たち三人で同時にヤッた〟とか言ってなかったか? ――いや、〝ビスケット三枚で、簡単にヤレた〟って話のほうだったか。まあ、とにかく、噂はどんどんエスカレートして、終いにはみんな彼女を見ると〈コルナサイン〉をして侮辱するようになったっけな……。それで身の置き場を亡くした一家は逃げるように町を出て行ったんだ。仕事も捨て、家財道具も何もかも売り払って。今、思い直してみてもアレは異常だった。集団心理の恐ろしさをまざまざと見せつけられた事件だった」

言い終えると、ダラス警部はわざとゆっくりした動作で煙草に火を付けた。

ミック、キース、チャーリーの三人組は、誰一人として口を開こうとはしなかった。

ただ、今まさに当時の光景が眼前に広がっているような、そんな目つきで固まっていた。

ダラス警部は少し間を置いてから、「あの、マリアの娘が殺されたんだ」と付け加えた。

「この二つの事件は、関連性があると考えるのが普通だろ?」

煙草の先端を赤く焦がしながらダラス警部が呟いた。それは、誰かに向けられた言葉でもあり、また、自分自身への問いかけでもあるように聞こえた。

店全体の空気がどんよりと重くなり、音楽までもがスローモーションでゆがんで聞こえるような気がした。

「話題を変えよう。興が冷めると商売あがったりだ」不意にリッキーが口を開いた。

「確かに、こんなに縮こまってちゃ使い物にならない」三人組を見て警部が言った。

「何が言いたいんだ？」

「言葉どおりの意味だ」

ダラス警部は凄みを効かせたが、リッキーは動じなかった。

「言っただろ？　興が冷める。いくらあんたが警察の人間でも、これ以上続けるなら俺の店から放り出されることになるぜ」

リッキーの口調には強い抵抗の意思が表れていた。

「そいつは悪かったな」

ダラス警部はそう言うと、懐から二十ポンド札を二枚取り出してカウンターに置いた。

「これでコイツらに好きな物を奢ってやってくれ。それと俺には――」

「ジンライムだろ」リッキーがぶっきらぼうに言った。

「覚えていたのか」

「客の好みは忘れねえ」リッキーはグラスにジンを注ぎ、そこへ切ったばかりのライム果汁を絞ってダラス警部に差し出した。

ダラス警部はグラスを取ると、「せいぜい秘密基地でのカードを楽しんでくれ」と、言い残してカウンター席を離れた。

移動途中、“客の好みは忘れない”と小さな声で呟いていた。それがリッキーの記憶力に感心した言葉だったのか、それとも買春斡旋の容疑者に対する当て擦りなのかはわからなかった。

だが、ダラス警部の顔は実際、笑ってはいなかった。


テーブルにつくと、吾輩は先ほどの話について訊ねた。

(マリアにそんな過去があったのか?)

「人には過去があるもんだ」ダラス警部が答えた。

「今でこそ、ああいう順序に多少は寛大な時代になったが、あの頃は違った。まだぎりぎり二〇世紀だったからな。古き良き二〇世紀、秩序ある二〇世紀……そして、悪しきしきたりの時代、二〇世紀だ」ダラス警部は両手を開いて大袈裟に言って見せた。

「俺だって色めきだったものさ。まだ若かったし、マリアはそれなりに美しかったからな。しかも、彼女の一家は敬虔なカトリックだ。田舎で暮らし、死んでいくだけの俺たちには無縁のスキャンダルが実際に起こったことで、皆、我を忘れたんだ」

ダラス警部は目を細め、煙草の灰を二度落とした。

「今では恥じているよ。反省もしている。どうしてあんな根も葉もない噂を信じてしまったんだろうってな」警部はそう言うと、三人組に視線を移した。

「それは連中も同じだ。少なくともあの事件については、思い出したくもないだろう」

ダラス警部の言う通り、三人組は明らかに口数が減っていた。

「それに、さっきのやり取りで、あいつらは警察が〈森〉を探していることをはっきりと自覚したはずだ。自分たちに何らかの嫌疑がかかっていることもな。きっと、この瞬間にも警察が〈森〉を発見するんじゃないかと気が気じゃないだろう。リッキーはああいう男だし、肝も据わっている。あいつは動かない。だが、三人組は別だ。連中には家庭もあるからな。いつまでリッキーの言う通り大人しくしていられるか……。連中にとっては〈森〉の存在自体がアキレス腱なんだ。絶対に辛抱できなくなって、動く。ああ、動くさ。……見ろ、平静を装っちゃいるが、さっきからずっと空のグラスを何度も口に運んでいる。まるで蛇に見込まれた蛙だ」

（確かに、禁酒の誓いだって一日も持たない連中だからな）吾輩は答えた。

「まあ、とにかく様子を見よう。もし連中が本当にエリザベスの事件に関わっているのなら、捕まえて罪を償わせればいい。未成年買春をしているならなおさらだ。だが、我々同様に、善良なる田舎者だったのなら、後日、ポーカーかバックギャモンを一緒にやっておしまいだ。これで丸く収まる」ダラス警部が言った。

（確かにそうだ）吾輩が頷くと、ダラス警部は「言っただろう？　駆け引きは得意なんだ」と独りごちた。

彼のような捜査方法は時間がかかるかもしれないが、このような閉じられたコミュニティでは、必ずしもそれが間違いではなかった。それぞれが強く結びつき、互いに支え合って生きているからこそ、そこへ亀裂が入ることは絶対に避けなければならないのだ。

エミリーには決して彼のような〈清濁併せ呑む〉対応はできないだろう。

彼女は常に潔白であり、正義の立場を貫く人間だからだ。決して悪とは迎合しない。それが、エミリー・トンプソンである。

だからこそダラス警部のような、この町出身で話の分かる警察官が今も必要とされるのである。

「……うぇっし！　へっし！　ちょっぷ！」

吾輩の脳内噂話に反応したのか、派手なクシャミが飛び出した。

勢いに乗った彼の唾（つばき）がジンライムのグラスに飛び込んだが、彼は気にせず美味そうに飲み干した。実に美味そうに、喉をゴクリと鳴らして。〈清濁併せ呑む〉とはそういう意味ではないのだが、彼には知る由もなかった。

「なんだ？　俺の顔に何かついているのか？」ダラス警部が訊いた。

吾輩は何も答えずに、軽く咳払いをした。

「コイツ……、一丁前に紳士ぶりやがって」ダラス警部は空になったグラスを押しのけて、また煙草に火を付けた。

〝現在の社会状態では、
場合によっては紳士ぶらないでおこうとしても不可能である〟

吾輩はサッカレーの〈紳士気取り〉から一文を引用してみたが、彼はもう聞いてはいなかった。

そもそも――、吾輩は紳士ぶる必要などないのだ。

何故なら〝吾輩は〈紳士〉なのである〟

13

〈森〉は驚くほどあっけなく見つかった。

何者かによって炎を放たれた〈森〉は、激しい雄叫びと共に、自らの居場所をセンセーショナルに告げていた。

ごうごうと言う風が走る音が聞こえ、烽火（のろし）のように立ち上った赤い煙は離れた場所からでも良く見えた。煌々と燃え上がる炎の中で、真っ黒な影が揺らめいては空に吸い込まれるように消えていった。それは闇の底から現れた獣が断末魔の叫び声をあげているかのようだった。

そこは町外れにある寂れた倉庫跡だった。

かつて運河を利用していた運送業者の一つらしく、今は荒れ果てて誰も寄り付かなくなっていた。もうずっと抵当に入れられたまま、何百キロも離れた町の弁護士事務所が管理している状態だという。

と言うのも、その場所は、例の小川のような運河を上流へ小一時間ほど登り、そこからさらに荒れ果てた雑木林を三十分ほど進まねばならなかったからだ。

ボートを使えばもう少し楽に来ることが出来たのかもしれないが、この時は徒歩だったのでとても遠くに感じられた。後になってわかったことだが、一度隣町まで回り道をすれば車で来られる道もあるらしい。

敷地内には四棟の倉庫が立ち並び、当時の隆盛をうかがわせていた。

倉庫の看板には〈フォレスト貨物運送〉と書かれていた。

看板を見たダラス警部が「フォレ（森）ストね……」と呟いた。

煉瓦造りなのは当時管理棟だった一部だけで、殆どは木造で土壁だった。吾輩はその建物を見て、確かに火を付けたら良く燃えそうだなと思った。

我々が敷地内へ踏み込むと、例の酔いどれ三人組が慌てふためいているのが見えた。

キースがチャーリーの胸倉をつかみ怒鳴りつけていた。チャーリーは、もう何もかもお終いだ。とか、手遅れだったんだ。などとと繰り返し、ミックは燃え上がる炎を見上げて、ちくしょう！と咽喉(のど)を嗄らせていた。

「じぇんぶ、お前のしぇいだ！」キースが言った。

「ち、違う、僕のせいじゃない！」チャーリーの声は半泣きだった。

「お前が、今夜カタをちゅけるって言い出したんだじぇ！」

「貴殿方だって、賛成しただろう？　早い方がいいって言ったじゃないか。なあ、ミック氏、確かに君が言ったんだ。〝片付けるなら早い方がいい〟って！」チャーリーはミックを見て怒鳴った。

ミックは答えなかった。代わりに禿げ頭を掻きむしり、また、ちくしょう！　と言った。

「タグボートも無くなっていたし、きっと誰かに嵌められたんだ……。リッキー氏の言う通り、暫く動かない方がよかった……。くそ、もうお終いだ。家のローンも残っているし、息子の大学受験も控えているのに……。きっと妻にも離婚されるよ。パパやママに何て言って言い訳すればいいんだ……、ああ、慰謝料は一体いくら請求されるんだろう？　それよりも、仕事はクビにならずに続けられるんだろうか……、いや、無理だろうな。こんな事件を起こした教師なんて、たとえロシアに亡命しても雇ってもらえるわけがない……、お終いだ。もう、お終いだよ」チャーリーは狂ったように話し続けた。

炎はすでに三棟を燃やし尽くし、最後の一棟に燃え移ろうとしていた。

「ゴチャゴチャうるせえ！　今、考えてるんだ！」

ミックが軽石を擦り合わせたような声で怒鳴った。

「……おい、ミック氏。何て言った？　〝考えている〟って言ったのか？　どの頭で考えているんだ？　アイデアなんか出るのか、この状況で？　出るわけがない！　貴殿方の知能指数は羊並みじゃないかっ！　貴殿方がこの状況を打破するアイデアを出せるっていうなら、僕はタイムマシンで過去へ行って、昔の自分に〝止めとけ！〟って言うことだってできるぞ！　おい、放せ！　放せ、この野郎！」チャーリーはキースに捕まれた腕を振り払おうと必死でもがいた。

キースはムキになってチャーリーを押し倒し、馬乗りになった。

「うるしぇぇ野郎だ。なぐらねぇと気がしゅまねぇ。なあ、ミック。とにかくこいちゅをボコろうや！」

キースは両膝でチャーリーの腕を抑え込み、右手の拳を握って高く構えた。

「そ、それより、それより、早くここから逃げないと……、くそ。おい、やめろ！」チャーリーは首を何度も左右に振って、なんとか拳を避けようとした。

「それより、いい方法がある」不意にミックが言った。

「お前をこの炎に放り込んでやるよ、チャーリー。焼け跡からお前の死体が出れば、警察も全部お前の仕業だと思うだろう。俺たちは酒場で飲んだあと、別々に帰ったと言えばいいんだ。なあ、チャーリー、羊並みの知能指数にしては良い考えだろう？」

ミックの顔は本気だった。それを聞いてキースも口元が緩んでいた。

チャーリーだけは、青白い顔をさらに青くして、電池の切れたおもちゃみたいに固まっていた。

「それくらいにしておけ」急ぎもせず、脅しもしない声でダラス警部が言った。

彼は武器を構えてはいなかったがジャケットの裾をまくって、いつでも抜けるぞという風にベルトに親指を引っ掛けていた。

ダラス警部の腰の警棒を見て、あれほど騒ぎ立てていたはずの三人組は、凍り付いたみたいに大人しくなった。吾輩は三人組の誰かが逃げ出さないように、前傾姿勢で睨みを利かせていた。

「話は署で聞こう。消防もすぐに駆け付ける」ダラス警部は手錠を出しながら言った。そして「手錠が足りないな……」と舌打ちをした。

「よし、お前らズボンと靴を脱げ」ダラス警部が言った。

三人組は顔を見合わせたが、ダラス警部が「早く！」と怒鳴ると、大人しく彼に従った。

下半身がパンツ一丁に靴下という姿になった三人組は、恥ずかしそうに両手で股間を隠していた。

ダラス警部はそれを見て、「これでいい。手錠を掛けられてるっぽくなったぞ」と言った。

三人組はすでに逃げる気力も失っているように見えた。

ミックは白いブリーフに紺色の靴下だった。キースは深緑色のチェック柄のトランクスに、白のソックスだった。そしてチャーリーはピンク色のブーメランパンツを穿いていた。靴下は黒の無地だった。

吾輩はあまりにも哀れな彼らの姿を見て、いつ何時、こういう目に会っても大丈夫なように、身嗜みには一層気を付けようと心に誓った。

「……へっし！　……だっしゅ！」ダラス警部は思い出したようにクシャミをした。

そして、風邪でも引いたのか？　と言って鼻をこすり、ジャケットの襟を立てた。だが、おそらくは違うだろう。単に酔いが醒めてきただけなのだ。

「……ざっし！　……ぞぅかん！」ダラス警部のクシャミは止まらなかった。

「……ぁたらしぃ！　……ぴぃっしぃ！　ほっしぃ！」

しばらく出ていなかっただけあって、このときのクシャミはとても激しかった。何やら言葉に聞こえるくらい、不思議な音を発していた。

「……ょっと！　……って！　っかに！」クシャミは続いた。

「……にぃか！　……ぃこえるぅ！　……らっしゅ！」

「……うぇっふ！　……へっし！　っかに！」

「……にぃか！　……へっし！　……ぃこえるぅ！」

クシャミはまだ止まらない。

「……しずにぃか！　……ぃこえるぅ！　……へっし！」

「……へっし！　……静ぅっか！　……聞こぇっつ！」

（……ん!?　いま〝静かに〟と聞こえたような気がする）

よく見ると、彼は右手を大きく振っていた。本当に何かを伝えているようだった。確かにクシャミにしては、面白すぎると思っていたところだ。

ダラス警部は一度息を止めると、喉の奥から絞り出すように言った。

「……静か……に、何か……聞こえる。あの煉瓦のぉ……建物ぉっしゅ！」

ダラス警部は元管理棟だった建物を指さした。

吾輩は建物に向かって目を凝らし、耳をそばだてた。すると、微（かす）かだがハッキリと聞こえた。

いいい、いいい、いいい……

その声は〝助けて〟と言っていた。

考えるよりも先に体が動いていた。吾輩は駆け出し、炎の迫る管理棟へと飛び込んだ。熱さも恐怖も忘れて無我夢中で走っていた。何故なら、さっき聞こえたあの声は、吾輩の良く知る人物のものだったからだ。

背後では、ダラス警部が三人組を一人で取り押さえるのに苦心していた。しばらく彼はこの場を離れられないかもしれない……。

建物の中には、まだ火の手こそ回ってはいなかったが、すでに熱気が充満していた。熱く焼けた空気は口腔内の粘膜を焦がし、息をするのもままならなかった。

吾輩は姿勢を低くして、出来るだけ温度の低い処を選んで進んだ。それでも瞳を守るために、目を細めて小刻みに息を吐きながら進まなければならなかった。その熱さは目に見えない透明な炎が、すでにそこかしこで燃え盛っているのではないか、とすら錯覚させた。

奥へ進むにつれ、小さな声が徐々にはっきりと聞こえてきた。

「助けて、誰か……」聞き覚えのある凛とした声は、いつもと違って弱々しかった。

声は管理棟の一番奥から聞こえていた。

すでに廃墟と化した建物は、そこかしこに昔の帳簿や錆びた椅子、事務机なんかが散乱していた。ところどころで天井が崩れ、床からは鉄の棒が突き出していた。

吾輩は何度も行き止まりに道を阻まれながら、建物の奥を目指した。回り道を探し、部屋から部屋へと直接移動し、窓を通って廊下に出たり、割れたガラスを踏まないように、足元に全神経を集中させる必要があった。

一歩一歩がもどかしく、どんなに急いでも足りなかった。足を出来るだけ早く交互に前に出しているにも関わらず、気持ちがそれを追い越していった。

漸く声のする部屋が見える場所にたどり着いた時には、管理棟のすぐそばまで火の手が迫っていた。

開け放たれた扉の奥に、声の主が倒れているのが見えた。

「……助けて！」さっきまでとは明らかに違う、何にも遮蔽されていない声が聞こえた。

弱々しいがハッキリとした声だった。

彼女は仰向けに倒れ込んだまま、ぐったりと手を伸ばしていた。

そこはかつて、貴重品を預かる金庫室か何かだったようで、とにかく頑丈そうな鉄の扉――と言っても大銀行の貸金庫や核シェルターのような大袈裟なものでは無く、質屋の貴重品保管庫程度を想像してもらえればいい――が目立っていた。

（エミリー！）吾輩は叫んだ。

「ポコ、まさか、……あなたなの？」エミリーは仰向けのまま首を上に向け、吾輩を見つけた。

彼女の顔は真っ白で血の気が引いているのが一目でわかった。

「来てくれるなんて……」

（君のためなら、どこからでも飛んでくる。この口髭に誓ってね）吾輩は彼女の傍に駆け寄った。

「さすがは〈紳士〉ね」彼女は泣いてはいなかったが、明らかに精彩を欠いていた。

（大丈夫かい？）吾輩は訊いた。

彼女は頷いたあと、「お腹が減って倒れちゃった」と小さく笑った。吾輩は一瞬だけ彼女の言葉に戸惑ったが、いつもナッツを口いっぱいに頬張っている姿を思い出し、この時は妙に納得した。

（どうしてここに？）

「どうしてここに？」

殆ど同時に、お互いが訊いた。彼女は軽く笑ったあと、また床に倒れ込んだ。

（ダラス警部と一緒に来た、例のクラブを追っていて）吾輩が先に答えた。

「主任警部はどこに？」エミリーが訊いた。

（倉庫棟で容疑者を逮捕している）吾輩は答えた。

エミリーは「そう」と適当な返事をしてから「ポコ、主任警部を呼んできてくれない？　彼に見せるものがあるの」と言った。彼女の表情から察するに、それはあまり良いものでは無さそうだった。

吾輩は頷くと扉に向かって振り返った。すると彼女が「ねえ」と、吾輩を呼び止めた。そして「それと、何か食べるものもお願い。簡単につまめるものがいい。甘くないやつ」と付け足した。

（わかった、探してみる）吾輩はそう言って部屋を出た。

彼女はその間もずっと、仰向けに寝そべったまま天地逆さまに吾輩の事を見ていた。

こんな瓦礫だらけの廃墟の中で、まるで家のリビングで寛いでいるみたいな会話が不思議だった。

吾輩は頭の中で〝ねえ、早く帰ってね〟、〝もちろんさ、君に会いに戻ってくるよ〟などの彼女との生活を妄想しながら、来た道を戻ろうとしていた。自分でも、どうしてそうなったのかわからないが、自然とそういう風に頭の中で声が聞こえてきたのだ。すぐそこまで火の手が迫っているとは思えない、おかしな安心感――いや、油断があったのかもしれない。〝ナッツを買ってきたから一緒に食べよう〟などと妄想しながら瓦礫の山に足を掛けた瞬間、背後で大きな声がした。

「ちょっと、ダメ！」驚いて振り返ると、そこには牛乳配達員（ミルクマン）のピーターが居た。

彼は重々しい鉄の扉を引いて、エミリーを閉じ込めようとしていた。

エミリーは必死に起き上がろうとしていたが、膝をついた状態から立てないでいた。吾輩は慌てて踵(きびす)を返したが間に合わなかった。ピーターは扉を閉じ、閂を通すと、見たこともない大きさの南京錠を掛けてしまった。文字通り、あっと言う間の出来事だった。

吾輩はピーターにとびかかると、思いっきり顔面に一撃をお見舞いした。

吾輩のスナップの利いた鉄拳を喰らってピーターは大きく後ろによろめいた。すかさず吾輩が足元を掬うと彼は後頭部から壁にぶつかり、その反動で胸から地面に倒れ込んだ。

吾輩は背後から馬乗りになり、右手を回してヤツの顔面を掴むと、そのまま爪を立てた指先を思いっきり手前に引いた。高速で滑らせた鋭い爪がピーターの鼻の肉をえぐり取り、頬に届くほど深々と掘られた溝からは、真っ赤な血が噴き出した。

ピーターは両手で顔を覆い痛々しくもがいた。吾輩は振り落とされまいと必死でバランスを取り、全体重をかけて彼の両腕を押さえつけた。

その時——吾輩はピーターの左手首に見覚えのある傷を見つけた。真横に引かれた三本の傷。紛れもなく昨夜、セント・チャールズ教会の墓地で吾輩が付けた傷跡であった。

吾輩は一瞬にして頭に血が上るのを感じた。キレるという表現が正しいとすれば、正にその状態だった。

フゥゥゥー！　シャアアアァァ！

自分でも初めて聞くような獰猛な唸り声をあげたかと思うと、ありったけの力を込めて奴の右耳に噛みついていた。

ピーターは悲鳴を上げ転げまわった。

流れ出た真っ赤な血がピーターの顎を伝って床に飛び散った。奴の耳の肉は、千切れて落ちかけの葉っぱみたいにぶら下がっていた。

吾輩がさらに威嚇するように立ちふさがると、ピーターは逃げる気力も無くし、その場にへたり込んでしまった。

吾輩は鍵を開けるよう怒鳴ったが無駄だった。

彼はただ震えるばかりで、こちらの声など届いてはいなかった。尻餅をついたまま後ずさり、千切れた耳を押さえて、部屋の隅っこで動かなくなってしまったのだ。

扉に付けられた小さな覗き窓から、エミリーが顔をのぞかせて周囲の状況を窺った。

彼女は出来るだけ広い範囲を見まわそうとして、頬に窓の痕がくっきり残るくらい扉に顔を押し付けていた。しかし限られた空間から見渡せるものは殆どなく、何も見つけることはできなかった。

そうこうしている間にも、徐々に周囲の温度は上がってきていた。

（エミリー、下がってくれ）吾輩はそう言うと、ありったけの大声で叫びながら、扉に向かって体当たりをした。

しかし、鉄製の扉は鈍い音を立てて吾輩の体を跳ね返すだけで、ビクともしなかった。

吾輩はもんどり打って地面に転んだが、何度も立ち上がっては、扉に向かって体をぶつけ続けた。

その度に扉は重々しく揺れるだけで、固く閉ざされたまま決して開くことは無かった。

吾輩は立ち上がり、もう一度、体当たりしようか迷ったが、とても突き破れる自身は無かった。

いくら全身の筋肉をこわばらせようとも、蝶番（ちょうつがい）一つ曲げることも出来なかったからだ。

余りに激しく何度も吹っ飛んだので、自慢の蝶ネクタイも、ほどけてどこかへ行ってしまった。

それで結局、吾輩は最も現実的な方法として、助けを呼ぶことにした。

手近な音の出そうなものを片っ端から蹴とばし、床に叩き落とし、投げつけ、叫んだ。

これまでの生涯で一番大きな声を出した。

文字通り喉が枯れるほど、声がつぶれるほど同じ言葉を叫び続けた。

（ダラス警部！　ここだ、ダラス警部！）何度も、何度も繰り返し叫んだ。

エミリーも同じく出来る限りの大声で叫んでいた。

彼女の声は、もうほとんど枯れていた。

叫ぶうちに自分が何をしているのかわからなくなる瞬間があった。その度に吾輩は頭を振って意識を呼び戻した。いつまでも現れないダラス警部を呪い、罵ったりもした。火事の炎で空気が薄くなっていたからかもしれないし、単に本音が出ただけかもしれない。とにかく吾輩の頭は現実と夢想の狭間を行き来して、今にもどうにかなってしまいそうだった。

14

最初に断っておくが、ここからは吾輩がエミリーに聞いた話をもとに構成している。したがって、詳細が不明瞭だったり、多少の脚色があるかもしれないが、その点は了承おきいただきたい。

吾輩がエミリーを運送会社の倉庫で発見する数時間前——、彼女は図書館の裏手を流れる運河のほとりに居た。

彼女は柳の木陰に身をひそめ、スマートフォンで時間を確認すると、電話帳からダラス警部の番号を表示させた。しかし、少し考えたあと画面をキャンセルしてスマートフォンをポケットに仕舞い込んだ。

鋭く光る彼女の視線の先には、牛乳配達員（ミルクマン）のピーターがいた。

ピーターは携帯電話の画面を見ながら、キョロキョロとなにかを探していた。

河原では、老夫婦がベンチに座って水鳥にパンくずをやっていた。水鳥たちは老人がパンくずを投げると、一斉にその方向へと行進した。右にパンくずが飛べば皆一斉に右を向き、左にパンくずが跳ねれば回れ右して全員でそちら側を目指す。老人がわざと群れの中心に向かってパンくずを投げると、皆、どこを向いていいかわからなくなって、グルグルとその場で回っていた。そして、自分の背中にパンくずが乗っていることなど気づかずに、必死で地面の小石や小枝を啄んでは吐き出していた。

ピーターが水鳥の群れに近づくと、鳥たちは体を揺らして道を開けたが、彼が通り過ぎるとまたすぐに、パンくずに群がって道を埋め尽くした。エミリーは何故かパンくずを見ないように顎を突き出して、上を向きながらピーターの後を追った。

図書館から運河の上流へ歩いて数分のところで、ピーターが足を止めた。

彼の視線の先には仮作りの桟橋があり、そこに小型のタグボートが係留されていた。桟橋は角材と鉄板を荒く組んだだけのもので、群生する葦（あし）の陰に隠れるように作り付けてあった。

タグボートもあまり見かけないくらい小型のもので、全長は五メートルにも満たなかった。おそらく大人が三、四人も乗れば、お互いに肩を寄せ合わなければならないくらいの大きさだろう。色気のある装飾もなく、船全体が運河の水と同じ暗い苔色に塗られていた。

ピーターは携帯電話の画面をしきりに確認していた。そして携帯電話とタグボートを何度も見比べて頷くと、ボートに乗り込んだ。

それを見ていたエミリーは少しマズそうな顔をした。〝きっと走ってボートを追いかけることになる〟と、確信していたからだ。

彼女は上着のポケットに手を突っ込むと、ナッツ袋をまさぐった。しかしナッツ袋には、もう中身は残されてはいなかった。

エミリーは動転した様子で袋を取り出すと、袋の口を開いて中を覗き込んだ。しかし袋の中には、アーモンドとカシューナッツ、それにクルミがお互いにぶつかり合って、削れ落ちたカス**だけ**が残っていた。

エミリーは本気で困窮した様子であたりを見回したが、こんな辺鄙な場所に都合よくナッツ売りが現れるはずもなく、彼女は空腹を満たすことを諦めるしかなかった。

そうこうするうちにタグボートのエンジン音が聞こえ、申し訳程度に取り付けられていた古タイヤ製のドックバンパーが軋んで揺れるのが見えた。

タグボートが独特の緩慢な動きでUターンしているのを見て、エミリーは唇の下を親指の爪で強く押した。彼女は、ボートが完全に向きを変えてしまうまでの数十秒間、このまま追いかけるべきかを考えていたが、答えは最初から分かっていた。

エンジンの回転数が上がり、ボートがゆっくりと運河を上流へと登り始めた。

エミリーは小さく舌打ちをしてからナッツ袋を逆さまにして、残りカスを口に入れた。

一応、塩の味がしたが、細切れになったアーモンドの皮が上唇と歯茎の間に入り込み、気持ちの悪い違和感を覚えただけだった。

ボートを追って河原をジョギングすることになって約三十分、エミリーの額には玉のような汗がにじんでいた。流れ落ちた汗は、首を伝い胸の谷間や背中をじっとりと濡らし、下着が皮膚に張り付くのがわかった。

エミリーは何度も髪をかきあげては額を拭い、髪留めを持って来なかったことを呪った。と言うのも、如何に緩慢なタグボートとはいえ最高速度で八ノットから十ノット（時速14.8キロから18.5キロ）は出ていたので、離されないように追い続けるのは相当に厳しかったからだ。

息が上がりそうになる度に、走る速度を落として呼吸を整え、タグボートを見失わないぎりぎりで再び加速する。そんな風にしてエミリーはひたすらピーターの後を追った。

タグボートが頼りない木製の橋桁をくぐったり、もうずっと開けっ放しの水門を通過する時にだけ、大きく後れを取り戻すことが出来たが、それでも相当厳しい追跡劇だったと言えるだろう。

さらに悪い事に、それから十分も経たないうちに河原の遊歩道は途切れ、鬱蒼と生い茂る藪をかき分けて進まなくてはならなくなった。

すでに日は黄昏れて、空はうっすらとした赤から深い群青色に染まり始めていた。

エミリーは藪の中でタグボートのエンジン音と、木々の隙間から見えるヘッドランプの灯りだけを頼りに進むべき方向を確認するしかなかった。

木々の間を進むたびに葉っぱ同士がこすれてカサカサと音を立てた。腰を曲げて枝の下をくぐる動作は見た目以上に体力を消耗したし、踏みつけたつもりの雑草に足を取られ転びそうになったり、時折地面から頭を覗かせる四角い石に何度も躓いた。

棘のあるバラ科の植物に真っ白な頬や、手の甲が傷つけられ、しなった木の枝が跳ね返って彼女の頬を打つこともあった。

それでも彼女はタグボートを見失うまいと、必死で前に進んだ。

上流へ進むにつれ、鬱然（うつぜん）たる茂みはさらに大きさを増し、やがて右も左もわからない雑木林へと変化していった。高くそびえる木々は空を覆いつくし、星や月を見つけることも困難になった。

ついつい上着のポケットに手を突っ込んではみるものの、そこにはやはり何も入っていなかった。

その度に、大きな落胆と疲労が彼女を襲った。

しかし、エミリーは決して挫けることなくタグボートの行方を追う事だけに集中した。そうすることで肉体的な疲労も忘れ去ることが出来たし、必要以上につらく感じることもなくなったからだ。

彼女はこれまでも、そういう風にして様々な逆境を乗り越えてきたのである。

やがて、雑木林を抜けると再び河原に出た。

一息つきたい気持ちを堪えタグボートを探すと、五、六〇メートル先の上流にヘッドランプの灯りが見えた。流れ出た汗が目に沁みて、その光はボンヤリと霞（かす）んでいた。

思ったよりも離されていたことを知ったエミリーは、ふらつく足を掌で強く叩き、再び駆け足でタグボートの後を追いはじめた。

そこから程なくして、いくつかの倉庫が目に入ってきた。

それらは運河時代の名残を思わせる古い建物ばかりだった。ここは、かつて運送業者が集まっていた場所らしく、社名が書かれた看板がいくつも掲げられていた。

ピーターは船足を落とし、また携帯電話を取り出した。そして携帯電話の画面と倉庫群を見比べるように腕を水平に突き出して、様々な方向へとかざした。

液晶画面と、その奥に見える建物とを交互に確認しながら、少しずつボートを動かしては停船させる。その動きを何度か繰り返し、やがて、四つ目の倉庫群の前でタグボートを完全に止めた。

何度も位置を調整しながら、確認を繰り返すその姿は、構図を決めようと絵筆を持って親指を立てている画家のようにも見えた。

ピーターはタグボートを桟橋に係留すると、破れた金網をくぐって倉庫群の中に入っていった。その間も何度も携帯電話を取り出しては、しつこいくらいに画面と倉庫とを見比べていた。

エミリーは運河の対岸からその様子を見ていた。

倉庫の有る側に渡るためには、そこから二〇〇メートルほど上流にある橋まで行ってから、再び戻ってこなければならなかったからだ。


空腹の上、疲労はピークに達していたので、ここに来ての四〇〇メートルのダッシュは相当にこたえた。おそらく時間にして三分もかからない運動だったが、それは文字通り、地獄の三分間だった。

橋を渡りタグボートの隣に戻ってきたころには、すっかり息も上がって、足元もおぼつかなくなっていた。いっそのこと、運河に飛び込んで泳いで渡ってしまおうかとも思ったが、すでに日も暮れ、気温も下がり始めていたので諦めて走りきったのだった。

エミリーはタグボートを覗き込むと、手早く操舵席や荷台を確認した。

エンジンの鍵は付けられたままだった。荷台には何故か手鏡やブラシ、髪留めのゴムが入れられたプラスチック製のかごなんかが積まれており、ゴミ箱には綿棒や口紅のついた紙屑が捨てられていた。

エミリーはそれらをスマートフォンで手早く写真に収めると、メモ帳に〝後で証拠品を回収〟と書き込んだ。

ボートを離れ倉庫群へ向かうと、金網の横に運送会社の看板が掛けられていた。錆びた鉄製の看板には〈フォレスト貨物運送〉というロゴが描かれていた。

エミリーはその看板もスマートフォンに収めると、金網をくぐってピーターの後を追った。

貨物を積み下ろしするための河岸場(かしば)は、古く傷んではいたものの、雑草の駆除具合などからして、人の手が入っていることが窺えた。

つまりそれは、ここが〈森〉であることを意味していた。

敷地内へ進むと、そこには四棟の倉庫が並んでいた。

木造の倉庫はどれも古く、鉄製の釘や蝶番は錆びて赤茶色になっていた。ただ、今も電気は生きているらしく、各棟の入り口や一部の導線には小さな明かりが灯っていた。

エミリーは拳に収まるくらいの小さなフラッシュライトを取り出すと、左手で辺りを照らした。その際、いつでも明かりを隠せるように、右手は光源のすぐ近くを覆うように添えていた。

四棟ある倉庫のうち最初の二棟は、中ががらんどうだった。何もない空っぽの空間は、時の流れと人の持つ業の深さみたいなものを感じさせた。それは感情の残り香のようなものだった。誰もいないはずの空間に、ひそひそと話す声が聞こえるような感じがしたのだ。

次の二棟には、今も貨物を管理するための棚が並べられており、いつでも操業を再開できそうに見えた。だが、近寄ってよく見ると、どの棚も埃まみれで穴だらけだった。分厚い蜘蛛の巣に、エミリーの顔くらいある大きなネズミの死骸が絡まっているものもあった。

エミリーは念のため食べられるものが無いか探してみたが、無駄だった。そこにあるのは錆と埃と蜘蛛の巣と、それにビニールや布の切れ端、ゴム片と石ころと干からびた死骸だけだった。

倉庫群を越えると、その先には煉瓦造りの管理棟があった。

所謂、事務仕事や荷受けの管理なんかを行っていた建物である。使われなくなってかなりの時間が経っていると見え、外観は一番損傷が激しかった。

二階建ての二階部分は天井と壁が半分以上崩れ、殆ど屋上のようになっていた。崩れ落ちた煉瓦が二階の床を突き破って、地上階へと雪崩れ込んでいる様子が外からでも容易に想像できた。

かつては美しい曲鉄細工が施されていたであろう窓枠は、今では地下牢の鉄格子よりもみすぼらしかった。すべての窓ガラスは割られ（もしくは持ち去られ）、窓には中から厚手の木板が打ち付けられていた。

殆ど朽ちかけの正面に比べ、裏口は驚くほど綺麗だった。鉄製の扉はその見た目こそ錆びてはいたものの、きちんと油が差されスムーズに開閉できた。

中を覗くと、どこからか持ってきた座面の丸いスツールが置かれ、床には大量の吸い殻が散らばっていた。おそらく見張り役がここで来客を選別しているのだろう。

奥へ進むと、予想通り瓦礫や割れたガラス、折れた釘などがそこら中に散らばっていたが、不思議と通り道のような導線が引かれ、そこだけは瓦礫が綺麗に除去されていた。ただ、その道は巧みにカムフラージュされ、一見するとそれが道であることは殆どわからなかった。

　事実、吾輩自身がこの建物に踏み込んだ際には、それに気付くことさえ出来なかったのだ。だが、エミリーにはそれがはっきりと見えていたらしい。何人もの人間がそこを通路として使っていることが明確に認識できていたのである。

　エミリーはこの隠された通路を進む前に耳を澄ませてみた。すると遠くで何者かが走る音が聞こえた。微かだが息を切らせている声も聞こえた。

　彼女は確信し、腰に付けたホルスターに手を伸ばした。通常、英国の警察官は拳銃を持たない。

　しかし彼女は独自に火器免許（正当な所持理由があり、かつ非常に厳しい審査を通過した者だけに交付される銃所持の免許）を取得し、こういった命の危険がある非常時においてのみ、銃の携行を許可されていた。というのも、競技射撃の指導官だった祖父の影響で幼少期から銃の世界に身をおいていたからである。聞くところによると、クレー射撃のダブル・トラップでは国際大会に出場できるほどの腕前だという。

　手慣れた手つきで銃を抜くと、スライドを引いて弾を装填する。次に安全装置を外し、右手で銃を真正面に構えた。その際、人差し指はトリガーには掛けず、真っ直ぐに伸ばしたままだった。

　左手は拳を握って右手首の下で土台なるように添えられていた。拳の中では逆手に握られたフラッシュライトが、ちょうど銃口の先を明るく照らす格好になっていた。

　エミリーが左に照準を動かせば、それに合わせて手の中の照明も左を狙い、足元に照準を合わせれば、足元が明るくなった。

　エミリーは曲がり角に来るたびに壁に張り付いたりせず、銃口を真正面に向けたまま淡々と角を曲がった。そうすることで、先に飛び出した体の一部分だけを狙われることを避けていたのである。

如何に彼女が天才であったとしても、血のにじむような鍛錬抜きにして、この身のこなしを手に入れることは不可能だろう。つまり彼女は、努力を惜しまない天才なのだ。

通路を進み、いくつかの部屋を抜けると、仄かに甘い香りの漂う部屋に出た。

そこはもともと重役か何かの執務室だったようで、朽ちた革張りのソファや、豪華に装飾の施されたオーク材のテーブルがあった。倒れたコートハンガーもどことなく気品のあるデザインだった。

一見すると先ほどまでの通路と変わらない廃墟の一角ではあったが、エミリーは見逃さなかった。

匂いの元をたどり、床のカーペットがフローリングの日焼け跡と僅かにずれていることに気が付いたのだ。

彼女がカーペットを捲ると、そこには案の定、地下室への入り口が隠されていた。

かつての運送業者たちは扱いの難しい貨物――いわゆる密輸品や、関税をごまかしたいような荷物――を、こういった地下室に隠して流通させていた。

エミリーは床の扉を持ち上げると、中を覗き込んだ。

先ほどよりも香ばしさを増した甘い香りが彼女の鼻孔を震わせた。エミリーは一瞬だけピーターを追うべきか悩んだが、目の前の地下室を先に調べることにした。建物の広さを鑑みて、後からでも追いつくのは難しくないと踏んだからだ。

地下室の照明は消えていたが、階段脇にあるスイッチを入れると簡単に電灯が点った。

そこは大方の予想通り娼楼(しょうろう)であった。

思ったよりも広い空間の入り口には、事務机と簡単な金庫が置かれていた。おそらく客はここで支払いを済ませるのであろう。

奥の空間はいくつかの壁で仕切られ、廃墟の地下とは思えないフカフカのマットレスに真っ赤なビロードのシーツが掛けられ、天蓋を模したレースのカーテンがその周りを覆っていた。

それぞれの小部屋には溶けた蝋燭が何本も並べられ、雑誌やネットでしか見たことのないような卑猥な形をした椅子や、おそらくは人を磔にして楽しむであろう柱が置かれていた。それらはまるで、邪神を信仰するために用意された祭壇のような雰囲気を醸し出していた。

並んだ小部屋の裏手に回り込むと、そこには少し広い空間があった。

隅に並ぶ鏡台には若い娘の好む化粧品や香水が並べられ、灰皿には捻じって消したマリファナの吸い殻が何本も残っていた。

クローゼットを思わせる一角には、女性器の部分が透けた下着やガーターベルトなんかに加え、学校の制服、クロケットのユニフォーム、水着、他にも少女趣味を覗わせる衣装がいくつも掛けられていた。中には革製の拘束具や乳首に直接つけるアクセサリー、男性シンボルが股間から突き出している履物なんかもあった。

少女たちはここで客を待つのだろうか……、エミリーはこの場所で少女たちが自らの肉体を切り売りしているのかと思うと、胸糞が悪くなった。

エミリーはスマートフォンでそこらの写真を撮ると、手近なゴミ箱を思いっきり蹴っ飛ばした。ゴミ箱の中からは使い終わったコンドームやら、男性精力剤の箱、それに女性器に塗る媚薬のチューブなんかが飛び散った。

彼女はそれらを見て〝覚せい剤が出ないだけマシよね〟と毒づいた。

普段の彼女であれば、犯罪現場を荒らすことなど絶対にしない。だが、このときのエミリーは少しばかり正気を失っていた。と、言うのもナッツを失ってから三時間ほどは経っただろうか、彼女の空腹はピークに達していたのである。

おまけに長時間のジョギングと、藪との格闘、四〇〇メートルダッシュに加え、処理しきれないほど非常識な証拠品の数々……。流石の彼女もそろそろ限界だった。

エミリーはよろよろと壁際へ近づくと目を閉じて背中からもたれ掛った。そして二、三度深呼吸をしてから、応援を呼ぼうと決め、警察無線に手を伸ばした。

その瞬間――、倉庫棟の方で大きな爆発音がした。

それは例の――吾輩とダラス警部が森を発見するに至った――火事の音だった。

ダイナマイトみたいな爆弾やミサイルが炸裂した訳ではなく、木造の建物が一気に倒壊して崩落していく音だった。燃え上がる柱が傾き、ガラスが割れ、勢いよく空気が建物に流れ込んだことで大爆発を引き起こしたのである。〈バックドラフト〉と呼ばれる現象だった。

エミリーは咄嗟に一階へ駆け上がり、天井を見上げた。

瓦解した屋根の隙間から、空が赤く染まっているのが見えた。耳をそばだてると、管理棟の奥で誰かが喚(わめ)き立てる声が聞こえた。

エミリーは赤く揺れる空の色と、燃える木やガラスの音から、どのくらいの距離まで炎が迫っているのかを推し量った。そして唇を噛んだあと管理棟の奥へ向かって走り出した。

灼熱の光が差し込んで、管理棟の中は先ほどまでよりずっと明るかった。

エミリーは隠された道を足早に駆け抜け、建物の一番奥まで一気に到達した。

そこは金庫室か何かだったらしく、厳重な鉄の扉がひと際目立つ部屋だった。叫び声は部屋のさらに奥から聞こえていた。

エミリーは瓦礫を上り、散らばる書類に足を取られながら部屋の奥へと進んだ。

鉄製の頑丈な扉まで到達すると、その先の空間が何故かぐにゃりと歪んで見えた。

エミリーは右側の側頭葉が左側にゆっくり引っ張られるような感覚を覚えた。それはまるで〈絶望〉への入り口が、彼女を引きずり込もうと緩やかに手招きしているような、そんな不快な感覚だった。

扉をくぐり、まるで独房のような部屋へ足を踏み入れると、中には貴重品を預かる棚がいくつも並んでいた。不思議な事に、折り重なるようにして並べられた棚の奥には、どうやっても見通せない闇が広がっていた。様子をよく見ようとフラッシュライトを掲げても、光はある境界線を境に急激に力を失って、暗黒に吸い込まれるように消えてしまった。

そこは自分が立っている足元すら不安になるほどの暗黒だった。言い換えれば、空間が存在することすら疑わしいほどの〈虚無〉であった。

エミリーは直感的に、その奥に何かがあると察知して、慎重に目を凝らした。

「な、なんて……ことだ……。な、な、なんて……ひ、酷い！　酷すぎるぅ」

塗りつぶされた黒い空間の中で、微かに動く〈影〉が見えた。

「手を上げなさい！」エミリーは銃を向けた。「膝をついて、両手を頭の後ろに！　早く！」

エミリーの言葉に〈影〉は反応しなかった。

暗黒の中、ただひたすらに自らの頭を壁に打ち付けていた。

「うう……酷い、ひ、酷す、すぎるぅ……」〈影〉の声は泣いていた。

「両手を頭の後ろに！　ピーター・パイク！」エミリーは引き金に指をかけ、撃鉄を起こした。

その生々しい鋼の音を聞き、〈影〉はおずおずと振り返った。

ピーターは涙で濡れた顔をさらにくしゃくしゃにしてエミリーを見上げると、観念したように両手を高く掲げた。その手には、二つ折りで旧型の携帯電話が握られていた。

エミリーは右手で銃をしっかりと固定したまま、反対の手で携帯電話を取り上げると、器用に片手でフリップを開いて中身を確認し始めた。

通話履歴を確認し、やっぱり、と呟いてから、次に画像フォルダへ移動して中の写真を次々と検(あらた)めていく。その間もピーターはしくしくと泣いていた。

ピーターの持っていた携帯電話には、目を背けたくなるような淫猥(いんわい)な画像が大量に保存されていた。

エリザベスの股間に顔をうずめる男や、エリザベスに跨って天を仰いでいる男——、行為の後に煙草を吸っている男、コンドームを装着している瞬間の男、全頭マスクを付けて首を絞められている男、目隠しをされて肛門にディルドを突っ込まれている男……。

中には例の酔いどれ三人組のものもあった。画像を送るたびに、歪んだ欲望の塊が小さな液晶画面から彼女に向かって罵声を浴びせかけてくるような、そんな嫌な気分になった。

これらはすべて、エリザベスがこの〈森〉で隠し撮りしたものであった。

今、彼女の手の中にあるこの携帯電話こそが、エリザベスの魔法のガラケーだったのである。

「どうして、あなたがこれを持っているの？」エミリーが訊いた。

ピーターは泣いているだけで、何も答えなかった。

エミリーはさらに画像を送り、ピーターがここへ来るのに使ったタグボートや桟橋、〈森〉の入り口から見た倉庫群の風景などを確認した。

続いて管理棟の建物全体像や裏口、さっき見たばかりの娼楼と順に画像を送った。

画像を確認する最中もピーターはずっと泣いていたが、エミリーは気を緩めることなく、携帯電話の画面と彼の様子を交互に見ていた。

時折、割れるガラスの音やゴウゥと燃え上がる炎の音に警戒しながら、エミリーは画像を先へと送った。すると——、
今、まさに彼女たちのいる金庫室の画像を見つけた。

エミリーは妙な違和感を覚えたが、このときはそれが何なのかわからなかった。この先の画像を見てはいけないという、第六感のようなものが働いていたが、すでに動き出した指を止めることはできなかった。

彼女の指が送りボタンをクリックすると、カコ……という小さな音が鳴った。

画面がコンマ何秒かだけ瞬き、次にディスプレイに映し出されたのは、殺された直後のエリザベスの画像だった。

なぜそれが、殺された直後であると分かったのかは、エミリー自身にも理解できなかったが、四インチにも満たない小さなディスプレイからは、彼女の断末魔や無念さ、死の瞬間に生まれた怨念みたいなものがありありと滲み出ていた。

エリザベス殺害犯は、彼女をここで殺害し、その直後に彼女の姿を写真に収めていたのである。

エミリーは跪いたまま泣いているピーターを見た。

果たしてこの男は何故、ここにいるのだろうか？　殺害犯が証拠隠滅のため殺害現場へ姿を現した。そして倉庫ごと火を放って、すべてを燃やし尽くそうとした……。

話の筋は通るが、彼女にはどうしても納得ができなかった。ピーターの頭と、携帯電話の画面を交互に見たが、混乱は収まるどころか、どんどん大きくなって行った。彼が頭を打ち付けていた付近には、丸く小さな血だまりが出来ていた。

エミリーは不意に金庫の奥へと視線を移した。

そこには、やはり暗闇が広がっていた。その暗闇をじっと見ていると、闇の底からエリザベスが這いずり出してくるような気がした。

床を這いずる彼女の幻を、謎の人影がもう一度殺した。

エリザベスの骸は逆さまに宙吊りになって、天井へ登って行った。

エミリーは思わずそれを目で追った。するとまた、右の蟀谷（こめかみ）のあたりが、後ろにゆっくり引っ張られるような感覚を覚えた。首を真正面に戻そうとしても、見えない力に遮られ戻すことが出来なかった。強引に頭を振って正面を向くと、今度は地面が時計回りにゆっくりと回り始めた。目の焦点が合わなくなり、倒れそうになるのを必死で堪えた。

次に、両太ももの力がじわじわと抜けていくのを感じた。自分の鼓動が聞こえるほど動悸が激しくなり、持っている銃がとても重く感じ始めた。

腕をまっすぐにすら保っていられず、思わず銃を落としそうになった。

エミリーの異変に気付いたピーターがのそりと膝を立てたが、彼女は動かないで！　と制するのが精一杯だった。

すでに立っているのも辛いくらい、彼女の顔からは血の気が引いていた。

地面が再び時計回りに歪み始めた。やがて目の前が白くなり、目を開けていられないくらいの眠気が眉間の中心に襲いかかった。

エミリーは頭を振って正気を呼び戻したが、それでも一秒と持たなかった。

彼女は何度も何度も頭を振っては、自ら頬を叩いた。

しかし、全身の脱力はどんどんひどくなっていくばかりだった。

ピーターはゆっくりと立ち上がり、特に急ぎもせず、エミリーの様子を窺うようにして、彼女の直ぐ横を通り過ぎた。

「待ちなさい!」エミリーが叫んだ。

しかし、彼女が振り返った時にはピーターはすでに、金庫室の出口にまで到達していた。

「ダメよ! 逃げちゃ駄目……」エミリーは続けたが、その声は徐々に弱々しくなっていた。

持ちなれた拳銃が、まるで大砲にでもなったみたいに重く感じられ、腕はだらりと地面に向かって垂れていた。

次の瞬間——、エミリーは糸が切れるように、バタリとその場に倒れ込んだ。

これは錯覚ではなく、明らかな〈発作〉であった。

ここへ来る前にダラス警部に電話をしなかったことを今更になって後悔してみたが、すでに遅かった。彼女の体は何日も眠らず過ごした朝のように重く、深い泥の中に沈み込んでいった。


吾輩が彼女を発見したのは、それから数十分後の事だった。

第三章
口髭と傷心の淑女

15

吾輩の喉がつぶれ、エミリーが再び膝から崩れ落ちそうになったとき、漸くダラス警部が駆け付けた。火の手はすでに管理棟に燃え移り、煉瓦造りの建物はまるでピザの焼き窯みたいに熱くなっていた。

彼は我々を発見すると、瓦礫の中をほぼ一直線に進んできた。床に転がる椅子を蹴り、倒れた机を押しのけ、ガラス片や紙屑、ファイルフォルダや崩れた煉瓦なんかはそのまま踏みつけて、出来る限りまっすぐに最短距離でこちらまで近づこうとしていた。

巻きあがる砂埃や天井から降り注ぐ火の粉をもお構いなしに、ダラス警部はただ我々だけをしっかりと見据えていた。分厚いブーツは木製の本棚の背板を簡単に踏み抜き、彼の一蹴りでスティールラックの支柱は溶けた飴みたいにぐにゃりと曲がった。

肩から生えた丸太のような二本の腕がカウンターテーブルの上を薙ぎ払うと、デスクランプやペン立てやらがフライパンの中のポップコーンみたいに跳ねて飛んだ。

立ちふさがるものはすべて破壊し、自らの道を突き進むその姿は、さながら〈銀腕のヌアザ(ヌアザ・アガートラーム)〉――ケルト神話に登場する軍神を思い起こさせた。

そうして金庫前の受付カウンターまでやってくると、ダラス警部は膝高のスツールに踵を乗せ、体重をかけて強度を確かめた。

強度が十分であることがわかると、彼はまるで階段を上り下りするみたいに、なんでもない事をやっているかのような動作でスツールを足場にしてカウンターテーブルを乗り越えた。

「何がどうなってるんだ？」カウンターテーブルを降りながら、ダラス警部が言った。

「どうしてお前が居るんだ？　トンプソン巡査部長。それに、そいつはピーターか、牛乳配達員の……」

（そんなことより早く！）吾輩が潰れかけの喉で怒鳴った。

熱気と地鳴りのような轟音が、建物自身の限界を告げていた。

「すみません、事情は……後で説明します」エミリーが力なく言った。

彼女の顔は血色がなく、乾いた貝殻みたいに白かった。

ダラス警部は眉根を寄せたが、何も言わずに振り返るとカウンターテーブルの端に置いてある年代物のレジスターに手をかけた。ふっという短い息を吐くと、どう見ても数十キロはありそうな鉄製のレジスターを軽々と持ち上げた。

「トンプソン巡査部長、下がれ」ダラス警部が言った。

エミリーが額に手を当て、よろめきながら後ろに下がった。

ダラス警部はそれを確認すると、レジスターを頭の上まで持ち上げて錠前に向かって勢いよく振り下した。

鉄と鉄がぶつかる大きな音がした後、反動でレジスターがダラス警部に向かって跳ね返ったが、彼はそれをしっかりと受け止め、再び両腕を高く上げてレジスターを構えた。

「次は落とすぞ」ダラス警部はそう言うと、レジスターを投げつけるように鉄製の扉に向かって振り下した。先ほどよりも高い音がなり、火花がはじけ飛ぶのが見えた。

レジスターは床に転がり、甲高いベルの音と共にキャッシュドロアーが飛び出した。ドロアーの中から飛び出た数枚の硬貨が吾輩の目の前で回転してから倒れた。

鉄製の扉はハンマーで叩かれたように凹み、門と南京錠は、ずれた眼鏡みたいに斜めになって扉に引っかかっていた。

ダラス警部は何も言わず左足を高く構えると、踵を前に押し出して扉を蹴った。衝撃で南京錠は地面と水平に跳ね上がってまた元に戻った。

ダラス警部は口をへの字に結ぶと再び扉を蹴った。彼が蹴るたびに南京錠が跳ねあがっては、またもとに戻り、繰り返すたびにその動きは大きくなっていった。

警部は疲れを知らない猛牛みたいに何度も何度も扉を蹴り続けた。

やがて閂自身を止めていた金具が溶接ごとはじけ飛び、扉は勢いよく回転して開いた。南京錠は最後まで閂の輪にぶら下がり外れることは無かった。

ダラス警部はそれを見て、咥え煙草が真上を向くくらい口をへの字に曲げていた。

扉の中では、もう立っていられなくなったエミリーが正座をするようにしてへたり込んでいた。

彼女は頭を垂れ、壁に片手をついて肩で息をしていた。吾輩が彼女に駆け寄り太腿に手を置くと、彼女は目を閉じたまま微笑んだ。吾輩はともかく助かったんだと胸を撫で下ろし、ダラス警部を見た。

ダラス警部は頷くとエミリーの腰から手錠を取り、それでピーターを拘束した。

ピーターは抵抗することなく、されるがままに従っていた。

「大丈夫か?」ダラス警部は再びエミリーに歩み寄って訊いた。

「はい、何とか……」エミリーは力なく答えた。そして、手に持った二つ折りの携帯電話を差し出して「これを、エリザベス・コールの遺留品です」と言った。

「どこでこれを?」ダラス警部が訊いた。

「ピーター・パイクが、持っていました」エミリーが言った。

ダラス警部は思わずピーターを見たが、彼は手錠に繋がれ大人しく二人の様子を見ていた。

「経緯はまだわかりませんが、彼が、この携帯電話と、一緒にここまで……、それであたしは、彼を追って、ここに……」エミリーは肩で息をしながら、言葉を区切り区切り話した。

「もういい、話はあとで聞く。今は黙っていろ」ダラス警部が言った。

だが、エミリーはそれを制して続けた。

「ここです……」エミリーが力なく言った。「ここなんです……、エリザベス・コールの、殺害現場は」彼女は震える指で金庫の奥を指差した。

その指先を追って視線を金庫の奥へ移すと、そこには手を伸ばせは掬い取れそうなくらい、濃くて深い闇が広がっていた。吾輩は思わず唾を飲み込んだ。ダラス警部も口を緩く開き、咥え煙草がだらしなく下を向いていた。

「ここで、この場所で、エリザベス・コールは、被害者は……殺害されました。こんな真っ暗で、ただ真っ暗なだけで何もない、こんな場所で、彼女は、人生の最後を迎えたんです」

エミリーはそう言って、再び携帯電話をダラス警部に差し出した。その声には、彼女らしからぬ感傷めいた感情が含まれていた。

「この中に、画像が――」エミリーは今にも消えてしまいそうな声で付け加えた。

ダラス警部は携帯電話を受け取ると、「わかった」と頷いた。

その間にも火の手はどんどん大きくなり、天井から舞い落ちる火の粉が辺りを赤く染め、そこかしこで煉瓦にヒビが入る音が聞こえた。

ダラス警部はエミリーの背中と膝の裏に腕を回して優しく抱き上げた。

エミリーは意識を失ってしまったようで、ぐったりと頭を後方に逸らしていた。その姿はセント・ポール大聖堂のピエタ像のように弱々しく、どこか悲しげだった。

ダラス警部は吾輩を一瞥すると、エミリーを抱きかかえたまま再び瓦礫の中を出口へ向かって一直線に歩き出した。

ピーターも見えないリードに繋がれた犬みたいにダラス警部の後をついて歩いていた。

吾輩は彼らの背中を見ながら、一番後ろに続いた。

金庫室を出るとき、背後から若い女性の声に呼び止められたような気がしたが、振り返ってみても誰も居なかった。そこには今にも崩れ落ちそうな古い煉瓦の建物と、がらんとした無人の金庫があるだけだった。見るとピーターも同じように真っ黒に口を開けた金庫をじっと振り返っていた。


我々が管理棟から外へ出ると、すぐに回転するパトカーのランプが目に入った。

建物の外ではすでに駆け付けた警官隊と消防が燃え上がる倉庫群を前に騒然としていた。

ダラス警部は近くの若い警察官を呼び止めエミリーを託すと、「意識が無い、何かの発作かもしれん」と言った。

警察官が二人がかりでエミリーを抱きかかえ、彼女を救急車に乗せると、待ち構えていた救急隊員が大急ぎで彼女の呼気や眼球の様子を調べた。続いて、彼女の脈を取り「脈が弱いな……」と小さな声で言っているのが聞こえた。

その間にダラス警部はピーターをパトカーに乗せ、運転席に居た警察官に「エリザベス・コール殺害の被疑者だ」と告げた。

運転席の警察官は緊張した面持ちで敬礼をすると、無線機を取って被疑者を連行すると警察署へ報告した。ピーターはパトカーの窓から管理棟の方を振り返り、祈るように何かを呟いたが、吾輩には彼が何を言ったのか聞き取れなかった。

燃え盛る第四倉庫のすぐ近くでは、鉄製の街灯に繋がれた三人組が必死で何かを訴えていた。見ると、三人の中で一番長身であるキースの両腕が、体の後ろで輪を作るように手錠でつながれており、その輪の中にミックとチャーリー、そして街灯の支柱がぎゅうぎゅう詰めに収まっていた。どうやら軍神ダラス警部は、一組の手錠で三人の身柄を拘束するという離れ業に成功したらしい。三人組のすぐ前には、例の墓守をしていた海兵隊みたいな警察官が、うつけたように立ち尽くしていた。

吾輩はダラス警部にアイツはクビにしたほうが良いと助言したが、「何を言ってる？　役に立ってるだろう、ほら」と相手にしてはもらえなかった。

そうこうするうちにエミリーが意識を取り戻し、「ねえ、ナッツ持ってない？」と救急隊員に聞いていた。

救急隊員は、すみませんが、と首を横に振って彼女の腕に点滴を繋ごうとしたが、エミリーはそれを断り「じゃあ、ブドウ糖をちょうだい。一〇グラムでいい」と言った。

彼女の言葉を聞き何かに勘付いた隊員は、医療用のブドウ糖を二袋ほど取り出して、ペットボトルの水と一緒に差し出した。

エミリーは震える手でアルミの袋を剥くと、中に入っていたラムネ菓子みたいな真っ白な塊を一つにつき一分ほどかけてじっくりと噛み締めた。

波が岩を削るみたいにゆっくりと、焦る気持ちを抑えるようにして身体に取り込んでいた。すべての塊がきれいに無くなると、エミリーは別れを惜しむように人差し指と親指を舐めた。彼女の柔らかいピンク色の唇が、白くすらりとした指先を舐める動作を見て、吾輩は思わず唾を飲み込んだ。なんだか見てはいけない姿を見たような気持になったからだ。

エミリーは続いてペットボトルの水をマラソン選手みたいに一気に飲み干すと、深く大きく息を吐き出した。そして、背中が丸く盛り上がるくらいに大きく息を吸い込むと、また、ゆっくりと肺の空気を押し出して「ありがとう、もう大丈夫よ」と言った。

救急隊員はそれを聞くと、彼女の右手を取って脈を確認してから頷いた。

「もう、いいのか?」ダラス警部が訊いた。

「はい、大丈夫です。すみませんでした」エミリーが言った。

ダラス警部は救急隊員に目配せをしたが、彼も同意するのを見て納得した。

「ピーターは逮捕した。それからミック、キース、チャーリーも署まで連行させるつもりだ。一応、任意という形でだがな」ダラス警部が言った。

「今回は良かったが、これ以上無茶をするなら捜査を続けられなくなるぞ」

「はい、理解しています」エミリーが髪をかき上げながら答えた。

「応援を要請しようとしたんですが、色々あってタイミングを逃してしまって……。すみません」

「報告書を出せ」ダラス警部は左手で煙草を出しながら言った。

「もちろんです、すぐに署に戻って――」エミリーはストレッチャーから立ち上がろうと、身を起こした。

だが、すぐにダラス警部が「今夜は帰るんだ」と彼女を制した。

「でも……。今夜やらないと」エミリーが言った。

「いいや、駄目だ」ダラス警部が言った。今度は断定的な口調だった。

「被疑者も無事に確保したし、応援も十分にいる。お前ひとりが居なくても大丈夫だ。それに――、この火事の後始末は隣町の警察と共同処理になる。我々だけが焦っても何も進まない。何よりお前はぶっ倒れたんだぞ。今夜は休め、これは命令だ」

ダラス警部はエミリーの肩に手を置いた。その動作は決して押しつけがましいものではなく、心から彼女を労わっているように見えた。

吾輩も今夜ばかりは警部の肩を持った。彼女の顔は青白く、憔悴しきっているように見えたし、何より事件は殆ど解決したと言っていい。無理に事後処理を急ぐ必要はないと思ったからだ。

エミリーはしばらく黙り込んでいたが、ダラス警部の手に自分の手を重ねると、ゆっくりと首を左右に振って彼の手を振り払った。

「ピーターはエリザベス殺害犯ではありません」徐にエミリーが言った。

吾輩は一瞬聞き間違えたのかと思ったが、そうでは無かった。エミリーは真剣な瞳でダラス警部を見据えていた。

「何故そう言い切れる?」ダラス警部が咥え煙草を口から手に取った。その声は低く、明らかに苛立ちの色味を帯びていた。

「殺人の動機は〈怨恨〉〈痴情〉、または〈金銭〉のいずれかです。戦争や無差別殺人を除いて言うなら、ほとんどの殺人はこれに当てはまる。ロンドン警視庁時代に扱った事件も大抵そうでした。――仕事で上司にいじめられたとか、隣の家の生活音がうるさい、劇場で列に割り込まれたとか、道端で罵られたとか……、ちょっとした事で人は人を殺します。中には食べ物の恨みで肉親を殺害した例も。痴情で言えば、犯人は被害者に特別な感情を抱いていたか、反対に被害者が犯人に、あるいは何れかが相手の近親者に好意を寄せていた場合がほとんどです。もちろん隠された情事もありますが、蓋を開ければ大体こんな感じでしょう。金銭についてては最も単純です。強盗に始まり、借金苦や保険金目的、遺産問題、詐欺、遊ぶ金欲しさの犯行――、これらは誰の身にも起こり得ることです。でも、今回の殺人事件はこのどれにも当てはまらない」

「身体を売っていた少女が殺されたんだ。恨みも買えば、痴情もありえる。ピーターの奴が客として金で揉めていたかもしれない。すべての理由が当てはまる。違うか？」ダラス警部が苛ついた声で言った。

「今回の事件はそんな単純なものではありません」エミリーは彼の言葉を否定し、唇の下を親指の爪で押しながら続けた。

「被害者の死体――失礼、遺体の扱いから考えて金銭目的という線は除外して考えられます。あんな状態では保険金搾取も何もあったものじゃありませんし、強盗殺人なら遺体を晒す理由が無い。撹乱工作にしてもやりすぎです。次に怨恨ですが、彼女を恨んでいた人間が遺体の毛を綺麗に剃ったり、死後の遺体を何日も美しい状態で保存したりするでしょうか？　私にはまるで、犯人が彼女の事を愛していたのではないか、とさえ思えます」

「なら、痴情――、歪んだ愛情というやつだろう」ダラス警部は言った。

「かもしれません……」エミリーは肯定した。しかしすぐに視線を外して自ら否定した。

「でも、それだけでは消えた内臓や、首の後ろにあった火傷痕の説明がつかない。それに、犯人が彼女を愛していたのなら、絶対にあんなふうに衆目に晒したりはしない。愛とは密かに育むものでしょう？　特にそれが歪んだ愛情なら、なおさら……」

吾輩は彼女の口から〈愛〉についての言葉が出たことに驚いたが、彼女の弁はおおよそ的を射ていた。ピーターがエリザベスを殺害しても、彼には金銭的なメリットは何もない。彼に保険金が入る訳でもなく、刹那的に持ち金を奪ったんだとしても、その後の死体処理にかけた手間が多すぎる。怨恨の場合も彼女の言うように、死体の毛を剃り、保存する理由がピーターには見当たらない。愛については言わずもがなで、仮にピーターがエリザベスを愛していたのなら、殺さなくても愛を成就させればいい。逆もまたしかりだ。二人はまだ若く、お互いに未来の有った身なのだから。愛する少女が過ちを犯していたことにショックを受けたピーターが……、などと言う、ちょっとしたボタンの掛け違えがあったとしても……ではなぜ、死体を衆目に晒したのか？　疑問は最初に巻き戻ってしまう。何より二人には接点が無さすぎるのである。

「世の中には例外もあれば、予想外なこともある」ダラス警部が、煙草に火を付けながら言った。その態度は、これ以上聞く耳を持たないという意志の表れだった。

「動機がお前の言う三つに当てはまらないからこそ、奴を尋問して聞き出す必要がある。俺が言っているのはそういう事だ。もう一度言うが、俺たち警察は証拠を見つけ犯行を立証するのが仕事なんだ。推理するのが仕事じゃない。探偵ごっこはそいつに任せて、お前はお前の仕事をしろ」

ダラス警部は顎をしゃくって吾輩を指した。そして、「今夜の仕事は、帰ってゆっくり休むことだ」

と付け足した。

吾輩は〝探偵ごっこ〟と言われムッとしたが、エミリーはそれよりもずっと怒っていた。

「主任警部殿こそ、証拠も無しに犯人を断定している。違いますか？」彼女の白い額に、深い縦皺が現れていた。

「断定はしていない。優先的に捜査すべき被疑者だと言っている」

「優先すべき被疑者は他にいます」

「それは誰なんだ？」ダラス警部は口を横に曲げ、短く紫煙を吐き出した。その表情からは、エミリーの発言が明らかに癇に障ったことがわかった。

「今は……」エミリーは言葉に詰まった。「今は、まだ言えません」

「言えない？」ダラス警部が吸い殻を地面に捨て、足でもみ消しながら言った。

エミリーは下唇を緩く噛んで、何も答えなかった。

「じゃあ、エリザベスの携帯電話はどう説明する？　これは立派な物的証拠だ。奴は被害者の遺留品を持っていたんだ。そして犯行現場にお前を誘い込み、火事の中で鍵をかけて閉じ込めた。お前の命と一緒にすべての証拠を焼き払おうとしたんだ。違うか、なあ？　その人物よりも優先すべき被疑者とは一体どんな奴なんだ？　教えてくれ。言ってみろ、俺の捜査のどこが間違っているって言うんだ⁉」ダラス警部の口調はどんどん感情的になっていった。

「今は……、言えません」エミリーは絞り出すように言った。

「言っても田舎警察にはわからないか？　いや、言いたくもないんだろう」

「そんなつもりは――」

「いいや、お前はそういう人間だ。俺たちを田舎者だって馬鹿にしている。どうせ、殺人事件なんて解決できっこないってな。口では協力すると言っても、本心ではそんなつもりは無いんだ。お前は優秀で、なんでも一人でやって行ける人間だからな。〝辛い〟とか〝難しい〟って言葉の意味すら理解できない人間なんだ！　俺たちのような、誰かに頼って生きてる人間の気持ちなんて、これっぽっちもわからないんだろう！　……だが、忘れるなよ。お前も今や、俺たちと同じ田舎警察の一員なんだ。お前の居場所はここしかない。ここを追われたら、お前には行き場がない、そうだろう？　俺がお前を拾ってやったんだ。お前を失意の淵から引き揚げてやったのは、この俺だ。だから俺の指示に従え。ここのボスは俺だ、お前じゃない。だから、好き勝手にはやらせない！」

ダラス警部は顎を引き、長身をさらに大きく見せるほど肩を大きく膨らませていた。

エミリーは文字どおり言葉を失い、ダラス警部を睨みつけていた。

視線は彼の眉間と胸の辺りを交互に泳ぎ、薄く開いた口は何かを言いたそうに上下に動くだけで、何の音も発していなかった。頬の肉が目に見えるほど痙攣し、時折、ごくりと唾を飲み込んでいるのがわかった。

「今夜は帰れ。これは命令だ。明日、俺が被疑者を尋問する。お前は参加しなくていい、お前はこれまでの報告書を出せ。以上だ」

ダラス警部はそう言うと、返事も聞かずに立ち去ってしまった。

吾輩はエミリーの傍に寄って、彼女の太腿にそっと手を置いた。彼女はその上に手を重ねて強く握ってきた。見上げると彼女の頬は濡れていた。

エミリーは瞳に涙を溜めながらも、歯を食いしばり、嗚咽がこみ上げるのを必死で抑え込んでいた。彼女の喉が縮こまり、肩が小さく盛り上がっては、少し震えて元に戻った。

その姿はすべての感情を含んだ芸術作品のように美しく、触れると壊れてしまいそうな儚さと、同時に生々しいほどの生命力を感じさせた。

「……ねえ、ポコ。今夜は、一緒に居てくれない？」彼女が言った。

彼女の声は鼻にかかっていつもと違って聞こえた。吾輩にはそれが妙に艶めかしく感じられ、泣いている女性というのは、こんなにも美しいものなのか、と感じた。

考えてみれば、吾輩は女性が泣くのを見るのはこれが初めての経験だった。少なくとも、記憶の中ではこれが一番最初だった。

吾輩がもちろんだ、と微笑むと、彼女は顔をくしゃくしゃにして泣き崩れた。

瞳に溜まっていた涙は、せき止められたダムが一気に決壊するようにごうごうと溢れ出し、彼女の喉からは咽び声がこぼれた。彼女は両手で顔を覆い、ストレッチャーの上で膝を三角に折って、背中を丸めた。

救急隊員は何も言わず運転席へ移動すると、処置室のカーテンを閉めて気配を消してくれた。

窓の外ではパトカーのランプが激しく回転し、小さくなって消えて行った。

吾輩は（さて、アルテシアにどう言い訳したものか……）などと、考えながら彼女に軽くもたれ掛っていた。震える彼女の振動と体温が、なぜかとても心地よかった。

こうして吾輩は、その夜、エミリーと一夜を共にすることになったのである。

16

吾輩は猫ではない。吾輩は〈紳士〉である。

エミリーがシャワーを浴びている間、吾輩は三人掛けのソファの上で暖炉の灯りを眺めていた。暖炉と言っても薪(まき)や五徳(ごとく)はただのフェイクで、ガスで炎が灯るという(この田舎町では)あまり見かけないタイプのものだった。

壁に取り付けられたつまみを回すことで、炎の大きさを七段階に調節できるようになっている。リモコン機能も備えているようで、ローテーブルには暖炉に書かれたものと同じメーカー名の入った薄くて平らなリモコンが置かれていた。

吾輩は試しに炎を大きくしたり、小さくしたりしてみたが、別段楽しい事もなかったので、すぐにやめた。部屋は薄暗く、白熱球の灯りだけがぼんやりと壁を照らしていた。

エミリーの家は町のずっと南西――、吾輩の屋敷よりもさらに車で十五分ほど走った郊外にあった。

そこは郊外型の新興住宅地として二〇〇〇年ごろから開発が進められており、庭付きの戸建て住宅(デタッチド・ヴィラ)や、一軒家を中央で左右に区切った二世帯住宅(セミ・デタッチド・ハウス)なんかが軒を連ねていた。

外見こそ粘板岩(スレート)造りで仕上げられているものの、それらの中身は鉄骨と不燃素材とコンクリートで固められた、近代建築そのものであった。

なんでも、ケンブリッジやオックスフォード辺りのエリート層の間では、職場と生活環境を住み分けるのに、こういった郊外型の住宅地を購入する動きが広まりつつあるらしい。

吾輩に言わせれば、わざわざこんな田舎町へ引っ越してまで、新居を構える理由など思いもつかないが、不動産業者いわく、〈森と湖に囲まれた、理想の我が家〉とのことだった。将来的には、郊外型の大型ショッピングモールや鉄道の建設計画もあると言う。

エミリーからしてみれば、この世の狭間にあるような田舎町で唯一選択可能な住居だったに違いない。とは言え、殆どの建物はまだ建築途中か未着手で、都市ガス計画もとん挫している。ここは未だ開拓途中の森と、静かな湖、そして数えるほどの民家があるだけのクソど田舎の一部に変わりはなかった。

「待たせてごめんね、ポコ。寛いでる?」エミリーがバスルームの中から少し声を張って言った。どうやらシャワーを終え、歯を磨いているようで、少し言葉が聞き取りにくかった。

吾輩は落ち着き払った振りをして、まあ、それなりにね、と答えたが、壁一枚を隔てて一糸まとわぬ姿の彼女が居ると想像するだけで、自ずと鼓動が速くなった。

程なくしてバスローブ姿のエミリーがリビングに現れた。彼女は頭にバスタオルを巻き、口には歯ブラシを咥えたままだった。

彼女は「あっつい!」と言いながら吾輩の隣に腰かけ、リモコンを取って暖炉の炎を消してしまった。代わりにスマートフォンを手に取ると、何やら操作して音楽を流した。

吾輩が誰の曲かと尋ねると、エミリーは知らない、と答えて画面をこちらに見せた。

インターネットラジオという表示と、その下にムード〈夜の癒しのミュージック〉と出ていた。

吾輩はふうん、と言ってエミリーを見た。彼女は吾輩の反応など気にもしていない様子で目を閉じて音楽と歯磨きに集中していた。

間接照明の中に浮かび上がる彼女の姿は、とても幻想的だった。

まだ濡れたままの横顔は、剥きたてのフルーツみたいに瑞々しかったし、真っ白な頬は少し紅潮してうっすらとピンクに染まっていた。

水滴が彼女の耳の後ろ辺りを流れ落ちて、バスローブの襟元に吸い込まれて消えた。吾輩はそれが濡れた髪から滴った水なのか、彼女の汗なのか判断が付かず、何故かじっと彼女のうなじを見続けて居た。

エミリーはキッチンへ行き、マグカップでうがいをすると、歯ブラシをその場に置いてバスタオルで髪を拭いた。彼女が首をかしげてバスタオルで髪を包んでいるとき、バスローブの胸元が開いて、彼女の乳房が見えそうになった。吾輩は思わず視線を逸らして、見たくもない本棚の、見たくもない本の背表紙を読んでいる振りをした。

「ワインは飲める?」とエミリーが訊いた。

(白の辛口なら)と吾輩は答えた。

「そう。やっぱり趣味が合う」エミリーはそう言って再び頭にバスタオルを巻いた。

エミリーがワインセラー——と言っても六本のボトルが保管できる小さな箱——を覗き込むと、再び胸元が顕わになった。今度は胸の谷間を流れ落ちる汗までも視認することができた。吾輩は目のやり場に困って、咳ばらいをしてから話題を変えた。

(なぜ、あの倉庫にいたんだ?)吾輩は訊いた。

「午後からずっと、例の携帯電話の行方を追っていたの……」エミリーがワインを注ぎながら、独り言のように答えた。

「そしたらピーターが、二つ折りで古めかしい携帯電話を持っていた。思っていた展開と少し違ったけど、彼をそのまま追うことにしたの。それで、最終的に〈森〉にたどり着いた」

エミリーはそう言ってローテーブルにグラスを二つ置いた。

(どうやって、携帯電話の在処を?)吾輩は訊いた。

「通話記録からよ」エミリーが言った。

「彼女の家の固定電話の通話記録を取り寄せて、その中から母親の証言と一致するものを探したの。コール婦人の言葉通りなら、失踪届の出された日に一度繋がっていて、それ以降は不在着信になっている番号がエリザベスの魔法のガラケーってことでしょう?」

(なるほどね)吾輩は頷いた。(だが、電話番号が分っても携帯電話の在処は見つけられないだろう?)

「まあ、そう思うわよね」エミリーはそう言って、吾輩のグラスと勝手に乾杯をしてからワインを一口飲んだ。

「携帯電話って言うのは、通信会社が取り付けたアンテナを経由して通信を行っているの。だから通信会社ではどの端末が、どのアンテナを経由して通信しているかを把握している。つまり、電話の発着信やメールの送受信を行えば、どの地域でそれが行われたのかを割り出すことが出来るのよ。それで魔法のガラケーが母親の電話を一度だけ着信した場所に賭けたの。もしかしたら〈森〉が見つかるかもしれなかった訳だし、少なくとも捜索の手がかりにはなると思って……。そしたら予想外の場所で携帯電話は着信していた」

(予想外の場所?)吾輩は訊いた。

「町の外れにある工業地区よ」エミリーは言い終えると、わかるでしょう? という顔で吾輩を見た。

(牛乳加工場……?)吾輩は恐る恐る頭に浮かんだ答えを言ってみた。

「そういうこと」エミリーは言いながら立ち上がり、キッチンへ行くと冷蔵庫からチーズとスライスしたトマトを出してその場で口に入れた。

「エリザベスの遺体が発見される十日も前に、彼女の携帯電話は牛乳加工場付近にあったということ。フランシスが言っていた死後十日以上っていうのも、そんなに外れて居なかったのかも……」

(でも、どうやって牛乳加工場が怪しいって絞り込んだんだ?)吾輩は訊いた。

(あそこには茫漠とした空き地もあれば、今は殆ど人の住んでいない工業団地だってある。それに衰退したとはいえ、まだ稼働中の工場もいくつか残っているだろう? 隣町向けのパン工場とか、手製の家具工場、あとは、スパイス加工工場に食肉加工工場もあの辺だ)

エミリーはトマトとチーズを皿に盛りつけながら、「当ててみてよ」と言った。

吾輩は必死で頭をひねってみたが、それらしい答えは一つも思い浮かばなかった。

「カゼインよ」エミリーはそう言って、ローテーブルの上に盛り付けたばかりのチーズとトマトの皿を置いた。

(カゼイン?)吾輩は訊き返した。どこかで聞いたような言葉だが、それがどこだったか、思い出せなかった。

「そう、カ・ゼ・イ・ンよ」エミリーは意味深に言葉を繰り返し、リコッタチーズを人差し指で掬(すく)って吾輩の顔の前に差し出した。

吾輩は思わず彼女の指を舐めようとして口を開けた。しかし、すらりとした白い指は、回れ右して彼女のピンクの唇の中へ消えてしまった。吾輩がふくれっ面で彼女を見ると、エミリーは子供みたいな声で笑った。

(で、カゼインって何なんだ?) 吾輩はムッとして訊いた。

「カゼインはカゼインよ」エミリーはまた笑った。吾輩がいつまでも要領を得ない顔をしていると、彼女は大きく伸びをしてから、漸く説明を付け足した。

「カゼインって言うのは、牛乳のに含まれるタンパク質のことよ、ポコ。冷めたホットミルクなんかの表面に浮いている、あの膜。あれはカゼインが固まって出来たものなの。わかった?」

(……そうだったのか) 吾輩はエミリーの言葉で突然思い出した。

カゼインとはエリザベスの死体遺棄現場に落ちていた、あの白い膜の事だったのだ。

エミリーが墓地の土と一緒に小瓶に入れて持ち帰っていたあの膜である。つまり、彼女は死体遺棄現場に有ったあんな小さな証拠から、乳製品を扱う何者かが事件に関わっていると感じとっていたのである。彼女の鋭い洞察力も、物事を整理する推理力も、そして実際に結果にたどり着いてしまう行動力も、どれもが吾輩の想像を遥かに超えていた。

やはり、エミリー・トンプソンは天才である。

「このチーズにも酪素(カゼイン)は含まれているわよ」エミリーはそう言って、再びリコッタチーズを吾輩の顔の前に差し出した。

彼女の白い指先の上で、白いチーズがゆらゆらと吾輩を誘っていた。吾輩は今度は騙されまいとじっとして居たが、小首をかしげる彼女の瞳を見て思わず口を開けてしまった。すると案の定、彼女の白く長い指(と、リコッタチーズ)は、突然向きを変えた白鳥みたいにそっぽを向いて行ってしまった。

(それにしても、そんなに簡単に電話番号が割り出せるなら、無理にコール夫人から番号を聞き出そうとする必要は無かったんじゃないのか？　そうすれば〈陶器製の人形（ビスクドール）〉だって、焼けてしまわずに済んだかもしれない……）吾輩はふと頭に浮かんだことを口にした。

「エリザベスちゃんには、申し訳ないことをしたわね」エミリーが言った。

「でも、あのやり取りが必要だったの。令状を取り寄せる時間が惜しかったから、あの時、コール婦人の証言を録音していたの。それで、それを通信会社へ聞かせて、強引に通話記録をもらったって訳」

（……まったく君らしい）吾輩は肩をすくめて笑った。

「でも、ピーターが魔法のガラケーを持っていたのは、本当に偶然よ」エミリーがぽつりと言った。

「あたしは携帯電話そのものを探してただけ。それから彼を追って、実際に〈森〉を発見できたのも偶然だった。辿り着ける保証なんてどこにも無かったのに、あたしは勘に頼って突き進んだの。確固たる証拠も根拠も無しにね。あんなの、まともな捜査とは言えないわ……、結果的にぶっ倒れて、閉じ込められて、危うく命まで落とすところだった。しかも、命を救われたあと、恩人に向かって余計なことまで口走って……最悪よね。きっとダラス警部の信頼も失ったわ。このままじゃ捜査から外されるかも。……本当、自分で自分が嫌になる」

　エミリーはそう言って片膝を折ってソファの上に乗せた。彼女の引き締まった太腿が顕わになったが、すぐにバスローブがまた隠してしまった。

　エミリーは膝の上に顎を乗せると、「あ〜あ、髪乾かすのめんどくさいなぁ……」とため息を付いた。吾輩は気まずさをごまかすように、目の前のワインを一口だけ舐めた。辛口の白ワインは、吾輩の期待していたよりも、ずっと辛く、なんとなく悲しげな味がした。

ここへ来てから何時間くらい経っただろうか、吾輩はローテーブルに腰掛けてエミリーを見ていた。エミリーは三人掛けのソファーに横になって寝そべり、解剖学だか外科手術だかの本を読みふけっていた。部屋着に着替えた彼女は眼鏡をかけ、すでに乾ききった髪をかき上げながら目の前の文字群に集中していた。

ローテーブルの上には他にも二、三冊そのような医学書が置かれており、それがエリザベスの事件の資料であることが伺えた。

医学書に混じって何故か〈シャトーブリアン〉という本が一冊置かれていたが、吾輩は普段の彼女を思い出し、こんな時まで彼女の頭の中は食べ物のことでいっぱいなのか、と妙に納得してしまった。図書館で解剖学の資料と一緒に、ついつい高級グルメ本にまで手が伸びてしまう彼女の姿を想像すると、とても可愛らしく親近感が湧いたからだ。

エミリーは相変らずミックスナッツを口に運びながら、驚異的なスピードで本のページを捲っていた。それは速読とかそういう類の物とはまた違った、彼女独自の読書法だった。

吾輩が、そんな読み方で頭に入るのか？　と尋ねると、彼女は「全体的にはね」と言った。

「ある程度で良いのよ、本全体の構成は。大事な部分だけ鮮明に自分の脳に刻み込むことが重要なの。そうね……、例えば旅行に行ったときの思い出とか、友達と遊びに出た時の記憶みたいな感じよ。大まかな全体像と時系列的な感覚が分かっていれば、あとできちんと思い出すことが出来る。あの時、カフェで朝食を取った。確かメニューはチュロスが二本とオレンジジュースを飲んだ。そうそう、カフェのテントは赤色で、店員は白いエプロンにオレンジ色のバンダナを巻いていた……とかね。読書も勉強も、仕事も全部同じよ」

吾輩はなるほど、などとわかった風な返事をしてみたが、実際にはどうすればそれが出来るのかさっぱり理解ができなかった。エリザベスの事件の捜査を進める過程でも、同じように思考を巡らせているということなのだろうか？　とにかく、彼女は人とは頭の作りが違うようだった。

「ねえ、ポコ。暇じゃない？」エミリーが吾輩を気遣って訊いた。

吾輩は微笑んで、（とても寛いでいるし、とても興味深い。最高の時間だ）と答えた。

「なら、良かった」エミリーは読みかけの本を胸の上に伏せて置くと、器用に足を延ばしてローテーブルの上の皿を引き寄せた。そして、足の指でスペイン産ハモンセラーノをつまみ上げると、吾輩の口元にそれを差し出した。

吾輩が戸惑っていると、彼女は足首を左右に振って吾輩を誘った。吾輩のすぐ鼻先で、彼女の尖ったつま先と、ぶら下がった生ハムがゆらゆらと揺れた。

吾輩が上目遣いで小さく口を開けると、エミリーは小さく舌を出して頷いた。吾輩は喉が鳴るのを聞かれまいと、息を吸い込んでみたが無駄だった。ごくりと大きな音が鳴り、観念して彼女の誘惑を受け入れたのであった。

女性の素足から食べ物を受け取るという行為は、なんとも背徳的で、とてもエロティックな経験だった。彼女の陶器みたいにつるりとした足首がゆっくりと吾輩から遠ざかっていった。吾輩は思わず身を乗り出して、彼女の指先を舐めた。それは鳥肌が立つほど冷たく、滑らかな舌触りだった。彼女は声も出さず、吾輩が飽きるまでされるがままになっていた。

下唇を噛んで視線を外した表情が、初々しさと同時にアダムとイブの堕罪を思い出させた。吾輩は夢中で彼女の指を舐め、そのまま足の甲へと舌を這わせた。彼女の頬が赤く染まり、瞳が輝きを増したような気がした。声にならない吐息がこぼれ、彼女の手の指先が吾輩の髪をかき上げるのが分かった。吾輩は何度も繰り返し髪を触られた気がしたが、実際にはそれはほんの一瞬で、一度きりだったらしい。だが吾輩の脳裏には、彼女の切ない表情と吐息、それに石鹸とクリームの甘い香りが、いつまでもずっと焼き付いて消えなかった。

17

（どうして君は、こんな田舎町へ？）ベッドの中で吾輩は訊いた。

「なぜ？」エミリーはシーツを上げ、丸く滑らかな肩を隠しながら言った。

（君みたいな女性が……、その、似つかわしくないだろう？）吾輩は地面と水平になった彼女の顔を見ながら言った。

「あまり楽しい話じゃないわ」エミリーは枕の上で首を横に振った。吾輩が複雑な表情で彼女の碧い瞳を見つめていると、彼女は小さくため息を付いた。

「あたしには何も見えていなかったの」エミリーがポツリと言った。

「今よりずっと浅はかで自分は強いと思っていた。若かっただけじゃなくて、知らなかったの」

彼女は自然と右手で下唇を触り、親指の爪で顎のあたりを押していた。吾輩が何も言わず頷くと、彼女は遠くを見るような目で話し始めた。

「警察学校を出てすぐに、ロンドン警視庁（ザ・メット）の地区警邏（けいら）部に配属された。周りからはありえないくらい特別なことだって言われたわ。初めて市松模様（シリトー・タータン）を付けた時、自分も首都を守る一員になれた気がしてとても誇らしかった。イングランドの中心地、それも首都ロンドンで働くことが小さな頃からの夢だった。だから、とても張り切っていたし、自分自身でも驚くくらい我武者羅だった。

食事の時間も惜しんで働いたわ。検挙率は何カ月もずっとトップを守ったし、もちろん市民との交流にも時間を割いた。迷子になった子供の両親から、お礼にインド式のピロシキをご馳走になったり、パトロールコース中の殆どの店舗で名前を覚えてもらった。非番の日にも、彼らの事が気になって顔を覗かせたことも一度や二度じゃなかった。本当の意味で昼夜を問わず仕事に人生を捧げていたの。

初めの頃は、それでうまくいっていたわ。表彰もされたし、昇任試験にも順調に合格した。たった数年で現場指揮を任されるようになったんだもの。自分でも十分頑張ったって言えると思う。でも、どんどん立場が上になるにつれて、あたしのやり方では上手くいかないことも増えて行った。つまり、あたしと同じように出来る人が、あたしの周りには一人も居なかったの……。それで、知らず知らずのうちに同僚との溝が出来て行った。あたしは彼らを信用せず、なんでも自分で解決するようになり、彼らはあたしから隠れるようにして距離を置くようになった。

そういう状態になってしばらく経ったとき、ちょっとした事件が起きたの。専門刑事部への転属志願が通って、担当事件の結果次第では、もしかすると警部補に推薦してもらえるかもしれないって言う時期だった。二十代の若者、しかも地方出身の跳ね返り娘が警部補の選定候補になるなんて滅多にない事よ。あたしも相当のぼせ上がっていたのは事実。それが良くなかった。

とあるひき逃げ事件が切っ掛けで一般市民と衝突してしまったの。それもかなり激しくね。四歳の少年とその母親が被害者だった。

当時、母親の胎内には二人目の命がいたわ。あたしは仕事帰りにパブで飲んでいた。そしたら目の前の通りで甲高いブレーキ音とクラクション、それと鈍い衝突音が聞こえたの。あたしが飛び出した時には、もう犯人は走り去った後で、道路には三人の被害者と、数人の野次馬たち、それにちょっとした渋滞だけが残されていた。

あたしはすぐに母親と息子の安否を確認した。でも、二人ともすでに息をしていなかった。それで、あたしは悩んだ末、母親を先に蘇生することにしたの。二人分の命が助かる可能性があったからよ。胸骨圧迫と人工呼吸を何度も繰り返したわ。

彼女が息を吹き返すまで。周りでは野次馬たちが固唾を飲んで見守っていた。時間にして二分もかからないうちに母親は息を吹き返した。あたしにとっては永遠に感じられる一二〇秒間だったけれど、とにかく彼女は一命を取り留めたの。それであたしは大急ぎで息子の蘇生に取り掛かった。小さく薄い胸板を壊さないように何度も押したわ。でも、彼は二度と戻ってはこなかった。

母親の蘇生に時間を掛けすぎた、その時、あたしはそう思ったわ。そうこうするうちに母親の意識が覚醒して、彼女がこっちを見た。彼女の最初の言葉は〝息子は大丈夫?〟という問いだった。あたしが首を横に振ると彼女は唇を噛んで噎び泣いたわ。あたしは彼女に近づいて、〝とても残念です。でも、助かった命を大切にしてください〟と言った。助かったもう一人にも聞こえるように、母親のお腹に手を置いてね。

彼女はその手を取って、今度は声を上げて泣き出したわ。あたしは彼女が泣きやむのを待って、電話で応援を呼んだ。念のため自分の識別番号を告げて、救急隊員の手配も依頼した。あくまで念のためよ、電話でもそう言ったわ。その直後、あたしが電話をする姿を見ていた母親が、あたしに向かって言ったの……〝人殺し〟って。

彼女は息子が死んだのは、適切な処置をしなかったあたしのせいだって言ったわ。先に応援を要請すべきだったし、生命力の強い子供から助けるのが筋だろう、って言ったの。あたしは応援は念のためで、きっと誰かがすでに通報しているはず、と言って周りの人たちの顔を見たの。でも、誰も何も答えなかった。彼らは誰一人として、通報もせず救急車の要請すらしていなかったの。まるでテレビの中の出来事を見ているみたいな目で、あたしたちを見ていたわ。

そのうち野次馬の一人が、乾いた声で警察組織を罵ったの。よくある市民の怒りみたいなものよ。無能だとか、税金泥棒だとか、そんな感じだった。いつもなら聞き流してしまうような、その何でもない一言が突然頭に来て、あたしはその男に食って掛かったの。まるで因縁をつける不良少女みたいに、彼の襟元を掴んで太った体を後ろに強く推した。

今ではとても反省している……。でも、あの時は自分を止められなかった。噴き出すアドレナリンが血管の中を駆け巡るのが皮膚の上からでもわかった。男は尻餅をついて道路に倒れ、職権乱用だ、暴力だ、と唾を吐き散らしながら叫んだわ。あたしは母親の方を見たけど、彼女は泣き崩れて我を失っていた。

そして翌日、ネットのゴシップサイトにそれが載ったの。ご丁寧に携帯電話で撮影された動画も一緒にね。それであたしは八週間の自宅謹慎になった。後でわかったことだけど、事故にあった少年は即死で、どのみち助からなかったそうよ。でも、あたしにはそれを弁明する機会も与えられなかった。

しかも、あの晩、すぐ近くの店には何人かの同僚が居たの。そして、彼らはひき逃げ犯を捕まえていた。見事な手際だったと言って表彰されていたわ。でも、あたしの釈明には誰も手を貸してくれなかった。〃互いにやるべきことをやった、君は手順を間違えたんだろう?〃って。

それをきっかけに、色んなところで綻びが大きくなっていったわ。ある日、上司に呼び出されてこう言われたの。〃地域治安維持補助官《PCSO》（警察官の補助を役割とする警察内の職種）が、もうお前には付いていけないと言っている〃って。理由を聞いたけれど、彼らは口をつぐんで、ただ〃付いていけない〃と繰り返すばかりだった。あたしは、どうすれば良くなるか話し合おうとしたし、頭も下げた。

……でも、上司から〃少しは人の気持ちを考えろ、相手はロボットじゃあ無いんだぞ!〃と怒鳴られただけだった。そんなことわかってる。当たり前じゃない、あたしも人間なんだから。あたしも……、ロボットなんかじゃないわ。あたしにだって心はあるもの。

そのうち、色んな場面で上司の許可が降りなくなって、地域治安維持補助官《PCSO》だけじゃなく、警察士官候補生《Police Cadets》や同僚の警察官まで、あたしをおかしな目で見るようになって行った。

そんな時――、あたしの身体に異変が起きたの。気が付くと、今夜みたいに意識を失って倒れていた。初めは地下鉄《アンダー・グラウンド》のホームだった。それ以来、何かの拍子に原因不明の発作が起こるようになったの。動悸、めまい、下半身の脱力……やがてそれが全身に広がって、まるで血管の中に鉛が流れているみたいなダルさが全身に広がっていく。そうするうちに耐えられない眠気に襲われて、立っていられなくなる。

昼も夜も関係なく、二十四時間いつ来るともわからない発作に悩まされたわ。すぐに病院で検査を受けたけれど、どの数値も正常で、あたしの病気を説明できる医者はいなかった。それで、心療内科へ通うように命令が出たの。でも、あたしは断固拒否したわ。あたしの心は大丈夫だって。だって、ものすごく野心や、やる気もあるし、正義感だって誰にも負けなかった。何もなければ一日中正常な日だってあるのに……。ただ、何かの拍子に肉体的な発作で立って居られなくなるだけ。あたしは絶対に精神じゃなくて、肉体に問題があるはずだって主張していたの。でも、誰もまともに聞いてくれなかった。同僚も上司も、署長ですら面倒な問題を持ち込む奴だって目であたしを見ていたわ。

ある日、通院を終えて署に戻ったとき、ものすごい違和感を感じた。悪寒にも似た違和感だったわ。それまでは、まるで我が家のように感じていたオフィスが、突然、居心地の悪い刑務所の中のように感じられたの。毎日当たり前のように通っていたはずの場所が、机の上を飾り、小さな自分の空間を演出していたはずのあたしの空間が、まるで場違いなものに見えた。

通院前とは明らかに違っていたわ。徐々にじゃなく、スイッチが切れるみたいに、パチリと一瞬で変わっていた。周りのみんなが全員で結託しているように見えたわ。私一人が味方の居ない、孤立無援の状態だって思えた。皆、こちらを見ているようで、決して目を合わせようとはしなかった。駅の看板や風景でも見るみたいに、何も感じず、まるであたしがソコに居ないみたいな顔をしていた。

……少なくとも、あたしにはそう見えた。そのすぐ後、署長から呼び出されて無期限の管理休暇を言い渡されたの」エミリーは姿勢を変えて天井を見た。

(主張はしなかったのかい?)吾輩は訊いた。

「もちろん、したわ。許される範囲でね」エミリーはため息を付くと、頭の上で両腕を組んだ。

「でも――、〝議論はいい。どのみちお前を論破したり、従わせることのできる奴などいないんだ。お前は優秀かもしれないが、人としては欠陥品だ〟って言われたわ。そんな事ない。あたしは医者の言いつけをよく守り、両親を尊敬していて、神の前ではちゃんと跪く。仕事にも忠実よ。なのに、皆の方こそ、あたしを何だと思っているの？ 出来ることなら、この胸を引き裂いてどんな気持ちか心の中を見せてやりたかった……」

彼女の瞳が心なしか潤んだように見えた。

（……それで、クリスやダラス警部の言葉にあんな風に取り乱したのか）

「所長室を出た時のみんなの目、今でも忘れられない。あれは、憐みでも嘲笑でもなく、〈安堵〉の表情だった。皆、あたしが居なくなることにホッとして、肩の荷が下りたような顔をしていたの。あたしは、自分が情けなくて、まるで迷子になった子供みたいに辺りを見回したわ。どこかに味方は居ないのかって。でも、そんなこと無駄だった。あたしはすでに彼らのお荷物で、そこに居るだけで邪魔な存在だったのよ」エミリーは、再びこちらに体を向けて、悲しそうに微笑んだ。

「結局、〈血糖調節異常〉が発作の原因だってわかったのは管理休暇に入って半年後の事だった。あたしの主張通り、精神的な問題じゃなく、本当に肉体の不調だったことが証明されたの。でも、時すでに遅し、ロンドン警視庁（ザ・メット）にはあたしが帰る場所はもう無くなっていた。復職を希望したけれど、健康管理面での条件が厳しすぎて、復帰許可も下りなかったわ……」

（それで、この町へ）吾輩は言った。

「そうよ。警察学校時代の伝手で、この町の警察のことやダラス主任警部のことを紹介してもらったの。それで彼らの計らいで、転勤を条件に復職させてもらえることになった」

エミリーはシーツの中で肩をすくめた。話疲れたのか、彼女は大きな欠伸をした。

吾輩は彼女に近づき、目を閉じて彼女の胸に頭を置いた。しばらくして彼女の顎が吾輩の額に乗せられるのを感じた。

彼女が常にナッツ袋を持ち歩き、甘いものや糖質類から目を背けるように暮らしていたのは血糖値を安定させるためだったのだ。

（悪いのは君じゃなく、ひき逃げの犯人だ）吾輩は言った。

彼女は何も答えなかった。ただ、小さな寝息が吾輩の頭の上で聞こえていた。

吾輩も目を閉じて、ただこの時間を共有している幸福を噛み締めた。

18

翌朝——、吾輩が目覚めた時には、彼女はもう寝室にはいなかった。

吾輩は一瞬、すべて夢だったのだろうか？　と自分自身を疑ったが、丸く凹んだ枕のしわが、昨夜のことは現実だと物語っていた。

人の気配を頼りにリビングへ向かうと、エミリーはキッチンに居た。

彼女はアイランド型キッチンの調理台の上にラップトップを置いて、スツールに腰かけながらそれを操作していた。ラップトップの隣には、ガラス製のポットに入ったミックスナッツと、食べかけのオムレツ、トマト、ソーセージが見えた。大皿に入れられた朝食たちは、どれも一口か二口かだけ手が付けられていた。

「おはよう、眠れた？」エミリーが視線をラップトップに向けたまま言った。

（ああ、ぐっすりと）吾輩は答えた。

「用意するわ。寛いでいてね」エミリーはそう言うと、マグカップのコーヒーを一口飲んで立ち上がり、コンロに火を入れた。すでに用意されていたミルクパンの中では、温められた牛乳がゆっくりと目を覚まそうとしていた。

吾輩は調理台の上に登って腰かけ、エミリーのラップトップを覗いてみた。

青白く光るモニターの中では、驚くことに昨夜までの報告書がすでに書きあがっていた。しかも、吾輩が彼女から聞いた話に加えて、スマートフォンで撮影した写真や、インターネットから拝借した地図なども添付されており、一読するだけで、十分に筆者の言わんとすることが理解できた。

どう考えても半日は掛かるであろうこの報告書を、彼女は今朝、仕上げてしまったというのだろうか。まったく、いやはや……、昨夜の話を聞いた後でも、吾輩には〝彼女はすごい〟としか言いようがなかった。どうして彼女の元同僚たちには、これがまっすぐに伝わらなかったのだろう。彼らの目は節穴だったとしか言いようがない。

そうこうするうちに、エミリーが温かいシナモン・ハニー・ミルクを淹れ、吾輩の隣に座った。我々はお互いに言葉を発さず、調理台の上で肩を並べて、差し込む朝日が揺れるのを見ていた。

「ダラス警部から、今日は療養していろって言われた」しばらくして、エミリーが言った。

「あたしは大丈夫だって食い下がったんだけど、〝昨日、倒れたばかりの奴を出勤なんてさせたら、上司として処分されちまう!〟だ、そうよ」

（一日くらいは、いいだろう？）吾輩は言った。

「駄目よ、時間が無い」エミリーはコーヒーを一口啜った。

「何度も言うけど、ピーターはエリザベス殺害の実行犯じゃない。……彼女を殺害した真犯人は他にいるのよ。昨日も言ったけど、彼には動機が無いもの。それに、昨日、エリザベスの検視報告を聞いて確信が持てたのは、犯人が手に怪我をしているってこと。それもかなり目立つ怪我よ」

（怪我？　それならピーターの腕にあっただろう）吾輩は訊いた。

「彼の傷は違うわ。あなたが付けたんでしょう？」

（そうだ）吾輩は大きく頷いた。一昨日の夜、セント・チャールズ教会の墓地でエリザベスの死体に手を伸ばしていた謎の影——ピーター・パイクを、この吾輩が撃退したのだ。そして、その傷は昨夜の倉庫でピーターの左手首にしっかりと刻まれていた。

「あたしが探しているのは、それとは別の怪我よ。言ったでしょう？　検視報告を聞いて確信したのよ」エミリーは、コーヒーを一口啜り、それ以上は説明してくれなかった。ただ、微笑んで「あなたが付けた小さな傷を、裁判で証拠にしろっていうの？」と言った。

吾輩は多少不満だったが、納得するしかなかった。

（で、犯人の目星はついているのかい？）吾輩は訊いた。

「そうね……」エミリーは勿体付けるように間を置いてから、「八割か、そこらはね」と言った。

（かなりの自信だ）吾輩はわざとらしく驚いて見せた。

「もしかすると、九割かも」彼女は自信を上乗せした。

（じゃあ、どうするんだ？）吾輩はまた訊いた。

「そこが、問題よね」エミリーは小さくため息を付くと、ガラス製のポットからミックスナッツをつまんで口に運んだ。

ポリポリポリ……、モスモス……。

彼女がナッツをかみ砕く音がすぐ近くで聞こえた。ほのかなナッツの香りが、彼女の吐く息に乗って吾輩の鼻まで届いた。エミリーはしばらくナッツを味わったあと、ラップトップを取り、膝の上に乗せた。それからビデオチャットのソフトを立ち上げると、連絡先リストを〈F〉の欄まで送り、ある人物の名前をダブルクリックした。

呼出音の代わりに電子的な短いメロディが鳴り、一回目のメロディが鳴り終わる前にチャットは繋がった。

「……なに？　違う、違う、マーマイトをコーヒーなんかに入れるんじゃない！　あれはパンに塗るものだ。……何だって？　スターバックスで似たようなものを見た？　違うよ、あれはキャラメルシロップだ。断じてマーマイトなんかじゃあない！　まったく君ってやつは、見たものは何でもすぐに真似したがるんだな。いいか、アルフレッド……」ビデオチャットのウィンドウの中で、フランシスは相変らず、左手の人差し指と中指を二本立て、それを蟀谷の辺りに当てていた。

「キャラメルよりも、チョコシロップの方が似ているわ」エミリーが言った。

「やあ、エミリー。それと、ポコ。驚いたな、君たちそういう関係だったのか。なるほど、お似合いだ」

フランシスは全く驚く様子もなく言った。

真っ白な歯を見せて一瞬だけ微笑んだような気がしたが、それも気のせいだったに違いない。彼は、まだ早朝だと言うのに、すでに髪型を整え、出勤用のスーツに身を包んでいた。

「それで――、こんな朝から呼び出したのは、例の画像解析についてだね？」彼は無意識にネクタイを整えると、すぐに話を本題へ移した。

「湖畔に佇む見返り美人だが、ロンドンに戻ってすぐに画像解析班に回しておいたよ。元の画像が粗すぎると相当文句を言われたがね。彼らもプロだ、なんとかやってくれた」

フランシスはそう言うと、自分のデスクトップの一部を共有して、こちらのモニターに映した。

吾輩は、何をどうしたらこんな事が出来るのかさっぱりわからなかったが、エミリーもフランシスもまるで休み時間にノートを見せ合う学生みたいに、ごく自然体で共有画面を見ていた。つまり、時代は進んでいるという事である。

共有されたウィンドウには、エリザベスの首元の入れ墨（タトゥー）が大きく引き伸ばされた画像が映し出されていた。

「十字架だったのね……」エミリーが言った。昨日スマートフォンで見た時には、ハッキリと見えなかったが、それは細かな模様の彫られた十字架だった。

「ああ、単純な文様で助かったよ」フランシスが言った。

「それで君の言う通り、この十字架の装飾に紛れるように、文字が隠されていた。それも巧妙な形でね。もしかすると、後から装飾を重ね描きして文字を消そうとしたのかもしれない。若気の至りってやつさ、良くあるだろう？　元カレの名前なんかを上から塗りつぶした下手くそな入れ墨（タトゥー）がさ……」

「隠されていたのは、なんていう文字？」エミリーが訊いた。

「なんてことはない、左から〈C〉、〈H〉、〈R〉、〈ISTIAN〉——、〈キリスト教徒（CHRISTIAN）〉、つまり神の信徒であるという証だ」

「間違いない？」

「ああ、一〇〇パーセントの確率でアルファベットで〈キリスト教徒（CHRISTIAN）〉だ」

フランシスはそう言うと、何かをパソコンで操作した。すると、画像にフィルタがかかって十字架の横棒に沿う形で〈C〉から〈N〉までの文字が、うっすらと浮かび上がって見えた。

「それにしても独特の文字ね……」エミリーが言った。

「これぞ入れ墨って感じだ」

「なんだか、まだしっくり来ないわ」

「何故だい？」

「十字架に装飾を描き足す前の文字が〈キリスト教徒〉だとしたら、わざわざ塗りつぶしてまで隠す必要なんて無いじゃない。結局同じなんだもの。それに、文字列の中心が微妙にずれているのも気になる……。ほら、普通は九文字なら五文字目を中心にデザインするでしょう？　でも、この入れ墨は3文字目が中心に来ているわ」

「流石に気にしすぎじゃないのかい？」フランシスが口元だけ作り笑顔で言った。

「世の中には不完全なデザインを好む人間もいれば、腕の悪い彫り師だっているだろう？　ネットを見ればわかる。アルファベットを習いたての小学生が書いたようなデザインのものもあれば、皮膚の膨張に合わせて不格好に横伸びしたマリリン・モンローの入れ墨だってあるんだ。中心が少しずれているくらい、大きな問題だとは思えないがね」

「確かに、だからこそ修正したのかもしれないわね」

「ああ、そう考えるほうが合理的だ」

「ねえ、修正前の入れ墨と、修正後の文様は分離できそう？」エミリーが訊いた。

「もう一度言うが、元の画像が粗すぎる」フランシスが言った。

「それで？　出来るの、出来ないの？」

エミリーは唇を舐め、フランシスを試すような目で見た。彼女の欲しい答えは決まっている。

「出来るよ。だが、少し時間が欲しい」フランシスの眼鏡が光り、彼は期待通りの回答をした。

「そうだな、今日の夕方までには何とかしよう。約束するよ」

彼の言葉を聞いて、エミリーは満足したように吾輩の顔を見た。

「あたしは、夕方までに調べることがある。ポコはどうする?」エミリーが訊いた。

(一度、屋敷に帰りたい)吾輩は答えた。

(ちょうど着替えたいと思っていたところだ。それに、家の者が心配しているだろうからね。特にアルテシアは気が気では無いだろうな。彼女、心配性なんだ)吾輩は肩をすくめた。

「わかった。じゃあ、出掛けに送っていくわ」エミリーが言った。

(ありがとう、助かる。……だが、療養はいいのかい?)吾輩は訊き返した。

「もう、十分休んだわ」エミリーはキッパリと答え、眼鏡を外した。

吾輩はそういう意味で言ったんじゃない、と言いったが、彼女の決意が揺らぐことはなかった。

「では、お二方——、これで今朝の会議は終了だ。僕は失礼させてもらうよ。こう見えても忙しい身なのでね」フランシスはそう言うと、ラップトップを操作して、ビデオチャットを閉じようとした。

だが、少し思いとどまって、「それにしても、よくあんな荒い画像で、文字だと認識できたね、流石だよ。さすがはエミリー・トンプソンだ。君ならきっと事件を解決できるに違いない」と付け足した。

「ありがとう」エミリーが答えた。吾輩は再び二人の間に流れる空気感に戸惑い、とりあえず作り笑顔でその場を凌いでいた。

「違うよ、彼女とは寝ていない!」突然フランシスが大きな声を出した。見ると、左手の指を二本、蟀谷に当てている。「僕の見解では『ノー!』だ。断じてエミリー・トンプソンとは寝ていないんだ。

アレは一回には数えない。……そうだ、あれは単なるスキンシップで、寝たことにはならない。頬にキスとか挨拶の握手と同じだよ。……なんだって？　では、君は入院患者が排尿のために看護師にペニスを握らせたら、それはもう寝たも同然だと言うのか？　そうだ、そういう事だよ。だから彼女との手コキは――ザッ」

彼がすべてを言い終える前に、エミリーはビデオチャットを強制終了した。

パソコンのモニターでは、口を半開きにしたフランシスの顔が固まっていた。

（彼と……その、……手で？）吾輩は我慢できず、恐る恐る聞いてみた。

エミリーは髪をかき上げて、何も聞こえない振りをしていた。

19

一度屋敷へ帰り、身だしなみを整えた吾輩は、いつものように図書館へ向かうことにした。屋敷を出るとき、父上と執事のバートラムが裏庭にいるのを見かけた。二人は屋根裏部屋を見上げ、何やら忙しそうな様子だった。そういえばアルテシアが今朝、父上が犬に手を噛まれたとか何とか言っていたが、それと関係があるのだろうか。確かにこのとき、父上は右手にだけ厚手の手袋を嵌めていた。

それにしても、主人の手を噛んだ駄犬を探すのなら、屋根裏ではなく床下のほうがまだ見込みがある。父上ともあろうお方がそんなことにも気が付かないとは驚きである。

図書館にはいつものようにジーニーが居た。吾輩を見つけると駆け寄ってきたので、我々はお互いに小さく敬礼をして挨拶をした。

彼女の左手には、相変わらず痛々しい包帯が巻かれていた。

彼女は悪戯っ子のような顔をして、左手を吾輩の鼻の前に突き出したが、吾輩は絶対に匂うまいと必死で顔を背けた。あの強烈な刺激臭はもう二度とごめんだったからだ。

ジーニーはそんな吾輩の様子をみてクスクスと笑った。珍しく騒音を気にしていたのか、口を押えて肩を揺らすような笑い方だった。

「ねえ、ポコ」ひとしきり笑い終えるとジーニーは言った。「昨夜はトンプソン巡査部長と一緒だったんでしょう?」

(なんだって?)吾輩はおどろいて訊き返した。

「隠してもダメだよ。もう噂は広まってるんだから」ジーニーはそう言って唇を舐めた。

(いつ? 誰から聞いた?)吾輩は慌てて訊き返した。

「さあねぇ」ジーニーは白々しく白目を剥くと、口を押えて笑った。

何ということだ、まったく。こんな小さなゴシップまで一瞬にして広まってしまうとは、流石は欠伸の出るほど退屈な田舎町である。

「ミドルトン夫人だよ」ジーニーは言った。

「直接話したわけじゃないけど、商店街を通った時に、薬局の前で井戸端会議をしている夫人たちと出くわしたんだ。それで、キミの名前が聞こえたから、こっそり聞き耳を立ててみたのさ。なんでも、今朝、トンプソン巡査部長の車でキミが屋敷に送ってもらうのを見たらしい。巡査部長は私服だったし、キミは昨日と同じ格好だったたって言ってたよ」

なるほど、そういう事か。ミドルトン夫人に見られていたのなら、仕方がない。彼女は別名〈拡声器〉なのだから。吾輩は、眉毛を八の字にして大きくため息を付いた。今頃エミリーも、町のあちこちでこの話題に悩まされているに違いない。

(彼女とは、何もなかった)吾輩は、出来るだけ落ち着いた声で言った。

おそらく必要以上にニヒルな顔をしていたに違いない。エミリーの素足に舌を這わせ、彼女の心の内を聞いたことを悟られまいと必死だったたからだ。

「人は見かけによらないね」ジーニーが言った。

(だから、吾輩は――)吾輩は弁明しようとした。

「ポコじゃないよ。キミは、まあ、想像通りだった。そーゆーこと、やりそう。ボクが言っているのはトンプソン巡査部長のことだよ。あんなに強そうで、自立した女性は珍しいと思うんだ。その彼女がキミを誘ってまで一人で過ごしたくない夜って、一体どんなだったんだろう。彼女に何があったの? ボクにはそういう気持ち、まだわからないや。沢山の本を読んでみても、そういう部分って詳しく書いていない。っていうか、経験したり、本気でその人の気持ちに共感できないと、そういう物って表現できないのかも……。人って難しい。それを書くのは、もっと難しい。それが今のボクの悩みだよ。若輩者の悩み」

ジーニーは唇を尖らせて、その上に水平にした鉛筆を当てた。

「ところで、エリザベスの事件だけど、犯人が捕まったって本当?」ジーニーは突然、思い出したように言った。

（まだ、被疑者の一人だがね）吾輩は答えた。

「噂じゃ、あの牛乳配達員（ミルクマン）の男の子だって聞いたけど……」

（噂は、噂だよ）吾輩はため息を付いた。

「まあ、そうだけどさ。町ではもう、犯人が捕まったって噂になってる。でも、ボクには信じられないな……」

（どういう事だい？）吾輩は訊いた。

「あまりよくは知らないけど、彼、そういうタイプには見えなかった」ジーニーは言った。

「前にね、教会の墓地にあるベンチで本を読んでた時、彼を見かけたことがあるんだ。その時、あの子は死んだ子犬を抱いていたんだよ。半べそで。ぐったりした子犬を抱いて、彼は教会にやってきたんだ。子犬はおそらく、交通事故か何かで死んでいたのを彼が見つけて拾ってきた様子だった。血まみれの子犬をまるで母犬がやさしく温めてやるみたいに大事そうに抱えていたんだ。それで、子犬を楡の木——あの木の根元に埋めると、ずっと膝をついて祈ってた。どれくらいの時間だっただろう、——ボクが本を読むのをやめて帰るまで、それまで彼はずっと祈っていたよ。その時の彼は、ボクにはとても純粋で、信仰深い人に見えたけど……」

（ピーターは死んだ子犬を優しく弔うことの出来る人間だったのか）吾輩はポツリと呟いた。

だがそれが、彼が犯人ではないという証明にならないことは二人ともわかっていた。

人の性根はそうそう変わるものでは無い。だが、また反対に、人は見かけによらないとも言えるからだ。吾輩はジーニーの話を聞いて、結局、何が真実なのかわからなくなった。

「ポコも、まだ事件は終わってないっておもう?」ジーニーがまた口を開いた。

吾輩は無言で頷いた。そして噛み締めるように、(事件は、まだ、終わっていない)と答えた。

吾輩の中で、もやもやしていた意識の霧はコーヒーに溶け出すミルクのマーブル模様みたいに、ゆっくりと、だが、確実にひとつの色味に落ち着こうとしていた。昨夜、エミリーの話を聞いた時点で、すでに答えは出ていたのかもしれない。

「あのね……、実は、聞いてほしい考えがあるんだけど……」吾輩がジーニーを見ると、先ほどまでとは様子が違っていた。

(どうしたんだ?)吾輩が訊いた。

「今、僕が考えている推理……、エリザベスの事件の推理ね。ふとした思いつきだから、あんまり真に受けないで欲しいんだけど……、これを話したら、もしかするとポコは嫌な気分になるかもしれない。でも、思いついちゃったんだ」

ジーニーは突然吾輩から、視線を逸らした。

珍しく決まりが悪い面持ちで、口をモゴモゴと動かしている。彼女のこんな表情は初めてだった。

吾輩は少し考えたあと、(聞かせてくれないか? 怒らないから)と言った。

「エリザベスのお母さんの一八年前の事件については知ってる?」ジーニーは言った。

それを聞き、吾輩は彼女の言いたいことを察した。

(……昨日、ダラス警部から聞かされた)吾輩は、ため息交じりに答えた。

「じゃあ、あの事件がどうして〈魔女狩り〉って呼ばれているかはわかる?」

(いや、そこまでは知らない)吾輩は答えた。

「エリザベスのお母さんは、赤ん坊の父親の名前を決して明かそうとしなかった。どんなにひどい仕打ちを受けても、強引に聞き出そうとしてもね」

吾輩は頷いた。

「それで、ある時、どこかの誰かが図書館で見つけた古い文献を引き合いに出して、彼女のことを〈魔女〉って呼び始めた。マリアは、一人で赤ん坊を授かったんじゃないかって。それが町中に広まって、ちょっとしたスキャンダルが一気に町全体を飲み込む大騒動に発展したらしいんだ」

（まさか、その文献って……）

「そう。これだよ。」ジーニーは、一昨日見つけたという例の文献をテーブルの上に置いた。

「この文献とエリザベスの一家は、本当に繋がっていたんだ。ボクの推理もあながちはずれとは言えなかったでしょう？」ジーニーは言った。

吾輩はゴクリと喉を鳴らした。

（だが、それとエリザベスの殺害がどう関係するんだ？）吾輩は訊いた。

「エリザベスは〈魔女〉では無く、消えた赤ん坊の方だったんだ」ジーニーは小さく唇をなめた。

「重要なのは、彼女は――コール夫人は、御腹の子供の父親の名前を明かさなかったってところだよ。だから彼女は〈魔女〉の疑いを掛けられて町を出ていく羽目になった。でもさ、良家に嫁ぐのなら、どうして誰にも名前を言えなかったんだろう？　おめでたいことなんだからさ、数人くらいは知っていても良いと思わない？　コール夫人の家族も一切明かさなかったって言うのが、ボクには納得できなかったんだ。だから、ボクはこう考えてみたんだ。コール夫人は、実は良縁に恵まれてなんていなかったんじゃないかって」

(つまり?)吾輩は訊いた。

「彼女はおそらく、身籠ってはいけない赤ん坊を授かったんだと思う。エリザベスをね。だけど事情があって、彼女は、その人物とは一緒になれなかった。もしかすると、所謂、不貞の子だったのかもしれない。それで彼からは、〈中絶〉を勧められた。でも、彼女は敬虔なカトリック信者だった。だから、コール夫人はこれを拒否したと思うんだ。それで、示談——つまりお金で解決することになった。秘密を守るため、コール夫人を妊娠させた人物が口止め料を支払って、彼女を町から追い出すことにしたんだよ。彼女の一家も宗教上の理由からそれが一番だと判断した。お腹の子供と、信仰心の両方を守るには、それしか道が無いってね。

もしかすると、その場でも〈魔女狩り将軍〉の話が引用されたかもしれない。時代が一七世紀なら、本当に魔女狩りで殺されているぞ。とかなんとか……まあ、それはボクの想像だけど。——それで一家は家財道具をすべて売り払ってこの地を後にしたんだ。二度と戻らない覚悟でね。お腹の赤ん坊ごと存在を消すことで、疑似的に魔女狩りを成立させたってわけ。これが、一八年前の事件の真相だとボクは思うんだ」

ジーニーはテーブルの上で水平に両腕を組むと、体重を掛けるようにして机にもたれ掛った。

(よくできた話だが、憶測だろう?)吾輩は眉根を寄せ、やや斜に構えて彼女を見た。

「そう、憶測だよ。でも、根拠はある」ジーニーは言った。

「コール夫人の旧姓はバギンズ。当時は父方の姓を名乗っていた。そして、結婚して町を出たとされている彼女が今、名乗っているのは、コール——、調べてみると、この名前は結婚相手のものなんかじゃなかったんだ。コールというのは、彼女の母方の姓。つまり、彼女は父方の姓から、母方の姓に変えて町に戻ってきただけだったんだ。おかしいと思わない？　彼女は敬虔なカトリック信者なんだから、離婚して名前が戻った訳じゃない。仮に、特別に〈婚姻の無効〉が認められて、結婚前の状態に戻ったとしたら、コールじゃなくバギンズと名乗るはずでしょう？　でも、彼女はマリア・バギンズから、マリア・コールに名前を変えて町に戻ってきたんだよ」

ジーニーの瞳の奥がキラリと光った。

吾輩はこの話を聞いて、エミリーがコール夫人のことを〈婦人〉と呼んでいたことを思い出した。もしかすると彼女もすでに、この事実に気づいていたのかもしれない。いや、エミリー・トンプソンのことだ。確実に意図的だったに違いない。

（つまり、なにが言いたいんだ？）吾輩は、なぜだか嫌な予感がして結論を急いだ。

「焦らないで聞いて。ここからが、特に重要だから」ジーニーが言った。

「……バギンズ一家が町を出て、それですべてお終い、一件落着のはずだった。しかし、なぜか彼女は、消えたはずの赤ん坊を連れて町に戻ってきた。身寄りを亡くして困り果てたのかもしれないし、別の目的があったのかもしれない。でも、とにかく彼女はこの町に戻ってきてしまったんだ。その結果、エリザベスは殺害され、町のシンボルである楡の木に磔にされた。

それでボクは、犯人は一八年前の妊娠騒動を知っている誰かなんじゃないかと睨んでいるんだ。考えられる犯行理由は三つ——。一つ目は、エリザベスの本当の父親か、その関係者が約束を破ったマリア・バギンズに報復をした——。

二つ目は、騒動を知る第三者がエリザベスの本当の父親に対して、〝秘密を知っているぞ〟というメッセージを送った。ゆすり目的か何かでね——。

三つ目はエリザベスの父親の恋人、あるいは伴侶と呼ばれる人物が、マリアに警告を送った。〝彼は私のものよ、もう一度、この町から出ていきなさい〟って感じで。

これが、ボクの新しい推理だよ。……どう、この間よりは、しっくりこない?」

吾輩はジーニーの話を聞き、何となく持っていた違和感が取り払われたような気がした。

ちょうど痒い所に手が届いたという感じである。エミリーが言っていた〈怨恨〉〈金銭〉〈痴情〉という殺人の動機とも彼女の推理は当てはまっていたからだ。

だが、同時に新たな疑問も生まれた。マリア・バギンズが学生時代に身篭ったのはいったい誰の子供だったのか? と言うことである。

つまりエリザベスの本当の父親は誰なのか? 吾輩は口髭を触りながら、背中を丸めて無意識に周囲を見回していた。

「エリザベスの本当の父親、つまりマリア・バギンズを妊娠させたのは誰なのか? キミもそれを考えているんでしょう」ジーニーが言った。

吾輩が頷くと、ジーニーは再び、「この先を聞くと、本当に嫌な気分になるかもしれない」と言った。

(どういう意味だい?)吾輩は訊いた。

だが、彼女は下唇を噛んで答えなかった。

しばらくして、ジーニーが「本当に聞きたい?」と言った。

吾輩が、そこまで言って話さないのはフェアじゃない、と言うと、彼女はしぶしぶ起き上がり、姿勢を正した。

「でも、ここからは本当に単なる憶測だから、話半分で聞いてね。完全に僕の創作だと思ってくれてもいいよ、ね」彼女は慎重に慎重を重ねていた。

「……えっと、ボクの推理では、エリザベスの父親はこの町の人間で間違いないと思うんだ。何故なら、エリザベスを身籠った当時、マリア・バギンズは田舎町に住む普通の女学生だった。その点から考えても、彼女を妊娠させた可能性が高いのは、この狭いコミュニティの中の誰かだと思う。それで、一七〜一八年前に性交渉があったわけだから、同じ学校の生徒を最年少の候補だと考えても、今現在は三十四歳以上の男性だってことになる」

（かなりの人数になる）吾輩は言った。

「あとは当時、女学生だったマリア・バギンズが性交渉の相手として、どこまで年の差を許容したかなんだけど、仮に十五歳を上限と考えたら、容疑者の年齢層は、現在三十四歳から、五十歳の範囲に限定できると思うんだ」ジーニーは言った。

（それでも、両手じゃ足りない……）吾輩は渋って見せた。

「でも、バギンズ一家を、町から追い出すことができるほど影響力があった人物は、それほど多くない。そう考えれば、相当絞り込めると思わない？　つまり、お金持ちか、その家族。例えば医者、弁護士、銀行家、芸能人、スポーツ選手みたいな人たち——、あるいは政治的に影響力の強い人たちという可能性もある。例えば、一部の宗教家とか政治家、あとはマフィアとかストリードギャングとか……？」ジーニーが言った。

吾輩は黙って彼女の推理を聞いていた。

「それでね……」ジーニーは一度、言葉を飲み込み、深呼吸をした。

「それで、ふと思ったんだけど、この両方を兼ね備えた人物って、どんなだろうって……。資金力と政治力の両方を持ち合わせているような人だよ……」彼女は眉根を寄せ、上目遣いで吾輩を見た。

吾輩は、小首をかしげ片眉を吊り上げた。彼女はそれを見て、観念したようにポツリと言った。

「ボクのたどり着いた結論は、エリザベスの父親は〈資産家〉だったんじゃないかってこと。たとえば貴族や郷紳なんかの……」

（ジェ……郷紳だって⁉）

吾輩は白目を剝きかけるのを踏みとどまり、必死で意識を呼び戻した。

ジーニーは気まずそうに、視線を逸らした。

「あくまでも、可能性の一つだよ」ジーニーは肩をすくめ、小声になった。

「ただ、これまでの経緯と重ね合わせると、エリザベスの父親が〈資産家〉だったなら一番しっくり来るってだけさ。父親が町に留まって、コール夫人が出ていく羽目になったのも納得できる。それにボクは、キミが話を聞いて嫌な気分になるかもしれないと言ったけど、ウィリアム卿が関係しているとは一言も言っていないよ。ボクもそんな訳ないと思っている。絶対にあり得ないって。ねえ、聞いてる？」

彼女は必死で言い訳をした。だが、吾輩の耳にはそれらは届いていなかった。文字通り右耳から入った言葉は、何も無かったように左の耳から抜け出て消えていたのである。

思いもよらない角度で振り下された大鉈は、見事に吾輩の脳天に突き刺さり、まるで竹を割るみたいに吾輩の心を引き裂いた。

彼女の推理があくまでも憶測であり、しかも、何一つ断定していないにも関わらず、吾輩の心はひどくかき乱されていた。

彼女に悪気が無いと分かっていても、吾輩はジーニーを許せなかった。そして同時に、これまでこのようなやり取りを吾輩自身も達観して楽しんでいたのかと思うと、自分が酷く下世話な存在のような気がしてならなかった。

つい先刻まで、対岸の火事でも眺めるように、彼女の話に聞き入っていた自分が愚かに思えた。煌々と空を染める炎を見ながらも、決して自分には火の粉が降りかかることは無い、とさえ思い込んでいたのである。

「本当にごめん」ジーニーが言った。彼女の声は聞き取れないくらい小さかった。

(……気にしなくていい) 吾輩は、思わず突き放すように言った。

「気にするよ。だってポコはボクの親友だから」彼女は懇願するような瞳で吾輩を見た。

吾輩は答えなかった。

何か言おうとしても、上手く言葉が出てこなかった。

口を動かそうとすると、下あごがフワフワと揺れるだけで、吾輩の喉は何の音も発せられなかった。ジーニーもそれを見て言葉を失い、我々は二人とも黙りこくってしまった。

長く、冷たい沈黙が二人を包み、ただでさえ静かな図書館は、鏡の中の世界みたいにピタリと静まり返っていた。

(ジーニーも吾輩の親友だ) 長い、長い沈黙の後、吾輩は言った。

「ありがとう……」少し間があって、ジーニーが言った。

「親友を傷つけるなんて、ボク最低だよね。ほんと調子に乗りすぎ……」

彼女は包帯の巻かれた手で目をこすった。涙を見られたくなかったからだ。

(誰にでも失言はある)吾輩は精一杯強がった。

「……やっぱり言わなきゃよかった」ジーニーは机に伏せると、また何も言わなくなってしまった。

吾輩も、それ以上の言葉が見つからず、彼女の頭のつむじをじっと見つめた。

ジーニーの頭にはつむじが二つあった。片方は右頭頂部にあって時計回りに渦を巻いていた。もう一方は少し後頭部よりの左側にあった。

こちらの渦は髪型のせいでどっち巻きかはっきりとわからなかった。

吾輩はこうして彼女のつむじを見ている間に、時間が巻き戻って、もう一度、このやり取りをやり直せないものか、などと考えていた。

しかし、メインロビーの大きな柱時計は、ただ見えない壁をコツコツと叩いては、時が未来へと進み続けていることを伝えていた。

20

のっぺりとした壁に囲まれた取調室の中央には、使い古された木製の机が置かれていた。警察署の歴史を物語るように黒く変色した机は、元の材木が何だったのかわからないほど古く、傷だらけだった。

ピーターは頭を垂れたまま、そのうちの一つをじっと見つめ、上下の唇を平たくして突き出すと、それをブルブルと震わせて奇妙な音を立てていた。彼の発する奇妙な音は、マイクとスピーカーを通して、何かの機械音のように変質して我々の耳に届いていた。

「一日、無駄にしたような気分だ……」ダラス警部は言った。

彼は左手で〈ロイヤルズ〉(Rothmans ROYALS)を取り出すと、大げさな動きでジッポライターを振って火をつけた。

「ピーターは何も話さない。何を聞いても、ああやって唇を震わせているだけだ。保護者の爺さんと婆さんも、弁護士が来るまでは何も話したくないらしい」

吾輩は隣の部屋を覗き込むように小窓に顔を近づけた。

マジックミラー越しに見るピーターは、本来の彼よりもなぜか小さく細く見えた。ガラスの表面が微妙に波打って変形していたからかもしれない。

ピーターは肩を落とし、手錠に繋がれた両腕を股の間にだらりと垂らしていた。

ピーターの向かいの席では隣町から応援に駆け付けたという恰幅の良い警部補が、どうしたものか……、と頭を抱えていた。彼は、もう何分も言葉を発していなかった。ただ、よれよれのハンカチで眼鏡を拭きながら、下あごを突き出すようにしてピーターを窺い見ていた。

(弁護士はいつ?)吾輩は訊いた。

「さあな。明日か、明後日か。とにかく、拘留期限いっぱいまでは、奴にはここに居てもらうがね」

ダラス警部はむず痒そうに、鼻をもみながら答えた。

(他に何か見つかったものは?)

「……何も」ダラス警部は首を横に振った。

「犯行現場も燃えてしまったし、何よりこの大雨だ。トンプソン巡査部長なら、〝今頃、現場はひどく汚染されている〟とでも言うだろう」

（ミックたちはどうなったんだ？）吾輩はふと思い出して訊いた。

「三人組も放火については否認している。もちろんエリザベス・コール殺害についてもだ」ダラス警部は言った。

「自分たちが〈森〉へ着いた時にはもう火の手は上がって居たし、いつも移動に使っていたタグボートが無くなっていたから先に行った誰かがやったに違いないと言っていた。あの倉庫へは、忘れ物を取りに戻ったらしい。そこから身元がバレるのを恐れたんだろう。精液からDNA鑑定がどうとか、アメリカのドラマみたいなことを口走っていたが……、つまり連中はエリザベスの携帯電話の存在を知らなかったわけだ。そうでなければ、使用済みコンドームを処分するために危険を冒してまで、わざわざ〈森〉へ出向いたりしない。――それから、連中はどうやらあの場所がエリザベスの殺害現場だったことも知らない様子だった。カマをかけてみたが、呆けたみたいにポカンとしていたよ。例の金庫室だか貴重品保管庫へは、ほとんど誰も近づかなかったらしい」

吾輩は無言で何度か頷いた。三人組の顔を想像すると、ダラス警部の話していることが妙に納得できたからだ。

「少女買春については、連中、司法取引だとか、くだらないことばかり口にしてやがる。〈森の魔女クラブ（Forest coven）〉の運営や顧客について知っていることを話すから自分たちの罪は帳消しにしてくれだとさ。……ったく、テレビで変な知識ばかり身に着けやがって。こっちは売春の行われていた現場も押さえたし、容疑者を三名も逮捕している。それに例の携帯電話もあるんだ。これ以上、何を取引しようっていうんだ？」ダラス警部が肩をすくめると、同時に咥え煙草の先端が赤くなった。

（携帯電話からは、何が見つかったんだ？）吾輩は訊いた。

ダラス警部は細く長い紫煙を吐き出すと、目を細め少しの間黙っていた。

吾輩も黙ったまま、彼の次の言葉を待った。

「胸の悪くなる画像だった」しばらくして、彼はポツリと言った。

「連中の眼……。あれは、人間の少女を見ている眼じゃなかった。まるで、物を扱うような目だった。スーパーマーケットで今夜の晩飯を選んでいるような眼。あるいは、もっと何気ない、使い捨ての——、そうだな、積まれたタオルの束から一番上の一枚を取るみたいな、日常的で大した関心のない眼だった。醜く穢れた身体を少女たちの真っ白な肉体で拭い、そして使用済みのタオルを洗濯籠へ放り込むみたいにあしらう。そうしておけば、後は、誰かがまた綺麗に洗濯して、折りたたんで、いつでも使えるように並べておいてくれる。そんな図々しくて無頓着な眼をしていた。

あれに写っていた連中——、闇に紛れてコソコソ少女を抱くような連中は、金さえ払えば何をやってもいいと思っているんだろう。薄汚い連中だ。心の隅々までな。この町で……、この古き良き俺たちの町で、そんなことが行われていたなんて、俺には今でも信じられないよ」

彼の言葉はどれも独り言のように聞こえた。吾輩に向かって話しているようでいて、誰にも伝えて居ないような口ぶりだった。

(誰が……、写っていたんだ?)吾輩は、恐る恐る訊いた。

聞きたくない名前が出てくるかもしれなかったからだ。

ダラス警部は呟くように「大勢だ」と答えた。

「大勢の大人の男と、大勢の幼気な少女たちが写っていた。画像は四カ月にわたって三〇〇枚近くも撮影されていたんだ。どの画像も、薄暗く不鮮明だが、ハッキリと個人を特定できるものばかりだったよ。エリザベスには隠し撮りの才能が有ったらしい。中には、行為中の物もあった。相手の男は夢中で彼女たちの……」ダラス警部は舌打ちをして、言葉を飲み込んだ。

そして短くなった煙草を咥えると、目を閉じて煙を吸い込んだ。

「とにかく――、あの携帯電話が証拠になって、これから大勢の人間が法の裁きを受けるだろう。それは、身体を売っていた少女たちも同じだ。いま、すべての画像をチェックして写っている人物のリストを作らせている。どう事を収めたものか……。このままじゃ、〈美しい自然と運河に囲まれた、長閑(のどか)な田舎町〉なんて称号も、返上せねばならなくなるかもしれない」

〈少女買春クラブで猟奇殺人が発生した、忌まわしき田舎町〉。

吾輩の脳裏に、とても嫌な表現が浮かんだ。この町にはまったく似つかわしくない言葉である。吾輩は心の底からそうならないことを願った。

(この後はどうなるんだ?)吾輩は訊いた。

「明日の朝一番で連中を隣町の警察署に移送する。当分は臭い飯を食う事になるだろう。実は、倉庫を管理しているという弁護士事務所の支社が隣町にあってな。それで、買春クラブは向こうに優先して捜査権を回すことになったんだ。こっちはエリザベスの件で手一杯だから丁度いい。それにどうやら、携帯電話の画像の中に隣町の有力者が写っていたらしくてな。向こうも〈森〉の火消しに躍起になっているんだ」

ダラス警部は煙草をスティールラックの角でもみ消すと、徐(おもむろ)に立ち上がり、マジックミラーの小窓に向かって両腕をついた。

「何とかして、供述を引き出さないとな」ダラス警部はため息交じりに呟いた。

その間もずっと、ピーターはうつむいたまま唇を震わせていた。

と、その時、突然廊下の方から誰かが怒鳴る声が聞こえた。

「すみません、困ります！　ちょっと、巡査部長！」

間髪入れずに我々の居る部屋の扉が勢いよく開き、(表向きは)自宅療養しているはずのエミリー・トンプソンが飛び込んできた。

彼女の背後には、例の海兵隊みたいな警察官が続き、太い両腕を目いっぱい使って彼女を引き留めようとしていた。

エミリーは、ミスター海兵隊の遅すぎるタックルを体を反転させてすり抜けると、ダラス警部の鼻先に何かの書類束を突き出した。

「ピーターは、犯人ではありません」エミリーが言った。

彼女が突き出した文書の最初のページには、〈パイク乳業〉というピーターの祖父母が経営する牛乳加工場のロゴが印刷されていた。

「今日は、自宅で療養しているはずだろう？」ダラス警部は、彼女の手を振り払いながら言った。

その口調は、明らかに怒りの色を帯びていた。

「お気遣い感謝します、主任警部殿」エミリーが言った。

「ですが、もう大丈夫です。十分に療養しました」エミリーは、そう言って胸を張った。

この時、彼女はいつもより少し濃いアイメイクをしていた。

「メイクをしても、心の疲れまでは隠せない……」ダラス警部が嫌味を言った。

「それよりも、これを見てください！」

エミリーは彼の皮肉を聞き流し、机の上に持ってきた証拠資料を叩き付けるように置いた。

ダラス警部はしぶしぶ机に視線を向けると、少しの間、記録に目を落とした。そして、ゆっくりとした動きでモニタースピーカーの音量を絞ると、エミリーに向き直り、「話せ」と言って顎をしゃくった。

「エリザベスの遺体が発見された朝、牧師様は、〝とても静かな朝だった〟と証言しています。〝牛乳配達車のモーター音が聞こえるくらい、静かな朝だった〟と」

エミリーはこちらの反応を確かめるように、ゆっくりと区切りながら話した。

「今日、改めて話を伺って来ましたが、〝ちゃんと牛乳も配達されていた〟と仰っていました。その牛乳を使ってミルクティーを淹れたそうです。つまり牧師様は、エリザベスの遺体が発見された朝に配達された牛乳で、ミルクティーを淹れて飲んだんです」

「何が言いたいんだ？」ダラス警部は、出来るだけ感情を押し殺して訊き返した。

「通常であれば、あの朝——、エリザベスが教会の墓地で発見された、あの朝に、牧師様が配達されたばかりの牛乳を飲むことはできません」

エミリーはそう言って、机の上の書類束を指で二度叩いた。


「日曜日に牛乳配達車（ミルクフロート）は回ってこないからです」


吾輩はハッとして、彼女の持ってきた資料の中身を確認した。そこには一か月分の日付が書かれており、すべての日曜日には傍線が引かれて〈公休日〉と書かれていた。

当然ながらエリザベスの死体が発見されたあの日にも、他の日曜日と同様、黒々とした傍線が引かれていた。

「パイク乳業では、あの朝、牛乳を配達していません」エミリーは、そう言ってマジックミラーの向こうにいるピーターを指差した。

「もし彼が犯人だとしたら、死体遺棄の前後にわざわざ牛乳を配達してから逃走したことになります。普通ならそんなこと絶対にしませんよね。自分を指し示す証拠品を自らの手で現場に残して行くなんて……、それもあえて公休日にです。つまりどういうことか？　真犯人が、彼に罪を着せたんです。あの朝、別の誰かが彼の車を使って、エリザベスの遺体を教会の墓地まで運んだんです。そして牧師様は、その牛乳配達車のモーター音を聞いた」

吾輩は、こんな簡単なことにも気が付かなかった自分に呆れていた。ダラス警部も同様に、言葉を失っているようだった。

「ピーター・パイクはエリザベス殺害事件の犯人ではありません」

エミリーはもう一度はっきりと言った。彼女は自分の推理が間違いないと確信していた。

「俺の指示を無視して、牛乳加工場と教会へ裏取りに行っていたわけか」

ダラス警部がゆっくりと言った。

「処罰は覚悟の上です」エミリーは動じなかった。

「お前の推理が正しいとして、じゃあ、誰がエリザベスを殺したんだ？」ダラス警部は訊いた。

「口で言っても信じてもらえないかと」

「なら、どうやって証明する？」

「現行犯で逮捕します、殺人未遂の……」

「殺人未遂の現行犯逮捕だと⁉」

「はい、そうです。今夜から数名の警察官を使って〈漆黒の髪亭〉(The Raven Locks)に張り込む許可をください」

「〈漆黒の髪亭〉(The Raven Locks)？」ダラス警部は顔をしかめた
「真犯人は、必ずもう一度犯行を重ねます。それも近いうちに。何故なら、まだ本当の目的を達成していないからです」

「本当の目的だと？」

「……エリザベス・コール殺害は、もしかすると真犯人の意思に反するものだったのかもしれません。あるいは、彼女を殺害したことで、新たな殺人を犯す必要が出てきた」

「……おい。もっと、わかるように説明しないか」ダラス警部は思わず苛立った声を出した。

「エリザベスの携帯電話に写っていなかった人物です……」

エミリーはゆっくりと上着のポケットからミックスナッツを取り出して、二、三粒だけ口に運んだ。

「あの倉庫で携帯電話の画像を見た時、何かの引っかかりを覚えました。その時は穢(けが)らわしい物を見た嫌悪感か何かだと思ったのですが、今日になって理由がハッキリしました。あの時感じた違和感はそんなものじゃなかった。画像を順番に送っているとき、不自然にファイル番号が飛んでいたんです。所々で、まるで意図的に特定の人物だけが写った画像を抜き取るようにファイルが消されていた。——もちろん、エリザベス自身が気に入らない画像を削除した可能性もあります。でも、仮に、別の誰かが画像を消していたとしたら、どうです？　エリザベス以外の誰かが、自分にとって都合の悪い画像を削除していたとしたら？」

「お前はそれが誰だかわかっていると言うのか？」

「はい、一〇〇パーセント間違いなく」

「なぜ、そう言い切れる？」

「すぐに、結果で証明します」

「だが……」そう言いかけて、ダラス警部は新しい煙草を口にくわえた。

一度、肺の中を煙で満たすことで、頭を整理しようと考えたからだ。

と、そのとき警部の懐で携帯電話の着信音がなった。

「っち、いつも考えごとの邪魔しやがる……」ダラス警部はそう言いながら、渋々電話に出た。

次の瞬間——、室内の空気が変わった。

「なに、行方不明!?」ダラス警部の驚きは、一瞬にして室内に広がった。

「いつ気が付いた？　……わかった。すぐに手配する。だから、お前はもう家に帰ってじっとして居ろ。あとは我々に任せるんだ。……そうだ、ああ。今夜はゆっくり休め」

ダラス警部は電話を切ると、まだ吸っても居ない煙草を灰皿に押し付けた。

そして我々に向かって振り返ると、「マリア・コールが消えた」と告げた。

「いつ？」エミリーが訊いた。

「はっきりとはわからんが、昼前にクリスが様子を見に行った時には、もう何処にも居なかったそうだ」

「電話は、クリス・ブラウンですか？」

「そうだ」ダラス警部は頷いた。「一日中、彼女を探していたが見つからず、疲れ切って連絡してきたらしい」

「思ってたより動きが早い……」エミリーが言った。

「今すぐ〈漆黒の髪亭（The Raven Locks）〉に向かいます」

「マリア・コールの捜索はどうするんだ？」ダラス警部は訊いた。

「無視してください」

「何？　正気なのか？　行方不明者を放置しろだと？」

「はい、何度も言わせないでください。今は〈漆黒の髪亭（The Raven Locks）〉に……」

「被害者の遺族が行方不明になったんだぞ。それも、精神的に参っている状態の女性だ。放っておけるはずが無いだろう！」ダラス警部は感情的になった。

エミリーの物言いが冷酷に聞こえたからだ。

「でも、このままだと、また死人が出る……、いいんですか？」

エミリーは脅すような口調で言った。

それがかえって癇（かん）に障り、ダラス警部は意固地になった。

「駄目だ、絶対に行かせない。まだ、起こってもいない殺人事件よりも、実際に行方不明になっている人間の安全が大切だ！　少しは常識で物事を考えろ！」

「常識だけでは、異常殺人は止められないわ！」エミリーは声を荒げた。

だが警部も一歩も引かなかった。

「仮にお前の言うように誰かが写った画像が意図的に抜き取られていたとして、それをどうやって証明する？　我々は警察機関だ、憶測で人を断罪するわけにはいかない。そんなこと、お前もわかっているだろう？」

ダラス警部の言葉を聞き、エミリーは押し黙った。

「許可が欲しいなら、まともな根拠を示せ」威圧するような低い声だった。

その言葉は実際、的を射ていた。彼ら警察は決して裁きを下す立場でもなければ、刑の執行人でもないのである。

「あたしに、捜査の許可をください」エミリーは絞り出すような声で、もう一度言った。

ダラス警部は何も答えず、ゴクリと唾を飲み込んだ。彼の大きな喉仏が動き、首筋の血管が脈打つのが見えた。

長い沈黙の後、ダラス警部は「駄目だ」とエミリーに告げた。

「マリア・コールの捜索を優先する」なだめすかすような口調だった。

「憶測による捜査は許可できない。お前は疲れているんだ。いつもの冷静な自分を取り戻せ。今夜はゆっくり休んで、明日、もう一度話し合おう」

エミリーは肩を落とし、歯を食いしばっていた。

彼女の視線は、まるでウロウロ歩き回るように床の上を何往復もしていた。そして――


「つざけないでよ!」


エミリーは怒鳴った。今までの不満をぶちまけるように、腹の底から怒鳴り声を上げた。

彼女の眉間にはこれまで見たことの無いような縦皺が浮かんでいた。

以前にも、彼女が感情を荒げる場面は見たことがあるが、今回のものは次元が違っていた。

その場限りの憤りなんかではなく、ましてや、我を通そうと地団太(じだんだ)を踏んだり、ヒステリーで頭を掻き毟るようなものとは全く違う種類の怒りだった。

それは、理解を得られないという〈孤独〉と、信念を踏みにじられたという〈絶念〉の表れだった。つまりは、彼女の心の叫びそのものだったのである。

エミリーはホルスターから銃を抜くと、机の上に置いた。

そして警察バッジを引きちぎるようにして外すと、ダラス警部の胸に押し付け、彼を睨んだ。

「これは何だ?」ダラス警部が低く唸るような声を出した。

「お世話になりました」無表情に乾いた声でエミリーが答えた。

「つまり?」

「そのままの意味です」

「職務を投げ出すと?」

「無意味な迷子の捜索が職務だというのなら……」

「本当にいいんだな?」

「後悔はありません」エミリーはそう告げると、返事も聞かず出口へと足を向けた。

「辞めてどこへ行くつもりだ?」その場にいる全員を射竦めるような、そんな口調だった。

「お前にもう捜査権はない。分かっているんだろうな? 勝手なことをするようなら、公務執行妨害で逮捕するぞ」

「気晴らしに一杯やるだけよ、文句ある?」

エミリーは捨て台詞を吐くと部屋を飛び出してしまった。

ダラス警部は彼女の警察バッジを壁に投げつけると、力任せに机の脚を蹴った。

鉄製の机の脚が床を滑って嫌な音が響いた。

部屋を出ていくとき、エミリーは一瞬だけ悲しそうな視線を吾輩に送ったが、吾輩はかける言葉が見つからず、彼女の期待に応えることが出来なかった。

なぜなら、この時、吾輩はまったく別の事を考えていたからである。

しばらく前から、振り払おうとしても決して消えることのない、どす黒い靄が、吾輩の脳を包み込んでいた。ダラス警部がクリスからの電話を受け、コール夫人が行方不明になった、と聞かされた瞬間から、吾輩の思考は一歩も前には進んでいなかったのだ。

同じところをぐるぐる回り、何度、違う答えを探そうとしても、無駄だった。

どんなに回り道をしてみても、必ず同じ結論にたどり着いてしまうのである。

そして、その結論は、吾輩にとって耐えがたい事実を表していた。

《吾輩は、マリア・コールがどこにいるか知っている》

21

エミリー・トンプソン巡査部長は言った。

〝エリザベスの撮影した画像から、意図的に取り除かれた人物がいる〟と。

彼女が、その人物を追うべきだというのなら、おそらくそれは正しいのだろう。

なぜなら、彼女は天才エミリー・トンプソンだからだ。そこは素直に従おう。

だが、画像に写っていなかった人物が、彼女の推察通りであるかは別問題である。そこには疑問の余地があるからだ。

三〇〇枚近い画像の中に一枚も写っていなかった人物というだけなら、他にも沢山いる。

ダラス警部やエミリー自身も、もちろん吾輩も、おそらくピーターも写ってはいなかったに違いない。町全体へと目を向けるならば、殆どの住民がエリザベスの魔法のガラケーには、写っていなかったはずである。もちろん、我がハーバード一族の誰一人としても……。

吾輩は、寝室のベッドに横になったまま、ずっとそんなことを考えていた。

時計はすでに午前一時五十二分を指していた。

真っ暗な部屋の中でベッドサイドのランプだけが室内を照らしていた。何とか眠ろうと目を閉じてはみるものの、すぐに恐ろしい光景が浮かんで、何度も目を見開いた。

話が飛躍しすぎていると言われるかもしれないが、エリザベスの携帯電話からは、隣町の有力者の画像が見つかった。

つまりそれは、〈森の魔女クラブ〉（Forest coven）が、ある程度裕福な層へも浸透していたことを示している。

あの秘密クラブは単なる不良のたまり場では無かったのだ。

ああ、わかっている。普通に考えれば、エリザベスが〈森の魔女クラブ〉（Forest coven）で隠し撮りしたという画像の中に、吾輩がこの世で最も敬愛する父上や、慈愛に満ちた母上が写っている可能性など絶対にあり得ない。そうだ。何度でも言おう、あり得ないのだ。

だがしかし、コール夫人が失踪したと知った今、ジーニーが植え付けた疑惑の種子は、小さな葉を芽吹き、大地に根を下ろし始めていた。

可能性を否定できないというもどかしさが、そこにはあった。

吾輩はベッドを抜け出すと、窓際へと移動した。

吾輩の部屋は屋敷の北東の角にあった。母上からは南向きの裏庭に面した子供部屋（ナーサリー）を勧められたが、無理を言ってこの部屋に変えてもらったのだ。天気の良い日には遠く眼下に町を見下ろすことのできる、この北側の窓がとても気に入ったからである。

窓の外を覗くと、そこには何も無かった。まるで、この屋敷だけが世界から別の次元に切り離されたように、一面の霧が広がっていた。

数メートル先も見通せないほどの濃霧は、すべての音や色、時間までも飲み込んでしまったように、何もかも——文字通り、この町全体を覆いつくしていた。

（雨は止んだのか……）気が付くと吾輩はなぜか裏庭に居た。

それが分ると、突然吾輩の躰を冷気が包み込んだ。一気に体温が奪われ、吾輩はガタガタと身震いを始めた。気温はどんどん下がり、やがて猛吹雪が吹き荒れ始めた。

小石のような雪が頬を打ち、指先が真っ赤になって感覚がなくなった。自慢の口髭は木彫り細工みたいに固まり、吐く息は、口から出た途端に凍って吾輩の粘膜を傷つけた。

瞬きを止めようものなら、凍った睫毛が上下の瞼を接着剤のようにピタリと貼りつけ、無情に吾輩の視界を奪った。

吾輩は当てもなく進んだ。猛吹雪の中を膝まで雪に埋まりながら、ただひたすらに進んだ。

それ以外に出来ることが無かった。

何も考えず、ただ、黙々と前に進み続けることしかできなかったのだ。

永遠と思える時間が流れた――。

吾輩はいつの間にか、足を止め、一つの大きな雪塊(せっかい)になっていた。

もう何日もそこに佇む寄せ雪のように、固く凍った体は身じろぎひとつできなかった。

吹雪は、もう止んでいた。

すると、視界の先にオレンジ色の灯りが見えた。よく見るとそれは窓から漏れる室内の灯りであった。窓の中には父上の姿が見えた。

(父上……)吾輩は声を出そうとしたが、言葉を忘れてしまったように、話すことが出来なかった。

父上の手には中世の騎士が使うような剣が握られていた。

あれは、食堂(ダイニングルーム)に飾られている剣だ、吾輩は思った。

父上は誰かと言い争っているように見えたが、その声は聞こえなかった。

声どころか、足音や衣擦れに至るまで、すべての音が存在しなかった。

それは冷たく感じるほど静かな光景だった。

あんな表情の父上は見たことが無かった。目を見開いて、髪を振り乱し、歯をむき出しにして怒鳴っていた。その姿はとても無様で不格好だった。吾輩は見ているだけで胸が締め付けられたが、目を閉じることさえできなかった。

父上が、牛を引くみたいな恰好で踏ん張ると、柱の陰から女性が飛び出してきた。

女性はよろめき床に膝をついた。その女性は、マリア・コール夫人だった。

夫人は昨日見た時よりずっとやつれ、衣服も汚れていた。

父上の手には〈陶器製の人形(エリザベスちゃん)〉が握られていた。父上は、〈陶器製の人形(エリザベスちゃん)〉の足を持って、逆さまに吊下げると、もう一方の手で剣を逆手に構えた。

それを見たコール夫人が立ち上がり、父上に向かって飛び掛かった。

夫人は鬼の形相で父上の右手に噛みついた。父上は痛みに苦悶の表情を浮かべたが、すぐに立ち直って左拳で彼女の鼻頭を殴った。夫人の鼻は熟したトマトみたいに潰れ、彼女は顔を覆って床に転げ落ちた。

父上は床に転がるコール夫人を踏みつけると、彼女に噛まれた傷を確かめた。

父上の右拳にはくっきりと猟犬に噛まれたみたいな歯型が付いていた。

父上は憎々し気な顔でコール夫人に何かを怒鳴っていた。そして、再び〈陶器製の人形（エリザベスちゃん）〉を吊下げると、右手を掲げて剣を構えた。コール夫人は床に突っ伏したまま、「やめて！」と何度も叫んでいるように見えた。

そして――、
父上の剣が〈陶器製の人形（エリザベスちゃん）〉を貫き、そのまま柱に磔にした。

何百人もの女性が一気に泣き叫んだような悲鳴が吾輩の耳を劈（つんざ）いた。

父上の顔は〈陶器製の人形（エリザベスちゃん）〉の返り血で真っ赤に染まっていた。

コール夫人は半狂乱になって、床に頭を何度も打ち付けていた。

吾輩は何者かに心臓を素手で鷲掴みにされたように、その光景から目を離すことができなかった。

鼓動はどんどん早くなり、やがて吾輩の意識を追い越して言った。

吾輩はベッドに横になったまま、天井を見ていた。

なんて夢を見たんだ、自分で自分が嫌になった。

同時に、何かが心の奥で叫んでいた。事実をこの目で確かめたい。いや、確かめねばならない、と。

吾輩はゆっくりと体を起こすと、寝室の扉を開け屋根裏部屋へと続く廊下を睨んだ。

屋根裏部屋はもう何年も使われていなかった。

昔はここに、何人もの家事使用人(ハウスメイド)（住み込みで家事を行う女性の使用人）が住んでいたらしいが、現在では、家政婦長(ハウスキーパー)や家事使用人(ハウスメイド)は別棟の離れに暮らしている。

薄暗い廊下は何となく湿っぽく、陰鬱な感じがした。

いくつも並んで見えるこぢんまりとした木の扉は、どれも固く閉ざされ、ここ何カ月分かの埃をたっぷりと抱え込んでいた。

吾輩は、そのうちの一つに近づいた。その部屋の扉は鍵が壊され外されていた。

（思った通りだ……）

それは今朝、図書館へ向かう直前に、裏庭で父上とバートラムが見上げていた屋根裏部屋の扉であった。あの時の吾輩にはしっかりと様子を確かめる余裕が無かったが、今でははっきりと思い出せる。二人は、この部屋の窓を見上げていたのだ。そして、何かを画策している様子だった。

吾輩は恐る恐る扉に近づき、耳を当てて中の様子を窺った。

物音は聞こえず、部屋の中は静まり返っていた。

吾輩は深呼吸してから、ゆっくりと扉に手をかけた。扉は力を入れなくても、勝手に開いた。

吾輩は覗き込むようにして室内の様子を窺ってみた。

薄暗い室内にはハーブの香りが漂っていた。しかし、それに隠れるようにして、あの特有の生臭さ——、鉄と命そのものを溶かして一つにしたような、あの強烈な臭いが充満していた。

生き物の血液の臭いである。

よく見ると部屋の反対側には、モップやバケツに加え、赤く染まった布が出しっぱなしになっており、床全体には、あわてて掃除をしたような跡まで残っていた。

……死体!?

非日常的な言葉が、現実の存在感をもって吾輩の脳裏に浮かんだ。

すると突然、胃の辺りが締め付けられ、どんどん熱くなっていった。吾輩はこの時初めて『胃が痛い』という表現は、本当は『胃が熱い』と言ったほうが的確なのだと知った。まるで熱した石を飲み込んだように、吾輩の臓器は沸騰し、こみ上げる吐息すら熱く、喉を焼く痛みさえ感じた。

ベッドの足元まで進むと、そこには人の気配があった。

正確には人が寝ているような形に毛布が盛り上がっていただけで、呼吸音も無く、毛布が動く気配はなかった。

吾輩は恐る恐る、毛布の中を確かめてみることにした。

そして、ベッドの横に回り込もうと、一歩を踏み出した瞬間、足の裏に違和感を感じた。

ヌメヌメとした液体が床に広がっていた。吾輩は反射的にそれは良くない物だと直感した。暑くも無いのに額に汗がにじみ、首の後ろの毛がゾワゾワと逆つと、睾丸が股の内側に吸い込まれるように吊り上がるのが分かった。下顎が上下に何度も揺れ、舌が反り返った。吾輩は堪えることが出来ずに、喉を震わせた。

そして、絶叫した——、……つもりだった。

しかし、吾輩の声はどこにも響かず、喉の奥へと押し戻された。

何者かが背後から吾輩の口を押さえつけ、身体全体を羽交い絞めにしていたのだ。

吾が輩は咄嗟に振り払おうともがいたが、無駄だった。その大きな手は吾輩の顔半分を包み込み、もう一方の腕は、まるで大蛇のように吾輩の全身をきつく締め上げていた。

吾輩はされるがままに、その力に従うほかなかった。

身体を後方へ引きずられながら、吾輩はエミリーの言葉を思い出していた。

〝犯人は利き手に怪我をしている人物、それもごく最近の怪我〟——天才エミリー・トンプソンの言葉である。間違いであるはずがない。

そして今まさに、吾輩の口を封じているこの大きな手には、何者かによって付けられた真新しい歯形がくっきりと残されていた。

吾輩は突然だが、泣けてきた。

こんなところで命を落とすのか……、こんな屋根裏の一角で。

そう思うと、とめどなく涙が溢れた。

喉がえぐれるように裏返り、目を開けることができないくらい顔の筋肉が収縮した。

吾輩の耳元で呼吸の音が聞こえた。

吾輩は目を閉じ、息を殺して泣き続けた。泣き声さえもが、相手の感情を刺激するのではないかと恐ろしかったからだ。

文字通り生殺与奪の権を握られ、ただ泣くことしかできなかった。

膝が震え、出来ることならその場に崩れ落ちてしまいたかった。

と、その時「寝かせておいてやりなさい」背後の人物が言った。

それは吾輩の想像とはまるで違い、とても優しく落ち着いた声だった。

吾輩は聞き覚えのあるその声を聴き一瞬にして安堵した。ゆっくり頭を後ろに倒すと、そこには優しく見つめる父上の顔があった。

自慢の口髭も、いつものように誇らしく上を向いて微笑んでいた。

「〈紳士〉は〈淑女〉の眠りを妨げてはいけない」父上は言った。

吾輩は、ハッとしてベッドに目を移した。すると、そこにはコール夫人が眠っていた。

彼女は頭だけになった〈陶器製の人形(ビスクドール)〉を抱きしめ、天使のような寝顔をしていた。昨日の朝に見た、〈魔女〉のような顔とはまるで違った、安堵に満ちた女性らしい顔だった。

コール夫人は小さく身震いすると、寝返りを打って膝を抱えるように丸くなった。白っぽい寝間着の背中に掛かる彼女の髪は、エリザベスと同じ赤毛だった。所々で色が抜け薄い茶色になった髪の毛は、彼女が人生で重ねてきた苦労を静かに物語っていた。

吾輩が見上げると、父上は無言で頷き、吾輩を掴んでいた大きな腕を離した。

そして、足元に転がっている潰れたトマトやグリルした鶏肉、それらを挟んでいたパンなどを拾うと、そっとゴミ箱の中に捨てた。

町を包んでいた白く深い霧はいつのまにか晴れ、初夏の満月が、眠る夫人の頬を柔らかく照らしていた。

22

「イーサン──」父上が吾輩の名前を呼んだ。いつもは母上と同様、ポコとか、お前と呼ぶのだが、この時は違った。「イーサン・P・ハーバード。これから、お前に大切な話がある」と、あえてフルネームで呼んだのだ。

父上はウイスキー棚から五十年物の〈グレンフィディック〉を取り出すと、しばらく眺めて元の位置に戻した。そして、別の棚から、ザ・イングリッシュ・ウィスキーの〈チャプター7〉を取り出して、ロックグラスにストレートで注いだ。実に一〇〇年ぶりに復活した、イングランド産ウイスキーである。

「今夜はこれにしよう。等身大の自分で話したい気分なのだ」父上は言った。

まだ空は暗く、ガウンを羽織っても肌寒かった。父上はウイスキーを一口啜ると、チーク材の書斎机にもたれ掛り、それを飲み込んだ。

「昨夜、倉庫群の火事で町が大騒ぎだった時、彼女が訪ねてきたのだ」父上は徐（おもむろ）に語り始めた。

「正確には、訪ねてきたと言うよりは、彷徨っていたのだが。とにかく、吾輩は私園（パーク）の中を歩く彼女──、マリアを見つけた。初めは不審者かと思ったが、近づいて顔を確認するとすぐに気が付いたよ。彼女はマリア・バギンズだと。髪の色は抜け、顔も随分やつれていたが、それでも、彼女の瞳は昔のままだった。かつて小麦農場の管理者をしていたバギンズさんの一人娘に間違いなかった。

彼女自身もご両親が農場をやめるまでは、我が家の管理物件に住んでいたからね。小学生のころまでは、屋敷へも良く遊びに来ていたのだ。それで、彼女のことは良く知っていた。

吾輩が大学の休みに屋敷へ戻ってくると、彼女はいつも〝口髭のおにいさん、お帰りなさい！〟と言って飛びついてきたものだ。とても良く懐いてくれていた。

それで、学業に余裕があるときは一緒に私園（パーク）を散歩したり、小川で水鳥に餌をやったり、二人で良く過ごしたものだ。ある冬の日には、一緒に雪合戦をしたこともあった。農場の他の者たちも集めて、盛大にやろうという事になってね。我々は裏庭を東西に分けて戦ったのだ。吾輩は東軍で、バートラムが西軍を仕切っていた」

吾輩は、意外な登場人物の名前を聞き、少し驚いた顔をした。

それを見て父上は目尻を下げて優しく笑った。

「そんなに不思議そうな顔をしなくても良いだろう？　今から二十年以上も昔の話だ。吾輩もバートラムも、今よりずっと若くて活力的だったのだ」

父上はそう言うと、ウイスキーをもう一口啜った。

「吾輩は彼女と作戦を立てた。自陣の旗の下に目隠しの壁を作って、その内側に吾輩の山高帽を置いたのだ。そこに小柄な農夫を一人隠して、彼に吾輩の代役を務めさせた。その隙に、吾輩はマリアと二人でこっそり森を大回りして、敵本陣の真後ろから奇襲攻撃を仕掛けるという作戦だ。

だが、雪の積もった森を歩くのは思ったよりも大変だった。途中でマリアは息を切らしてしまってね。私が彼女を背負って森を進むことになってしまった。

二十分ほど歩いただろうか、漸く西側の森に差し掛かったとき、我々は待ち伏せに会った。そこには、バートラムの仕込んだ伏兵がいたのだ。吾輩もマリアもあっと言う間に雪玉を浴びせられ、降参するしかなかった。

雪まみれになった吾輩の顔をみて、敵軍の連中が大声をあげて笑った。吾輩は口髭まで、白兎みたいに真っ白になっていたからね。それで、心配してマリアを見ると、何故か彼女も心の底から笑っていた。自分も頭から雪を被っていることなど忘れて、本当に笑い転げていたのだ。それを見て、初めは惨めな気持ちだった吾輩も思わず笑ってしまった。彼女には、人を笑わせる明るさや、無垢な魅力があったのだ。

その後は、バートラムが素晴らしいリーダーシップを発揮して一気に東軍の旗を奪ってしまった。それで、その日の雪合戦はおしまい。第一回ハーバード杯争奪雪合戦は、西軍勝利で幕を閉じたというわけだ」

父上は昔を懐かしむような目で、暖炉の炎を見つめた。

炎の中で薪がはじけてパチリと大きな音を立てた。

「とにかく――――、彼女の顔を見て、そんな思い出が一気に蘇ってきた。

吾輩は懐かしくなって自然と彼女の肩を両手で抱いて、久しぶりだが元気だったか？　と尋ねてみた。すると彼女は〝……まあ、口髭のおにいさん。お帰りなさい〟と言って微笑んだのだ。まるで、あの頃と同じように。

吾輩は様子がおかしいと思い、なぜここに居るのか？　と訊いてみると、彼女は〝お父さんの仕事が終わるのを待っているの〟と答えた。バギンズさんはどこに？　と問い直すと、彼女は農場の方角を指差して、どうしてそんなことを訊くのかわからないという顔をしたのだ。

よく見ると、彼女は裸足で、着ている服も泥だらけだった。吾輩は仕方なく、彼女をゲストハウスへ上げて一晩だけ寝かせることにした。温かい湯船に浸かって、洗い立ての寝間着を着れば、ゆっくりと眠れるだろうと思ったからだ。

彼女をゲストハウスへと案内してからバートラムを呼び、きつく口止めをした。明日の朝になれば落ち着くだろうから、事を大きくしてはいけない、と。

だが、翌朝、彼女はゲストハウスを抜け出して、どこかへ消えてしまっていたのだ……。あちこち探して回ったが、なかなか見つからなくてね。もちろん彼女の家や教会へも人をやったが、どこにも居なかった。結局、彼女が屋根裏部屋に忍び込んでいるのに気が付いたのは、裏庭へ出て窓を見上げたときだった」

父上は、空になったロックグラスを書斎机に置くと、もう一杯同じものを注いだ。

(コール夫人は、なぜ屋根裏部屋へ?)吾輩は疑問を口にした。

「マリアは、かつて、あの部屋に匿(かくま)われていたことがあるのだ」父上は、ゆっくりと、そして明確に、すべての単語が聞き取れる速さで言った。

(匿われていた……のですか?)

「お前はおそらく知らないだろうが、一八年ほど前に町でとても嫌な事件があった。〈魔女狩り〉と称して、一人の少女が迫害されたのだ」

吾輩は、ダラス主任警部やジーニーから聞いた話を思い出して、知っていました。と告げた。

父上は意外な顔をしたが、何度か頷くとそれ以上は追求しなかった。

「当時、マリアは身籠っていたが、父親の名を明かさなかった。それが原因で、彼女への迫害は日に日に過激さを増してゆき、ついには父親の名前を聞き出そうと、暴力に訴えるものまで出始めた。彼女も精神的に参ってしまってどんどん食が細くなってね……、一時は母子ともに危険な状態にまでなってしまった。そこで吾輩は、バギンズさんに申し出て、しばらくの間、一家をこの屋敷に住まわせることにしたのだ。差し出がましいとは思ったが、とても見過ごせなかった。それに実際、この屋敷以外にバギンズさん一家が平穏に過ごせる場所など無かったと言えるだろう。本当に、それくらい大変な騒動になってしまっていたのだ……。

屋敷に来たころは一家も流石に居心地がわるそうだったがね、使用人たちと過ごすうちに次第に緊張もほぐれていったよ。お前も知っての通り、我が家の使用人たちは本当によくできているからね。

マリアも、あの屋根裏部屋に来てからは、徐々に落ち着いて、やがて眠れるようになっていった。ほんの一カ月程度だったが、彼女はあの屋根裏部屋で、久しぶりの平穏を噛み締めたことだろう。

それで、おそらく、今回も不安を紛らわせるため、自然とあの部屋に足が向いたのではないだろうか……。あくまでも、吾輩の想像だがね」

父上は、ロックグラスを眺めるだけで、二杯目には口を付けていなかった。

「彼女を匿ったあとも、結局、騒ぎは収まらず、彼ら一家は町を出ていく決断をすることになった。

そこで、吾輩は引っ越し費用の一切を負担することをバギンズさんに申し出たのだ。それと、当面の生活費や新しい農場主の紹介など、とにかく吾輩に出来る限りの援助をしようと思った。

しかし、バギンズさんはそれを断って、〝そのお金と気持ちは、今後の従業員や、あなたの家族のために取っておいてください〟と、仰った。それに〝これ以上、この騒ぎに関わるとハーバード家にもあらぬ疑いがかかるかもしれません。お気を付けください〟とも。

この時、最も困っていたのはバギンズさん自身に他ならない。にも拘らず、彼は我が家の将来を案じ、そこで働くまだ見ぬ人々の姿を思い浮かべ、未来のため、吾輩の名誉のために、申し出を断ったのだ。……並大抵の人間に出来ることではないだろう。類まれなる想像力、あるいは深い信仰心がそうさせたのかもしれない。

とにかく彼は吾輩の援助を受けなかった。

吾輩は強く胸を打たれ、真(まこと)の〈紳士〉たる振る舞いを彼の行動から学ばせてもらった。

そして同時に、彼ら一家が、この先、もしも我が家を頼ってくるようなことがあれば、たとえ何代先になろうとも、全力で支援しようと心に誓ったのだ」

(しかし……、なぜ、父上が、そこまで彼らの面倒を?)

父上が特定の従業員に肩入れする理由がわからなかったからだ。そして、その理由はマリアのお腹の子供にあるかもしれないと感じていたからだ。

「バギンズさんは、吾輩がまだ駆け出しの頃、身を粉にして農場に尽くしてくださった方だ。おかげで吾輩は農場経営のイロハを学び、我が家は無事に代替わりを成立させることが出来たのだ。つまり、彼は恩人なのだよ。その恩人に、〈紳士〉として報いるのは当然の事だろう?」

父上は遠い眼をして小さく息を吐いた。

(……お腹の子供は)、吾輩は絞り出すように、恐る恐る訊いた。

(マリア・バギンズのお腹の子供、つまりエリザベスの父親は誰だったのですか?)

父上はすぐには答えなかった。

驚いたように吾輩の顔を見てから、天井を見つめたあと、また視線を落として暖炉の炎を見た。

「わからない……」長い沈黙のあと、父上は言った。

「マリアが誰の子供を身籠ったのかは、結局わからなかったのだ」

父上は、伸ばした人差し指と中指で撫でるように口髭を触ると、長くゆっくりと息を吐き出した。

「出立の日の朝――、マリアは吾輩を呼び出すと、耳元でこう言った、〝あたし、子供の頃は、口髭のおにいさんと結婚するんだって信じていたのよ〟と。吾輩はそれを聞いて、驚いたのだ。思いもよらない告白だったからね。

吾輩が何かを言おうと戸惑っていると、彼女は〝気にしないで、子供の頃の話だから〟と言って、家族の元へ行ってしまった。別れ際に彼女は振り返って、〝ありがとう、口髭のお兄さん！〟と言って手を振ってくれた。だが、吾輩は何も返せなかった。彼女が町を出ていくのに、一言も声を掛けることが出来なかったのだ。

もしも、あの頃、吾輩にもっと勇気や、人の気持ちを敏感に感じ取る力があったなら、今とは違った結果になっていたかもしれない。マリアが迫害を受けることも、バギンズさん一家が町を出ていくことも無かったのかもしれない。今でも、そう思っている」

父上は立ち上がると、吾輩の座っているソファーの隣に移動した。そして、吾輩の肩に手を置くと「心配をかけて済まなかった」と言った。

父上の大きな手の温もりが吾輩の肩から伝って、全身を温かく包み込んだ。

吾輩は父上の右手に残された痛々しい傷跡に気づき、（その怪我は、どうされたのですか？）と訪ねた。

「これは――、この怪我は、マリアに噛まれたものだ」

父上は面目無さそうな顔をして、右手をさすりながら答えた。

「昨夜、ゲストハウスへ案内したあと、彼女の〈陶器製の人形（ビスクドール）〉――と言っても、頭だけで、しかも煤だらけだったのだが、それを無断で動かそうとして、その時、彼女に思い切り噛みつかれたのだ。おそらく私が人形を取り上げると思ったのだろうな。無理もない、裸足で家を飛び出した彼女が、唯一大切に持ってきた持ち物だ。吾輩の想像以上に大切な物だったに違いない。不作法なことをしてしまった」

吾輩は父上の言葉を聞いて、コール夫人がエミリーの親指に噛みついたことを思い出した。そしてまた、あの時クリスが右手の傷を見せるのを拒否したのも、父上と同じ理由からだったのかもしれないと思った。

(では、屋根裏部屋の床に残された掃除の跡はなんだったのですか? ……血のついた布も)

吾輩は続けて訊いた。

ここへ来て、一気にすべての疑問を解消したい気持ちがあふれ出してきたからだ。

「……月のさわりだ」父上は少し答えにくそうに言った。

「いまの彼女の心は通常の状態ではない。屋根裏部屋で彼女を発見したときには、そういう気配りすらできなくなっていたのだ。部屋中が血で汚れてしまっていてね。掃除をしてひとまずは片付けさせたものの、その……、無理矢理に衛生用品を付けさせるわけにもいかず、あのような状態になってしまったのだ。もしかすると、彼女自身も突然訪れた月経に驚いて、ゲストハウスを抜け出してしまったのかもしれない」

父上は、漸く二杯目のウイスキーに口をつけ、気持ちを落ち着けるようにゆっくりと飲み込んだ。

(……では、父上はかつての恩人であるバギンズさんの一人娘が、自分を頼ってきたのを匿っただけなのですね?)吾輩は訊いた。

「そうだ」

（誓えますか？）

「この口髭に誓って」父上は口髭を触った。

（吾輩も、きっと同じことをしたでしょう）吾輩はじっくりと考え、納得してから口を開いた。

「家族に隠し事をしてしまい、本当にすまなかった」

父上はゆっくりと顎を引いて、深々と頭を下げた。

（心中お察しします）吾輩は言った。

「大人になったな、イーサン」父上は、また本名を呼んだ。

窓の外から小鳥たちの鳴き声が聞こえた。真っ黒だった空は、徐々に青と緑が混ざったような淡い光を放ち、新しい一日の始まりを告げていた。

それから数時間後——、
けたたましい警察車両のサイレンが町中を駆け抜け、地方判事である父上の元にエリザベス殺害事件の被疑者が逮捕されたという知らせが届いた。
真犯人を逮捕したのは、他でもない天才エミリー・トンプソンだった。
警察関係者と話す父上の表情は、硬く複雑なものだった。なぜなら、この時、事件の真犯人として逮捕されたのは、あの普通の男代表、吾輩が〈善〉の性質だと信じて疑わなかった人物、精肉店店主のクリストファー・ブラウンだったからである。

第四章

口髭と大嘘つきと〈罪〉と〈罰〉

23

初めて〈死体〉に触ったのは、叔父が亡くなったときだった。

叔父は当時、俺が住んでいた家の軒先に倒れ、野ざらしの状態で亡くなっていた。

それを見つけた叔母が、泣きながら俺を呼びつけたのだ。

珍しく叔父夫婦が揃ってうちを訪ねてきた日にそんなことが起こるなんて、俺にはとても信じられなかった。目の前の〈死体〉を見ても、初めは何が起こったのか理解できなかったほどだ……。

「このままじゃあ可哀想だから。このままじゃあ……、あまりにもだから、ね、お願い、お願いよ」

何度も叔母が俺に言った。

石垣の傍で横たわる叔父は、目を見開いたまま苦悶の表情を浮かべ、自らの胸倉をつかむ様にして倒れていた。

握られた拳はポロシャツの襟をぎゅっと握りしめ、強く引き寄せたままの形で固まっていた。その反動で背中側の布がつっぱって破れかかっているのが見えた。

「ねえ、お願いよ。お願いだから、この人のこと、家の中に入れてやってくれない？　ねえ、可哀想じゃないか……、そうでしょう？」叔母がまた、俺に言った。

一瞬だけ、勝手に〈死体〉を動かしてもいいのだろうか？　と悩んだが、確かにこんな処に野ざらしにされているのは忍びないなとも思い、俺は叔母の願いを聞くことにした。

俺にとっても、叔父はとても大切な存在だったし、何よりそこには事件性というものが何一つ認められなかったからだ。

叔父の骸（むくろ）に触れてみると、それは想像とはまったく違っていた。

いつもの叔父の暖かい手足、髭のはえた頬、薄くなった頭皮や、サイコロみたいに四角い歯、大型の肉食獣のような大きな背中……、見た目はまったく変わっていないのに、それはまったく別の何かに変異していたのだ。

上手くは言えないが、ついさっきまで自分の一部だった毛髪や爪が、肉体から切り離された瞬間に異質な物体に変異するように、生命活動を停止した叔父の肉体は、もはや叔父ではなかった。

だが同時に、すでに叔父という人間はこの世から消えてしまったにも拘らず、そこには圧倒的な存在感があった。生命の終着点、人生の終わり、常日頃から俺たちの住む世界に存在はしているが、普段は意識の及ばない何か、全く違う別世界の存在――、つまりそれが〈死〉そのものだったのかもしれない。

叔父の人生は終わったのだ。俺の家の軒先で。

俺は叔父の躰を仰向けに返すと、握りしめられた指を一本一本解いて行った。

指の骨を折らないようにそれぞれの指を伸ばすのは至難の業だった。

開き終えたあと、すべての指が不自然にぴんと伸びているのを見て自然な形に整えたものかを真剣に悩んだ。叔父の手は、すでに脱力するという機能すら失われていたのだ。

叔父の骸を持ち上げてベッドに横たえるまでの間、俺の頭は驚くほど冷静だった。

大好きだった叔父を抱き上げても、そこには悲しみも虚しさも無かった。

俺の頭に浮かんでいたのは、〝見た目よりもずっと重いな〟とか、〝すごく冷たいんだな……〟なんていう無機質で事務的な感情だけだった。

まるで固い革の袋いっぱいに詰め込まれた砂か水でも持ち上げているような、そんな感覚だった。

俺はその時、命の境界線とはこうも曖昧な物なのか……と、しみじみ感じた。

叔母が泣き崩れている間、俺は店で働く両親と警察署に電話をした。

警察官からは死亡確認のため医師を回すので、それまでは現場を触らないよう指示されたが、俺は正直にすべてを話した。電話口で露骨に困ったような声を出されたが、小さな田舎町ということもあり酷く怒られることは無かった。

程なくして親父が駆け付け、叔父の状態を確認したり、叔母を介抱してやっていた。

親父は自分のベッドで横たわる叔父の死体をみても顔色一つ変えなかった。俺はそれを見て、親父は〈死〉と言うものに慣れているのだな、と直感的に感じた。

そして同時に、我が家の家業が〈死〉を扱っていることにも気づかされた。

葬儀屋とか、墓守とか、病院とか、宗教家とか、そういうものと同じく、精肉店も命を扱う仕事なのだということを、この時、俺は初めて意識したのだ。

叔父の内臓は、どこか遠くの街の、顔も名前も知らない誰かの肉体に移植された――。

死後、発見が早かったこともあり、臓器提供の意思確認が為されたのだ。叔母はこれに同意して、叔父の場合は眼球と膵臓が提供されたらしい。

その人物は、叔父の目を通してこの先、何を見るのだろうか？　叔父が見ていた色や明るさは、新しい宿主にはどのように映るのだろうか？　あるいは、叔父の膵臓は誰かの体内で重要なホルモン分泌を調節し、毎食の消化を助けたりするのだろうか……。

もしも、叔父の心臓が移植されていたとしたら、新しい肉体をめぐる血流は元とはどこか違っているのだろうか、肺なら吸い込む空気はこの町の味がするのだろうか、肝臓なら、腎臓なら……？　次々と疑問が溢れ、止まることは無かった。

あの日以来、俺はどんな肉を食っても味を感じなくなった。

肉の弾力を噛み締めるたびに、冷たく重かった叔父の死体を思い出さずにはいられなかったからだ。

24

彼女を初めて見たのは数カ月前のことだった。

年が明けたばかりの厳しい寒さの中、あの日は珍しく晴れ渡っていた。それでなんとなく身体を動かしたくなった俺は、何人かの町の連中を集めて教会の周りの雪かきをしたり、墓地の掃除をすることにした。

初めのうちは悴む両手でシャベルを握るのも一苦労だったが、そのうち頬を撫でる冷たい風が心地よく感じるほどに身体も温まってきた。雪かき自体は想像通り大変だったが、陽の光を浴びるのは本当に素晴らしい。特に寒く冷たい英国の冬に浴びる陽光は格別だからだ。

そんな時、教会の外で祈りを捧げる二人の人影を見つけた。一人はカールした赤毛の少女で、頬にはそばかすがあった。もう一人は、深々とマントを被った老婆だった。

「ねえ、母さん。どうして教会に入ろうとしないの？」少女が訊いた。

「ここで良いのよ。さあ、あなたもお祈りなさい」かすれた声で母親が答えた。

〝母さん？〟、俺は一瞬自分の耳を疑った。フードの端から色の抜けた薄茶色の赤毛が覗いており、二人が血縁関係にあることは容易に想像できたが、その女性が少女の母親であると認識するには、あまりに歳を取り過ぎて見えたからだ。

彼女の顔には、まるで〈魔女〉のように深い皺が刻まれていたし、固く組まれた両手の指も、細く角張って、枯れた茨の枝のように曲がっていた。それで俺は、この時、彼女のことを老婆だなんて思ってしまったのだ。

「お祈りが終わったら、お茶でもしない？」少女は母親の隣に屈み込んで、祈る振りをしながら言った。

「駄目よ。今日は家に帰って掃除と衣替えの準備をするんだから」母親は言った。

「それにあなたはピアノの練習もしないと……」

「いいじゃない、今日くらい。この時期、こんなに晴れる日は珍しいんだから」

少女は唇を尖らせると、祈りの手をほどいて母親に向き直った。

「いいえ、天気は関係ないわ。いつも言っているでしょう？　この町では、出来るだけ大人しく過ごさなければならないの。それがあなたの為なのよ。ね、お願い、わかってちょうだい」

母親は娘の訴えを退けると、目を閉じて祈りを続けた。

彼女の口からは、祈りの言葉に合わせて白い息が断続的にこぼれていた。

その様子を見て諦めたように少女も母親の隣で目を閉じた。寒さで紅潮した少女の頬とそばかすを見て、俺は何故か懐かしさのようなものを感じた。

「おーい、そこの君たち。そんな処で祈っていないで、中に入ったらどうだ？」

少女のツンと上を向いたまつ毛に目を奪われた俺は、思わず二人に声を掛けた。

もしかすると、暖かな陽の光を浴びて、少しばかり気持ちが大きくなっていたのかもしれない。

「せめて、その門扉を越えて敷地に入って来たらどうだ？　別に掃除を手伝わそうって魂胆じゃない。たた、教会っていうのは、誰でも自由に出入りできる場所だから……、神は誰にでも手を差し伸べてくださるんだからね」

俺の呼びかけに少女の方は反応したが、母親はまるで無反応だった。何も聞こえていないように、ただ黙々と祈りを続けていた。

少女は戸惑った様子で母親の顔を見た後、目をぱちくりさせて俺の方をじっと見ていた。小さく半開きになった口からは、彼女が何かと葛藤しているのが窺えた。

「君、名前は？」俺は彼女に向かって訊いた。

少女は一瞬迷ったあと、ゆっくりと立ち上がり「エリザベス」と答えた。

「エリザベス、素敵な名前だ。さあ、こっちへおいでよ。もうすぐミドルトン夫人が、エッグノックを持ってやってくるから」

「でも……」エリザベスは迷ったように、また母親と俺を交互に見た。

母親は、まだ目を閉じて祈りを続けていた。

エリザベスはどうしても母親の傍を離れることが出来ない様子だった。

俺は彼女たちに近づくと門扉越しに二人の姿を見た。近寄ってみると、二人は髪の色以外、似ているところがまったく無かった。

目深く被ったフードのせいで、母親の顔はより影が濃く陰鬱に見えたし、それに引き換え少女の方は、まだ誰も踏みしめて居ない早朝の新雪みたいに清らかだった。

翠色の瞳は、太陽の光を浴びて、まるでエメラルドのように輝いていたし、首の横でまとめられた赤毛もビロードのカーテンみたいに艶やかだった。

「どうして、そんなところで祈りを?」俺は訊いた。

「いつも、そうしているから……」エリザベスは母親を気遣い言葉を濁した。

「いつも? そんなところで?」俺は思わず聞き返した。

「どこで祈っても、信仰心に違いはないでしょう?」

「確かに……まあ、君の言う通りだ。祈りを捧げるのに、場所は問題じゃない」

俺は失言したことに気づいて、大袈裟に何度も頷いた。

「でも、中に入れば、牧師様もいるし、エッグノックもある。それに、他にもライ麦パンやチーズ、きっとホットレモネードなんかもあると思うよ。礼拝堂に入るのが嫌なら、せめて楡の木の傍で一緒に話したりするのはどうかな? ほら、いま丁度、みんな休憩しているところだ」

「あなたは、教会のひと?」エリザベスが訊いた。

「おうっと、そうだ。挨拶が遅れて申し訳ない。俺はクリストファー・ブラウン。広場で精肉店をやっているんだ。教会の関係者じゃないが、子供の頃からここにはしょっちゅう通っている」

俺は慌てて自らの素性を名乗った。

「ブラウンさん……、そう、はじめまして」エリザベスは少し緊張した様子で頭を下げた。

彼女の後ろで、母親の表情がこわばったような気がしたが、俺は気にせず続けた。

「クリスでいい。クリス。どこにでもありそうな簡単な名前」

俺は彼女たちの警戒を解こうと、あえておどけてみせた。

「クリス。……そうね、分かった」エリザベスは少し考えたあと、ニコリと微笑んだ。

俺はわざと恭しく頭を下げると、「さあ、どうぞ」といって二人を招き入れる仕草をした。

俺の動きに合わせて錬鉄製の豪華な門が甲高い音を立て、ゆっくりと開いた。と、その時——


「駄目よっ！」


彼女の母親が突然、大きな声を出した。

俺は驚いて、思わず門を引く手を放した。

エリザベスも肩をすくめて母親を見ていた。

「さあ、帰るわよ。エリザベス！」エリザベスの母親は、そそくさと立ち上がると彼女の腕を掴んで、強く引っ張った。

「……で、でも、お母さん」エリザベスは戸惑い、抵抗した。

「いいから、来なさい。あたしのいう事を聞くのよ！」

母親はムキになって、もっと強くエリザベスの腕を引き寄せた。

「痛っ……」エリザベスは小さな悲鳴を上げた。

「おい、痛がっているじゃないか！」俺は思わず、母親に忠告した。

しかし、母親は俺の言葉などひとつも聞こえて居ないように、強引にエリザベスの手を引いてその場を立ち去ろうとしていた。

俺は後を追おうと、すぐさま一歩を踏み出した。しかし、目に見えない不思議な力に動かされるように、教会の門扉が勝手に閉じて、俺の行く手を阻んでしまった。それはまるで、魔法によって生命を吹き込まれた扉自身が、自らの意志で俺と彼女たち二人を隔離したような、そんな不気味な動きだった。

血の気が引いた俺を他所に、二人の影はどんどん遠ざかっていった。

「……こ、この週末に、教会でハウジー大会があるんだ！」

二人の影が路地の角を曲がる直前、俺は何とか声を絞り出した。

「誰でも参加できるから、良かったら遊びにおいで。気が向いたらでいい！　単なる住人同士の交流会だ。特別な意味は無い。いつでも入り口は開けてあるから！」

エリザベスは角を曲がるとき、後ろ髪ひかれるように一瞬だけこちらを見たが、彼女の母親は終始、俺の顔を見ようともしなかった。

本当にあの二人は親子なんだろうか？　まるで天使と魔女じゃないか……。誰も居なくなった路地を見つめ、俺はそんなことを考えていた。

この時、俺はエリザベスの母親が、あのマリア・バギンズであることに気が付いていなかった。薄情に感じるかもしれないが、マリアが町に戻ったことは風の噂に聞いてはいたが、自分から彼女に会いに行こうとは考えなかった。

いずれ彼女の方から店にやってくるかもしれないし、商店街や教会でばったり出会うかもしれない。ここは小さな田舎町だ、別に急ぐことは無いだろう。そんな風に考えていたのだ。

教会の屋根の上では、例の黒ずくめが俺たちの様子をじっと見ていた。

……ったく、〈紳士気取り〉の不気味な野郎だ。いつもあそこから、黄色い瞳で俺たちのことを見下していやがる。

ハーバード家の養子だか何だか知らないが、たまたま金持ちの家に貰われただけのラッキー野郎が人のことを見下しやがって……。

俺はお前のすかした笑顔も、気取った佇まいも、喉を鳴らすおかしな癖も、似合いもしない口髭も、白手袋も、蝶ネクタイも何もかも……何もかも全部が大っ嫌いなんだ。

何が〈紳士〉だ、何が〈吾輩〉だ。

頼むから俺に、纏わり付かないでくれ！

25

彼女と再会したのは、それから二週間後のことだった——。

「あの……、ブラウンさん」

出来立ての腸詰をショーケースの中に陳列しようと屈み込んでいるとき、思いがけず俺を呼ぶ声が聞こえた。

「ちょ、ちょっと……、待ってくれ」

俺はショーケースの中に意識を奪われたまま、反射的に返事をした。ガラス越しにチラリと声の主を確認すると、赤いチェックのスカートから黒いタイツに包まれたすらりと長い脚が見えた。

俺は想像していたよりも若い声の主に驚いて、少し緊張しながら身を起こした。

「いらっしゃい、何にします？」俺は帽子を直しながら言った。

カウンター越しに視線を送ると、そこには学生服（ブレザー）に身を包んだエリザベスが立っていた。

俺はちょうど彼女の事を考えていたので、とても驚いた。

制服の上からハーフコートを羽織り、顎が隠れるくらい深くマフラーを巻き付けていたが、それは紛れもなくあの日の少女だった。

「ブラウンさん、こんにちは」

「や、やあ。確か……、エリザベスだったね。どうしたんだい？」

俺はわざとらしく、彼女の名前を思い出すように言った。

「この間は、ごめんなさい。折角、誘ってもらったのに、あたし……」

彼女の声は、とてもか細かった。

「そんなことか、気にしなくていいよ。俺が勝手に誘ったんだ」

「あたし、本当は行くつもりだったんだけど、あの日はピアノの練習があって、どうしても抜け出せなかったの」

「来なくて正解だった」俺は出来るだけ、ぶっきらぼうに答えた。

残念がっている気持ちを気取られたくなかったからだ。

「あの日はミドルトン夫人の独り勝ちだったからね。もし、来ていたとしても、きっと失望していたに違いない。それに、ピアノの練習はとても大切だ。ピアノを弾くと指先が器用になるし、目と耳、リズム、そう言った沢山の感覚を使うから頭も良くなるらしい。……昔、仲の良かった女性がそんなことを言っていた」

「でも、誘ってもらえて嬉しかった」彼女は恥ずかしそうに目を反らした。

「あたし、この町に来てそういう風に誘われたりしたことがほとんど無かったから……」

エリザベスは気を付けの姿勢のまま、両掌を開いたり、閉じたりしながら話した。まっすぐに伸ばした両腕が彼女の緊張を物語っていた。

「君は、学生だろ？」俺は訊いた。

「今年から十二年生――」彼女は答えた。

「学校に友達は？」

「居るには、居るけど、放課後に一緒に遊んだりはしない。休み時間に少し話をするくらい。あたし、ちょっと浮いてるから……」

何か事情がありそうな雰囲気だったが、俺はどう声をかけていいか分からず、なるほど、とだけ答えた。

「ブラウンさん……」エリザベスが徐（おもむろ）に切り出した。

「クリスでいい。この間もそう言っただろう？　みんなそう呼んでいる」

「ええ、そうね。クリス」彼女は少し考えてから、俺の名前を呼び直した。

「クリスは、どうしてあの時、あたしたちに声をかけたの？」

「どうして？　そうだな――」俺はもっともらしい理由を探したが、結局見つからなかった。

それで、正直に「きっとお日様が背中を押したんだろう」と答えた。

「お日様が？」

「ああ。太陽の光を浴びて、気が大きくなったのかも」俺は少しおどけて見せた。

「なにそれ、変な人」エリザベスは、小さく微笑んだ。

彼女の瞬きに合わせて、赤毛のまつ毛がキラキラと陽光を反射していた。

「本当のところは、君たち二人の事を知らなかったからなんだ。たぶんね」

「知らなかったから、声を掛けたの？」エリザベスは眉根を寄せて、訊いた。

「ここは小さな田舎町だ。それに、ウチは三代続く精肉店。殆どの町の住人は、週に一度はこの店で肉を仕入れて夕食を囲む。それがウチの自慢なんだ。なのに、俺は君を……、いや、君たち親子のことを全く知らなかった。あの日、君たちを初めて見るまでね。それが不思議で、それで、思わず声をかけてしまったんだと思う」

俺は、自分の頭の中を整理するように、考えをまとめながら、ゆっくりと話した。

「ふぅん。そうなんだ……」

エリザベスは、俺の話を理解しようと、人差し指で顎を触りながら首をかしげた。考えに耽るその仕草は子供っぽく、とても愛らしかった。

「あたしの家はね、一年と少し前に越してきたばかりなの」エリザベスが言った。

「それに、普段は学校と家の往復ばかりで、こっちの方にはあまり来ないから」

「どうりで。知らない顔だと思ったよ」俺は突然パズルのピースが嵌るみたいに、合点が行った。

「最近になって少し足を延ばす気になって来たとか？」

「まあ、そうね。そんな感じ」彼女は小さく笑った。

「でも、なぜわざわざこんな田舎町に？」俺は続けて疑問をぶつけた。

「詳しくは……ごめんなさい。言いたくないわ」彼女は首を横に振った。

「でも、この町を選んだ理由は単純よ。昔、母がこの町に住んでいたから」

「へえ、そうなんだ。じゃあ、君のお母さんはこの町の出身なのかい？」

「そう。あたしの産まれる前の話」

「失礼だけど、君のフルネームは？」

「エリザベス・コール」

「コール……、残念だがコールなんて苗字の女性は知らないな。この町の出身なら、知人の可能性があるかもって思ったんだが……」

俺は遠い記憶を辿ってみたが、全く心当たりが無かった。

「もしかして君のお母さん、昔から人付き合いが苦手だったりするのかな？」

「言えてる」彼女はうんざりした表情で答えた。

「なら、お互いに知らないのも無理ないだろうな。俺も自分から人に会いに行くタイプじゃないからね。最近じゃこの店と加工場兼自宅の往復以外は教会くらいしか顔を出さないんだ。まあ、昔はそれに学校があっただけマシだったかもしれないが……」

「あたし達、なんだか似た者同士みたいね」彼女が言った。

「言えてる」俺は冗談めかして、彼女の口真似をしてみせた。

「だから、あの日も思わず君たちに声を掛けたのかもしれない。似た者同士、放っておけないって感じでね」

「それって何となくだけど、〈運命〉を感じたりしない？」

エリザベスは突然、摯実(しじつ)な顔で言った。

「〈運命〉か……。確かに人と人との関係ってのは不思議なもんだ」俺は大きく頷いた。

「ずっと同じクラスなのに一度も話さなかった相手と、大人になってから再び出会って結婚する場合もあるし、また反対に、子供の頃にはとても仲が良かったのに、大人になってから疎遠になる場合もある。それが君の言う〈運命〉って奴なら、俺たちの出会いもきっとそういう事なんだろうな」

「なんだか回りくどい言い方ね」

「俺くらいの年齢になると嫌でも保守的になっちまうのさ。新しい出会いは怖いし、昔の知人に会うのは緊張する……。君のお母さんだって、きっとそうなんじゃないか？　だから生まれ故郷に戻った後でも、ずっと家に引きこもっているんだろう」

「あたし、知らないわ」エリザベスは唇を尖らせた。

「嘘だと思うなら聞いてみればいい。三十五歳を過ぎたあたりからクラスメイトの顔や名前すらも思い出せなくなるんだからな。俺なんて、今じゃあ、初恋の相手の顔だってまともに思い出せない」

「え？　それ、本気で言ってるの？」彼女は想像以上に驚いた。

無理もない。一七歳の少女にとっては信じられないことなのだろう。だが、四十歳手前の俺には、これが紛れもない現実なのだ。

「ああ、歳を取るって言うのはそういう事さ」

俺は薄くなった髪を隠すように帽子を深くかぶり直した。

「人の脳には〈忘れる〉という機能が備わっているんだ。日常生活に必要のない記憶や知識は、頭のずっと奥にある頑丈な箱に仕舞い込んでしまう。そうやって多すぎる情報を整理しているのさ。必要なものだけは、いつでもすぐに取り出せるようにね」

「でも、好きな人の顔なら、あたしは絶対に忘れないわ。一番取り出しやすい処にしまっておくもの」少女は咎めるように俺を見た。

「それは、俺も同じだよ」俺は彼女をなだめるよう、優しく答えた。

「俺だって、愛する妻の顔ならいつでも思い出せる。今、この瞬間でもね。だが、初恋の相手となると話は別だ。それは俺にとって、もう過去のことなんだよ。だから忘れてしまう。妻と暮らしているのに、毎日、初恋の人の写真を眺めて過ごすわけにもいかないだろう？　すべてを覚えているには、人生は長すぎるのさ……」

「クリスってお爺さんみたい。見た目はまだ若いのに」エリザベスは大袈裟に腰に手を当てて肩を落とした。

「はてさて、儂はいま、何をしようとしていたのかのう？　歳を取ると、忘れっぽくなってしもうて……。教えてくれるかい、エリザベスや」

俺は腰を曲げ、目を細めて老人の真似をして見せた。

それを見てエリザベスは、くだらないわ。と言いながら漸く破顔して見せた。

うら若き少女の天真爛漫な笑顔に釣られ、俺も一緒になって笑った。

〝見た目はまだ若いのに〟――娘くらいの年齢の少女に〈若い〉と言われるなんて、俺は内心舞い上がっていたのかもしれない。俺たちは、まだ人気の残る広場の一角で、人目もはばからず一緒になって笑い続けた。

「あたし、そろそろ帰るわ」一頻り笑ったあと、彼女は言った。

広場の時計は、彼女が来てから、すでに二十分以上も経過していた。

「ちょっと待ってくれ」

俺は立ち去ろうとする彼女を呼び止めると、自慢の腸詰をいくつか見繕って袋に詰めた。

それを見て、エリザベスは一瞬困ったような顔をしたが、俺は気にせずに続けた。

「遅くなったが引っ越し祝いだ。店からのおごりだよ。受け取ってくれ」俺はそう言って腸詰を差し出した。

「ごめんなさい、でも……」彼女は視線を泳がせて口ごもった。

「遠慮なんてよしてくれ。ほんの気持ちさ」俺は精一杯の笑顔で、もう一度言った。

「その、そうじゃなくて……、実は、ウチは家族そろってベジタリアンなの」

エリザベスは指先でカールした赤毛を触りながら、申し訳なさそうに告白した。

「そうだったのか……」

俺は気まずさと同時に、これまで彼女がウチの店に寄り着かなかった理由に納得した。

「なら、これはどうだい？」

俺はショーケースの上からベイクドビーンズの缶詰と、牛乳瓶を数本とって彼女に差し出した。

「豆と牛乳？」

「ああ、栄養満点。つい最近、妻のケイトの勧めで置き始めたんだ。結構評判でみんな買っていくんだぞ。ほら、あいつも得意客の一人さ」

俺は、金物屋の屋根の上で家守のガーゴイルみたいに広場を見ている黒ずくめ野郎を指差した。

エリザベスはそちらを一瞥すると、疑いの目で俺を見つめ返した。

俺がわざとらしく手を振って見せると、黒ずくめ野郎は立ち上がってこちらに向かって挨拶をした。恭しく、気取って、さも自分の方が立場が上だと言わんばかりの嫌味なお辞儀だった。

「〈紳士〉の口にも合うらしい」俺は大仰な秘密でも話すように声を潜めて言った。

エリザベスは「もう！」と頬を膨らませたあと、「でも、本当にいいの？　知り合ったばかりなのに」と尋ねた。

「だから遠慮はしないでくれ。ここは小さな田舎町だ。みんなが助け合わないとな。それに、君がソレを食べてくれればウチの宣伝にもなる。ブラウン精肉店の自慢は肉だけじゃないんだぞ！　ってね。ベジタリアンも通う精肉店！　なかなか良い宣伝文句じゃないか。なあ、お互いに得しかしていないだろう？」俺は胸を張って答えた。

「わかった、じゃあ頂くわ。ありがとう」

彼女は紙袋を受け取ると、両手いっぱいにそれを抱えてお辞儀をした。

「この町へ、ようこそ！」俺は帽子を被り直すと、鍔（つば）を持ったまま顎を引いた。

「ねえ、クリス」不意にエリザベスが俺の名前を呼んだ。

「ん？　どうした？」

「また、来てもいい？」少し間があったあと、恥ずかしそうに彼女は言った。

「もちろんだ。ブラウン精肉店始まって以来のベジタリアンのお得意様って訳だ。次からはクォーン（quorn）（菌類蛋白質で作られた食肉代替品）も仕入れておかないとな」

「冗談ばっかり。……でも、楽しかった。本当にありがとう」

「気を付けて帰るんだぞ。お母さんにもよろしくな」俺はニコリと微笑んだ。

「じゃあ、またね。クリス！」エリザベスはそう言うと足早に走り去った。

それ以来、俺とエリザベスは時々会って話をする仲になった。お互いの生活のことや、将来の夢、今日見たことや聞いたこと、好きな色、嫌いな食べ物……。時には雲をみて、何に見えるかなんてくだらない話で盛り上がったりもした。

なぜか俺たちは不思議と馬が合った。友達とか親友とか、そういう単純な間柄ではなく、ましてや恋人なんていう関係でもなかったが、何というか、そういった概念を超えた存在のように思えた。

間違いなく、彼女は俺を信頼していたし、俺にとっても彼女はかけがえのない存在となっていった。俺たちはまるで血の繋がった家族のように、目に見えない固い絆で結ばれていた。

26

警察署を飛び出し、職務を放棄したかのように見えたエミリーは、そのままの足で〈漆黒の髪亭（The Raven Locks）〉を目指していた。もちろん本気で一杯やりに来たわけでは無く、新たな殺人を未然に防ぐためである。

ただし、正面玄関から店内に押し入るようなことはせず、店の裏手に放置された巨大で古びた酒樽——かつてはオリジナルのウイスキーを熟成させていた——の陰に身を潜め、ひたすら殺人犯が現れるのを待ち続けていた。

張り込みを始めて暫くすると、例の海兵隊みたいな警察官が店に姿を現した。どうやらダラス警部の指示でマリア・コールを探しにやって来たらしい。しかし彼は、定型通りの質問を一通り済ませただけで、リッキーに軽くあしらわれて帰ってしまった。

彼がほんの少しでも粘り強く、あるいは機転の利く人物だったなら、この後に控える大捕り物がどれほど楽になることだろう、エミリーはそんなことを考えていた。

やがて霧のような雨が降り始め、彼女の輝く髪や透き通るような白肌を冷たく濡らした。

雨に濡れたせいだろうか。急にいつもの空腹が彼女を襲った。しかし、懐には何も入っておらず、彼女は仕方なく酒樽の一部を削り取ってそれを強く噛んで飢えを凌ぐしかなかった。

どうしていつも重要な時に限ってミックスナッツを忘れるのだろうか……、自分で自分を恨んでみても、答えは無かった。古びた木の味に飽きると、今度は飴玉ほどの大きさの小石を口に含んで退屈と空腹をやり過ごした。

飲んだくれていた連中も時間の経過とともに一人、また一人と数を減らし、辺りは次第に静けさを帯びていった。吹きすさぶ風が彼女の気力を削ごうと話しかけ、寒さが熱と共に彼女の体力を奪い去ろうとする中、エミリーはじっと耐え続けた。

それでもまだ、彼女の待つ人物——エリザベス・コール殺害犯が〈漆黒の髪亭(The Raven Locks)〉に現れることはなかった。

27

エリザベスと出会って三ヶ月と少し——、長く暗かった冬は去り、季節はようやく春を迎えようとしていた。

その日、俺は彼女と一緒に昼食をとる約束をして教会の墓地で待ち合わせをしていた。丁度、彼女の学校も、今の時期は特別な試験期間らしく、授業は午前中のみで終わるとのことだったからだ。

薄茶色だった芝生は、半分以上が緑の若葉に生え変わり、敷き詰められた黄緑色の絨毯みたいに教会の敷地を覆っていた。俺は芝生の上に陣取って、礼拝堂の壁にもたれ掛りながらエリザベスが来るのを待っていた。時折、雲間から覗く太陽が暖かく心地がよかった。

「お待たせ、帰り際に先生に捕まっちゃった」

そろそろ待つのに限界を感じて視線を泳がせ始めたころ、エリザベスが現れた。

彼女は薄手のニットにジーンズ姿だった。首に巻かれた檸檬(れもん)色と蘭茶(らんちゃ)のタータンチェックのマフラーは、明るい赤毛と見事に調和して、彼女の存在感を一層引き立てていた。

「はあ、お腹減った！」エリザベスは、そう言って俺の隣に膝をついて倒れ込んだ。

「おいおい、ランチを食べる前に餓死するなよ」俺はおどけて見せた。

「……メニューは何？」彼女は寝ころんだまま、首だけ動かして俺を見た。

「特製サンドウィッチ。俺のはローストビーフだ」

俺は用意していた包みを広げて彼女に見せた。次いで、もう一つ別の包みを取り出して、「君にはこっち」と彼女の隣にそれを差し出した。

エリザベスは起き上がると、マフラーを膝の上にかぶせ、その上に俺が渡した包みを乗せた。

「精肉店店主が用意したベジタリアンフードだぞ」俺は自慢げに言った。

「お手並み拝見ね」彼女は俺を試すような笑みを浮かべ、そう答えた。

エリザベスが包みを開くと、黄色や緑、赤色で鮮やかに彩られたベジタリアンサンドが姿を現した。

「すごい綺麗！」エリザベスは包みを開くなり、歓声をあげた。

〈目玉焼きと、オリーブをホウレンソウで包んだサンドウィッチ〉、

〈トマトと、リコッタチーズ、バジルソースのサンドウィッチ〉、

〈じゃがいもと、ひよこ豆のインドカレー風サンドウィッチ〉、
三切れのサンドウィッチはそれぞれ、俺が考案したオリジナルレシピだった。

以前にエリザベスから乳製品と玉子類は食べられると聞いていたので、出来るだけ華やかで食べごたえのあるものを、と先週から時間を掛けてじっくり練り上げたのだ。

俺は外連味（けれんみ）たっぷりに、召し上がれ。とお辞儀をした。しかし、彼女はサンドウィッチに手を付けず、しばらく眺めていた。まるで時間が止まったように、息を吸い込んだまま、吐き出すことすら忘れて三色の縦じま模様をじっと見ていた。

「どうした？　食べてみてくれよ」俺は耐えきれず、言った。

エリザベスは一瞬こちらを見た後、無言で頷いた。

その瞳は少し潤んで輝いていたような気がした。

彼女の細く小さな顎が上下に動き、俺の作ったベジタリアンサンドがどんどん形を失っていった。

エリザベスはとてもしっかりと食べ物を咀嚼した。細胞ひとつ残さず自分の身体に取り込むように、サンドウィッチをかみ砕き、ゴクリと喉の奥へと流し込んでいた。

か細くスラリと伸びた指先が、器用に大きめのパンを支える姿が何故か愛おしく見えた。いや、微笑ましいと言うべきだったかもしれない。彼女の姿に〈女性〉を感じるたびに、俺は小さな罪悪感に苛（さいな）まれていたからだ。

俺は道すがら購入してきた機能性飲料（アイソトニック）を一口飲んだ。口の中に独特の塩分と甘みが広がり、それが人の体液を思い起こさせて、思わず彼女から目を反らした。

エリザベスは保温性のタンブラーから紅茶を直接飲んでいた。

俺のすぐ傍で、彼女の喉がなる音が聞こえた。俺は出来るだけ彼女の事を意識しないように、視線を手元に集中してローストビーフに噛みついた。だが、柔らかな肉の感触が絡みつく女性の舌のように感じられ、俺の頭は一層混乱した。

俺は動揺を隠すように、夢中でサンドウィッチを食べ続けるしかなかった。

「ねえ、前にどうしてこの町に越してきたのかって聞いたでしょう？」徐（おもむろ）にエリザベスが言った。

俺は首だけ傾けて彼女を見た。

「あたしね、本当のお父さんを探しているの」

「本当のお父さん？」俺は驚いて訊き返した。

エリザベスは俺の想像よりも、ずっと真面目な顔をしていた。

「あたしね、物心ついたときからずっと、お母さんとお爺ちゃんと三人で暮らしてきたの。だから、あたしはお父さんの顔を知らない。あたしの産まれる前に死んだって聞かされてたから。

でも、あたしにはそれが信じられなかった。何となくだけど、あたしのお父さんは、どこか遠い町で今も生きてるって感じがしていたの。――それで、一六歳の時、学校の進路相談でお母さんの生まれ故郷の、お母さんの出身校へ進学したいって相談してみたの。この町にある大学進学準備校（シックスス・フォーム・カレッジ）に入りたいって……」

エリザベスは髪をかき上げると、それを首の横で束ねながら話した。

「つまり、君はお父さんを見つけるため、この町へ引っ越してきたのかい？　お母さんには、進学のためだと説明をして……」

俺は自分自身に言い聞かせるように、彼女の話を繰り返した。

「ええ、そうよ」彼女は答えた。

「お母さんには感謝しているけれど、あたしは本当のことが知りたかった。そして出来れば他の子たちみたいに、お父さんの温もりを感じてみたかったの。それで、お母さんの生まれ育ったこの町に来れば、お父さんのことが何かわかるかもしれないって思ったの。少なくとも、この町に住んで、お母さんの通った学校へ進学すれば、若い頃のお母さんのことを知っている誰かに出会えるかもしれないって……」

「お母さんの話は本当かもしれないだろう？　その、君のお父さんは、もう……」

俺は言葉を濁した。

「それならそれで良かったの」彼女はサラリと言い切った。

「本当にもう死んでいるなら、その確証が取れたなら、そう割り切って前に進めるもの」

俺は思ったよりもサッパリしているんだな、と感じて、「そういうもんかい？」と言った。

彼女は小さく頷いて「そういうもんよ」とだけ答えた。

「でも、どうして、君のお父さんがこの町に居ると思うんだ？」俺はポツリと訊いた。

「お母さんは学生時代にあたしを身籠ったの。だからよ」

エリザベスはそれ以上詳しくは語らなかったが、俺はなんとなく彼女の言いたいことを察した。

「お母さんは、君の進路希望には反対しなかったのかい？」

俺は続けざまに質問した。エリザベスが初めて明かす、彼女の事情にとても興味があったからだ。

「反対なんてするはずないわ。あたしの事、とても愛してくれているから。でも、すごく混乱していたと思う。悩んでいたのかも……。でも、それで反対に確信できたの。あたしのお父さんは、まだ生きているんだって。生きていて、この小さな町で暮らしているんだ。だから、お母さんは、こんなにも悩んでいるに違いないって」

彼女の口調は断定的だった。そこには、若者特有の青さと純粋さがあった。

俺は、しばらく考えてから「手がかりはあるのかい？」と訊いた。

「何も……」エリザベスは首を横に振った。

「でも、お母さんがこの町を出るとき、誰かが引っ越し費用を負担しようとしたって聞いたわ。実際には受け取らなかったけれど、全額負担を申し出た人がいるって。それに、そのあとも、誰かが匿名で生活費を振り込んでくれているの。お爺ちゃんたちが亡くなった今も、ずっとよ」

「生活費を？」俺は眉根を寄せて、彼女を見た。

「あたしは、その人物が本当のお父さんに違いないって思っているの。だって、それ以外に考えられないじゃない。そうでしょう？」彼女は訴えるような目で俺を見た。

「誰からそれを聞いたんだ？」

「お爺ちゃんが亡くなるとき、こっそり話してくれたの。〝無理をして働かなくてもいい。貯金も、生活費も心配ないんだ〟って。丁度その頃、お母さんも過労で身体を悪くしていて、お婆ちゃんも、もう何年も前に無くなっていたし、この上、お爺ちゃんまで居なくなったらどうなるんだろう……って、あたしはすごく不安だったの。きっと、そういうのを見かねて、あたしにだけ話してくれたんだと思う」

「謎の出資者か……。確かに意味深だな」

俺は腕を組み、長く息を吐き出した。

「きっと、何か事情があって名乗り出ることはできないけれど、お父さんは、今もあたしたちの事を想ってくれているのよ」

彼女は呟くように言った。

「お父さんは、今もずっとお母さんのことを愛していて、もちろん、あたしのことも――、会ったことは無いけど、それでも娘として大切に想ってくれているはず……。だから、こうして、何年もずっと仕送りを続けてくれているのよ。間違いないわ」

「それで――、ここへ越して来て、実際に何かわかったことは？」

「いいえ、まだ何も」彼女は両掌を上に向け、肩をすくめた。

「でも、情報を集めるために、パブでアルバイトをしているの。大人の集まる場所に居れば、昔のこと、いろいろな話が聞けると思ったから……」

彼女は、幼いなりに自分の出来ることを真剣に探していた。

「これからも、お父さん探しを続けるのかい？」

「もちろんよ、そのためにこの町に越してきたんだから。それにね、ちょっと前から、お金持ちを探すのにうってつけの場所を見つけたの。アルバイト先で知り合った人の紹介で。そこで働いていれば、町の有力者とも出会えるかもしれないって……」

「なんだか、如何(いかが)わしい話だな」俺は顔をしかめて訊き返した。

「そんな事ないわ！」エリザベスは大袈裟に否定した。

「あそこでは誰もあたしに危害を加えないし、普通に生活して居たら絶対に出会えないような人とも会うことが出来るのよ。だから、彼らをうまく利用すれば、かなり効率的に情報を集められると思うの。それに、沢山の人と知り合えば、知り合った数だけ、あたしと似てる人が見つかる可能性も増えると思わない？　例えば髪の色とか、瞳――、あとは歯の形とか、そういう遺伝的な特徴を持った人の話が聞けるかもしれないじゃない！」

「危険はないのか？」俺はなだめるように、あえて低い声で話した。

「あそこに居る間、大人たちはあたしの言いなりよ」彼女は即答した。

「どういう意味なんだ？」

「あたしは〈魔女〉なの」

「ま、〈魔女〉？」俺は思わず狼狽えて、彼女の言葉を繰り返した。

「そう、魔法を使える本物の〈魔女〉よ」彼女は凛とした態度で言った。

「あの場所に居る間、あたしは魔法の力を使えるの。どんなに屈強な男もひれ伏すような力を持つことが出来るのよ」

俺を見据えるエリザベスの顔は、先ほどまで思い悩んでいた少女のものでは無く、何人もの男を従える女帝のような風格があった。

「なんだか、ゾッとしない話だ」俺は、素直な感想を伝えた。

「それに、俺には君が〈魔女〉だなんてとても思えないよ。君はまるで〈天使〉だ。いつも光を背負って現れる。空から舞い降りてきた、本物の天使みたいに清らかじゃないか――。こう言っちゃなんだが、どちらかと言えば、君よりも、君のお母さんほうが〈魔女〉っぽいだろ。あの、やつれた頬といい、その、色の抜けた髪の毛とか……」

「クリスって思ったよりも人を見る目が無いのね」彼女の冷たい声が、俺の誹謗を遮った。

「お母さんこそ、天使よ。あんな心の清らかな人は居ないわ。娘のあたしが言うのもおかしな話だと思うけど、でも、あの人は本当に天使なの。お母さんがピアノを弾いて歌を歌うと、本当に背中に羽根が見えるんだから。まるで、絵本の中の出来事みたいに、窓の外で小鳥が歌ったり、曇った空から光が差したり……」

エリザベスは明らかに気分を害していた。

「すまない。今のは忘れてくれ。俺の失言だった」

俺は帽子を外して、深々と頭を下げた。

「君のお母さんを悪く言うつもりは無かったんだ。ごめんよ、許してくれ」

彼女はすぐには答えなかった。

しばらくの沈黙のあと、「もういいわ」とだけ呟いた。

俺はゆっくりと顔をあげ、彼女の様子を窺った。

エリザベスは視線を外したまま下唇を噛んでいた。

「もう二度と、君のお母さんのことは悪く言わない。本当だ」

俺は許しを請うようにじっと彼女の顔を見つめた。

雲間から差し込む陽光が、彼女の横顔を照らしていた。

俺はまぶしくなって、思わず目を細めた。

「そういえば、クリスの目──、あたしと同じ翠色だね」エリザベスが視線を外したまま言った。

「普段は帽子で影になっててあまり気が付かなかったけど……、すごく綺麗な翠色をしているわ。まるで新緑の森みたい」

いつの間にか、彼女の佇まいは少女のそれに戻っていた。

「帽子、被ってないほうが良いと思う。折角、綺麗な瞳の色なのに、いつも隠してて勿体ないわ」

エリザベスは、からかうような優しい視線をこちらに送った。

「昔、同じようなことを言われたことがある」

俺は漸く安心して、口元を緩めた。

「その人って、クリスの初恋の人？」

「違うよ。そんなんじゃない。ただ、言われたことが有るってだけだ」

彼女は肘をついて、顎を乗せると「ふぅん」とだけ呟いた。

「ねえ、クリス」

「どうした？」

「本当の親子なら――、見えない絆みたいなもので、お互いに自然と引かれ合ったりするのかな？一目見ただけで、この人はあたしの家族だってわかったり」

「どうだろうな？　俺にはそんな経験もないし、その状況を思い描く想像力も無い。俺は、どこにでもいる普通の男だからな……」

俺は、どういう風に答えて良いのか迷った挙句、曖昧な返事をした。

「そうだよね。こんな気持ち、普通はわからないよね」

エリザベスは両肩を寒そうに抱いて、孤独を噛み締めるような顔をした。

俺は慌てて取り繕ったが、彼女はもう何も答えなかった。

俺は次の言葉が見つからず、ただ黙って流れる雲を見るしかなかった。

「今日、作ってくれたサンドウィッチを見た時にね……、クリスがお父さんだったらいいのにって、一瞬だけ思った」エリザベスが言った。

「さっきも翠色の瞳を見て、もしかして——って期待したんだけどな」

彼女は寂しそうな笑みを浮かべていた。

俺は驚いたが、出来るだけ平静を装って「俺は金持ちじゃない。君の家族に仕送り出来るほどの甲斐性なんて持っていないよ……」と、答えた。

「でも、クリスの家の子供だったら、毎日、極上のお肉が食べ放題なんでしょう?」

「確かにな。でも、君はベジタリアンだろう」

俺は皮肉っぽく笑い、彼女を見た。

エリザベスは力なく、「そうよね」とだけ答えて、もう話を終えてしまった。

暖かな春の日差しが、彼女の憂鬱を包み込むように俺たちの上に優しく降り注いでいた。


エリザベスが帰ってからも、俺は少しの間、墓地の芝生に座ったままだった。彼女が残した言葉が頭の中で古いポップスのサビみたいに何度もリフレインしていた。

俺は学生時代からずっと、ケイト一筋で彼女以外の女性を知らない。彼女だけを想って生きてきたんだ。だから、エリザベスが俺の子供であるはずは無かった。

だが、記憶の片隅に、どす黒くて決して消えない靄がかかっていた。暗黒の靄は、俺がどんなに必死に振り払おうとしても、決して晴れることは無かった。

もしかすると俺は——、俺は、何か、とんでもないことを忘れてしまっているのだろうか? そんな思いが、俺の躰をその場に縛り付けていた。

28

「あら、クリス珍しいわね」

〈漆黒の髪亭(The Raven Locks)〉の深い朱色の扉をくぐると、すぐにエリザベスが声を掛けてきた。

「やあ、看板娘さん」俺は歯を見せて挨拶をした。

斑(まだら)な金髪の粗野な店主ではなく、若く溌剌(はつらつ)とした少女に出迎えられるのはとても気分がいい。

「今日はケイトが久々に実家に帰っていてね。普段はあっちの店ばかりなんだが、たまには、こっちの料理が食べたくなったのさ。こう見えても若い頃はこっち側が中心だったんだ」

俺は顎を出して店の中を見回した。

エリザベスは「ふぅん……」と何かを確かめるような顔をして、俺を席まで案内した。

「普段は奥さんの言いなりなんだ?」俺が席に着くなりエリザベスが訊いた。

「違うよ」俺は慌てるでもなく、帽子を脱いでテーブルの上に置いた。

「俺が好きでやってるんだ。あいつの言いなりじゃなく、俺のやりたいことが、あいつの思い通りなだけさ。尻に敷かれてるなんてこれっぽっちも思っちゃいない」

「すごいね、以心伝心なんだ……」エリザベスの声は何故か無感情だった。

「あいつは俺の宝物だからな」

「ねえ、二人はどうやって出会ったの?」

エリザベスは俺の話に興味が出てきたのか、回収したばかりの空のパイントグラスをテーブルの隅に置き、自分もその脇にもたれ掛った。

「おいおい、仕事はいいのか？」俺は訊いた。

「いいの、今日はどうせお客も少ないから」エリザベスは肩をすくめた。

「そうなのか……」

俺は彼女に言われて店を見回してみた。確かに俺のイメージしていたような賑わいは無く、数名がテレビを見たり、大人しく飲んでいるだけだった。

「ところで、リッキーはどうしたんだ？」

「今日は……、居ないの」

エリザベスは、少し視線を泳がせたあと、答えた。

「彼はちょっと別のところで働いている。お得意様もみんなそっちよ。だから、今夜は大した料理も出来ないわ。あたしと、あと、あのケバいオバサンだけだから」

エリザベスは顎をしゃくった。カウンターには、確かにケバい化粧の年増と、耳に傷のある男が座っていた。

「あれは、元オーナーのディランじゃないか。と、いうことはあのケバいのは、ダイアナか？なんであの二人が？」

俺は二人を知っていた。リッキーがこの店を始める前に、ここを切り盛りしていたオーナー夫婦だったからだ。確か今は、隣町で不動産の管理業か何かをしていると聞いていた。

「リッキーが彼の仕事を手伝ってるのよ。だから彼の仕事でリッキーが居ない日は、彼と、あのオバサンが代わりに店番をしてるの」

「そうだったのか、知らなかったよ。この店にも随分来てなかったからな」

「だから、今夜は料理は諦めてお酒を楽しんでちょうだい。代わりに看板娘が話し相手になってあげるから、ね」

エリザベスは俺を気遣うようにウインクをしてみせた。

俺には何故か、その仕草が少女のものではなく、男を知り尽くした商売女のように感じられ、妙な違和感を覚えた。まだ未成年の彼女がパブでアルバイトをしていること自体、俺の道徳観から外れて居たからかもしれない。

「じゃあ、ナッツでもジャーキーでも、とにかく簡単なものとビールをもらおう。冷えたラガーがいい。そうだな、〈スクランピージャック〉をパイントで」

俺は彼女に対するちぐはぐな感情を振り払うように、努めて明るく注文をした。

「わかった、ちょっと待ってて」エリザベスはそう言うと立ち上がった。

テーブルから飛び降りて走り去る彼女の姿は、少女のそれ、そのものだった。


「俺たちが付き合い始めたのは、丁度、いまの君くらいの歳からだ」

俺はパイントグラスを半分ほど空けると、ケイトとの馴れ初めについて話し始めた。

「普通の男代表の俺が、当時の学園のマドンナと結婚するなんてことは、町の誰一人として予想もしていなかった。俺自身ですらね。というのも、そもそも俺は人とあまり話すのが得意じゃなかったんだ。特にそれが女性となると、酷くてね。まともに挨拶をするのもままならなかった。思春期ってやつさ。女友達と言えば、幼い頃から家族ぐるみで付き合いのあった一家の一人娘くらいでね……、今こうして、君と話しているのが信じられないくらいの奴だったんだ」

エリザベスは「ふぅん」と言って、ティーカップから紅茶を一口啜った。

「それに俺は就職組で、ケイトは進学組だった。だから俺たち二人は学校でもほとんど話すことも無くてね。実のところ、ケイトと初めて話したのも、その女友達の紹介だった。〝俺と友達になりたがってる女の子が居る〟って言われてね。普段ならそういうのは面倒がるんだが、その子とはとても気心が知れていたし、最初は三人で遊びに行くっていう事だったから、めずらしく承諾することにしたんだ」

俺は照れ臭さを隠すように、皿の上のビーフジャーキーを一切れ取って、大袈裟に齧った。

「最初の出会いは、女友達の紹介だったんだ？」エリザベスがボソリと訊いた。

「そうだが……、何かおかしかったかい？」

「なんだか、想像していたよりも在り来たりね」彼女は顎を人差し指で触った。

「おいおい、俺はどこにでもいる普通の男だ。君が期待してるようなロマンチックな物語とは無縁の人生なんだよ……。だから、〝つまらない〟って言っただろ？」

俺は肩をすくめ、訴えるような目で彼女を見た。

「そうかもしれないけど、クリスがあまりにも〈運命の人だ〉とか、〈最愛の妻〉だとか、いつもそんなこと言ってるからハードルが上がっちゃってたのかも。なんだか勝手にもっと運命的な話が聞ける、って思ってた。せめて暴漢から救い出したとか、迷子になった子犬を探して届けてあげたとか、あとは――、ＳＮＳですごくマニアックな趣味のグループで偶然出会ったとか……」

エリザベスは唇を尖らせて、俺の顔を見返した。

「ＳＮＳって、おい。俺たちが若かった頃は、まだ携帯電話も普及していなかったんだぞ」

「え、そうなの？　じゃあ、どうやって友達と待ち合わせたり、親に隠れて好きな人と電話すればいいの？　マップは？　初めて行く町でケータイ無しで電車の乗り換えとかマジ無理だし……、メールは、流石に有ったよね？」エリザベスは本気で驚いた顔をしていた。

「俺は、別に世界の裏側に居るかもしれない運命の人なんて探しちゃいなかったんだ。この小さな田舎町で、それなりの相手を見つけて、それなりの幸福を育んでいければ、それで良かったのさ」

「でも、どうして学園のマドンナが、そんな人見知り君に興味を持ったのかしら？」

「俺にも分からなかった。正直、俺なんかのどこがそんなに良かったんだろう？　って何度も考えたよ。でも、答えは出なかったし、彼女に理由を訊いても、〝人を好きになるのに理由が必要なの？〟と切り返されるばかりだったんだ」

俺はジャーキーを飲み込むと、塩気と油のついた親指を舐めた。

「だが、ある時、ひょんな切っ掛けで彼女の本心を知ることが出来たんだ……」

エリザベスはテーブルに両肘をつくと、その上に顎をのせて勿体付ける俺を視線で急かした。

「昨年の結婚記念日――、俺はケイトとの結婚五周年を盛大に祝うために、ちょっとした計画を練っていた。普段は手が出ないような上等な肉を手に入れて、それを二人で思う存分味わおうっていう贅沢な計画だ。しかも、ただの上等な肉じゃない。長時間かけて〈熟成〉させた、うまみ成分たっぷりの、まるで〈作品〉のような肉だ」

「熟成？　ワインみたいに？」エリザベスが不思議そうな顔をした。

「そうだ。肉もワインと同じで〈熟成〉させることで、旨味が何倍にも増して、肉本来の味を存分に味わえるようになるのさ。だが、ちょうど肉の〈熟成〉が進み、食べ頃になった日のことだ。俺はとてつもない失敗を犯していることに気が付いたんだ。と、言うよりも、知ることになった。まだ、陽も登り切らない早朝の事だった。英国公衆衛生庁だか、食品基準庁だかの人間がやってきて、俺にこう告げたんだ。〝狂牛病の疑いのある牛肉を仕入れた業者を調査しています。ご協力願えますか？〟てね。俺は一瞬、彼らが何を言っているのかわからなかった。

だが、彼らが牛の脳が残っているかと訊ねたとき、漸く気が付いた。この肉は汚染されちまってるんだってな。わかるかい？　単に腐ったとか、品質の見立てを間違えたんじゃない、俺が仕入れた上等の肉は、殺処分のずっと前から汚染されていたんだ。……そんな訳で、俺はたっぷり時間を掛けた〈熟成肉〉を廃棄処分することになった。お役所の指導書というおまけ付きでね……。当然、牛を仕入れるために使った金は戻って来ない。俺はいつも肝心な所でヘマしちまうのさ」

俺は話していてバツが悪くなり、思わず唇を噛んだ。そしてテーブルの上のビーフジャーキーを一切れ取って、右手から左手に持ち変えたりした後、結局皿に戻した。

「前置きが長いかな？」俺は訊いた。

「ううん、ぜんぜん大丈夫。続きを聞かせて」

エリザベスは、指先で髪の毛を巻きながら、どうして？　という顔をした。

それで俺は、安心して続きを話し始めることが出来た。

「それで結局――、昨年の結婚記念日には急遽こしらえた腸詰めを出したんだ。いつも店で出してるのと同じものだよ。もう、他に何も思いつかなくてね。逃げ出したいくらいに肩身が狭かった。

ケイトには結婚記念日には美味い物を食べさせると約束していたからな……。だが、彼女はこう言うんだ〝約束どおり、とても美味しいわ〟ってね。俺は自分の耳を疑ったよ。でも、何度聞いても彼女は嬉しそうに〝美味しい〟って言うんだ。

それで、思い切って理由を聞いてみた。そしたら彼女、恥ずかしそうにこう言ったんだ。〝初めてあなたの腸詰めを食べた時から、ずっと特別な味よ。覚えてるかしら？　学生のとき、養父さんが病気で倒れたとき、あなた、学校を休んでお店を手伝っていたでしょう。あのときから、あたしはあなたの作る腸詰めのファンだったの。ショーウィンドウからずっとあなたのこと見ていたのよ〟ってさ。

俺はその言葉を聞いて、完全に救われた気がしたんだ。凄いことだろう？　町一番の美人が、俺のことを人知れず想っていたんだぞ。俺たちには特別な肉なんて必要なかったんだ。俺は、俺のままで良かったのさ。彼女はありのままの俺を、気に入ってくれていたんだよ。俺たちは、初めから結ばれる運命だったのさ」

俺は酔っていたのか饒舌になり、必要以上に自分のことを彼女に話していた。昔は親父の話が長くて聞くだけでうんざりしたもんだが、俺も同じことをしてしまう年齢になったと言うわけだ。

「だが、もうひとつだけ、俺にはわからないことがあった。彼女は結婚するまで一度もウチの店に来たことが無かったからだ。それで、俺は彼女にいつ、ウチの腸詰を食べたんだ？　って聞いたんだ。すると彼女は〝友達に貰ったの〟って答えた」

「友達からもらった？」

「ああ、そうさ。彼女が言うには、俺に腸詰をプレゼントされたけれど、その友達は口にもせず、処分に困っていたって言うんだ。それで、見かねたケイトが、その友達から俺の作った腸詰を受け取ったって訳さ」

「つまり、クリスが腸詰をプレゼントした人物から、クリスの奥さんは、クリスに黙ってあなたの作った腸詰を譲ってもらっていたってこと？」。

「そういう事だ。俺は、その話を聞いてふと思い当たったんだ。……ああ、そうか、俺はまた、ヘマしちまってたのか。ってな」

「どういうこと？」

「俺は初めて作った腸詰の味が不安でね、それで例の女友達——幼馴染の彼女に、味を確かめてもらおうと思って、それを包んで渡していたんだ。だが、よくよく考えると彼女、俺の腸詰なんて食べるはず無かった。俺は彼女のことを、ずっと小さな頃から知っていたのに、彼女の生活がどんな風だか想像もできて居なかったのさ……。俺の幼馴染の彼女は、君と同じ、ベジタリアンだったんだ」

「あなた、ベジタリアンの幼馴染に、腸詰の試食をお願いしたの？」

「今、思うと、彼女から聞かされた腸詰の感想も、ケイトが食べたものを、彼女が伝えてくれていたのかもしれない。最悪だな、俺は。若かったじゃ済まされないかも」

「ほんっと最悪。……でも、二人が出会ったのも、そのベジタリアンのキューピットのおかげね。その人にも感謝しないと……」エリザベスが言った。

「確かにそうだな。彼女にも感謝するよ。俺たち運命の二人を引き合わせてくれたんだからな。だが、最も重要なのは、俺とケイト二人のことだ。俺たちが運命の二人だったという事が前提だ。だから、こうやって今があるんだからな」

「また運命の二人？　それ、重要なわけ？　全然、わかんない」

エリザベスは小鼻を膨らませて言った。

「重要だとも。俺にとってケイトは運命の人なんだ。俺には他に選択肢なんて無かったのさ。それが、最も重要なことなんだ」

「ふぅん……、じゃあ、もしも例のキューピットさんが二人を引き合わせて居なくたって、クリスと奥さんは出会って結ばれたって言うのね」

エリザベスは、妙なこだわりを見せ、俺に食い下がった。

「ああ、もちろんだ。俺たちはどんな運命だろうと出会っていたさ」

「奥さんが運命の人だって言う証拠はあるの？」

「証拠なんていらないだろ。俺たちは愛し合っているんだ……」

「二人でお互いが運命の人だって言う話をしてるの？　本当にそうかしら。相手もそう想っているって確認した？」

「一体なんなんだ!?　なぜ、そんなにケイトの事を訊きたがる？」

「それは……」

「それは、何だ？　言ってみろ」

「ケイトは、奥さんはクリスに不釣り合いな感じがするから……」

「そんなもの、君に心配される筋合いはないだろ！」俺は思わず大きな声を出した。

「俺とケイトは愛し合っているんだ。君はまだ子供で、大人のそういう事情が分からないだけさ。君とは友達だが、これ以上、ウチの家族に干渉しないでくれ。これは家族の問題なんだからな！」

俺は明らかに感情的になっていた。

彼女が子供だと知りつつも、自分を抑え込むことが出来なかった。

「その人のこと知っているかもしれない……」エリザベスが突然、力なく言った。

「え？　何？」俺は訊き返した。

「あたし、ベジタリアンのキューピットさん、誰だかきっと知ってるよ」

今度はハッキリと聞き取れた。

だが、彼女の言いたいことは俺にはわからなかった。

「……ねえ、そのキューピットさんの名前、教えてくれない？　どうして、その人はベジタリアンだったの？　この町に、今も住んでいる人？」

彼女は確信めいた面持ちで、俺を見ていた。

「実は、あたしは、こう思っているの——」

エリザベスは慎重に言葉を区切り、俺を追い詰めるように耳元に口を寄せた。

俺は思わず緊張し、自分の喉が鳴る音が聞こえた。次の瞬間——。

「おい！　いつまで油売ってるんだ！」

彼女の言葉を遮るように、列車の警笛みたいな怒号が飛んだ。

エリザベスは思わずすくみ上り、次の言葉を飲み込んだ。

「こっちはバイト代払ってやってるんだ。ちゃんと働け、この小娘が！」

声の主は、再び怒鳴ると、俺たちの傍まで近づいてきた。

男はエリザベスの肩を掴むと、〝あっちでグラスでも洗ってこい〟と言って、力任せに押しのけた。

俺は思わず立ち上がり、男の腕を掴んだ。だが、それは腕と言うよりも、馬の首でも掴んだような感覚だった。

俺自身、それほど小さな方でも無く、むしろ筋力には自信を持っている方だった。だが、この男の巨躯はそれをはるかに上回っていた。彼のごつごつした顔を見上げると、その頭は天井にぴたりと届いているような錯覚すら覚えた。

「なんだ、この手は？」俺を見下ろす男の耳には、くっきりとした傷があった。

「ディラン、やめろ」俺は動揺を気取られまいと、彼を睨み返した。

「俺たちはただ、ほんのちょっと会話をしてただけだ。誰にも迷惑かけちゃいないだろう？」

「いいや、迷惑だね。俺が店を預かってる時に、従業員が怠けてたとあっちゃあ、俺の面目丸つぶれだ。例えそれがバイトの小娘だろうとな。しかも、そいつは俺の目の前で、さえない男とイチャイチャと話し込んでいやがる。虫唾が走るぜぇ。俺の女が酒を淹れて稼いだアガリを、この小娘は働きもせず、かすめ取ろうとしていやがるんだ」

「彼女はちゃんと接客していただろ。俺に酒を運んで、料理の注文も通した」

「向こうの客のグラスが空だ」ディランは顎をしゃくった。

「それに厨房には、たんまり皿もグラスも溜まってる。それは何故か、この小娘が、仕事をさぼって、お前と話し込んでいたからだ。そうだろう、クリス？」

彼は力任せに手首を返すと、俺の腕を振りほどいた。イタリアかどこかのブランド物のジャケットは、盛り上がった筋肉ではち切れんばかりに布が突っ張っていた。

「ごめんなさい、すぐに仕事に戻るわ。だから、もうやめて」エリザベスが震える声で言った。

俺は彼女に大丈夫か？　と目配せすると、精一杯背筋を伸ばしてディランを睨んだ。

彼は俺の顔とエリザベスを二度、三度見比べたあと、「早く行け！」と言って、彼女を厨房に追い払ってしまった。

エリザベスはカウンターをくぐる時、一度だけこちらを見た。その顔は鎖に引かれ、檻に閉じ込められる動物のように寂しげだった。

「これでいいんだ。漸く元の形にもどった」ディランはそう言って、俺の肩を叩いた。

俺は力なく椅子に腰を下ろすと、グラスに残った〈スクランピージャック〉を一気に飲み干した。殆ど泡の無くなったラガービールは、俺の喉の奥で微かにはじけ、ほのかな苦みと共に流れて消えてしまった。

「お前ら、何の話をしていたんだ？」ディランが俺に訊いた。

「別に話すほどの事じゃない」俺はむっつりとして答えた。

「そりゃないだろう？　ビール一杯でウチの店の特等席に居座ってたんだ。俺には聞く権利がある。なあ、あの小娘を誘惑でもしてたのか？」

「俺を侮辱するつもりか？」

「そんなつもりは無いさ。ただ俺は、ウチの看板商品に目を付けるとは、お目が高いと思っただけさ。お前がその気なら、俺が口を利いてやってもいいんだぜ。初回に限り手数料もディスカウントしてやる。どうだ？」

「どういう意味だ。俺がエリザベスと話してたから強請(ゆす)ろうっていうのか？　彼女が未成年だからか？　俺が妻に隠れて少女を口説いていたと？　残念だが、俺たちは、あんたに強請られるような話はしてない。ただ、俺とケイトの馴れ初めについて、ちょっと話してやっていただけだ」

「……あ？　なんだ、そりゃ。お前、そうなのか？」

「何が言いたいんだ？」

「つまんねぇ野郎だな。俺はてっきり……、まあいい。忘れてくれ。また気が向いたら、その時に詳しく話そうや」

ディランはそう言うと、ブランド物のスーツの襟を直して俺の背後に立った。そして、今度は俺の両肩に砂袋みたいな両掌を置いて、軽く肩を払った。

「ところでお前、今さっき、〝ケイト〟って言ったか？」

「それがどうした？」

「アレはお前の女なのか？」

「俺の妻だ。悪いか」

「そうか……、キャサリン・ブラウン。確かにそうだ。お前と同じ苗字じゃないか。お前ら結婚してたのか。そりゃあいい。こいつは傑作だ。そうか、そうだったのか」

「なんだ、どういう意味だ？　俺の妻がどうかしたのか？」

「いいや、なんでもないね。こっちの話だ」

ディランは俺の顔を覗き込み、無遠慮な視線を向けた。まるで見世物小屋の珍しい生き物を見るような、そんな薄ら笑いを浮かべていた。

「今夜は良い話が聞けたよ。単なる退屈な店番が、お前のおかげでちょっとしたイベントになった。心から礼を言うよ」

「おい、どういう意味だって聞いているんだ」

「アレはイイ女だなぁ。この店の看板に描かれた女に似てる。艶やかな漆黒の髪色に、白い肌。ぷっくりとした唇と、大きな尻。アレはイイ女だ。たまんねぇ」

ディランは舌なめずりをして、唾を飲み込んだ。

「帰ったら、よろしく言っといてくれ。それとさ、今度、夫婦揃って店に来なよ。サービスさせてもらうからよぉ」彼はそう言うと、肩を揺すって笑いながら立ち去ってしまった。

(なんて野郎だ……。俺だけじゃなく、妻を侮辱しやがって！　全然似ていないぞ！　漆黒の髪以外は、どこも似て居ない！　似ているもんか！　ケイトの乳房はもっと形が良くって豊満だ。乳首もツンと上を向いている。唇もあんなに下品に膨らんじゃいない。厚く見えるのは弾力があって、柔らかいからだ。肌ももっと透き通るように白くて、鎖骨の下には青い静脈が浮かんで見えるんだ……。全っ然、似ていない！)

俺は、震える拳をもう片方の手でつかみ、今にも暴れ出しそうになるのを必死で抑え込んだ。

背後からは、ディランが嬉々としてケイトの名前を話す声と、それを聞いて下品な悲鳴をあげるダイアナの艶めかしい声が聞こえていた。

一体何がそんなに可笑しいっていうんだ？

俺がどこにでも居る普通の男だからか？

彼女とは不釣り合いだって？

……くそ！　皆、俺のことをバカにしやがって……

だが、いいさ。

お前は知らないだろう？　そうさ、知っててたまるもんか……。
彼女の肉体は俺だけが知っているんだ。
彼女の性器の形も、
陰毛の生え方も、
身体のどこが感じるのかも、俺だけが知っている。
俺だけが知っているんだ。
彼女は俺の物だ……俺の物なんだからな!!

29

〈漆黒の髪亭(The Raven Locks)〉に張り付いて既に数時間――まだ雨は降り続いていた。

白金色(プラチナ)の髪先に水滴が溜まり、丸くなっては自重に耐えきれず落下する。そんな動きをどれほど見つめ続けただろうか。今夜はもう、犯人はやって来ないのかもしれない。エミリーはそんなことを考えてた。

そもそも自分の推理は正しかったのだろうか？

また暴走してしまった。こんなはずではなかったのに……。

客席の照明は落とされ、時刻はすでに深夜を回っていた。

もう、十分やったじゃないか、なあ、エミリー・トンプソン。今夜は帰って暖かいシャワーを浴びてフカフカのベッドで眠ろう。なんなら眠りにつく前に、ナッツとチーズを食べながらワイングラスを傾けたっていい。揺れる暖炉の灯りを眺めながら、お気に入りの小説の続きを読もう……。

それが良い。それが警察を辞めた夜の正しい過ごし方だ。

そんな迷妄が何度も頭をよぎっては、返す波のように消えていった。

30

パブでの夜以降、俺はエリザベスとは、しばらく会っていなかった。

あえて避けていたという訳ではないが、彼女も店に顔を出さなくなっていたし、俺から連絡を取るのも何となくだがおかしな感じがすると思っていたからだ。

それでモタモタしているうちに、いつの間にか数週間が経ってしまっていた。

そんなある日、俺が店を閉めようとしていたとき、彼女が現れた。

「この間の夜、以来だね」

「久しぶりだな。もう二度と会えないかと思ったよ」俺は冗談めかして言った。

「たった数週間よ、大袈裟。……でも、あたしもすごく久しぶりな感じがする。奥さんは元気?」

「お蔭さまでな。今のところ母子ともに順調だ」

「赤ちゃんはいつ産まれてくる予定なの?」

「まだ、当分先の話だ。来月になってやっと安定期に入る予定だからな。医者が言うには、ケイトはすこぶる健康体で、体質的にもよほどの事が無い限り安心して良いってことだが……、それでも不安だよ。この世は何が起こっても不思議じゃない」

「産まれてくる赤ちゃん、クリスに似てるかな？　それとも奥さん似かな？」

「女なら、彼女に似てほしいね。俺は侮男ってほどじゃないが、どこにでも居そうな普通の顔。ケイトに似たならきっと美人に育ってくれる」

「男の子なら、クリス似がいい？」

「そうだな、あまり美男子だと、女性問題が心配だからな」

「何それ、くだらない」エリザベスは破顔して、いつものように小さく肩を揺らした。

それを見て俺も頬が緩み、ついつい安堵の吐息がこぼれた。

俺たちは久しぶりにお互い歯を見せながら笑った。

可笑しくも無いのにいつまでも笑いが止まらなかった。

彼女の控えめな微笑みと、俺の低く断続的な笑い声は、一つに溶け合い混ざり合って、まるで新しい楽器の音色のように聞こえていた。

やがてエリザベスは大きく息を吐き出すと、「はぁ〜、笑ったぁ」などと言って目尻の涙を小指の先で拭いていた。

俺も帽子を被り直し、腕の内側でゴシゴシと両目を擦った。

涙が出るほど笑ったのは本当に久しぶりの事だった。

だが次に俺が目を開けた時、エリザベスの表情は一変していた。それは真剣――いや神妙というか、神秘的と言ったほうがしっくりくるような、そんな表情だった。

「実は、今日はとても大切な話があるの……」彼女は、穏やかに切り出した。

「大切な、……話？」

「そう、大切な話よ」彼女はもう笑っていなかった。

突然の緊張に耐え兼ね、俺の喉がゴクリと音を立てた。

「あのね、あたし、お父さんを探しているって言ったでしょう？」

「ああ、この町へ越してきた、君の目的だろ？」

「あたし、お父さんを見つけたかもしれない」

「……え？」俺は一瞬自分の耳を疑った。

「あたし、本当のお父さんを見つけたと思う」エリザベスはもう一度繰り返した。

「ある人が、あたしのお父さんだって言う確信が得られたの」

今度はハッキリと聞き取れた。

「……それって例の謎の出資者の？」俺は出来るだけ落ち着いた素振りで訊いた。

「ううん、ちょっと違ったけど、もっといい人」少し間があって、彼女が答えた。

「そりゃあ……、そうか……、良かった」

俺は鼻から深く息を吐き出し、何度も頷いた。

「で、どうやって見つけたんだ？　引っ越し代金を建て替えた領収書でも見つけたのか？」

「そんなんじゃないけど。もっと、大切なものが見つかった。家族の絆みたいなものよ……」

「形見か何かを見つけた？」

「違うわ。いつも見てるけど、自分では見えないもの」

「なんだい？　なぞなぞみたいだな」俺は眉をひそめた。

「そう、なぞなぞよ。それに証言もとれた」エリザベスは飄々と答えた。

「証言？」

「そうよ。それでね、どうしてもクリスに見せたいものあるから、今から一緒に出られない？

もうお店は終わりでしょう？」

彼女は爪先立ちになって、商品陳列カウンター越しに身を乗り出した。

「今から？」俺は思わず半身(はんみ)になった。

「お願い！　一生のお願いだから！」

エリザベスはカウンターの上に腕を組んで乗せると、その上に顎を置いて小首をかしげた。

彼女の翠色の瞳がキラキラと俺の顔を覗き込んでいた。

「……でも、もう夕飯時だ。家に帰ってケイトの夕飯を準備してやらないと……。誰か他に頼めないのか？」俺は気まずそうに目を逸らした。

「他に相談できる人なんて、この町にいない。知ってるでしょう？　——それに、クリスじゃなきゃダメなの。お願い。ね、お願いよ！　一っ生のお願い！」

エリザベスは両手を組んで唇をへの字に結ぶと、俺の顔をじっと見つめた。

その仕草は子供が親にプレゼントをねだるようでもあり、途方に暮れた人々が神に祈りを捧げるようでもあった。

「……時間はどれくらいかかるんだ？」

「二時間半か、三時間くらい」

「一時間、それが限界だ」少し考えてから、俺はため息混じりに頷いた。

「ありがとう、出来るだけ手短に済ませるから！」

エリザベスはカウンターから跳ね起きると、店の中に飛び込んで来て俺に抱きついた。

幼気な少女にあんな瞳で懇願されたらとても断れない。まったく仕方がないな、ケイトには〝客先に寄って帰る〟とでも伝えておくとしよう。俺は喜ぶ彼女を見ながら、そんなことを考えていた。

「じゃあ、行きましょう！　車はあるよね？」

エリザベスは、まるでショッピングか、ピクニックに出掛ける親子みたいに俺の手を取って強く引いた。俺はそれが満更でもなく、思いのほか軽い足取りで彼女の後を追った。

車で隣町を回り、二〇分ほど走っただろうか――、彼女は俺を〈森〉へ連れていくと言ったが、俺たちが辿り着いたのは町外れの寂れた倉庫街だった。

「ここが、森？」俺は訝しんで訊いた。

雨に濡れた古めかしい建物たちは、まるで大きな古代生物が眠っているようにも見えた。固い煉瓦で出来たはずの壁は、光の具合なのか、何故かゆっくりと呼吸しているように揺らめいていたからだ。

「あのね、もしも、仮にだけど……、あたしがこれから、クリスが見たくないものや、聞きたくないことを伝えたとして……、それでも、黙って最後まで付き合ってくれる？」エリザベスが訊いた。

「なんだい、それ？」俺は言った。

「とても大切なことなの……」

「嫌な事が起こるって分かってて、じっと耐えろって？」

「そう。でも最後にはきっとハッピーエンドが待っているから」

「俺にとって嫌なことかもしれないけど、最後にはハッピーになれること……？」

俺は精一杯の想像力を発揮してみたが、彼女の言いたいことがサッパリわからなかった。

「そうだな……、まあ、事と次第によっちゃ、ムッとするくらいはあるかもしれないが、でも、きっと大丈夫だろう。俺はもう大人だし、君が何を見せようが、言おうが、多少のことでは怒ったりしないと思うよ」俺は精一杯強がって見せた。

「本当?」

「もちろん、本当だとも」

「最後まで、ちゃんと付き合ってくれる?」

「最後まで付き合おう」

「じゃあ、誓える?」

「〈誓い〉だって……」

「そう、あたしのために誓って欲しいの」エリザベスは俺の手を取ると、そう言った。

彼女の手はわずかに震えていた。

「わかった。君のために誓おう。〝俺は、この後何を見ても怒ったりしない〟」

俺は胸に手を当て、彼女の前で〈誓い〉を立てた。

マタイの福音書によると、〝人は一切の〈誓い〉を立ててはならない〟と書かれている。なぜなら、我々は髪の毛一本、白くも黒くも出来ない存在だからだ。

確かに、人の決意とはその程度のものなのかもしれない。だが俺は、この時の彼女の言葉を〈軽い約束〉程度に考えていた。それで簡単に守れもしない〈誓い〉なんかを立ててしまったんだ。

いま思えば、この瞬間が決定的な分岐点だったのかもしれない。〈誓い〉を立てたことで、俺たち二人の運命はこの瞬間に決定づけられたとは言えないだろうか？　あの時、もっと真剣に彼女と向き合ってさえいれば……あるいは。いや、止そう。俺の顛落は彼女と出会うずっと前から決定づけられていたんだ……。そう、もうずっと昔から決まっていたことなんだから。

エリザベスに連れられた俺は、〈フォレスト貨物運送〉と書かれた区画へと侵入し、いまはもう使われていない管理棟らしき建物の中へと進んだ。

建物の中はうっすらとスモーキーで甘い香りが漂っていた。

「これ、お香か何か？」俺は言った。

だが、エリザベスは俺を見て微笑んだだけで何も答えなかった。

とある部屋まで進むと、エリザベスは徐に床に敷かれたカーペットを捲り、その下に隠されていた扉を慣れた手つきで持ち上げた。

彼女が扉を開くと、お香の香りはぐっと強くなった。そこは地下室への入り口だった。

「こっちよ」エリザベスは戸惑う俺を後目に、床下にある空間へと駆け下りた。

彼女の足音が遠のくのが聞こえ、俺は慌てて後を追った。

床にぽっかりと開いたその穴は、良くない世界——例えば魔界や何かの入り口のように感じられ、入るのが躊躇われたが、しかし同時に、うら若き少女の隠された秘部のように、普段は決して覗き見ることを許されない過度の放縦さと、蠱惑的な引力をもって俺を迎え入れようとしていた。

俺は陰嚢がじわじわと持ちあがり、下腹部が熱くなるのを感じた。

（ここはどこだ？　これは何なんだ？　彼女はいったい？）

自分自身に問いかけてみたが、答えは出なかった。

考えれば考えるほど頭は混乱し、目の前の現実に思考が追いつかなくなっていった。

……俺は、自分でもわからないうちに、強く、その穴に魅了され、いつの間にか、どっぷりと闇の中に身を置いていた。

エリザベスは手慣れた手つきで巻きたばこのようなものを咥えると、マッチを擦って火を付けた。

硫黄の燃える臭いに続いて、先ほどから漂っている甘くスモーキーな香りが俺の鼻腔を刺激した。

俺がハッとして彼女を見ると、エリザベスは唇を尖らせて、俺に向かって細く長く紫煙を吹きかけていた。

「マリファナの香りも知らないなんて、クリスって本当に生真面目で良い人ね」

そして、「だから、あの女とは釣り合わない」と付け足した。

エリザベスは無邪気に笑った。

「……あの女?」俺は訊いた。

「あの女には、こういう場所がお似合い。ここが彼女の棲家よ」

「誰のことを言ってる?」俺はますます混乱して訊いた。

だが、エリザベスは巻きたばこを燻らせながら、何も答えてはくれなかった。

薄闇に徐々に目が慣れてくると、俺はゆっくりと辺りを見回した。

そこは俺の想像を超えて卑猥(ひわい)で、淫欲にまみれた空間だった。

扉の取り払われたいくつもの小部屋には、レースのカーテンが吊られ、その奥に薄汚れたマットレスや、申し訳程度に用意されたマウスウォッシュ、ティッシュペーパーの箱なんかが見えた。

鏡台には化粧道具に混じって大凡あれを女性の中に挿れるなんて想像もできないような、不格好でグロテスクなものが無造作に並んでいた。

世界のどこかで、そういう物があることくらいは知っていた。いや、もちろん想像したことだってある。しかし、それが現実に俺の目の前に現れるなんてことは、俺には起こり得ないことだと思っていた。俺とは縁遠い存在、俺の人生のレールの上に、この光景が現れることなど絶対にあり得ない。ここはそういう場所だった。

「ここは、どこなんだ?」俺は恐る恐る訊いた。

「〈森〉よ、言ったでしょう?」

「〈森〉って何なんだ?」

「男たちはみんなここで魔法にかけられるの。ねえ、聞いたことない? 森の〈魔女〉の噂話。もうずっと昔から存在している……」

「なぜ、君がこんな場所を知っている?」

「あたしの新しい職場だから」

「まさか、これが君の言っていた〝お父さんを探すのにうってつけの仕事〟なのか?」

俺は、馬鹿みたいに分かり切ったことを訊いた。

「そうよ。ここで働けば沢山の人に出会える」エリザベスは淡々と答えた。

「ここは職場なんかじゃない。良くない場所だ、君が居るような処じゃない!」

俺は嗜めるように彼女の両腕をつかんだ。

エリザベスは目を閉じて小さく笑い、首を横に振った。

「君には相応しくない」俺は繰り返した。

「そうね……、確かに。クリスには絶対に相応しくない場所だと思う。でも、あたしは違うの。あたしはここで意外と上手くやってる。思ったより嫌悪感も少ないわ……。どう、あたしのこと軽蔑した？」エリザベスは言った。

〝軽蔑なんてするもんか！〟俺は胸を張ってそう言ったつもりだった。

だが、俺の喉は縮こまり、唇は微かに動いただけだった。

「勘違いしないで。自分を安売りしてるわけじゃない。ちゃんとした理由があるの」エリザベスが続けた。

「あたしはここで、手がかりを探していただけ。ここに居れば町の沢山の男たちと知り合うことが出来る。――良い人も、悪い人もね。ほとんどは悪い人だけど、中には警察官もいるし、隣町の実力者とか、そのコネで来てる政治家先生なんていうのも相手にすることもある。……だから、そういう人脈を使えば、あたしのお父さん一人くらいは見つけられるんじゃないかって思ったの……」

「君は……、何をしてるか分かっているのか？」

「バカなやり方だってことは分かってる。でも、他に方法が思いつかなかった。……それに、ちゃんと避妊してるし、キスもさせないわ。相手の男がイクまで数分間だけ我慢して、そのあといくつか質問するだけ。魂は売ってない」

「そういう問題じゃないだろう……」俺は力なく呟いた。

「別に人を殺してる訳じゃないし、泥棒もしてない！　クラスメートでやってる娘だって何人もいるわ。ニコニコ接客するって意味じゃ、ウェイトレスと同じようなもんじゃない。あたし、誰も傷つけてない……。自分の持ってるモノを使って、目的を達成しようとしているだけよ！」

彼女は言い聞かせるように語気を荒げた。

「クラスメートがやっていれば、君もやっていいって話にはならない」

「分かってる、でも子供扱いしないで」

「誰も傷つけていないって言ったが、俺はひどく傷ついたぞ……」

「それは……、ごめんさない。でも、それだけの対価があるの！」

「対価だって？　対価なんて無いだろ……。君は大切な身体を、こんな風に使ってしまうなんて……。例え他に方法が無かったとしても、清らかな魂を捧げてしまうなんて……、そんな価値なんて、こんな場所には存在しないのに……」

何故か全身から口惜しさがこみ上げていた。

「自分の身体をどう使おうが、あたしの勝手でしょ！」彼女はムキになって大きな声を出した。


「馬鹿言うんじゃない!!」


無機質なコンクリートの壁に俺の叫びが反響し、跳ね返って俺自身の耳に突き刺さった。

自分でも驚くほど感情的になって、激高していた。

「こんな場所で働かなくたって方法はいくらでもあるじゃないか！　尋ね人のチラシを配ってもいいし、町の御老人宅を順番に訪問してもいい。パブに来る客一人一人に話しかけたっていいだろう？　地道に金を溜めて探偵を雇うって方法もある。そうだ……今時ならフェイスブックとやらで呼びかけるって方法もある。なのに、なぜ、答えを急いでしまったんだ？　君はまだ若く、時間も十分にあるっていうのに……。君のお母さんも悲しむだろう。それに父親だってきっと傷つくぞ。自分を探すために娘が身体を売っていたなんて知ったらな。なんてことだ、エリザベス……君は、自分勝手な思い込みで、大切な人を裏切ってしまったんだ。可哀想に……」

「わかった風なこと言わないで!!」


エリザベスは獣みたいに歯を剥いて俺を睨んだ。

「あたしにだって事情があるのよ! ウチのこと何も知らないくせに……」

翠の瞳に涙を浮かべてエリザベスが言った。みるみると涙が溢れだし、やがてエリザベスは顔をくしゃくしゃにして泣き始めた。必死で口を閉じようとする気持ちとは裏腹に、こわばる筋肉が頬の肉を吊り上げ、より一層、彼女の悲しみを増幅させていた。

俺は、それ以上何も言うことが出来ず、ただ彼女の揺れる肩をじっと見ていた。か細いすすり泣き……、引きつった呼吸音が薄暗い地下室に響いていた。

「……ねえ、クリス。言ってなかったけど、あたしのお母さんの名前……、マリアって言うのよ」

十分ほど泣いた後、エリザベスは鼻声混じりに呟いた。

「……マリア?」その名前を口にした瞬間、胸の奥に微かなざわめきが起こった。

「マリア様と同じスペル……。この名前に聞き覚えない?」

「もしかして、俺の知っている、あの、マリアなのか?」

俺はゆっくりと自分自身にもハッキリ聞き取れるように、改めて、その名前を口にした。

エリザベスは鼻をすすって頷いた。

「つまり君は……、マリア・バギンズの娘?」

「そう……」

「……でも、君の姓はコールだろう？」

「母方の姓を名乗っているって聞いてるわ」

「……なんてことだ。君は、彼女の娘だったのか」

俺は改めてエリザベスの顔をまじまじと見つめた。

そう言えば面影がある……。白く透明感のある肌色も、まばらな頬のそばかすも、赤くツンと尖ったまつ毛もすべて、俺の知っているかつてのマリア・バギンズそのものだった。

「道理で……、初めて会った気がしなかったわけだ」

エリザベスの顔をまじまじと見つめる俺の胸に、得も言われぬ懐旧の念が込み上げてきた。

「そうね。今、思うと、不自然なくらいに自然な出会いだった」

「俺は君に彼女の面影を重ねていたのか」俺は思わずつぶやいた。

「かもしれないわね」

「じゃあ、君のお母さん――あのフードの女性がマリアなのか？　全く気が付かなかった。酷くやつれていたし……、それに――」

「――苦労したもの。すごく」エリザベスは俺の言葉を遮るように言葉を重ねた。

そこには彼女なりの配慮のようなものが感じられた。

「大変だったんだな」

「お母さんとは、親しかった？」エリザベスは訊いた。

「幼馴染だったからね」俺は頷いた。

「なら、お母さんが町を出て行った経緯（いきさつ）も知っているわよね？」

「一日たりとも忘れたことはない」俺は率直な気持ちを打ち明けた。「……今でも後悔しているよ。もっと何かできたんじゃないかって」

「本当かしら？」少し間があってエリザベスが呟いた。

俺はどういう顔をしていいか戸惑ったが、彼女は気にせず続きを話し始めた。

「まあいいわ。お母さんの事件――あえて事件と言うけど、あの事件のこと、今でもここではたまに話題に上るの。昔、誰とでも寝る女がいて、誰の子かわからない子供を身籠って町を出て行ったとか、悪魔と寝た女が〈悪魔の赤ん坊〉を身籠ったとか……。一家そろって黒魔術を信仰していたらしいとか……。それで、折に触れ色々と訊くうちに、それがあたしのお母さんのことだっていうのが分かった。

この連中が言っているのは、あたしの大好きなお母さんのことなんだって。女手一つであたしを育ててくれた、とても立派なお母さんのことを、ここの連中は蔑み、馬鹿にして、辱（はずかし）めているんだってわかったの」エリザベスは唇を噛んで、言葉を詰まらせた。

「どうして母がこの町の人たちと関わり合いを持とうとしないのかが、ここにきてハッキリと分かったのよ……」

喉の奥から絞り出された彼女の声は怒りに震えていた。

俺はさっき彼女が泣いた理由をようやく理解した。彼女の母親は、かつてこの町を追われた、あのマリア・バギンズだ。つまり、母親からこの町のことは良く聞かされていなかったんだろう。

彼女がどこまで当時の事情を知っていたかはさておき、人との関わりを避けるよう言われていたに違いない。だから、彼女は表立って父親を探し回ることが出来なかった訳だ。俺はただ、唖然として彼女を見つめることしかできなかった。

「母が何故、〈悪魔の子〉を身籠ったと言われるようになったかは覚えてる?」エリザベスが訊いた。

俺は言葉に詰まった。

すぐさま答えようとしたが、何故か明確な答えが思い浮かばなかったからだ。記憶を辿ってみても、脳裏をかすめるのは曖昧なやり取りや、断片的な映像だけだった。

「初めは、女学生の間で噂が広まったの」エリザベスが言った。

「〝あの娘、最近、お腹が大きくなってない?〟とか〝アレ、絶対妊娠してるよね〟って言う程度のゴシップだった。でも、そのうち噂に尾鰭(おひれ)が付いて、〝ああ見えて、ヤリマンらしい〟とか、〝いつも同時に二、三人の男とヤッてる〟とか、〝ベジタリアンなのに、男の肉棒は美味しそうに咥えまくってる〟なんて過激な話が聞こえるようになって行ったの。それで、そのうち男どもも母をそういう目で見るようになった。〝あいつは誰とでも寝る〟って言う風にね。

――実際、当時の母にはとても親密な男性が二人居たらしいし、そのどちらと恋人同士でもおかしくないって雰囲気だった。それが噂に信憑性を持たせたのかしら……、気づいた頃には〈町一番のヤリマン〉って言われるようになっていたの。

信仰深く、ずっと真面目に生きてきたはずの少女がそんな汚名を着せられるなんて、どんなに屈辱だったか……。坂道を転がり始めた石は、もう誰にも止められなかった。噂はどんどん酷くなり、ついには母に向かって精液の入ったコンドームを投げつける人まで出てきた。晩飯の足しにしろ!って言ったりしてね。

そんな中、唯一人だけ母の〈純潔〉を主張する人物がいたの。〝彼女は絶対に誰とも寝て居ない〟って。敬虔なカトリック信者の彼女が婚前交渉を持つはずはないって、その人は町のみんなにそう言って回ったの。

でも、母は実際に妊娠していた。だから、誰もその人の話を聞こうとしなかった。それで彼は、もしかすると、彼女は処女のまま、赤ん坊を授かったんじゃないか〟って言い出したの。これは、忌むべき事件じゃなく、聖書に出てくるような〈処女受胎〉――、つまり奇跡なんじゃないかって。母は戒律にも従順で、祈りも毎日欠かさなかった。そんな彼女の信仰心を知った神様が、彼女に奇跡の子供を授けてくださったに違いないって言い立てたのよ。

でも、彼の主張は受け入れられなかった。それどころか、〈処女受胎〉という概念だけが独り歩きして、その結果、母は悪魔の子を身籠った女として、今まで以上に差別を受けることになったの。この先は良く知っているでしょう？　まるで本物の魔女狩りが蘇ったように人々は暴走し、母は町を出ていくしかなくなった。

隣町にある電子機器商社の重役があたしに言ったの……、〝あの女は本物の〈魔女〉そのものだった。心底汚らわしい存在だった。その辺を歩いている野良犬にまで股間を開いて誘惑していたんだからな〟って。あたしがその〈魔女の子〉だとも知らずに、聞いても無いのに有ること無いことペラペラと話してくれたわ……。ほんっと、吐き気がする。

自分はマリファナを吸って、未成年の少女のアナルにペニスを突っ込みながら、そんなことを平気で口走っているんだもの。ここの連中こそ、悪魔そのものじゃない……。

〈森〉に来てから、人間って他人の痛みにはこんなにも鈍感になれるものなんだってことを思い知ったわ。あたしたち人間は神様に似せて作られたなんて真っ赤なウソ。薄汚くて、穢らわしい、地べたを這うのがお似合いの存在なのよ……」

エリザベスは唸るような声を出し、歯を軋ませた。

「そんな想いまでして、何故、父親を見つけたいんだ？」俺は訊いた。

「そんなの家族だからに決まってるじゃない……」彼女はキッと俺を睨んだ。

「それに、お母さんにも幸せになって欲しかった。あたしを育てるために、たった一人でずっと苦労してきたのよ……。お母さんの隣にも寄り添う人が必要でしょう？」

「マリアは、君がこんな事をしているのを知っているのか？」

「責めてるわけ？　こんなやり方じゃ、お母さんを傷つけるかもって？　……そんなの最初から分かってる。でも、どうしても知りたかったの。だからバレないようにやるつもりだった。誰にも言わず、ひっそりと思いを遂げたら、こんなところ出ていくつもりだった。だけど……、あの女のこと知ってしまったから……。クリスに、どうしてもあの女のこと話さなきゃならなくなったから……、仕方なく……あたし」

彼女はまた、あの女という言葉を口にした。

俺はその言葉を聞くたびに、嫌な予感がして仕方がなかった。

「ここに来て初めに立てた〈誓い〉を覚えてる？」彼女が聞いた。

「覚えている」俺は恐る恐る言った。

「じゃあ、最後までちゃんと守ってね……」

この時初めて、彼女の瞳に不安の影がよぎるのが見えた。

俺は、決して開けてはいけない記憶の扉を何者かが叩いているような、そんな激しい胸騒ぎを止めることが出来なかった。

「ついてきて。とっておきの魔法を見せてあげるわ……」エリザベスはそう言って、固まっていた俺の手を引き、階段を上った。

エリザベスはもう泣いてはいなかった。冷たく柔らかな掌から伝わる彼女の感情は、悲しみでもなく、怒りでもない。決意めいた全く別の感情だった。

31

白金色の髪（プラチナ・ブロンド）を冷たく濡らしていた雨も止み、さらに凍てつくような霧が町全体を覆い始めた頃、事件の歯車は突然回り始めた。

エリザベス・コール殺害の容疑者――クリス・ブラウンがついに姿を現したのである。しかも驚くことに、〈漆黒の髪亭〉（The Raven Locks）の地下室へと通じる扉からバックヤードへと現れた。大胆なことに、この男はすでに何時間も前からパブの地下に身を潜め、標的が一人になるのを待ち構えていたのであった。

クリスは懐から長さ三十センチ、直径四センチメートルくらいの黒い筒（どう形容すべきか非常に悩ましいが、巨大な乾電池のような黒い金属の筒である）を取り出すと、戸口の陰に身を潜め中の様子を窺った。

後にわかったことだが、この時クリスの持っていた黒い筒は家畜を屠殺（とさつ）する際に使用する道具で、俗称〈携帯型電気スタナー〉（Portable Electrical Stunner）と呼ばれるものだった。筒の先端を家畜の頭部に押し当ててスイッチを入れると強烈な電流が流れて対象を失神させるというものである。

エミリーはクリスに気配を悟られないよう、そっと腰のホルスターに手を伸ばした。しかし、そこには信頼すべき相棒の存在は無く、彼女の右手はむなしく空中を掴んだ。

なぜ、あの時もっと冷静にダラス警部を説得しなかったのだろうか……。エミリーは口の中で小さく毒づき、己の軽率な行動を呪った。

彼女にとって銃は特別な存在だった。幼少期からずっと修練を重ねてきた自己実現の手段であり、また、これだけは誰にも負けないという絶対的自信の象徴（シンボル）でもあった。人一倍努力をして、人一倍汗を流し、人一倍大切にしてきた、まさに相棒と呼べる存在であった。

にも拘らず、この大事な局面で彼女はその相棒に頼らずことを為さねばならなかった。

そうこうするうちに、厨房からゴミ袋を抱えたリッキーがバックヤードに出てきた。

戸口の影ではクリスがこわばった面持ちで〈電気スタナー（P.E.S）〉を胸元に構えるのが見えた。目を血走らせ、口元には小さな泡を溜めて相当入れ込んでいる様子だった。それはさながら、処分される寸前の家畜たちのように、瀬戸際まで追い込まれた者だけが見せる鬼気迫る相貌だった。獲物を追い詰め、今まさに必殺の一撃を見舞おうとしているはずのクリス自身が、絶望を前に涙を流す哀れな家畜たちのように怯え震えていたのである。

クリスは〈電気スタナー（P.E.S）〉を高く構えると、リッキーの頭部にじっくりと狙いを定めた。

彼がこのまま両腕をそっと振り下せば、標的はひとたまりもなく失神してしまうだろう。そして、屠殺場に並ぶ家畜同様に、無防備な命を彼の前に差し出すことになる。まさに、そんな差し迫った状況だった。

だが、エミリーは動かなかった。

――と、言うよりもじっと堪えていた。優秀なハンターが獲物を十分に引き付けるまでは決して動かないのと同様に、決定的な瞬間が訪れるのを息をひそめて窺っていたのだ。

32

俺はエリザベスに誘われるまま、建物の一番奥にある鉄製の扉が印象的な部屋まで進んだ。

そこは独房とか、武器庫、あるいは警察の証拠品保管室を思い出させたが、彼女いわく、貴重品を保管するための金庫室と言うことだった。

運送業を廃業してからどのくらいの時間が経っているのだろうか？　構造物は見た目よりも頑丈そうだったが、什器類や照明器具はすでにボロボロで、帳簿や段ボール、接客用の灰皿なんかが床に散らばっていた。

「こっちよ……」エリザベスは扉を抜け、金庫の中へと入っていった。

防犯上の理由からなのか、金庫の手前側からは、並んだ棚の後ろの様子が見えなくなっていた。

彼女は慣れた足取り――とはいえ、慎重に周囲の様子を窺いながら、並べられた棚の隙間を縫って奥へと進んだ。

俺は無言で彼女の後を追ったが、内心は穏やかでは無かった。

この奥には一体なにがあるのだろうか？　彼女は俺に〈誓い〉を立てさせてまで何を見せるつもりなのだろうか？　口の中が渇き、不規則な動悸が俺の胸を内側から揺らした。

二つ目か三つ目の棚を越えると、突然、鼻腔にまとわりつくような官能的な臭いが俺の身体を包み込んだ。それは、甘いような、しょっぱいような、女性の体液——膣分泌液独特のあの臭いだった。

俺は思わず口に手を当てて大きく息を吸うのを躊躇った。

だが、臭いの粒子は指の隙間を通り抜け、喉や瞳の粘膜にこびりつき、毛穴と言う毛穴から、徐々に俺の身体を侵食していった。

視線を奥へ移すと、そこは真っ暗な空間だった。

完全な闇——。

そこがどのくらいの広さで、どのくらいの高さかすらもわからない……、思わず掌で闇自体をすくい取りたくなるような、そんな深く濃い暗黒がそこには広がっていた。

俺はエリザベスを見失い狼狽した。彼女を呼ぶ声は、一メートルも走らず暗闇に吸い込まれ、伸ばした手は、そこに自分の手があるのかすら不安になるほど、むなしく空間を掻き毟っていた。

何度呼んでも、彼女は返事をしなかった。俺は自然と腰をかがめ床を探していた。

何でもいいから、どこか自分がこの世界にいて、ちゃんと地上に立っているという確証が欲しかったからだ。そうでもしないと、俺は自分という存在が、本当に存在しているのかすら認識できなくなりそうだった。

冷たいコンクリートが指先に触れるのを感じ、俺はほんの少しだけ安堵した。同時に鼻腔の奥深くに、良く知っている独特の生臭さを感じた。それは本当に良く知っている臭いだった。

生臭く、それでいて新緑の若葉のように青い独特の臭い——男の精液の臭いは、なぜか俺に強い安心感を与えた。俺は地面を両手で触りながら、四つん這いになってその臭いを嗅いでいた。

膣分泌液と精液の混ざった臭いを嗅ぐうちに、俺は徐々に落ち着きを取り戻し、ゆっくりとだが、頭を上げることができた。そのうちに、暗闇に目が慣れ始め、言い知れぬ不安感もどこか遠くへと消えていった。うっすらと室内の様子が見て取れるようになる頃には、俺は立ち上がってしっかりと地面を踏みしめていた。

そこは思ったほど広くはなく、四辺を棚に囲まれた空間だった。

突然、閃光が俺の視界を奪った。世界は一瞬で純白に描きかえられ、音も無いのに頭の中で爆音が聞こえた。瞼をきつく閉じても目の前は真っ白なままだった。

「ねえ、さっきの話だけど……よく考えたら、どこかおかしいと思わない？」

光の中からエリザベスの声が聞こえた。

「どうして、彼はあり得ないことをわざわざ主張したのかしら？　いくら昔のことって言っても、ほんの一八年前よ……、〈処女受胎〉なんて誰も信じるわけないじゃない。なのにどうして、そんな非論理的なことを持ちだしてまで、母の処女性に拘ったんだと思う？」

彼女は携帯電話のカメラに付いた照明をこちらに向けて話していた。

「何が……、言いたいんだ？」俺は手で光を遮りながら言った。

「あたしはこう考えている。その人こそ、母を身籠らせた張本人……、つまりあたしの本当のお父さんなんじゃないかって」エリザベスの声は確信めいていた。

俺は目を細め、彼女の表情を窺おうとしたが、光の奥にはただ闇が広がっていた。

「噂を否定した彼は、実際には母と肉体関係を持っていた。愛し合う二人は、つい過ちを犯してしまったの。でもまさか、それが原因で母が云われない中傷に晒されるとは思ってもみなかったのよ……。きっと、なんとか噂を止めようとしたはず。自分が名乗り出るっていうのも当然考えたに違いないわ。だけど、彼は母の事をとても良く知っていたから婚前交渉を認めるわけにはいかなかった。それが母にとって、とても大きな過(あやま)ちだと知っていたから。

それで、〈処女受胎〉なんて非現実的なことをでっちあげて、母の純潔と、お腹の子供の両方を守ろうとしたんじゃないかしら……。二人を同時に守るには、それしか思いつかなかった。それで噂が落ち着いたら、その後、きちんと責任をとるつもりだった。お父さんは、お母さんの事も、あたしの事も、両方を愛していたから、他に方法が無かったのよ。ねえ、そうでしょう？」

エリザベスは俺に向かって問いかけた。

俺は、警戒するように「わからない」と答えた。

「だけど、そんな二人をあの女が引き裂いた……」

少し間があって、胸の奥から絞り出すような声が聞こえた。

「また……、あの女か？」俺は我慢できずに訊いた。

「いいから最後まで聞いて……、〈誓い〉を立てたでしょう」

エリザベスはそう言うと、携帯電話の照明を床に向けた。

一枚のマットレスと二組の枕、薄手のシーツや消えた蝋燭なんかが薄明りの中に浮かび上がった。

俺は仕方なく彼女に言われるまま視線を移した。

マットレスの上には、奇妙な道具が吊られていた。丁度、人の肩幅くらいの長さのステンレス製の棒に、それ自体を吊るための鎖や、ねじ式の止め金具(オープンフック)――山岳用品のような頑丈なもの――と、棒の両端に何かをきつく拘束するための革製の輪が二つ取り付けられていた。

革製の輪はベヴィ・メタルのバンドマンが手首に巻いているような鋲付きベルトを、より頑丈にして、太く、厚くしたようなものだった。

「これ、何かわかる?」エリザベスが言った。

俺は無言で首を横に振った。

「人を吊るす道具よ」彼女が平然と言った。

「この二つの輪に足首を固定して、逆さまに人を吊るすの。最初はあの鎖を下しておいて、足を通して固定してから巻き上げるのよ」

エリザベスは壁際の手巻き式ウィンチを指差した。

その器具――何と形容したらいいのか今でもわからないが、とにかく、その人を吊るためのハンガーとでも言うべき奇妙な器具は、唯でさえ異常な空間の中でも、ひと際異質な存在感を放っていた。

「……拷問の道具なのか?」俺は思わず呟いた。

それを聞いてエリザベスは、小さく笑って首を横に振った。

「違うわ。愉しむための道具よ」エリザベスは言った。

「裸の女の人を逆さまにして吊るすの。そして丁度いい高さまで巻き上げる。逆さまのままで、男のモノを咥えるのに丁度いい高さまで……。言っている意味わかるでしょう?」

彼女は器具の二つの輪に両腕を通すと、舌を出してゆっくりと唇を舐めて見せた。その瞳は俺を誘惑しているでもなく、弄んでいる様子も無かった。

ただ誰かを酷く蔑み、俺を試しているような光を帯びていた。

「男は舐められている間、その女のアソコを自由にするわけ。どうしてわざわざ吊るすのかって?

ベッドでも同じことが出来るのに。そうね……、あたしには分からないけど、あの二人はそうすることで興奮するって言ってた。吊られた女のすべてを支配しているような感覚になれるって……。女の方も無理やりやってるわけじゃないみたいだったわ。満更でもないって感じ。特にあの女は、このプレイが好きだった。ここに、森に来るたびに、この器具で吊って欲しいっていつもねだっていたわ」

エリザベスは〝あの二人〟、〝あの女〟、という言葉をあえて強調して話した。それはまるで俺に何かを気づかせようとしているような、俺の思考を一定方向へと導いているような、そんな話し方だった。

「君の見せたかったのは、こんなものなのか？　……ここで誰が何をしていようと、俺には関係ないだろう？」

彼女の誘導に抗うように、俺はとぼけて見せた。それが俺に出来る精一杯の抵抗だった。

だが、そんな浅はかな心算は容易に見透かされ、エリザベスの表情はみるみると強張っていった。

「まだ、見て見ぬ振りをするの？」エリザベスが言った。

「振りもなにも、見たって何も感じない。これは……、そう、ただの他人事だ」

俺は強がって両手を大きく広げた。

「他人事なんかじゃない」

重く、静かな口調だった。だが、そこには有無を言わせない力強さがあった。

「あたしのお父さん――〈処女受胎〉を主張した男の人。初めはその人の事、いつもお母さんが話していた〈口髭のおにいさん〉のことだと思った。……でも、話を聞くうちに、もう一人の人物の事が頭に浮かんできたの。母の幼馴染で、家族ぐるみで付き合いのあったもう一人の人物よ」

エリザベスはゆっくりと俺に近づいた。

俺はこれ以上話を聞かないよう、視線を背けた。だが、彼女はやめなかった。

「二人は周囲の思った以上の間柄だったんじゃないかしら？　家族ぐるみの兄弟みたいな関係から、いつの間にかお互いを意識するようになり、やがて恋に落ちた。ベジタリアンのマリア・バギンズは、皮肉なことに肉屋の一人息子を愛してしまった。ブラウン精肉店の一人息子、クリストファー・ブラウンのことをね……。そうなんでしょう？　クリス。ううん、お父さん！」

彼女は俺の顔を覗き込んだ。

「俺は君の父親なんかじゃない」俺は言った。

「いいえ、あなたはあたしのお父さんよ。間違いないわ」

「そんな事実はない」

「事実はある。あたしよ。よく見て、二人の愛の結晶がここに居るわ」

「すべて君の憶測だろう？」

「もっとよく見て、あたしの顔……」

エリザベスは瞳を大きく見開いた。

そこには、彼女の美しい翠色の瞳が輝いていた。

翠色の宝石の表面には、戸惑い動揺する俺の顔が映っていた。

「あなたの瞳と同じ色よ」エリザベスが言った。

「母の瞳は茶色……。あたしのこの目は、お父さんから遺伝されたものよ。この町で、翠色の目を持った人物は数えるほどしかいない。その中であなたは、あたしの母と幼馴染で同年輩……。あたしの綺麗な歯並びも、この笑窪も、全部あなたから遺伝されたもの」

「こじつけだ！」

「いいえ、すべて事実。これ以上の裏付けはないわ！」

「違う！」

「違わない！」エリザベスは、話を止めようとしなかった。

彼女の口からは、これまでの想いが一気に溢れ出していた。次々に言葉が紡ぎ出され、そのすべてが俺が彼女の父親であるという結末にたどり着いていた。

俺は彼女の話を聞きながら、どんどん耳が聞こえなくなるような感覚に襲われていた。目の前でビデオの早送りのように捲し立てる彼女、水中で叫んでいるようにくぐもった声、徐々に大きくなる耳鳴り。地面が歪み、自分自身の心臓の音が鼓膜を震わせていた。

「あたしのお母さん、〝マリアが誰とでも寝る〟って噂を最初に流したのは、キャサリン・ローズ。当時のプロムクイーン。今の、あなたの奥さんよ。あたし、あの女の口から直接聞いたの。あの女は母に嫉妬していた。大して美人でもなく、勉強もスポーツも特に優秀なわけじゃない。笑顔だって、そりゃあ若い女の子だもの、可愛かったはず。でも、ケイトに比べれば、どこにでも居るような、影の薄い地味顔の女。学校では自分がヒロインで、彼女はその舞台の脇役だったはず。でも、そんなマリアには二人も素敵な男性がいた。一人は大金持ちの御曹司で、一人は誠実で逞しい肉屋の息子。どちらも人として魅力があった。それに引き換え自分の周りには、ただ女を抱きたいだけの、素行の悪い取り巻きが寄り付くだけ……。ケイトには口髭のお兄さんも、優しい幼馴染も、どっちも手に入らない存在だったのよ。

今まで見下していたはずの女が、二人も素敵な男性と出会っていた。それがあの女には許せなかったの。ケイトはあなたの事が好きだったんじゃない。ただ、嫉妬から奪いたかっただけ。ねえ、クリス。腸詰の話、あたしに話してくれたよね。ケイトがあたしの母からもらって、その味が切っ掛けであなたの事が好きになったって……。本当にあの腸詰を母がケイトにあげたと思う？　違うわ。あの女が奪ったのよ！　母は食べれもしない腸詰を大切に持っていたのに……。本気であの女が、母の友達だって思っているの？　今もそれを信じてるわけ？　クリス！　あなた、わかっているんでしょう？　あの女は、母の事、マリア・バギンズのことをいじめていた。そんなの誰でもわかるじゃない。まったくタイプも思想も違う二人が友達ですって？　仲良くなってほしくて、あなたに彼女を紹介した？　そんなことある訳ないじゃない！　あの女は奪ったのよ！　ただ欲しくて、母を脅してすべてを奪った！　友達も、プレゼントにもらった腸詰も、好きになった人も、そして、産まれ育った家も、何もかもすべてよ！　あの女は、そういう女なの。生まれついての悪女よ……。すべてを自分の物にしなければ気が済まない、貪欲な、飢えた〈魔女〉……」

やがて彼女は、深呼吸をするとじっと俺の目を見て決定的な一言を発した。

「あの女は、ここでリッキーと寝てるの」

それは、表面張力ギリギリまで水を張ったコップに、最後の一滴が空中からゆっくりと降り注ぐような、そんな決定的な一言だった。

33

リッキーは面倒臭そうにゴミ袋を投げ捨てると、それがきちんと所定の位置に納まったのも確認せずに踵を返してドアノブに手を伸ばした。――だが、彼の右手がドアノブに触れることはなかった。首の後ろに強烈な刺激を感じたかと思うと、体中の筋肉がその一点へ向かって激しく引き寄せられるような感覚が彼を襲った。と、同時に、全身の関節が石膏像のように固く硬直し、十本の指がおかしな形に反り返るのがわかった。

一体何が起こったのか、まるで把握も出来ないうちに風景が空転し、刹那とも永遠ともとれる時間の中で、ゆっくりと遠退いていくドアノブが目に入った。次に地面が顔面に向かって勢いよく迫ってくるのが見え、激しい衝撃を感じると同時に血と脂で汚れたブーツが近づいてくるのが見えた。

「よお、リッキー。待ちくたびれたぞ」クリスが言った。

リッキーは何かを答えようとしたが、彼の口も喉も思い通りには動かせず、ただただ、小さく揺れるだけだった。

「お前にはここで死んでもらう。この店の中でな」クリスはリッキーに告げると彼の身体をつかんで引きずった。「もう、こうするしかないんだ……。せっかく週末のために準備していた上等な肉も台無しになってしまった……。もう、こうするしか……」

砂利道が頭の上で耳障りな音を立てたが、彼にはどうすることもできなかった。

(もしかして、俺は死ぬのか?)リッキーの頭にそんな感傷的な言葉が浮かんだ。

その直後、突然クリス・ブラウンの躰が大きく傾き、黒い筒が宙に舞うのが見えた。そして同時に、薄れゆく意識の中で眩い白金色の髪が銀色の飛沫を飛ばして揺れるのが見えた。

リッキーは、死を前にして最期に見る光景がコレなのかと思うと、なぜかとても幸福で神秘的な感覚に襲われた。

実際、決着は一瞬だった――。

凜と伸びた指先がクリスの肩と腕とを同時に捕らえると、次の瞬間には彼の身体は重力を失い、踏みしめていたはずの両足は顎よりもずっと上にあった。受け身を取ろうにも、投げられたことに気がついた時には、すでに固い地面が顔面めがけて激突していた。鼻の奥から後頭部へかけて、ツンとした鉄の味が瞬く間に広がった。

「クソッ！　放せ！　どうしてお前がここに?!」クリスは口から泡を飛ばし暴れたが、エミリーの体術の前には為す術がなかった。

エミリーはクリスの右腕を折れんばかりに捻り上げると、きつく巻き付けられた包帯を剥ぎ取った。

「言ったでしょう？　手に怪我をしている人物を探しているって」

包帯の下から現れたクリスの右手は、以前見たときよりもさらに赤く大きく腫れ上がり、水ぶくれが破れて化膿していた。

「これは、腸詰めを作る過程で出来た火傷なんかじゃ無いわ。あなたが、エリザベス殺害の犯人よ……クリス・ブラウン」

頭の上でエミリー・トンプソンが権利やら何やらを読み上げている間、クリス・ブラウンは全く別のことを考えていたという。

どうして、こんなことになってしまったんだ？

どうして？　俺は普通の男だ。

善良な市民なんだ……。

俺は……、俺は、どこにでも居る普通の男なんだ。

なぜ、こんなことになってしまったんだ？

34

「ケイトはあなたを愛してなんかいないわ」エリザベスが言った。

どういうわけか淫欲の霧は先ほどよりも濃度を増しているように感じられた。

「……そ、それ以上は君でも無礼だぞ」

どのくらいの時間、沈黙していたのだろうか。時間の感覚が失われるなか、俺はなんとか言葉を絞り出した。

「無礼でもなんでも構わない。あたしは真実を言っているだけ」

すぐさまエリザベスの反論が返ってきた。彼女の声は勢いを増し、俺の虚勢をかき消した。

「もう十分だ、聞きたくない」俺は思わず後ずさった。

「駄目。最後まで聞いて」エリザベスは引き下がらなかった。

「やめろ……」

「やめない！」

「頼む、もうやめてくれ……」

「やめないわ！　まだ、見せるものがある」

「もう、何も見たくない！」

「これで最後よ。お願い。これを見たら、クリス――いいえ、お父さんは、きっと目を覚ますはずよ。そして、あたし達家族の元に戻ってきてくれる。そしたら、これからはお母さんとあたしとお父さんの三人で、仲良く幸せに暮らしていける……」

「嫌だ！　見たくない！　嫌なんだ！」俺は首が千切れるほど頭を左右に振った。

「〈誓い〉を立てたでしょう！　男なら、それを守って！」

彼女の雄叫びが真っ暗な金庫内に反響した。

「ケイトはここで、リッキーと寝ているの。目を覚まして、お父さん！」

エリザベスは例の吊り金具を握って揺らしながら、もう一度言った。

俺は眉間に皺をよせ耳をふさいだ。だが、掌を通り越して彼女の言葉が頭の中に直接届いていた。

「お願い、見て！　これよ！　ねえ！」

エリザベスは燃える錫杖（しゃくじょう）を振りかざす退魔師のごとく、携帯電話の眩い光を俺に向けた。液晶画面がまるで灼熱の炎のように感じられ、俺は両手で顔を覆って蹲（うずくま）った。

「ほら、ケイトはリッキーと寝ている！」

「見て、ケイトは浮気しているのよ！」

「リッキーがケイトを抱いているわ！　これよ！」エリザベスは必死だった。

……リッキーは、俺の妻を抱いている。

ケイトはリッキーに抱かれている。

二人は寝ている。

セックスをしている。犯ッてる。姦ってる。性交ってる。情交ってる。淫乱ってる。交接ってる。姪奔ってる。射精ってる。嬌声ってる。媾合ってる。好色ってる。逢引ってる。交合ってる。乱交ってる。淫行ってる。口淫ってる。肛門性交ってる。交尾ってる。種付けってる…………。

誰のものともつかない呪言が暗闇を走り抜けた。

鎖の揺れる音と、マットレスの軋む音、リッキーの息遣いと、ケイトが絶頂する喘ぎ声が聞こえた。俺は絶叫し、頭の中の声を遮ろうとした。しかし、なぜか俺の悲鳴は暗闇にかき消され、エリザベスの声音だけが音吐朗々（おんとろうろう）と響き渡っていた。


「やめろぉぉ！　やめてくれぇぇ！」


俺は無我夢中で腰元から〈電気スタナー（P・E・S）〉を取り出して、エリザベスの胸元に押し当てていた。車を降りるとき、護身用にとこっそり忍ばせておいたのだ。

ゴツリ……。

足下で鈍い音がしてエリザベスの猛り声が止まった。

次に、積まれた煉瓦が崩れる音が聞こえ、生暖かい液体が俺の靴を濡らした。俺は思わず足を後ろに引いた。すると、その勢いで何かが踵に弾かれてコンクリートの床を滑る音が響いた。

俺は無意識に音のした方向を見た。

それはエリザベスの持っていた携帯電話だった。

持ち主の手を離れた携帯電話は、無造作に床に転がり、近くの棚をぼんやりと照らしていた。

俺は携帯電話を拾い上げると、呆然と液晶画面を確認した。

そこには、あられもない姿のケイトと、その上に跨るリッキーの姿が映し出されていた。

妻は俺との行為中には見せたことの無いような、恍惚の表情を浮かべていた。舌を出し、半目を剥いたその顔は、俺の知る彼女とは程遠い、色情に狂った淫魔のような顔だった。

俺は画像を次へと送った。今度は彼女がリッキーのペニスを美味そうに頬張る画像が出てきた。

俺はもう一度、送りボタンを押した。

逆さ吊りのケイトのヴァギナに、トウモロコシみたいな太い性具が突き立てられていた。

次へ。次へ。次へ。次、次、次……。

何枚あるのか分からないくらい、俺の妻の痴態が記録されていた。

次へ、次へと繰り返しボタンを押すうちに、一枚の画像で俺の手は自然と止まった。

そこには、コンドームが破れて慌てふためくリッキーと、昇天したままぐったりと寝そべるケイトの姿が映し出されていた。

俺の妻……、俺のケイト……、俺の物……。俺の女……いや、違う。ケイトはふしだらな女。

俺の妻は、浮気をしている。

そうか、あいつは俺のモノなんかじゃ無かった……。

それに……、
御腹の子は、リッキーの子供だ。

俺の頬は、知らず知らずのうちに濡れていた。

「アレはイイ女だなぁ。この店の看板に描かれた女に似てる。艶やかな漆黒の髪色に、白い肌。ぷっくりとした唇と、大きな尻。アレはイイ女だ。たまんねぇ」

なぜか頭の中に、ディランの言葉が蘇った。

俺の背後では、意識を失ったエリザベスが生暖かい血を流し続けていた――。


それから何をどうしたのか記憶が曖昧だが、気が付くと俺は、エリザベスを例の器具で逆さ吊りにして、自分のペニスを咥えさせていた。なんとかして、彼女の汚れた口を塞いでしまいたかった。そこから発せられる悍ましい言葉が呪いとなって、最愛の妻を穢してしまうのではないかと、恐ろしくて仕方が無かったからだ。

意識を取り戻した彼女が苦しそうに喉を鳴らすと、俺は一層深く彼女の喉にペニスを押し込んだ。

「黙れ！　邪悪な口め、俺のケイトを穢しやがって！」

嘔吐く声が聞こえ、エリザベスは透明で粘性の高い唾液を垂らした。

床は彼女の涙と唾液と鼻水と、俺の体液でドロドロに汚れていた。

彼女は「やめて」とか、「苦しい」とか言っていた気がするが、俺は無視して腰を振り続けた。

というよりも、喉の奥、声帯よりもずっと奥まで、勃起したペニスを押し込んでいた。

自分でも止めることが出来なかった。

「どうだ！　これで懲りたか？　ああん？　まだ、足りないのか?!　くそ、思い知らせてやる」

俺のモノが奥へと押し込まれるたびに、エリザベスは足をバタつかせ、必死に苦しみから逃れようとしていた。

膝を閉じたり開いたりしながら悶える姿は、俺の欲情をさらに刺激した。頭の上で鎖の揺れる音が聞こえ、彼女の内腿が俺の両頬を強く挟み込んでいた。

「悪い口だ……邪悪な……」

「お仕置きだ！」「これは、お仕置きなんだ！」「お仕置きだぞ！」

俺は覚えているだけで三度射精し、やがて彼女は動かなくなった。

動かなくなる直前、彼女は何かを言おうとしていたが、今となっては分からない。大量の唾液と精液が喉から溢れ、ただゴボゴボと音を立てているだけだったからだ。

どんな死に方だろうと、死ぬときには動物も人間も脱糞し、尿を漏らす。生きてるうちは糞尿を漏らさないよう締めている筋肉が緩むからだ。これは苦痛とは関係なく、単なる生理現象だ。死への過程にすぎない。

エリザベスも同様にこの過程を辿った。俺は彼女の股間から尿が噴き出し、やがて大便の臭いが漂うのを感じ、彼女が死んだことをハッキリと認識した。

普段、屠殺場で見ている光景そのものだったからだ。

それから俺は、彼女の携帯電話で彼女自身を撮影した。まだ魂が抜け切る前に、彼女の姿を何かに収めておきたかったのかもしれない。いまなら、まだ、エリザベスの魂も一緒に写真の中に封じ込められるんじゃないか……、そんなことを考えていた。

だが、それも単なる都合のいい妄想だった。

エリザベスは死に、彼女の命はすでに終わりを迎えていたからだ。

弱冠一七歳の少女、エリザベス・コールは、町外れの倉庫街でグロテスクな性具に吊られたまま、男のペニスによって窒息死した。俺が彼女を殺したんだ。

35

「以上が、俺がエリザベス・コールと出会い、彼女を殺害するに至った経緯だ」クリス・ブラウンはそう話を締めくくった。

取調室の中は凍り付いたような静寂に包まれていた。

ダラス主任警部でさえ、クシャミひとつせずに、ただ、呆然とクリスの話を聞いていた。

吾輩はと言えば、自分自身の人を見る目の無さに落胆し、挫折感と無力感に苛まれていた。マジックミラー越しに見えるエリザベス・コール殺害犯は、昨日までと何一つ変わらない、吾輩の良く知るどこにでも居る普通の男だったからだ。

「それで、その後はどうしたわけ？」

沈黙を破ったのは、やはりエミリー・トンプソンだった。

彼女は魔法のガラケーを握り、ちょうどエリザベスの最後の姿を見ていた。

「遺体を移動させたでしょう？　少なくとも二回」携帯電話のフリップを閉じながらエミリーが言った。

クリスはほんの一瞬だけエミリーの顔を見て、冷ややかな笑みを浮かべた。エミリーは気にせずバンカーボックスに携帯電話をしまうと、ポケットからミックスナッツを二、三粒だけつまんで口へと運んだ。

ポリポリ、モスモス……。

聞きなれたナッツをかみ砕く音がスピーカー越しに聞こえた。

「二度ね……、確かに」

クリスは緊張をほぐすように大きく伸びをして、やがて緩々と話し始めた。

「……彼女が動かなくなった直後、ケイトから連絡があった。いつもより帰りが遅かったんで心配をかけてしまったからだ。それで気が動転した俺は、どういうわけかエリザベスを抱えて車に戻っていた……。遺体には例の拘束具がつけっぱなしになっていたから、それを使って彼女を保冷庫内に吊下げると、急いでエンジンを掛けたんだ。俺は、急発進したり急停止して荷台の彼女がこれ以上傷つかないよう、ゆっくりと猫を撫でるみたいに優しくアクセルを踏み込んだ。

だが、そんな心情とは裏腹に、闇夜に轟くエンジン音は、まるで戦太鼓みたいに俺の気分を高揚させた。運転している間中ずっと、俺のアソコは樹齢千年の大木みたいに太く硬くそそり立っていたんだ。

家に付くと俺は、エリザベスを食肉加工場へ運び、熟成庫の中に隠した。そして何事もなかったようにケイトと食事をして、同じベッドで眠った。これが最初の移動だ。

瞼を閉じた瞬間、後頭部がどろりと重くなり、俺の身体は温かいハチミツの中をゆっくりと沈んでいくように、ベッドも床も地面も突き抜けて延々と落下していった。翌朝目覚めると、俺は夢精していた——。俺は思春期の男子みたいに妻に隠れて下着を洗ったよ。だが不思議と情けなさは感じなかった。むしろ、これまで味わったことのない充実感が俺の腹の底に根を下ろしていた。

クランペット（小麦と酵母で作る塩味のパン）にマーマイトを塗る妻の横顔を眺めながら、俺はエリザベスの遺体の処分方法について考えた。だが、いくら考えても答えは出ず、仕方なくそのまま熟成庫に隠しておくことにしたんだ。ケイトは怖がって加工場へは近づかないし、あそこなら当分の間は遺体が腐ることもない。扉も密閉式で頑丈な鍵も有るからな。

朝食後すぐ、俺はエリザベスの全身を洗浄し、綺麗に剃毛してから内臓をすべて取り出した。すでに心臓が止まっていたので一滴残らず血を抜くのには苦労したよ……。遺体を逆さ吊りにした状態で頸動脈に傷を入れ、心臓を直接手で揉んで全身の血を押し流すしかなかったからだ。かなりの重労働だったが、ここで手を抜くと後の熟成に大きな支障が出てしまう。俺は挫けそうになりながらも、手の力が無くなるまで彼女の心臓を何度も、何度も、何度も強く揉んだ。

〈血抜き〉の終わったエリザベスの肌は、まるで蝋人形のように無光沢な白濁色に変化した。特に顕著だったのは爪だった。日頃から常に目にしている部位だけに、その変質ぶりは俺を驚かせた。薄っすらとした桃色は、色味を失い肌色と溶け合っていたし、表面の角質は艶を失ってどんな光も反射していなかった。それはリアルな〈死〉そのものであり、ゾンビ映画やお化け屋敷で見るような、どの指先とも違っていた」

クリスは手錠に繋がれた両手を持ち上げ、胸元でじっとそれを見つめた。彼が手を引く動きに合わせて、床と擦れた鎖が重々しい音を立てた。

「極上肉が何十日もの熟成に耐え得るように、きっとエリザベスも時間をかけて美しく熟成の過程を辿るに違いない。彼女の遺体を処理しながら俺はそう思った。

なぜなら彼女の肉は、ちょうど食べ頃の仔牛肉のように脂の少ない薄ピンク色をしていたし、牛や豚などの他の草食動物と同じように、筋肉がしなやかで柔らかかったからだ。もしかすると、ベジタリアンの肉はみんな彼女みたいに美しいのだろうか？　俺はそんなことを考えながら、彼女の臓器を一つ一つ丁寧に作業台に並べた。そうして俺は彼女を長期熟成に耐えるよう、加工したんだ」

吾輩はクリスの話を聞いて、事件の翌日エミリーが言っていたことを思い出した。〝犯人の行動は一貫している〟とはこのことだったのだ。彼女は初めからエリザベスの殺害方法が食肉解体の手順に則っていることに気が付いていたのである。

「とにかく――、これで当分の間はなんとか時間稼ぎが出来るはずだった」クリスは続けた。

「ケイトは気がついていないようだが、あの朝から遺体が見つかるその日まで、俺はずっと眠るたびに無精をしていた。毎朝だ。おかげで食欲も増し、仕事にもこれまで以上に精が出るようになった。俺の中で、あの日を境に何かが確実に変化していた。その証拠に自分でも驚くくらいツルリとして、きめ細かな舌触りの腸詰が作れるようになっていたし、夫婦関係も今までよりもずっと円満に感じられた。どういう訳か俺の人生は、乗ってる車両の路線が突然切り替わったように好転し始めていたんだ」

ここまで話し、クリスはなぜか突然口をつぐんだ。ダラス警部も吾輩も、無意識にマジックミラーに顔が映るほど身を乗り出していた。

「でも、遺体を動かさざるを得ない事情が出来た」見かねてエミリーが口を挟んだ。

「そうだ。ああ、そうだよ」クリスは再び話し始めた。

「それから二週間後、役所の立入検査があって、やむなく彼女を熟成庫から出すことになった……。過去に狂牛病(BSE)の汚染肉を仕入れていたためだ。例の騙されて掴まされた極上肉のことさ。まさか連中、日曜の午前中に来るなんて思ってもみなかった。それが狙いなんだろうが、あんまりだろう？

――それで、ほんの少しの間だけ熟成中のエリザベスを隠しておける場所が必要だったんだ……」

「そこで牛乳配達車（ミルクフロート）に目を付けた」エミリーが言った。

クリスは彼女を見た後、〝すべてお見通しか？〟と、いうようなため息を付き、「パイク乳業とウチの食肉加工場は駐車場を共有していたからな。エリザベスを運んで乗せるのも訳なかったさ……」と告白した。

「二度目の移動か……」ダラス警部が親指と人差し指を順に立てて吾輩に見せた。

「冷蔵装置もついているし、日曜に牛乳配達は無いって思ったのよね？」エミリーが言った。

「正直、上手くやったと思ったよ」クリスは小さく首を振った。

「まったく上手い手だってな。一時間かそこら使われていない車の荷台を借りるだけだ。しかも日曜の早朝に。絶対にバレっこないって思ったさ。だが、俺は馬鹿だった。ピーターの奴が、エリザベスを見つけてしまうなんて……。そんな初歩的なミスを犯すなんてな。よくよく考えたら、あいつ、日曜には必ず教会に顔を出していたのに……、俺は毎週のようにそれを見ていたのに。良く知っていたんだ。なのに、あいつがどうやって教会まで来ているかなんて考えたことも無かった。あいつの車があまりに静かすぎたんで、いつもそれに乗って来ているってことに、まったく気が付いていなかったんだ」

クリスはもう一度首を振ると〝上手くやったと思った……〟と口の中で呟いた。

ダラス警部は、彼の言い分に眉根を寄せていたが、吾輩にはクリスの気持ちが少しだけわかった。

人は追い込まれると、目の前の問題を解決することに注力し、近視眼的な行動をとりがちである。その結果、ほんの一歩先に控える次の問題を簡単に見過ごしてしまうのだ。特に注意力散漫な吾輩にとって、これは他人事では無かった。

「携帯電話もその時に？」エミリーが訊いた。

「エリザベスを積み終えた直後、ピーターが出てきた」クリスは頷いた。

「俺は慌てて物陰に隠れたんだが、その拍子にエリザベスの携帯電話を落としてしまった……。ピーターは俺の目の前でそれを拾い上げると不思議な顔をして辺りを見回していた。それからすぐ、荷台のエリザベスに気付いて、五分――いや、十分くらい彼女のことをじっと見つめていた。そのうちに携帯電話の存在を思い出して、あいつは中身を確認し始めた。ピーターの奴、――おそらくだがエリザベスが死んだ直後の画像を見て――突然、泣き始めたんだ。悲しそうに、声を上げて、肩を大きく揺らしてな。あいつは泣きながら車に乗り込むと、徐（おもむろ）にエンジンをかけて車を出してしまった。俺はどうすることも出来ず、ただ彼女が運ばれていくのを眺めるしかなかった。

それから後は――、あんたも良く知ってる通りのことさ。車は教会へとたどり着き、あいつはエリザベスの遺体を楡の木に運んで吊るした。それから礼拝堂の入り口に牛乳を置いて立ち去ったんだ。おそらく葬式を出してやりたかったんだろう……。あいつは、以前にも子犬を埋めてやったことがあったしな」

クリスはいつものように帽子を触ろうとして、何も被っていなかったことを思い出し、気まずそうにそのまま手を下した。手錠が軋む音だけがむなしく聞こえた。

吾輩はエリザベスが受けた数々の仕打ちや凌辱、無念さを想うと、やり場のない気持ちがこみ上げてきた。

「奴の言い分をピーター・パイクの証言と照らし合わせてくれ」

ダラス警部が部屋の隅で控えていたミスター海兵隊に向かって言った。

「あとは現場検証――ブラウン精肉店へ行って、エリザベス・コールがそこに居たという証拠を見つけないとな……」

ミスター海兵隊は胸を張って敬礼すると、颯爽と部屋を出て言った。吾輩はなんだか、あの筋肉刈り上げ青年のことが少しだけ頼もしく思えきた。人は見かけによらないものである。そんな感傷があったからかもしれない。

「それで全部?」スピーカーからエミリーの声が聞こえた。

「ああ、洗いざらいな……」続いてクリスがぶっきらぼうに答えた。

エミリーは「ふぅん」と言って、親指の爪で唇の下を押していた。

「エリザベスの話は本当?」

しばらくして、エミリーが質問を変えた。

「どの部分を言ってる?」

クリスは腕を組み、あからさまに警戒する顔をした。

「あなたがエリザベスの父親で、あなたの奥さんがあなたを手に入れるためにエリザベスの母親を陥れたっていう部分――、つまり、マリア・バギンズを追い出したのはキャサリン・ブラウンだって言う部分よ」

エミリーは特に抑揚なく、それでいてハッキリとすべての単語が聞き取れるように言った。

「そんな昔のこと、どうでもいいだろう?」クリスの声色が明らかに変わった。

「少女のころは誰でも何らかの夢想をするもんだ。エリザベスも同じさ。それが真実だろうと、彼女の戯言だろうとどっちでもいい。この事件には全く関係がないことだ。俺とマリアは単なる幼馴染で、彼女は町を出ていった。そして俺はケイトと結婚し、今に至っている。……それがすべてさ」

「いいえ、関係がある。すべては繋がっているのよ……」

エミリーは黒ずんだ机に両手を付くと、身を乗り出してクリスの翠色の瞳を覗き込んだ。

「あたしの推理はこう――。あなたはかつて、エリザベスの母親、マリア・バギンズのことが好きだった。幼い頃からね。でも、彼女にはあなたとは別に意中の人がいたの。町一番の名士の御曹司、口髭のおにいさん――ウィリアム・ハーバード卿のことよ。あなたはライバル心から彼を意識するようになっていったけれど、彼はあなたの事なんて気にも留めていなかった。当然よね。実際、格が違っていたんだから。

向こうは身なりや言葉遣いに品があって頭脳も明晰、英語以外にフランス語とドイツ語を操り、音楽や美術にも造詣が深い。そこに加えてスポーツまでも万能……、確か馬術とフェンシングの腕はオリンピック選手級だったって話よね。人として一回りも二回りも大きな存在。――何より、あなたなんかより、ず～っとお金持ちだった。本当に悔しかったでしょうね。絶対にかなわない、そう思ったんじゃない？

だけど、あなたは自分と身分や境遇の近いマリアは、きっと彼じゃなく自分の方を愛してくれると信じていた。持たざる者同士、上手くやっていけるはずだと確信していたはず。そう考えても不思議じゃないくらい、二人は親密だった。それで、あなたは意を決して彼女に告白をした。

高校を出たら一緒になろうとでも言ったのかしら……。だけど、予想に反してあなたは振られた。代わりに彼女の同級生のキャサリン・ローズを紹介される形でね。

あなたは裏切られたような気持になったんでしょう？　通じ合っていると思っていたのに、実は自分の独りよがりだったって思い知らされたんだもの。自分は彼女の愛を信じていたのに、彼女は自分ではなくライバルの方を選んだ。やりきれなかったんじゃない？　もしかすると、彼女のことを〈愛〉よりも、〈お金〉を選ぶような穢れた存在だって感じたんじゃないかしら。

――それでも、あなたは彼女のことが諦められなかった。彼女のことを欲すれば欲するほど、その存在が遠のいて行くように感じられ、愛情はいつの間にか歪んだ憎悪に……、やがて、支配欲へと変貌していった。

それであなたは彼女のことを疎ましく思っていたキャサリンを利用して〝彼女は誰とでも寝る〟なんて噂を流した。おかげであなたは自分を袖にした女性に対して、見事に復讐を遂げることができたって訳……。最も卑劣で、最も下衆なやり方でね」

エミリーの口調は淡々としていたが、彼女の額には深い縦皺が現れていた。

「噂が収まり始めたころ、あなたは和解を理由にマリア・バギンズを呼び出したんじゃない？」

エミリーはさらに続けた。

クリスは何も答えなかったが、固く組んだ指が自らの皮膚に強く爪を突き立てているのが窺えた。

「なぜなら、あなたの中で彼女への渇望は消えていなかったから……。まだ、彼女に対する未練があったのよ。それで、身も心も疲れ切った今なら、優しく接することで、彼女の心を自分の方へ向かせられるとでも思ったんでしょう？　でも、実際には、それほど上手くはいかなかった。

マリアの心は折れるどころか輝きを増して、あなたの前に立ちはだかった。当然よね。あなたが彼女の悪い噂を広めることに精を出している最中も、彼女は神と対話を交わし、自分自身を強く保ち続けて居たんだから。あなたは簡単に心の内を見透かされ、そして、もう一度、彼女に交際を拒否された。今度は二度と立ち直れないほど、完膚なきまでにね。

それで逆上したあなたは彼女を襲い、力づくで強姦した。人としての尊厳も、貞操観念も、信仰心すらも踏みにじって無理やり自分の物にしようとしたのよ……。その結果、マリアはエリザベスを身籠り、〈魔女〉として町を追われることになった。――これが一八年前の事件の真相よ。

あなたが〈処女受胎〉なんて現実離れしたことを主張したのも、彼女を想ってのことなんかじゃない。自分の罪を隠すためでしょう？ あなたは、わが身可愛さから、すべての罪咎と過誤を彼女ひとりに押し付けようとした。保身に塗れたあなたの事だもの、彼女のためを装って、結局は自分自身を守ろうとしただけよね……。少し、偏見が強いように聞こえるかもしれないけれど、あながち間違ってないと思うの」

言い終えるとエミリーは、ミックスナッツを袋ごと取り出して、中を覗いてクルミの実を探した。彼女が袋を揺らす度に、ガサガサというナッツ同士がぶつかって場所を入れ替える音が聞こえた。

クリスは、組んだ指をより一層固く結んで、強く歯を食いしばっていた。

「……ねえ、でもね、仮にだけど、エリザベスの推理が部分的にでも合っていたとしたら、話は変わってくると思わない？」

エミリーがナッツ袋を覗き込んだまま言った。

それは流れるようでいて、非常にゆっくりとした、まるで勿体付けるような口調だった。

「……何が、いいたいんだ？」クリスは低く唸り、僅かに舌を鳴らした。

「あなたは当時、大きな勘違いをしていたのかもしれない」エミリーは漸く見つけたクルミの実を口に運んだ。

「(ポリポリ……)、マリアがあなたにキャサリンを紹介したのは、あなたの告白を拒否するためじゃなく、別の事情があった……(ゴクリ)。例えば、エリザベスの言うように、キャサリン達のグループからいじめにあって居たかもしれないし、友達思いだった彼女が、自分の気持ちを殺して友人の幸せを優先したのかもしれない。(ポリモス……モス)もしくは、信仰心や思想、信条の問題で〝まだ早い〟って思っただけかもしれない。とにかく、どんな理由にしても、あなたの早合点だった可能性は否定できない。そうでしょう?」

「……だからって、今更そんな昔話を持ち出してどうしようっていうんだ? そんな昔のことに拘っていないで、さっさと殺人罪で起訴しろよ。せっかく素直に罪を認めてやっているんだ、ほら! なあ! ほらよお!」クリスは両腕を突き出して、エミリーを挑発した。

彼が大きく手を突き出す度に、手錠と床とを繋ぐ鎖が耳障りな音を立てた。

「あたしは倫理の話をしてるの。エリザベスの言うように、本当にマリア・バギンズもあなたのことを愛していたとしたら、あなたの背負うべき業(カルマ)の深さが変わってくる。そう言っているのよ」

エミリーは古びた机の隅に置かれていたマニラフォルダを、滑らせるようにクリスの前まで運んだ。

「それに、あなたはまだ自分の罪を隠そうとしている。もしも、あなたが本当に心からマリアのことを愛していたのなら、これにも、もっと早く気づいたはずよ……」

フォルダの表紙をゆっくりと開きながらエミリーが言った。

「エリザベスの全身の毛を剃っている時にも、彼女の内臓を一つ一つ取り出している時にも、何度も目にしたはずなんだから……。でも、あなたは気が付かなかった。この入れ墨の意味に」

エミリーがクリスに見せたのは、エリザベスの首に彫られた例の入れ墨(タトゥー)の写真だった。十字架の文様に紛れ込ませるようにして〈キリスト教徒〉という文字が隠されていたあの写真である。

「この入れ墨は一度、修正されている」エミリーが言った。

「もともと何かの文字があって、その上から別の文様を書き足して修正されたものよ。だから、あたし、元の文字列がどんなだったか、ずっと気になっていた訳。それで分離してみたの――」

エミリーが入れ墨の写真を指でつまんでマニラフォルダから抜き取ると、その下には、もう一葉の写真が隠されていた。

それは先ほどの写真に画像加工が施され、〈CHRISTIAN〉という文字のうち、最初の五文字――〈CHRIS〉だけが強調されたものだった。

小窓から二人の様子を窺っていたダラス警部は、思わずため息を漏らした。

吾輩も同じく、その五文字を見て、〝流石に無理がある〟と感じた。

しかし、どうやらクリスはエミリーの意図することが読み取れているようで、先ほどよりもずっと苦々しい面持ちで、目の前の写真を睨みつけていた。

「エリザベスの遺体をピーターが持ち去ったあと、あなたは必死で後を追ったはず。呆然と立ち尽くしてなんて居られる訳がないじゃない。なんとか彼女の遺体を回収して、隠蔽しようとしたはずよ。そして、楡の木から逆さに吊るされた彼女に近づいた時、首の入れ墨が目に入った。――おそらく、遺体を長期間保存したことで皮膚に何らかの異変が生じ、元々の文字列だけがくっきりと浮かび上がっていた。そこで初めて入れ墨に込められた意味を知ったんでしょう？」

エミリーはクリスの目の前で写真を一八〇度回転させ、上下逆さまにして見せた。

「……あっ!!」ダラス警部と吾輩は同時に声を上げた。

先ほどまでは〈CHRIS〉としか見えなかった文字列は、上下反転することでハッキリと〈MARIA〉と読むことが出来た。

「アンビグラムの一種ね。逆さまからも文字に見えるデザインを施してある。正位置ではあなたの名前が、そして反転時にはエリザベスの母親であるマリアの名前が現れる。これは、エリザベスがあなた達二人の一粒種だっていう証拠よ。そしてマリア・バギンズが、あなたとの関係を受け入れていたという証——。もしも、彼女があなたとの過去を消したいと思っていたのなら、大切な娘の身体にそんな名前を刻み込んだりはしないわ」

エミリーは、緊張を解きほぐすように小さく息を吐き出すと、二、三粒だけナッツを口へ運んだ。

ポリポリ……。

モス……ゴクリ。

「こじ付けもいいところだな……」力なくクリスが呟いた。

「クリスなんて名前はどこにだってある。それが俺の名前だって断定できるのか？　マリアって名前も同じだ。それに、入れ墨に隠されたメッセージだって？　そんなものが裁判で証拠に使えるとでも思っているのか？　馬鹿げてるね。これは何の事件の捜査なんだ？　エリザベス・コール殺害についての事件じゃないのか？　どうして今更、一八年前の、そんな昔の話をしている？　なあ、おい、巡査部長さんよ、俺は何の事件で尋問されているんだ？　答えてくれよ、巡査部長さんよぉ！」

初めは力なく聞こえた彼の語気は、徐々に荒くなり、やがて彼は大袈裟に机を叩いてマニラフォルダを遠くへ押しやった。

直後——、

バンッ！　という鋭い音がテーブルを揺らした。

「言ったでしょう？　二つの事件は繋がっている！」

エミリーは滑り落ちそうになるフォルダを押さえ、眼光鋭くクリスを射すくめていた。

クリスも負けじと視線を返したが、彼女の圧倒的な気迫を前に完全に呑み込まれていた。

「すべての〈秩序〉は〈無秩序〉へ……、エントロピーね」

エミリーは悠揚たる物腰でスマートフォンを取り出すと、とある画像を表示してクリスに見せた。

それは死体発見の朝、彼女が墓地で撮影していたものの一枚だった。

楡の木に刻まれた傷や落書なんかの内のひとつ――、恋人同士が、お互いの名前を十字に交差させた文字遊び――。そこにはエリザベスの入れ墨（タトゥー）と同じ〈ＣＨＲＩＳ〉と〈ＭＡＲＩＡ〉という二人の名前が彫り込まれていた。

「かつてあなたは、あの楡の木の下でマリア・バギンズに愛の告白をした。でも、彼女はあなたの申し出を断った。けれど後になって、マリアは自分の秘めた想いを何らかの形で残しておきたくなったのよ。あの木は、町の象徴（シンボル）だから……。それが当時の彼女にできる精一杯の自己表現だった」

エミリーは続けた。

「あなたは、あの日――エリザベスの遺体に誘われ、偶然この文字遊びを見つけた。そして、すべてを理解したの。自分にとって不都合なことも、何もかもね。だから、この文字遊びと入れ墨（タトゥー）の関連を疑われることを恐れ、慌ててエリザベスの入れ墨（タトゥー）を消す方法を探した。そうでしょう？　遺体についていた煤は蝋燭の炎によるものよ。あなたは、墓地の蝋燭を使ってエリザベスの遺体を焼いたの。自らの過ちを再び消し去るために、すでに亡くなって弁明すらできない少女の遺体をさらに火で炙った……。その手の火傷はその時に出来たものでしょう？　なんなら専門機関で詳しく調べてもいいわ。あなたが許すならね。

――それからあなたは、自分の罪をピーターに被せるために、礼拝堂の入り口に牛乳瓶を置いた。彼が教会に来ていた証拠を残すために。あなたならきっとそうしたはず。これまでも保身のために他人を陥れてきたんだもの。念には念を入れたはずよ。それに、たとえピーターが捕まらなくても、事件が複雑になればそれでよかったのよね？　一八年前と同じように迷宮入りになりさえすれば、自分はまた逃げ切るんですもの……。これが事件の真相よ」

エミリー・トンプソンはそう言って推理を締めくくった。

若かりしクリストファー・ブラウンとマリア・バギンズの淡い恋の思い出……。吾輩の脳裏にかつての英国首相が言った言葉が浮かんだ。

〝世間には嘘がごまんと溢れているが、
一番困るのは、そのうち半分は真実だということである
――ウィンストン・チャーチル〟

「……俺はずっと、自分のことを普通の男だと思ってきた」

長い、長い沈黙のあと、クリスの湿り声が聞こえた。

「どこにでもいる平凡な俺は、それほど大きな幸福も望んじゃいなかった。金も、名声も、権力だって欲していない。……ただ身の丈に合った仕事をしながら、慎ましく生きていければそれでよかっ

たんだ。なのになぜ、神は俺からすべてを奪っていくんだ？」

彼は半べそになって爪を噛んでいた。

「いいえ、神様はなにも奪っていない」エミリーが言った。

彼女の美声は淹れたての紅茶みたいに深く、それでいて澄み渡っていた。

「あなたが勝手に失ったのよ、何もかも。すべて手に入れられるチャンスがあったのに、あなたは道を誤った。愛する人も、本当の子供も、神の祝福でさえ、およそ幸福と思えること全部を手にできるはずだったのに、あなたは〈悪〉に染まってしまった」

「〈悪〉だって？〈悪〉ってなんだ？人は悪いことをしようとして、罪を犯すんじゃない。不安や恐怖から逃げるために、過ちを犯すだけだ！」クリスが激語した。

「俺は悪人なんかじゃない。どこにでもいる普通の男だ！そうさ、こんな事は誰の身にも起こり得ることなんだよ。病気や交通事故と同じさ、ある日突然、その身に降ってくるんだ……。今回はたまたま巡り合わせが悪かっただけだ。俺に限った事じゃないぞ。もしかするとあんたの友人、十年来の旧友だって、ある日、突然あんたを裏切るかもしれない。自分を守るために、あんたを陥れようとするかもしれないんだぞ！それが人間ってもんだ！それが普通の人間ってもんだろ!!」

クリスはこれまで見せたことの無い形相でエミリーを怒鳴りつけた。

唾を飛ばし、歯茎をむき出しにして叫ぶその姿は、さながら末期の足掻きをみせる手負いの猛獣のようだった。吾輩は、彼の涙と鼻水に汚れた顔を見ながら、人の業の深さというものを噛み締めていた。ダラス警部も同様に、言葉を無くして立ち尽くしていた。

だが、エミリー・トンプソンは違った。

彼女は徐にクリスの傍まで近づくと、すぐ目の前の机にもたれ掛った。

「あなたの言う事も一理あるかもしれない。人は〈間違い〉を犯す生き物だから。でも、その〈間違い〉を犯したあとの取り繕い方や謝罪の仕方で〈真実〉が決まるって知っていた？　それが単なるミスだったのか、それとも起こるべくして起こったこと、つまり必然的な物だったのか……、それを決めるのは、〈間違い〉を犯す以前の出来事じゃなく、その後の行動なの。

さっき、あなたが言ったこと、生まれてくる子供に胸を張って言えるかしら？　あなたは一八年前に幼馴染だった少女を強姦し、彼女を妊娠させたうえ、非道い噂を流して町を追い出した。自分の罪を隠すために。

そして今、その時に彼女が身籠った自らの娘を辱め、苛虐し、窒息死させ、遺体を食肉加工場で損壊し、隠して、さらに炎で焼いて傷つけたの。途中何度も悔い改めるチャンスがあったのに、そうしなかった。〝それは、お前たち家族を守るためだったんだ〟なんて、自分の子供に向かって言える？　ねえ、どうなの？　答えなさいよ！

それが、あなたの選んできた道よ。自らの保身のため、自分よりもか弱い存在を陥れ、仮初の幸福を必死で守ってきたの。嘘に嘘を塗り固めてね。あたしならそんな間違いは絶対に犯さないわ。なぜなら、他人を陥れて手に入れた幸福なんて偽物だって知っているから。そんなことをして手に入れた幸福なんて、絶対に長続きはしない。必ず報いを受けるのよ。そんなこと五千年も前から歴史が証明しているわ……」

彼女の言葉は取り調べの枠を超え、実際に断罪的だった。

クリスは耐えきれず目を背けた。だが、エミリーは止めなかった。

「不服そうな顔をしているわね。現実を無視した理想論に聞こえる？　そうよね、ただの正論を言ってるんだもの。人はそんなに正論ばかりじゃ生きていけないとでも言いたいんでしょう？じゃあ、こうしましょう。あなたにも分かるようにハッキリ言ってあげるわ。

あたしは、最初からあなたと主張をぶつけ合うつもりなんて、サラサラないの。卑劣な犯罪者の言い分なんて、ホントはどうでもいい。あたしはただ、一人の人間として、こう言いたいだけ。あなたマジでダサいわっ！　オエ〜ッ！　て吐き気がするくらい情けなくて格好悪い……、大人なら罪を認めて、間違いを悔いて、せめて許しを請いなさいよ!!　そんなことも出来ないなんてどれだけ臆病者なのよ！　異性としてこれっぽっちも魅力を感じないし、人間としてもほんっと最っ低……死ぬほど、あなたのことが、大っ嫌いよ!!

出来ることなら、この手であなたを絞め殺してやりたいわ。……でも、あたしはやらない。あなたとは違うから。刑務所の中で、〈受け入れる〉ってことをじっくりと学びなさい。幸い時間はたっぷりとある……。あなたの仮釈放を決める裁判官は、きっとまだこの世に産まれても居ない人物なんだから！」

クリスは肝をつぶし、何も言い返せなかった。まるで言葉を失ったように固まり、エミリーの顔や胸元を交互に見ているだけだった。

エミリーは憤怒と冷静さを同時に兼ね備えたような面構えで、マジックミラー越しに視線を送った。それはまるで、「終わりました」という合図のように見えた。

ダラス警部がマイクを通して彼女を呼び戻すと、彼女は無言で取り調べ室を後にした。

彼女が廊下に出て、しばらくしてからクリスの負け惜しみが聞こえた。

「人はそんなに、強くないんだ！　エミリー・トンプソン！　誰もあんたのようには、生きられないんだからな。あんたの周りからは、どんどん人が居なくなっていくだろうさ……。せいぜい〈正義〉を気取って、孤独に戦っていくがいい！」

彼女は気にせず歩き続けて居たが、その表情は引きつっていた。

吾輩は彼女に駆け寄り、自身の想いをはっきりと伝えた。

（安心したまえ。世界中が君を責めても吾輩は君の味方だ。この口髭に誓って言おう――、こんな小さな田舎町にだって理解者はいるんだ。世界中には、きっと君の味方がゴマンといるはずだ。安心して自分の道を歩いていくんだ。いいね）

彼女は一瞬だけ吾輩の顔を見たあと、何も言わずにミックスナッツを二、三粒だけ口に運んだ。

ポリポリポリ……。モス……ゴクリ。

いつもの音が吾輩のすぐ隣から聞こえてきた。

ナッツを嚙る彼女の口元は、ほんの少しだけ微笑みを取り戻していた。

36

警察署の受付ではリッキーと、クリスの妻、ケイトがいた。

二人とも解放されて帰る所をみると、どうやら逮捕されたのではなく、被害者としての事情聴取か何かだったのだろう。ケイトはエミリーを見つけると気まずそうに視線を逸らしたが、リッキーはヤニで汚れた歯を見せながら薄ら笑いを浮かべていた。

「トンプソン巡査部長殿、ネエちゃん、アンタには世話になったな」

リッキーが手を振って彼女を呼んだ。

エミリーはそれを無視してウォーターサーバーで水を汲むと、一気に飲み干した。

「おい、巡査部長殿。命の恩人さん！　おいって！」

リッキーはわざわざ彼女に近づいてきて話しかけた。エミリーが無視して再び水を汲もうとすると、「アンタが助けに来なければ、俺はクリスの野郎にぶっ殺されてた。マジで命拾いしたぜ……。感謝してるんだ、こう見えてもな」と、続けた。

「助けるつもりなんて無かったわ」エミリーが無感情に言った。

「あたしはただ、犯罪行為を未然に防いだだけ」

「だが、結果的に俺は助かった。アンタがあのサイコ野郎を止めたおかげでな」

リッキーは上機嫌だった。その証拠に彼の気分に合わせて、両耳と下唇の下品なピアスも一緒になって小躍りしていた。

「なあ、巡査部長殿、話の序でに教えてくれ。あの夜、どうして俺の店に駆け付けることが出来たんだ？」

「機密よ」突き放すようにエミリーが言った。

「そんな事言わずに、教えろよ」

「しつこいと逮捕するわよ」

「そう冷たくするなよな……。俺は心から感謝してるって言ってるんだぜ。それに俺は被害者なんだ。知る権利があるだろう？　だから教えてくれ。どうして俺が襲われることを知っていたんだ？

クリスが俺を襲いに来るってタレコミでもあったのか？　なあ、巡査部ちょ――」

調子に乗ったリッキーがエミリーの肩に手を置こうとした瞬間、彼の右腕は普段とは逆方向――背中側に向かって捻じれ、リッキーは唸り声を上げていた。先ほどまで小躍りしていた彼のピアスも、今度は一緒になって悲鳴を上げているように見えた。

「そんなに知りたいなら教えてあげるわ」

床を睨んで無様に脂汗を流すリッキーに向かってエミリーが言った。

「あなたが人から恨まれるような人間だって知っていたからよ。欲望に付け込んで近づき、あとは搾れるだけ搾り取っていく、そんな人間だっていうことをね……」

エミリーの言葉が聞こえているのか居ないのか、リッキーはただひたすら歯を食いしばって痛みに耐えていた。

「今のうちにせいぜい楽しみなさい。あなたもすぐに捕まえてあげるから」

エミリーは彼の腕を解放すると同時に、身体を強く突き飛ばした。

リッキーはよろめいてベンチにもたれ掛り、苦しそうに肩を押さえた。

ケイトは彼の傍に駆け寄ると汚い言葉でエミリーを罵った。吾輩は女同士の戦いが始まるのではないかと内心ドキドキしていたが、エミリーが挑発に乗ることは無かった。

受付の内側では、数名の警察官が立ち上がってこちらの様子を窺っていた。そのうち痛みから立ち直ったリッキーがケイトを落ち着かせ、二人は警察署を後にした。

帰り際、リッキーは捻じられた腕を確かめるように、前後に何度も回していた。それを後目にエミリーは「大袈裟ね……」と眉をひそめていた。

（本当はどうしてわかったんだい？　あの夜、リッキーが襲われるって……）

彼女が落ち着くのを待って、吾輩は訊いた。

「知りたい？」エミリーが言った。

吾輩が首を縦に振ると、彼女は「いいわ、じゃあポコにだけ教えてあげる」と言って事の顛末を話し始めた。

「コール婦人が行方不明になった日、あたしはパイク乳業に行っていた。例の配達記録を手に入れるためにね。覚えてる？　その時、偶然だけど隣の建物、つまりクリス・ブラウンの自宅前に停められた見慣れないバイクを見ていたの。その時はあまり気にしていなかったんだけれど、しばらくしてクリス・ブラウンのトラックが近づく音が聞こえた。パイク夫妻には聞こえなかったみたいだけど、特徴的なあの音だもの、あたしはすぐに気が付いたわ。

でも、不思議な事に彼は、家からかなり離れた場所でトラックを停めて、わざわざ歩いて家まで帰って来たの。それから自宅の前にバイクが停まっているのを確認すると、家には入らずにそのまま食肉加工場の中へ消えた。そしてすぐに、食肉用のトレイをいくつも台車で運び出し、トラックに乗せると立ち去ってしまったの。ほんの十分かそこらの出来事だった。

彼の持ち去った食肉用トレイは、そうね、丁度、成長した豚一頭分の肉が収まるくらいの大きさだったわ。追加でお店に並べるには少なすぎるし、一人で食べるには多すぎる……、そんなサイズだった。

それでピンと来たの。あれは、消えたエリザベスの内臓だって。そして、あのバイクはリチャード・レッドウッドのもので、彼とクリスの奥さんは浮気をしている。だから、エリザベスの魔法のガラケーから画像が何枚か削除されていたんだって。一気に頭の中でモヤモヤが解消されたの。
――つまり、クリスが妻の浮気の証拠を消すために、あえて二人の画像を消去していたんだって
ことに、あの時、気がついたの」
（すまない、エミリー。それが、どうして〈漆黒の髪亭（The Raven Locks）〉へ駆けつけることに繋がるんだい？）
吾輩はさっぱりついていけず質問した。
「クリスはピーターに罪をなすりつけて、すべての過去を清算したつもりだった。でも、彼が
本当に排除すべき問題はまだ野放しになっていた訳……彼にとって最大の厄介事、妻の浮気相手
で、御腹の子供の本当の父親がね。だから、彼はリッキーを陥れるためにエリザベスの内臓を
〈漆黒の髪亭（The Raven Locks）〉へ運び、事故に見せかけて彼を殺害しようと考えたの。エリザベス・コール殺害の
真犯人は不注意から命を落とし、彼の経営するパブからは決定的な証拠が見つかる。そして凄惨な
事件は幕を閉じる――これが彼の考えた筋書きだった。そうすることで、彼は自らの家庭を崩壊さ
せることなく、邪魔者だけを排除しようと考えたのよ」
吾輩は彼女の話を聞いて、あまりの身勝手さに開いた口がふさがらなかった。
（そんな計画……本気で上手くいくと思ったのだろうか？）
「だから、失敗したじゃない。神様はちゃんと見ていてくださるのよ」
（それにしても、たったそれだけの状況証拠で、良くそこまで……吾輩は本気で君が捜査を投げ
出したのかと思ってしまったよ）
「ダラス警部への電話で、クリスが一日中コール婦人を探していたって嘘をついたでしょう？
それで確信が持てた。こう見えてもあたし、優秀な警察官なのよ」

エミリーは少しだけ得意げになった。

「もしかしたら、コール婦人を真夜中に放り出したのもクリス自身かもしれないわね。ウィリアム卿――口髭のお兄さんなら、きっと彼女を手厚く保護するだろうとそこまで計算してね……。とにかく、身勝手な殺人犯は捕まって、新たな犯罪は食い止められた。彼は自らの罪を告白したけれど、まだ償いは終わっていない。これから一生をかけて自分の娘の殺害と、一八年前の強姦事件の罪を背負って行くことになる」

エミリーはそう言うと、大きく背筋を伸ばして気持ちよさそうに両腕を高く掲げた。

吾輩は彼女の洞察力と推理力、そして何より抜きん出た行動力に関心するしかなかった。吾輩も彼女の真似をして、派手に背中を伸ばして見せた。四つん這いで尻を高くつき上げる吾輩をみて、彼女の顔がほころんだ。この日初めて見せる彼女の笑顔は、とても清々しいものだった。


「……へっし！　だっし！　うえっしゅ！」程なくして、特徴的なクシャミが聞こえた。

振り返ると、吾輩のすぐ背後にハンカチで鼻を揉みしだくダラス警部が立っていた。吾輩は、エミリーをもっと笑わせようと調子に乗って、尻を振ったり、つま先立ちのまま舌を大きく突き出したりしていたので、とても恥ずかしい思いをした。

「〈漆黒の髪亭（The Raven Locks）〉のワインセラーで、エリザベス・コールの物と思われる臓器が見つかったそうだ。クリスの自白とも一致する。お前の言う通りだったな。それから――、厨房に繋がるプロパンガスのボンベにも細工が見つかった。これもお前の言う通りだった。奴はリッキーを襲ったあと事故に見せかけて殺害するつもりだったんだろう」

ダラス警部は吾輩のことなど気にも留めずに淡々と話した。それがかえって羞恥心を煽り、吾輩は何事も無かったように大人しくするしかなかった。

「〈森〉の方はどうでしたか？」エミリーが訊いた。

「ああ、火事の火元からも同じ細工がされたボンベと、精肉店で使われている油の容器が見つかったらしい。これもまた、お前の言う通りだった」ダラス警部は鼻を触って溜息をついた。

「ちなみに、リッキーとケイトだが――、彼らは〈森の魔女クラブ〉への関与を完全に否定している。聞いたことも無いそうだ」ダラス警部がさらに続けた。

「証拠は火事で燃えてしまったし、例の携帯電話にも二人の画像は消されてしまって残されていない。あるのはリッキーを陥れようと企んでいた張本人、クリス自身の供述だけだ……。あの二人は罪から逃げ切ったな。完全に手詰まりだよ」

「携帯電話の画像は簡単に復元出来ます」エミリーが言った。

「ああ、お前ならそう言うだろうな。だが、やめておけ。捜査を直接担当しているお前が復元した画像だとすれば、証拠能力は低い。例えそれが真実だったとしても、一〇〇パーセント捏造の可能性を否定できないからな」ダラス警部は首を横に振った。

「フランシス鑑識官に依頼します。彼なら客観的データを――」

「もう一度言うが、やめておけ」エミリーが何かを言いかけるのを、ダラス警部は遮った。

「わざわざロンドン警視庁から捜査官を呼んでも、挙げるのは売買春の容疑者二名だけだ。ここは欠伸の出るほど退屈で長閑な田舎町なんだ。そんなやり方じゃ、町の連中の反感を買うだけだ」

「反感を買おうが関係ありません。あたしは〈正義〉を貫きます。それが警察官としての使命ですから」エミリーは突き放すように言った。

ダラス警部は一呼吸して、吾輩の顔を見た。

それから彼女に向き直ると、初めて彼女の名前を呼んだ。

「トンプソン巡査部長——いや、エミリー。これは上司としてではなく、人生の先輩としての俺からのアドバイスだ。今回はもう、やめておけ。諦めるんだ」

「いいえ、諦めません」彼女は頑なだった。

「どんなに頑張ったって、この世には〈悪人〉なんて星の数ほどいるんだぞ……。中には法では裁けない者もいるだろう。お前は、そんなもの全部とこれからも向き合っていくつもりなのか？」

「この身が動く限りは……」

「殉教者にでもなったつもりか？　あまり傲慢になるんじゃない。それよりも、お前自身の幸福を見つめ直したらどうなんだ？　自分と周囲を優先しろ。それで十分じゃないか。お前はまだ若く、美しい。〈正義〉なんて不確かなもののために人生を無駄にするんじゃない」

彼の口調は穏やかだったが、人生の機微を実際に体験してきた男の重みがあった。普段は浮世離れした生活を送る吾輩でさえ、どこかグッとくるものがあった。

だが、エミリー・トンプソンは引き下がらなかった。というよりも、彼の忠告を論破しようと食って掛かったのだ。

「あたしたち警察官が〈正義〉を信じなくてどうするんですか？　不確かなものだからこそ、それを体現するために我々が必要なんでしょう？」彼女の凛とした声が響いた。

「俺たちは法の執行者であり、〈正義〉の体現者じゃ無い」

「では、何を基準に犯罪者を逮捕するんですか?」

「法だよ。人間が決めたな」

「もしも法が間違えていたら?」

「手の出しようがない。それが俺たちの限界だ」

「では、信念はどこに?」

「法の下での信念だ。自分勝手に〈正義〉を振りかざすだけなら無法者と同じだ」

「目の前の犯罪を見過ごせと?」

「先刻、お前がクリスに言ったように、お前も〈受け入れる〉ってことを学ぶんだ」

「〈受け入れる〉ことと、妥協は違います。妥協じゃ平和は守れない……」

「人生なんて妥協の連続だろう?」

「……そんなこと分かってる」

「なら、いい加減に諦めろ。どんなに足掻いても、お前一人で世界を変えることなど出来はしないんだからな……」

いい加減うんざりして、ダラス警部は表情を曇らせた。いつものようにエミリーが激高する直前に思えたからだ。

だが、予想に反して彼女の頬は濡れていた。なんとか持ちこたえていた緊張の糸が突然、プッツリと途切れたかのように、一気に感情が溢れ、涙がとめどなく流れ落ちていた。

「……そんなの分かってる。あたしだって……、この世のすべてを一人でどうにかしようなんて思っていないわ……。でも、せめて手の届く範囲の事くらいはちゃんとしたいだけ! 無関心にならずに、手を差し伸べたいの！　独善的かもしれない。独りよがりかも。でも、それでも、そうしたいのよ！　何もしなければ、何も変わらないわ……。だけど、一歩を踏み出せば、今日よりも、ほんの少しだけ平和な明日が待っているかもしれないじゃない！　それでほんの少しでも世の中が良くなるなら、それでいいじゃない！

　こんな馬鹿みたいな夢を見てるのは、あたしだけかもしれない。でも、信じて続ければ、いつかみんなの意識が変わるかもしれない。理解者が現れるかもしれないし、あたしにも仲間が出来るかもしれないじゃない!!

もしも、いつの日か、世界中のみんながそう思えば、この世界だって変えられるかもしれない。一人一人の力は弱くても、みんなの意識が変化してくれたなら、それって世界を動かす力になると思わない？　ねえ、そうでしょう？　あたしはそういう希望をもって生きていきたいの……。それなら……、それなら、ちっぽけなあたしにだって出来ることだから。それだけよ……」

　エミリーは顔をくしゃくしゃにして泣いていた。

少女みたいに声を上げて。警察署のロビーに響く彼女の哀哭は、日没を告げる鐘の音のようにどこか寂しく、メランコリックに聞こえた。先ほどまで好奇の目を向けていた野次馬たちも、自ずと視線を逸らし、気まずそうに雑事に手を付け始めた。

「わかった、わかった。もういい。俺が悪かった」たまらずダラス警部が言った。

彼は不器用そうに、〝泣かせるつもりは……〟とか、〝たしかに言い過ぎた〟とか言って、なんとか涙を止めようと必死で彼女をなだめすかしていた。

しかし、エミリーの白声（しらごえ）は止まらず、大きくなるばかりだった。

そしてついに、「わかった。俺も捜査に協力する。だから頼む、泣き止んでくれ！」ダラス警部がそう告げた瞬間、彼女の慟哭ははピタリと止まった。

「ほんと？　えへへ」鼻にかかった声でエミリーが言った。

彼女は実にドラマチックな表情をしていた。泣きながら笑っていたのである。

「捜査を続けても？」エミリーが訊いた。

ダラス警部はホッと胸を撫で下ろし、「お前には負けたよ……」と言った。そして、「だが、マッケンジーの奴を俺に近づけるなよ。もう、アイツの顔は二度と見たくないからな」と付け足した。

「ご理解いただき感謝します」エミリーはペロリと舌を出してみせた。

ダラス警部は半ば呆れ顔で大きくため息をついた。

「それにしても、なぜ、あの夜リッキーが襲われると分かったんだ？」

思い出したように、ダラス警部が訊いた。

吾輩とエミリーはお互いに顔を見合わせて、思わず吹き出しそうになった。

エミリーはただ笑って「さあ、虫の知らせですかね？」などと答えていた。

37

それから数日後――、エリザベス・コールの葬儀がハーバード家の敷地内でしめやかに執り行われた。参列者は少なく、関係者だけの小さな弔いとなったが、父上の計らいもあり、わざわざカトリック系教会から神父を招いての特別な会となった。

庭園(ガーデン)の片隅に設けられた白いテントの中では、ユリの花束に包まれた棺を囲むようにして、故人を偲ぶ人々が肩を寄せ合っていた。

(君がエリザベスの葬儀に出るとは意外だった)

柳の木陰で佇むエミリー・トンプソンを見つけ、吾輩は彼女に声を掛けた。

「そう？　確かにそうかも。昔のあたしなら考えられないわね」

彼女は足元の池に映る自分の影に目を落とした。

(人は死んだら、ただの有機廃棄物になるから？)吾輩は訊いた。

「フランシスならそう言うかも」彼女はほんの少し頬を緩ませた。

「でも、あたしの理由は少し違った。その、なんて言うか、あたしは葬儀とか結婚式、洗礼みたいなそういうセレモニーがずっと苦手だったの。……形じゃなくて気持ちが大切だと思っていたから。だから、たとえ身近な誰かが亡くなったとしても、あたし自身が死んだ人のことを強く悼(いた)んでさえいれば、セレモニーとしての葬儀は必要ないっていう考えだった。だからわざわざ葬儀会場へ行かずとも、家でその人のことを強く想ってさえいればそれだけでいい。そうすれば故人の魂はきっと浮かばれるはずだって考えていたの。……でも、いまは考え方が一八〇度違ってる。お葬式は絶対に必要だし、出来る限り参列すべきだって強く思うようになったわ」

(どうして、そう思うように？)吾輩は訊いた。

吾輩の質問にエミリーは少しの間、何も答えなかった。

水面に映る彼女の顔は、さざ波に揺られ悲しそうになったり、笑ったり、突然怒ってみたりと目まぐるしく変化していた。

「昔は、お葬式は亡くなった人のために有るんだって思ってた」

風になびく柳の葉を見ながら彼女は呟いた。

「故人の魂が肉体を離れ、天国に行くために必要な儀式なんだって思っていたの。でも、本当はそうじゃなかった。お葬式っていうのは残された遺族のためにあるものだって気が付いたの。愛する人を失って、悲しみに暮れる遺族の心を癒す為に……、ぽっかりと空いた心の穴を埋めて、明日に向かって生きていけるように、人はお葬式を挙げるのよ。そうすることで、あたし達は漸く大切な人を失った事実を受け入れられるようになる。そのために故人をみんなで送り出す儀式だったんだって気が付いたの。

だから、あたしもきちんと参列して遺族の方々に言葉をかけなきゃって。残されたあたしたちが前を向いて歩いていけること、それが故人の最も望んでいることだから」

木漏れ日が彼女の頬を照らし、碧い瞳が時折キラリと瞬いていた。

(向こうに行かなくていいのかい?)吾輩はテントを指して言った。

「行くわ……、そのうちね」エミリーはそう言ったあと、視線をテントの方へ移した。

テントの向こう側、更に庭園(ガーデン)の奥では、イチイの生垣で作られた迷路を覗き込んで、中に忍び込もうか悩んでいる子供たちの姿が見えた。

どうやらマリア・コールは天涯孤独というわけでは無いようだ。バギンズさん――マリアの父親には二人の兄弟が居たようだし、彼の妻の実家も、グラスゴー近郊で造船用の部品を作る工場を営んでいるらしい。

人は繋がり合って、互いに支え合いながら今日を生きている。

吾輩は微笑ましい気持ちに包まれて、思わずエミリーにもたれ掛った。彼女も嫌がる様子もなく、小首をかしげて吾輩の肩に頬を寄せた。

「ねえ、ポコ。あたしが死んだらお葬式に来てくれる？」不意にエミリーが訊いた。

（君はエミリー・トンプソンだ。簡単には死なない）吾輩は言った。

「でも、いつかは死ぬわ。人は必ず死ぬものよ。だから、あなたには、あたしのお葬式に来て欲しい……」センチメンタルな風が彼女の前髪を揺らした。

（わかった、約束しよう）彼女の温もりを感じながら、吾輩は答えた。

（君の尊厳、そして残された遺族、友人、知人のために、思いつく限りの賛辞を持って君の魂を送り出そうじゃないか）

「……本当に？」

（本当だ、この口髭に誓って）吾輩は胸を張り、口髭を触った。

水鳥の親子が作った波紋が我々二人の鏡像をかき消すのが見えた。波が落ち着いて、再び吾輩が自分の顔を見つけたとき、吾輩の頬にエミリーの唇が触れるのを感じた。

「ありがとう、ポコ」

彼女は目を閉じ、少女みたいなキスをした。

「いつもの決め台詞、決まったわね」エミリーは角の取れた笑顔で微笑んだ。

庭園（ガーデン）に、子供たちの駆け回る声が響き渡り、葬儀はいつの間にか優しい笑いに包まれていた。

小さな男の子がコール婦人の手を引いて棺に近づくのが見えた。エリザベスの遺体は、遠く離れた町にあるバギンズ家所縁（ゆかり）の墓地に埋葬されるという。あの世へと旅立つ娘の顔を見つめる婦人の眼差しは、清らかで慈愛と覚悟に満ちていた。それは、別れを惜しんでいるというよりも、娘の魂と対話をしているような、そんな気高い顔つきだった。

藤の花がまるで、祝福するみたいに純白の花弁をヒラヒラと散らしていた。

エリザベス・コールの魂もきっと救済されることだろう。

ふと、エミリーの懐でスマートフォンが震える音が聞こえた。すかさず彼女が受話すると、スピーカーの向こう側から、聞き覚えのある尊大で自信過剰な声が聞こえた。

「——ああ、全く僕もそう思うね。イギリスはEUを離脱すべきじゃあなかった。離脱派は〝これまでも独自通貨でやって来た〟だとか、〝移民に仕事を奪われた〟なんて言っているが、大局を見ればそれは大きな問題じゃないんだ。……そうさ、君の言う通りだアルフレッド。スーパーやレストランで間違えてユーロを使う観光客が居たってなんの問題もないさ。我が国は、EU諸国の中で十分に発言権も強く、関税だって優遇されていたわけだからね。なに？……そう、そうだ。シェンゲン協定についても君の言う通りだよ。珍しく意見が合うようだな、アルフレッド」電話の声はフランシス・マッケンジー鑑識官だった。

「——ところでエミリー、君は本件についてはどう思う？　残留派か、それとも離脱支持派か？」

一頻り自分の意見を述べたあと、彼はエミリーに訊いた。

「もう決まったことでしょう」エミリーが言った。

「それに、この町に暮らしている限り、EU諸国だろうが独立した国だろうが大して変わりないもの。むしろ、この町だけの独自通貨でもやって行けるんじゃないかって思うくらいよ」

「感心しないな。君もイギリス国民なら政治的立場は明確にすべきだ。少なくともこの世界的危機下においては――」

「で？　どうしたのいきなり電話なんて」エミリーは言葉を遮って要件を訊いた。

「そうそう、すまなかった。アルフレッドの奴がしつこいのでついつい熱くなってしまったよ。実は、君に報告があってね。先日頼まれた入れ墨(タトゥー)の画像解析については、やはり難しかった。あの後、何日も粘ってみたんだが、分離は不可能だと判断させてもらった。なにせ元の解像度が低すぎる上に、アノ画像一枚では……。今回ばかりは、どうしようもなかったんだ。期待させておいて、本当にすまない」

フランシスは例の入れ墨(タトゥー)について、分離は出来なかったと言った。

吾輩は驚いてエミリーを見ると、彼女はウインクして唇に人差し指を当てた。

「ありがとう。でも、もう大丈夫よ。アレは何とかなったから」彼女は言った。

「そうか、それは良かった」フランシスが言った。

「それで、今日はお詫びと言っては何だが、君に一つ良いニュースを持ってきたんだ。無理にとは言わないが、ぜひ聞いてくれるとありがたいんだがね。君にとっても価値あるニュースだと僕は考えているんだ。どうする？　聞いてくれるかい？　それとも、やめておくかい？」

フランシスは、彼らしくない、勿体ぶった言い方で彼女の返事を伺った。

「折角だから、聞かせてもらうわ」エミリーは言った。

スマートフォンを握る彼女の面持ちは、何かを察して少しだけ緊張しているように見えた。

「君がロンドン警視庁(ザ・メット)を追われることになった事件についてだが――」

フランシスの話し始める言葉が聞こえると、すぐにエミリーの顔色が変わった。

「内務調査の結果、君の事を疎ましく思っていた同僚によるねつ造だったことが分かった。あの夜、君に突き飛ばされた男性を覚えているかい？　太った中年の男だ。あの男がすべてを告白したよ。事件の夜、野次馬に紛れて二人組の男が彼に近づき、二〇ポンドで君に喧嘩を売るように頼まれたらしい。すぐ近くのパブで飲んでいた君の同僚五人組が、わざわざ君を陥れるために、瞬時に計画したそうだ。まったく警察官の風上にも置けない連中だよ。

首謀者は、その中のリーダー格、トミー・タッカー。彼は君と警部補候補への推薦枠を争っていた。携帯電話で動画を撮影し、翌日ネットにそれをアップロードしたのは、彼の上司で旧友のカーク・ワトソンだった。その間に、同じパブで飲んでいた残りの三人がひき逃げ犯を追い、確保。タッカーとワトソンが合流したのを見計らって、犯人逮捕の報告を入れたらしい。これがあの夜、実際に起こった事だ。当然、彼らの表彰も取り消されたし、五人とも揃って免官される見通しだ。

おめでとう、エミリー・トンプソン。君の潔白が証明されたというわけだ。因みに、本件を担当していた内務調査官も報告書を書きながら驚いていたよ。まさか連続表彰記録を持つエミリー・トンプソンが、そんな陰謀に巻き込まれていたなんてね。彼女も以前から君のファンだったらしい」

電話の向こうでフランシスが拍手をする音が聞こえた。

フランシスの祝賀を受けて、エミリーの目頭が熱くなるのが分かった。彼女は何も答えず、唇を結んでじっと涙を堪えていた。

「それで、ここからが本題な訳だが――」フランシスが続けた。

「もしも君が希望するなら、ロンドン警視庁（ザ・メット）は復職を歓迎するらしい。もちろん警部補への昇進試験も受けられるし、専門刑事部への転属も前向きに検討するそうだ。これまでの実績が再評価されたと共に、エリザベス・コール殺害事件での功績が認められたと言えるだろう。〝復職を希望する場合は、今週末の日曜日にロンドンまで来られたし。まずは簡単な面談を執り行いたい――〟とのことだ。さあ、どうする、エミリー・トンプソン？」

吾輩は彼の言葉を聞いて、心から祝福すると共に、彼女との別れを覚悟した。

フランシスも当然「イエス」という回答を待っていたに違いない。

だが、エミリーは黙ったまま、じっと吾輩の顔を見つめていた。

（何も迷うことは無いだろう？）吾輩は言った。

その言葉を聞き、彼女は一度だけ深々と頷いた。

吾輩は名残惜しさと切なさで、心が張り裂けそうになったが、悲しい顔を見せまいと何とか踏みとどまった。それはまるで失恋の痛手をひた隠しにしようとしていた青春時代の一コマのように、アンビバレントで甘酸っぱい感情だった。

「あたしはこの町に残るわ」エミリーが言った。

「もちろんだ。では、日曜にキングスクロス駅まで僕が迎えに行こう――、君ならそう判断すると思っていたよ、……ん？　いま〝残る〟と言ったのかい?!」

吾輩も自分の耳を疑った。

本気で訊き間違えたのかと思ったくらいである。それは、フランシスも同じだった。

「ええ、ここに残るわ」彼女は繰り返した。今度は明確に聞き取れた。

「どうして？　そんなクソど田舎、君の居るべき場所じゃないだろう？　君はエミリー・トンプソンなんだぞ」フランシスが感情的な声をあげた。

「日曜日には予定があるの」

「そんな予定、キャンセルすればいい！」

「残念ながら無理。予定をキャンセルするつもりは無いわ。その日はコール婦人とハウジー大会にいく約束をしているから。とても重要なイベントでしょう？　だから、ごめんなさい。ありがたい申し出だけど、あたしはパスするわ。この欠伸の出るほど長閑(のどか)で、何の特徴もない小さな町――、裕福ではないけれど、笑顔が絶えない町――、人々が互いに支え合って、幸福に暮らしている町――、古き良き伝統が今も残る愛すべきクソど田舎こそが、あたしの新しい居場所なの。だからもう、ロンドン警視庁(ザ・メット)に戻るつもりは無い」

エミリーは反論を挟む余地の無いほど、キッパリと彼の誘いを断った。

電話口の向こうでは、フランシスが「全く理解できない」とか、「ナンセンスだ」などと困惑している声が聞こえていた。

「近々だけど、携帯電話から消された画像の復元をお願いするかもしれないわ」エミリーが言った。

「そんな高校生でも出来るようなことを、わざわざ僕に？」フランシスは素っ頓狂な声をあげた。

「それが、このクソど田舎のやり方なの」エミリーの声は清々しさに満ちていた。

吾輩は、彼女の皮肉たっぷりの愛情表現があまりに愛おしくて、なりふり構わず彼女に飛びつき、二人の身体が一つに溶け合うくらいきつく抱きしめた。

瑞々しい青葉が勢いよく茂り始めた深緑の中、心地よい風が吹き抜ける庭園(ガーデン)の片隅で、我々はいつまでもずっと、ずっと互いのぬくもりを確かめ合っていた。

エピローグ

楡の木は静かに佇む

38

エリザベスの葬儀が終わって一週間がたち、町はいつもの平穏を取り戻していた。

吾輩は久しぶりに、図書館でジーニーと無駄な時間を楽しんだあと、彼女の操る自転車に相乗りして、屋敷に続く道を走っていた。

「ねえ、ポコ。ブラウン精肉店の奥さんだけど、エリザベスの事件の犯人の奥さん、彼女、明日にでも離婚を申し立てるらしいよ。今朝、ミドルトン夫人が商店街で井戸端会議してるのを聞いちゃったんだ」颯爽と自転車を漕ぎながらジーニーが言った。

「なんでも、初めから好きでもなんでも無かったんだって……。良く解らないけど、なんで付き合う事になったのか、自分でも良く覚えていないらしいんだ。それで、結婚したのも惰性だったし、お人好しで簡単に騙せるから浮気するのに都合が良かったんじゃないかって、ミドルトン夫人は言ってた」

彼女の左右に揺れる肩を見ながら吾輩は、エリザベスの推理もあながち間違っていなかったのかもしれないな、と思った。子供が隣の子の玩具を欲しがるように、人には他人の物を羨む性質がある。それが手に入らない物となれば、その欲求は余計に高まる一方なのだ。ケイトの場合も、初めはそんな単純な感情からクリスに近づいたのかもしれない。

「利用するだけ利用して、都合が悪くなったら捨てちゃうなんて、酷い女……」ジーニーが言った。

(全く、そう思うよ) 吾輩は頷いた。

(だが、きっと彼女自身も利用されていた部分は有ったはずだ。彼らは長年、お互いに依存して、寄生し合って生きてきた……）

「ああ、共依存ってやつね」ジーニーは言った。

（健常者同士、それも同年齢の夫婦にしては珍しいケースだ）

「その依存関係も、ついに解消される」

（そのために支払った代償はあまりに大きすぎたけれどね）吾輩は自分の言葉を噛み締めた。

「犯人は、どうして遺体を家まで持ち帰ったんだろう？」ジーニーが質問した。

「被害者を殺害したあと、遺体を動かさずにそのまま放置しておけば、誰にも見つからなかったかもしれないし、仮に〈森〉の連中が見つけたとしても、絶対に通報しないと思うんだ。もしかすると、連中が隠蔽工作してくれたかもしれないじゃない？　そうすれば、もっと単純で、危険も少なかったはずなんだ。ボクなら絶対にそうすると思う」

（それは……）吾輩はジーニーの質問に答えるべきか少しだけ戸惑った。

と、言うのもエミリーから聞かされていたその理由は、なんというか、ハッキリ言って胸糞の悪くなるようなものだったからだ。

「ポコは知っているの？　犯人が遺体を動かした理由」ジーニーは、もう一度訊いた。

どうやら、吾輩が何か知っていると睨んで探りを入れているようである。

（あくまでも聞いた話だが――）吾輩は、勿体付けるように前置をした。

「うんうん」ジーニーは待ってましたとばかりに相槌をうった。

（クリスは、エリザベスの身体を妊娠中の妻に食べさせたかったらしい）

吾輩が彼女の耳元で囁いた。

吾輩の言葉を聞いて、ジーニーが驚きのあまり嘔吐く真似をした。それはそうだろう。吾輩だって初めて聞いたときには同じリアクションをした。

（妊娠中の妻に、エリザベスの肉や内臓を食べさせれば、その血肉が産まれてくる子供の身体に栄養となって送り込まれる……。そうすることで、産まれてくる赤ん坊の身体は、元エリザベスの肉体で構成されていることになる。と考えたらしい。それで、彼女をすべて食べきった暁には、赤ん坊にエリザベスの魂が宿り、本当の自分の子供となって産まれてくると信じていたらしいんだ）

「な、なんで、そんなこと思うんだよ!?」

ジーニーは情けない声を出したが、これも大目に見てやろう、吾輩も同じだった。

（クリス曰く、臓器移植をされた宿主には、元の臓器の持ち主の記憶や魂が宿るとか、どうとか……。実際に人格が変わったケースも有るって……）

「それとこれとは話が別だよ！」彼女が言った。

（特にエリザベスの内臓は綺麗な色をしていて、腸詰にするのに丁度いいって思ったらしいんだ）

吾輩はつい図に乗って続けた。

「……なんて胸糞の悪い話をしてくれるんだよ、もう！　今日の気分が台無しじゃないか！　ポコのバカぁ！」

ジーニーがついに怒鳴った。これも吾輩と同じ反応だった。

（君が言わせたんだろう？）吾輩は意地悪く弁明した。

「君が勝手に話したんじゃないか！」

（話さなきゃならない空気にしただろう？）

「してない！　知らないって言ってくれればそれで済んだのにぃ！」

彼女は地団太を踏むみたいにして体を左右に揺らした。

（いつもの、知的好奇心がなんとかって言う顔を……）

自転車の上でバランスを取りながら、吾輩はさらに追い打ちを続けた。

「うるさぁ〜〜い！　もう、ポコの馬鹿ぁぁぁ！」

ジーニーは叫びながら、聞いた話を頭から追い出すように全力でペダルを回した。

自転車はみるみる速度を上げ、吾輩は振り落とされないよう、必死で爪を立てて踏ん張った。

彼女にしがみついている間、頭蓋骨が口からずるりと剥け出てくるのではないかと思うくらい、顔の皮や耳、髪の毛が後方へ引っ張られた。薄っすらと開いた瞼からは、高速で流れる青い空と、ブナの雑木林が目まぐるしく通り過ぎる様子がかろうじて確認できた。

気が付くと、我々は屋敷のすぐ裏手にある町全体を見下ろすことのできる丘まで辿り着いていた。

「ポコ、見て。凄く、いい景色」ジーニーが、ぜえぜえと肩で息をしながら言った。

振り返ると眼下に広がる町が見えた。

信号機のない交差点で互いに道を譲り合う車——、夕飯の買い出しに商店街を歩く主婦たち——、広場の上で羽を休める鳩やスズメ、雑木林の中から飛び出してくるヨーロッパコマドリ——、広場でサッカーの真似事をしている子供たち、井戸端会議を仕切るミドルトン夫人や、走り回る犬、亀よりも歩みの遅い老人、売れ残ったパンを、わざわざ隣近所に配っているジェイクとトムの兄弟、いつもと変わらぬ日常がそこにはあった。

「いい町だと思わない？」ジーニーが自転車を降りて言った。

（ああ、素晴らしい町だ）吾輩は答えた。

「きっとイギリスで一番だと思う」

（いいや、きっと世界一だ。間違いない）

「ボク、まだ海外には行ったことないけど、きっとそうだね」

ジーニーは笑顔を取り戻していた。

我々は並んで腰を下ろし、暮れゆく街並みを見ていた。

「そういえば、海外で思い出したんだけど、昨日、フェイスブックに画像を投稿してて、面白いことに気が付いたんだ」彼女が言った。

（面白いこと？）

「スマートフォンの位置情報をオンにした状態でタイムラインに投稿すると、その投稿がいつ、どこの場所からアップロードされたのかが隅っこに表示されるんだけど、この町からの投稿は、何故か全部、アメリカのワシントン州からの投稿って表示されちゃうんだよ」

（もう少し、吾輩にもわかるように言ってくれないか？）

「つまり、この町からコメントや画像を投稿しているはずなのに、何故かアメリカから投稿した、っていう風に画面には出てしまうんだよ」

（なんでそんなことに？）

「僕にも分からないよ。最初はＧＰＳの不調かなって思ったけど、場所を変えても、今日になってから投稿してみても、結果は同じだった。ほら、これ見てよ」

ジーニーはそう言って、スマートフォンの画面を吾輩に見せた。彼女が吾輩に見せた投稿は、今朝書かれたばかりの物で、〈おはよう。〉とだけ呟いたものだったが、場所はハッキリとアメリカ合衆国と表示されていた。

その時刻、アメリカ西海岸は、まだ深夜のはずである。ちなみに、どうでもよいことだが、彼女のプロフィール写真は、何故か遠くを見つめるアマガエルの写真だった。

（偶然じゃないのかい？）吾輩は言った。

「どうだろう？　じゃあさ、今、ここで試してみない？」彼女はそう言うと、吾輩に向かってスマートフォンのカメラを向けた。

——カシャリ。短いシャッター音が鳴り、ジーニーが〝オッケー〟と言った。

（……え？　おい、やめないか！）

吾輩は彼女のスマートフォンを奪い取ろうと手を伸ばしたが、遅かった。

彼女は慣れた手つきでポチポチと画面を送ると、そのまま吾輩の顔写真をフェイスブックにアップロードしてしまったのである。

「いいじゃない、どうせ僕のタイムラインなんて誰も見てないんだから」

彼女は悪びれる様子も無く、吾輩に投降後の画面を見せた。

「ほら、見て。ここ」

吾輩は観念して渋々画面を覗き込んだ。アマガエルのアイコンの下に、〈たった今〉という投稿時刻が表示され、その隣には〈アメリカ〉の文字が見えた。

（本当だな、アメリカになっている……）

「ね、言った通りでしょ？」

我々は首を捻り、互いに顔を見合わせた。何度目を凝らして見てみても、吾輩の顔写真を投稿した場所は、〈ワシントン州、グリーンベイル（アメリカ合衆国）〉と表示されていたからだ。

「もしかすると、アメリカにも同じ名前の町があるのかな？　それでフェイスブックの運営が混同しているのかも」ジーニーが言った。

（……かも知れないが、どうしてあっちの町が優先されるんだ？）

「フェイスブックの本社はアメリカだからでしょ」ジーニーはケロリと答えた。

（ここは英国の古き良き田舎町、緑豊かな自然に囲まれた歴史ある町だ。中世以降、今もなお牧歌的風景を残す貴重な存在だろう？　きっと、いや確実に、こちらが〈元祖グリーンベイル〉だ。間違いない。なのにどうして歴史の浅いアメリカの町の方が優先されるんだ？　絶対に納得できない）

吾輩は、彼女のよそよそしい態度が鼻に付き、無意味に食い下がった。

「キミ、フェイスブックやってないくせに五月蠅いよぉ……」

ジーニーは面倒くさそうに吾輩からスマートフォンを取り上げ、「どうしたのさ、最近になって、急にこの町の事を褒め出したりして」と言った。

「欠伸の出るほど退屈でつまらない町だって言ってたくせにさ。別にフェイスブックの表示が間違ってたっていいじゃない……」

（いいや、良くない！）吾輩は、ムキになり彼女に背を向けた。

ジーニーはため息を付くと、吾輩の隣に寄り添った。

「もう、機嫌を直してよ。ボクも、この町のこと、すっごく愛してるよ。ずっとここで暮らしていきたいって思ってる」

住宅街の一角で警邏がてらに住人と話し込んでいるエミリーの姿が見えた。エリザベスの事件以降、彼女も徐々にこの町に打ち解け始めているようだった。

家々の煙突からは、ポツリポツリと白い煙が立ち上り、そろそろ夕飯時であることを告げていた。

吾輩は、（ムキになって悪かった）と呟いてジーニーに寄り掛かった。

彼女はそれを受け止めながら、「別に何とも思ってないよ」とスマートフォンをいじっていた。

「それにしてもポコ、やっぱり、キミはハンサムだね」ジーニーが言った。

「こんな田舎町に眠らせておくには勿体無いよ、絶対。ねえ、君のプロフィールページも作ろうか？もしかすると人気出ちゃうかも」

（頼む、やめてくれ）吾輩は半目を剥いて、わざと死んだ魚のような顔をした。

「そうかなぁ。いいと思うんだけど、ほら」

ジーニーは光る画面を吾輩に向けると、ねえ、ねえ。と小さく左右に揺らした。

画面には、漆黒の髪に、若干、日に焼けた肌色をした青年の顔が映っていた。

自分で言うのも気が引けるが、彼女の言う通りイケメンの部類なのだろう。

丸くシルクハットが似合いそうな形の良い頭、狭めの額、切れ長の眼は猫科の猛獣を思わせたし、首筋の筋肉や鎖骨の形からは、引き締まった肉体が容易に想像できた。

三つ揃えのスーツはぴったりと体にフィットしているし、蝶ネクタイの色味もいい。さらに付け加えるとするならば、大きな掌から伸びるすらりと長い指先も、整えられた爪も、きっと女性は美しいと感じてくれるに違いない。

何より黄色味がかった虹彩は、吾輩の顔を他者にはない特別な存在へと高めてくれていた。

……だが同時に、そこはかとなく漂う未完成な青さが写真の奥底からは読み取れた。それはまるで、吾輩の未熟な内面を映し出す鏡のように、画面の中から吾輩を嘲笑っているようだった。

〝やめろ！〟と発音しているであろう口元には、父上のそれには遠く及ばない、若輩者丸出しのチョロリとした髭が申し訳程度に並んでいたし、よく見れば、蝶ネクタイもいつものように少し曲がっていた。

（写真が良くない！）吾輩は両手の小指を立てて、口元から前に向かって突き出した。

「そうかな？　良く撮れてると思うけど」ジーニーは笑った。

吾輩はムッとして、右手の人差し指を蟀谷のあたりでクルクルと回しながら、首を大きく横に振った。

「〝理解できない〟だって？　え、もう一度撮り直してほしいの？」

吾輩が右手の人差し指と中指を立てて二度振り下す動作を見て、彼女が言った。

吾輩が出来るだけ尊大に頷いて見せると、彼女は「やだ、面倒くさい」と言ってスマートフォンをリュックサックの中に仕舞った。

（どうして？）吾輩は訴えるように右手の人差し指を立てて左肩を何度も叩いた。

「どうしてもこうしても無いの。はい、この話はお終い」

彼女は立ち上がって尻を払った。

諦めきれない吾輩が彼女を見上げていると、ジーニーは左手の親指を出して水平に構えると、それを外側に捻って指先で弧を描き、次に人差し指で腕時計を指差すようなポーズをした。

「〝また今度〟ね。どう？　ボクの手話、上手くなって来たでしょう？」彼女はウインクをした。

吾輩は両手の親指を上に向け大きく頷いた。

「じゃあ、ボクは小説の締めくくりを書かなきゃならないから、そろそろ帰るね。実はもう殆ど書きあがってるんだ。明日には見せられるかも。明日も図書館に来る？」彼女が訊いた。

（もちろんだ！（Absolutely））吾輩は、右手の掌で左手の掌をチョップして見せた。

我々は二人して同時に、利き手でもう一方の手を強く握るサインをした。これは〈友達〉という意味の手話である。その後、固く抱き合ったあとお互いの肩を二、三度叩き合ってそれぞれ家路についた。これがいつもの我々の別れの挨拶なのである。

吾輩は、猛スピードで丘を駆け下りる彼女の自転車が見えなくなるまで、ずっと手を振っていた。


ジーニーと分かれたあと、吾輩は屋敷の門を通らずに、塀をよじ登って我が家の敷地内へと進んだ。監視カメラが吾輩の動きを追うようにこちらを向いていたが、軽くカメラ目線で敬礼をしてみせると、諦めたように視界を元の位置へと戻した。詰め所の中で、警備員のフィルビーさんが頭を抱える様子が目に浮かんだが、吾輩はいつもの事だと気にせずにそのまま塀の上を歩いて庭園（ガーデン）の外周を回った。

　ふと見ると、先日、新しく採用されたという若い家事使用人（ハウスメイド）が居た。彼女は吾輩を見つけると、どう声を掛けたものかと戸惑い、顎を触って気まずそうに周囲を見回していた。

　吾輩が掌を見せながら、窓を拭くように外側に向かって動かすと、彼女も真似をして「こんにちは、お坊ちゃん」と言った。

　そしておそらくは〝危ない〟とか、〝駄目です〟というようなことを伝えたかったのだろう……、敬礼するように掌を額に当てたり、両掌をこちらに向けてピタリと止めて見せたりしていた。

ただ、手話での会話に慣れていないうえに、おそらくは吾輩にきちんと伝わっているのか不安だったのだろう、お辞儀をしたり、胸に手を当ててみたりと、敬意を表すジェスチャーを無駄に付け加えては、その都度、助けを求めるように周囲を伺うのだった。

そのうち空気を読んだ吾輩が、塀から飛んで彼女の前に降り立つと、目をぱちくりさせながら「お坊ちゃん、本当に猫みたい……」と思わず呟いた。

吾輩は自分の胸を指差し、その後掌を下にして両手を広げた。そして、両手の指を鉤爪状にして頬を引っ掻くように動かした。

彼女は全く意味が解らない様子で、小首を返しげていたが、吾輩は続けて指で蝶ネクタイを形取り、連続して口髭を撫でるようにゆっくりと触った。

吾輩は猫では無い、吾輩は〈紳士〉である。

胸を張って、いつもの決め台詞を言っては見たものの、彼女には全く伝わっていない様子だった。

「これ！　お坊ちゃん、ポコちゃま！」彼女の後ろで家政婦長（ハウスキーパー）のアルテシアが怒鳴る声が聞こえた。

「見ていましたよ、また塀の上を歩いていらっしゃったでしょう？　〈紳士〉たるもの何時いかなる時でも、礼儀正しく品行方正でなくてはなりません。いつも申し上げているでしょう？　塀の上を歩くなんて以て（もって）の外（ほか）……、ああ嘆かわしい」

家事使用人（ハウスメイド）はオロオロして、吾輩の顔と駆け寄るアルテシアを交互に見ていた。

「あっ！」彼女が目を離した瞬間、吾輩はすぐ脇のブナの大木を駆け上がった。

慣れた手つきで枝を掴み、体重を巧みに移動させては次々に枝を蹴って上を目指した。足元でアルテシアが金切り声をあげるのが聞こえたが、吾輩は無視して登り続けた。

なぜか次第に笑みがこぼれ、吾輩は駆け回る子供みたいな笑い声をあげていた。

やがて頂までたどり着くと、吾輩は枝に腰かけて幹にもたれ掛った。

屋敷の二階の窓には、夕陽を浴びながら小さな靴下を編んでいる母上の姿が見えた。書斎では、父上とバートラムが忙しそうに何やら話し込んでいた。

……もうすぐ吾輩の兄弟が産まれてくるのである。生涯を終えて、この世から旅立つ魂もあれば、また新たに産まれてくる命もある。そうして世界は少しずつ姿を変えながら明日も続いてゆくのだ。

吾輩は欠伸の出るほど長閑で、退屈極まりないこの田舎町のことが、とても愛おしくてたまらなかった。

雑木林の向こうからは、クロウタドリの清々しい囀りがいつまでも聞こえていた。

教会の墓地に立つ楡の木は、今日もただ、静かに佇んでいることだろう。


——おわり。

二匹の愛猫に捧ぐ――

二〇一六年　六月某日　初稿擱筆
二〇二〇年　六月某日　脱稿――

あとがき

まず初めに、本書を手にとってくださった読者の皆様、また出版に向け尽力くださった皆様、並びに翻訳業務に携わってくださった皆様、関係各所すべての方々にお礼を申し上げます。

本作の構想に着手したのは二〇一六年の始めのことでした。前年の十一月に持病が悪化してしまい、ゲームづくりのお仕事をしばらくお休みすることになったのですが、実際に療養を始めてみると三ヶ月も経たないうちに何かを作りたくて、作りたくて、居ても経ってもいられなくなったためです。

しかし、寛解もせずに無責任な状態で開発現場に戻るわけにも行かず、療養中の僕が一人でもできる何かを見つける必要がありました。そこで思いついたのが、これまでゲームシナリオで培ってきた経験を活かして小説を書いてみようということでした（実際に本書を出すに至り、今は多くの方々のお力添えがあったことは言うまでもなく。しかし、当時はそんなことに考えも及ばない本当の意味でのずぶの素人でした）。

実際に筆を執ってみるとあまりの自由さにはじめは戸惑いを覚えました。と、言うのも普段僕が執筆しているゲームシナリオというものは、あらゆる場面、あらゆる角度で「工数」という概念がついて回ります。

「工数」というのは、シナリオや仕様に書かれていることを実現するために必要な「人手」と「時間」のことです。つまりゲームシナリオにおいては何かを書けば書いただけ、お金がかかってくるという意味です。

例えばポコが「吾輩は思わず眉間にシワを寄せた」と書いたとします。このたった十五文字が、とあるCGデザイナーのモデリング作業を生み出し、とあるアニメーターのアニメーション作成やカメラアングルの調整作業を生み出し、ライティングアーティストや、サウンド制作チーム、シーン構築をしているプログラマーや、前後のつながりを管理しているプランナー、ひいてはバグチェックをするQAテスターやスケジュール管理をしているプロジェクトマネージャーまで、まるで水面を伝う波紋のように確実に影響を与えてしまうわけです。

そんな環境で文章を書いているわけですから、普段の僕は自然と自己抑制と創作欲求の狭間で押しつぶされそうになりながらモノ造りをしていると言えるでしょう。

しかし今回、小説という文字だけで完結するメディアに始めて挑戦することでクリエイティブにおける真の自由を得ました。そして書き始めて三ヶ月ほどであっという間に一冊の物語が完成します。しかしそれは、(大方の予想どおり)クリエイティブの暴走そのもの、なんの制約もなく書き上げた初稿のボリュームは六五〇ページ以上（五十五万文字オーバー）の超大作になってしまったのです。

無名の新人が書いた分厚い鈍器など誰が読んでくれるでしょうか。結果的に出版社の方々の頭を悩ませただけで、世の中に出せる代物ではなく……改稿と校正に数年を要する事になってしまいました。

この間お付き合いくださった皆様、お問い合わせくださった方々、そして待ってくださっていた一部のコアなファンのあなた……、本当にお待たせいたしました。

ついに、なんとかこのような形で実際の書籍として完成いたしました。

雰囲気の良い音楽でも聞いて、美味しい珈琲を飲みながら、（あと猫を飼っているならその子と一緒に）本稿をお楽しみいただければ幸いです。

2021/09/12　**末弘秀孝（SWERY）**

SWERY 末弘 秀孝（すえひろ ひでたか）
大阪出身。僧侶／ゲームクリエイター。1996年からゲーム業界に入り、2010年に『Deadly Premonition』を発表。最も評価の分かれるサバイバルホラーとしてギネスブックに掲載されたほか、2011年には「北米で最も影響力のある50人のクリエイター」に選出された。ゲーム制作以外にもバークリー音楽堂にてオーケストラとともにエアギターを演奏（世界初）するなど、多彩な活動を行う。現在は大阪を拠点とするゲーム開発スタジオWhite Owlsを経営。2021年11月現在における最新作となるゲーム『The Good Life』はイギリス湖水地方を舞台とした借金返済スローライフミステリーで、本作の姉妹編とも言える作品になっている。

TH Literature Series J-09

ディア・アンビバレンス
——口髭と〈魔女〉と吊られた遺体

著　者　SWERY（末弘秀孝）
発行日　2021年11月30日

発行人　鈴木孝
発　行　有限会社アトリエサード
東京都豊島区南大塚1-33-1 〒170-0005
TEL.03-6304-1638 FAX.03-3946-3778
http://www.a-third.com/　th@a-third.com
振替口座／00160-8-728019
発　売　株式会社書苑新社
印　刷　モリモト印刷株式会社
定　価　本体2500円＋税
ISBN978-4-88375-454-0 C0093 ¥2500E

Printed in JAPAN

www.a-third.com

ナイトランド叢書

キム・ニューマン
鍛治靖子 訳

「ドラキュラ紀元一八八八」（完全版）

EX-1 四六判・カヴァー装・576頁・税別3600円

吸血鬼ドラキュラが君臨する大英帝国に出現した切り裂き魔。

諜報員ボウルガードは、500歳の美少女とともに犯人を追う——。

実在・架空の人物・事件が入り乱れて展開する、壮大な物語!


◉シリーズ好評発売中!「《ドラキュラ紀元一九一八》鮮血の撃墜王」

「《ドラキュラ紀元一九五九》ドラキュラのチャチャチャ」

「《ドラキュラ紀元》われはドラキュラ——ジョニー・アルカード〈上下巻〉」

アーサー・コナン・ドイル
井村君江 訳

「妖精の到来〜コティングリー村の事件」

4-2 四六判・カヴァー装・192頁・税別2000円

〈シャーロック・ホームズ〉のドイルが、妖精の実在を世に問う!
20世紀初頭、2人の少女が写し世界中を騒がせた〝妖精写真〟の
発端から証拠、反響などをまとめた時代の証言!
妖精学の第一人者・井村君江による解説も収録。

TH Literature Series

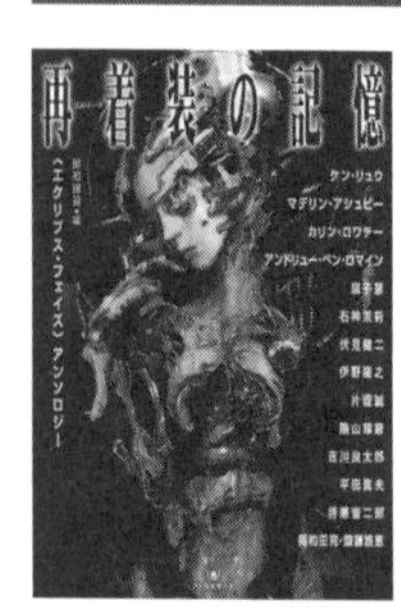

ケン・リュウ他

「再着装（リスリーヴ）の記憶 ——〈エクリプス・フェイズ〉アンソロジー」

四六判・カヴァー装・384頁・税別2700円

血湧き肉躍る大活劇、ファースト・コンタクトの衝撃……
未来における身体性を問う最新のSFが集結!
ケン・リュウら英語圏の超人気SF作家と、さまざまなジャンルで
活躍する日本の作家たちが競演する夢のアンソロジー!

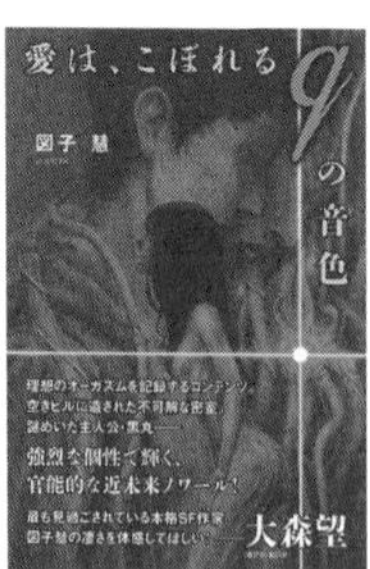

図子慧

「愛は、こぼれるqの音色」

J-06 四六判・カヴァー装・256頁・税別2200円

理想のオーガズムを記録するコンテンツ。

空きビルに遺された不可解な密室。

……官能的な近未来ノワール!

最も見過ごされている本格SF作家、
図子慧の凄さを体感してほしい!——大森望（書評家、翻訳家）

詳細・通販は、アトリエサード http://www.a-third.com/